CW00456667

Elias Canetti è nato nel 1905 a Rustschuk, in Bulgaria, da una famiglia ebraica di lingua spagnola ed è vissuto lungamente a Vienna e poi a Londra e Zurigo, dove è morto nel 1994. Nel 1981 gli è stato attribuito il Premio Nobel per la letteratura. A *La lingua salvata* ha fatto seguire altri due libri autobiografici, *Il frutto del fuoco* e *Il gioco degli occhi*, pubblicati da Adelphi rispettivamente nel 1982 e nel 1985. Di Canetti sono uscite presso Adelphi anche le seguenti opere: *Potere e sopravvivenza* (1974), *La provincia dell'uomo* (1978), *Auto da fé* (1981; nuova edizione riveduta, 1999), *Massa e potere* (1981), *Le voci di Marrakech* (1983), *La coscienza delle parole* (1984), *Il cuore segreto dell'orologio* (1987), *La tortura delle mosche* (1993), *Il Testimone auricolare* (1995), *La rapidità dello spirito* (1996), *Un regno di matite* (2003), *Party sotto le bombe* (2005) e *Aforismi per Marie-Louise* (2015).

Elias Canetti

La lingua salvata

Storia di una giovinezza

ADELPHI EDIZIONI

TITOLO ORIGINALE:
Die gerettete Zunge
Geschichte einer Jugend

Traduzione di Amina Pandolfi e Renata Colorni

© 1977 CARL HANSER VERLAG MÜNCHEN
© 1980 ADELPHI EDIZIONI S.P.A. MILANO
WWW.ADELPHI.IT

ISBN 978-88-459-0816-3

Anno				Edizione						
2018	2017	2016	2015	16	17	18	19	20	21	22

INDICE

LA LINGUA SALVATA

A Georges Canetti
1911-1971

PARTE PRIMA

RUSTSCHUK

1905-1911

Il mio più lontano ricordo

Il mio più lontano ricordo è intinto di rosso. In braccio a una ragazza esco da una porta, davanti a me il pavimento è rosso e sulla sinistra scende una scala pure rossa. Di fronte a noi, sul nostro stesso piano, si apre una porta e ne esce un uomo sorridente che mi si fa incontro con aria gentile. Mi viene molto vicino, si ferma e mi dice: «Mostrami la lingua!». Io tiro fuori la lingua, lui affonda una mano in tasca, ne estrae un coltellino a serramanico, lo apre e con la lama mi sfiora la lingua. Dice: «Adesso gli tagliamo la lingua». Io non oso ritirarla, l'uomo si fa sempre più vicino, ora toccherà la lingua con la lama. All'ultimo momento ritira la lama e dice: «Oggi no, domani». Richiude il coltellino con un colpo secco e se lo ficca in tasca.

Ogni mattina usciamo dalla porta che dà sul rosso pianerottolo e subito compare l'uomo sorridente che esce dall'altra porta. So benissimo che cosa dirà e aspetto il suo ordine di mostrare la lingua. So che me la taglierà e il mio timore aumenta sempre più. Così comincia la giornata, e la cosa si ripete molte volte.

Me la tengo per me e solo molto tempo dopo interrogo mia madre. Da tutto quel rosso lei riconosce la pensione di Karlsbad dove aveva trascorso l'estate del 1907 con mio padre e con me. Per il bambino di due anni si erano portati dalla Bulgaria una bambinaia che aveva a malapena quindici anni. La ragazza ha l'abitudine di uscire con il bambino di prima mattina, parla soltanto bulgaro, eppure passeggia disinvolta nelle vie animate di Karlsbad, e ritorna sempre puntualmente con il piccino. Un giorno qualcuno la vede per strada con un giovanotto sconosciuto, lei non sa dire nulla di lui, spiega che l'ha conosciuto per caso. Dopo alcune settimane salta fuori che il giovanotto abita proprio nella camera di fronte a noi, sul lato opposto del pianerottolo. Qualche volta, di notte, la ragazza s'infila ratta nella sua stanza. I miei genitori, che si sentono responsabili per lei, la rimandano immediatamente in Bulgaria.

Entrambi, la ragazza e il giovanotto, avevano l'abitudine di uscire il mattino molto presto, e devono essersi conosciuti in questo modo, così dev'essere cominciata fra loro. La minaccia di quel coltellino è stata efficace, il bambino ha taciuto la cosa per dieci anni.

Orgoglio di famiglia

Rustschuk, sul basso Danubio, dove sono venuto al mondo, era per un bambino una città meravigliosa, e quando dico che si trova in Bulgaria ne do un'immagine insufficiente, perché nella stessa Rustschuk vivevano persone di origine diversissima, in un solo giorno si potevano sentire sette o otto lingue. Oltre ai bulgari, che spesso venivano dalla campagna, c'erano molti turchi, che abitavano in un quartiere tutto per loro, che confinava col quartiere degli «spagnoli», dove stavamo noi. C'erano greci, albanesi, armeni, zingari. Dalla riva opposta del fiume venivano i rumeni, e la mia balia, di cui però non mi ricordo, era una rumena. C'era anche qualche russo, ma erano casi isolati.

Essendo un bambino non avevo una chiara visione di questa molteplicità, ma ne vivevo continuamente gli effetti. Alcune figure mi sono rimaste impresse nella memoria semplicemente perché appartenevano a particolari gruppi etnici e si distinguevano dagli altri per l'abbigliamento. Fra la servitù che ci passò per casa nel corso di quei sei anni, una volta ci fu un circasso e più tardi un armeno. La migliore amica di mia madre era Olga, una russa. Una volta alla settimana, nel nostro cortile venivano gli zingari, tanti che mi parevano un popolo intero, e io mi sentivo invaso da un grande spavento di cui parlerò più avanti.

Rustschuk era un'antica città portuale sul Danubio e come tale aveva avuto la sua importanza. A causa del porto aveva attirato persone da ogni parte, e del fiume si faceva un gran parlare. Si raccontava degli anni eccezionali in cui il Danubio era gelato; delle corse in slitta sul ghiaccio fino in Romania; dei lupi famelici che inseguivano i cavalli che trainavano le slitte.

I lupi furono i primi animali feroci di cui sentii parlare. Nelle fiabe che le mie bambinaie bulgare mi raccontavano c'erano i lupi mannari, e una notte mio padre mi spaventò comparendomi davanti con una maschera da lupo sul viso.

Mi sarà difficile dare un'immagine di tutto il colore di quei primi anni a Rustschuk, delle passioni e dei terrori di quel tempo. Tutto ciò che ho provato e vissuto in seguito era sempre già accaduto a Rustschuk. Laggiù il resto del mondo si chiamava Europa e, quando qualcuno risaliva il Danubio fino a Vienna, si diceva che andava in Europa. L'Europa cominciava là dove un tempo finiva l'impero ottomano. La maggior parte degli «spagnoli» erano ancora cittadini turchi. Sotto i turchi si erano sempre trovati bene, meglio che gli schiavi cristiani dei Balcani. Ma poiché molti fra gli «spagnoli» erano agiati commercianti, anche il nuovo regime bulgaro intratteneva con loro buone relazioni, e Ferdinando, il re dal lungo regno, era considerato un amico degli ebrei.

Le convinzioni che questi «spagnoli» nutrivano erano piuttosto complicate. Erano ebrei osservanti, interessati alla vita della loro comunità; pur senza fervori eccessivi, essa era al centro della loro esistenza. Ma si consideravano ebrei di un tipo un po' speciale, e ciò dipendeva dalla loro tradizione spagnola. Nel corso dei secoli, dopo la loro cacciata dalla Spagna, lo spagnolo che parlavano fra loro si era modificato appena. Alcune parole turche erano entrate nella loro lingua, ma erano chiaramente riconoscibili come tali e le cose che esse significavano potevano essere dette quasi sempre anche con parole spagnole. Udii le prime canzoncine infantili in spagnolo, udii anche antiche *romances* spagnole, ma l'elemento dominante, al quale un bambino non poteva assolutamente sottrarsi, era la mentalità spagnola. Con ingenua presunzione si guardavano gli altri ebrei dall'alto in basso, la parola «todesco» veniva sempre pronunciata con intonazione sprezzante e stava a significare un ebreo tedesco o ashkenazi. Sarebbe stato impensabile sposare una «todesca» e fra le molte famiglie che conoscevo o di cui da bambino sentii parlare a Rustschuk, non ricordo un solo caso nel quale si fosse verificato un matrimonio misto di quel tipo. Non avevo ancora sei anni quando mio nonno mi mise in guardia da una simile *mésalliance*. Ma la cosa non si esauriva in questa generica discriminazione. Fra gli stessi «spagnoli» c'erano le «buone famiglie», che erano poi le famiglie facoltose da varie generazioni. L'elogio più grande che si potesse sentir dire di una persona era che «es de buena familia». Quanto spesso, fino alla noia, ho sentito ripetere questa frase da mia madre! Quando andava in estasi per il Burgtheater, o leggeva Shakespeare con me, ma anche molto più tardi, quando parlava di Strindberg, che era diventato il suo autore prediletto, mai si vergognava di dire di se stessa che veniva da una buona famiglia, che non ce n'era una migliore. Lei che aveva fatto della letteratura delle grandi lingue europee, che sapeva benissimo, il contenuto essenziale della propria esistenza, non avvertiva lo stridore fra questo senso di appassionata universalità e l'arrogante orgoglio di famiglia che continuava incessantemente ad alimentare.

Fin dal tempo in cui ero ancora completamente in suo dominio – fu lei a schiudermi tutte le porte dell'intelletto, e io la seguii con cieco entusiasmo – rimasi colpito da quella contraddizione, che mi dispiaceva e mi turbava, e in ogni periodo della mia giovinezza ne discussi con lei e gliela rinfacciai innumerevoli volte, senza che ciò le facesse la minima impressione. Il suo orgoglio aveva trovato molto presto i suoi canali e li seguiva imperterrito, e proprio questa angustia mentale, che in lei non capivo, mi portò assai per tempo a schierarmi contro ogni pregiudizio di nascita. Non riesco a prendere sul serio quelli che coltivano un orgoglio di casta, qualunque esso sia: mi sembrano animali esotici, ma anche un po' ridicoli. Mi accorgo ad un tratto di avere pregiudizi opposti, cioè contro le persone che danno una certa importanza alla loro nascita altolocata. Ai pochi aristocratici con cui ho avuto rapporti di amicizia, dovevo innanzitutto perdonare che parlassero di questa cosa, e se mai avessero potuto immaginare la fatica che tutto ciò mi costava, certamente avrebbero rinunciato alla mia amicizia. Tutti i pregiudizi sono determinati da altri pregiudizi, e i più frequenti sono quelli che nascono dai loro opposti.

Va aggiunto poi che la casta alla quale mia madre si vantava di appartenere, a parte la sua origine spagnola, era una casta del denaro. Nella mia famiglia, e in particolare nella sua, ho visto che cosa il denaro può fare alla gente. Ho scoperto che le persone peggiori sono quelle dominate dalla passione del denaro. Ho imparato a conoscere tutti i passaggi che dalla rapacità portano alla mania di persecuzione. Ho visto fratelli che per avidità si sono rovinati a vicenda con processi di anni e anni, e che sono andati avanti a processarsi fino a quando il denaro svanì completamente. Eppure appartenevano a quella stessa «buona» famiglia di cui mia madre andava tanto fiera. Lo vedeva anche lei, ne parlavamo spesso. La sua intelligenza era penetrante, la sua conoscenza degli uomini si era formata sulle grandi opere della letteratura universale, ma anche attraverso le proprie personali esperienze. Conosceva benissimo i motivi insensati che avevano portato i membri della sua famiglia a dilaniarsi a vicenda: avrebbe potuto con facilità scriverci sopra un romanzo; ma la sua fierezza per quella stessa famiglia non ne veniva scossa. Se fosse stato amore, avrei potuto anche capirlo. Ma molti dei protagonisti di quelle vicende non li amava affatto, alcuni li considerava addirittura persone indegne, altri li disprezzava, ma per la famiglia in quanto tale provava solo orgoglio.

Una cosa ho capito tardi, ed è che io, se si proietta tutto ciò sul piano dei più vasti rapporti umani, sono fatto esattamente come lei. Ho passato la parte migliore della mia esistenza a mettere a nudo le debolezze dell'uomo, quale ci appare nelle civiltà storiche. Ho analizzato il potere e l'ho scomposto nei suoi elementi con la stessa spietata lucidità con cui mia madre analizzava i processi della sua famiglia. Ben poco del male che si può dire dell'uomo e dell'umanità io non l'ho detto. E tuttavia l'orgoglio che provo per essa è ancora così grande che solo una cosa io odio veramente: il suo nemico, la morte.

« *Kako la gallinica* »
Lupi e lupi mannari

Una parola che sentivo pronunciare spesso, con fervore e tenerezza insieme, era «la butica». Così si chiamava la bottega, il negozio in cui il nonno e i suoi figli trascorrevano la giornata. Mi ci portavano di rado perché ero troppo piccolo. Si trovava in una strada ripida, che dall'alto dei quartieri ricchi di Rustschuk scendeva dritta fino al porto. In quella strada si trovavano tutte le ditte importanti; quella del nonno era in una casa a tre piani, che allora mi pareva alta e imponente, le case di abitazione sulla collina erano tutte a un solo piano. Nella «butica» si vendevano coloniali all'ingrosso, era un locale molto ampio, in cui si respirava un odore meraviglioso. Per terra c'erano grandi sacchi aperti con diverse qualità di cereali, sacchi di lenticchie, di avena, di riso. Se avevo le mani pulite, mi permettevano di affondarle dentro per sentire i granelli. Era una sensazione piacevole riempirmi le mani di grani, sollevarli, sentirne l'odore e poi lasciarli scorrere giù lentamente; lo facevo spesso, e sebbene ci fossero nel negozio molte altre cose straordinarie, non ce n'era nessuna che mi piacesse di più, ed era difficile staccarmi da quei sacchi. Si vendeva tè e caffè e specialmente cioccolata. Tutto era in grandi quantità e bene imballato, non si vendeva al minuto come nei soliti negozi, e i grandi sacchi aperti sul pavimento mi piacevano in modo particolare anche perché non erano troppo alti per me e quando vi affondavo le mani riuscivo a distinguere le diverse qualità dei granelli.

La maggior parte delle merci erano commestibili, ma non tutte. C'erano anche fiammiferi, sapone, candele. E inoltre coltelli, forbici, coti per affilare, falci e falcetti. I contadini che venivano dai villaggi a fare acquisti li osservavano a lungo e ne saggiavano la lama con il dito. Io li guardavo con molto interesse e anche un po' di paura, il permesso di toccare le lame affilate non l'avevo. Una volta un contadino, evidentemente divertito dalla mia faccia, mi prese il pollice nella mano, lo mise vicino al suo e mi mostrò come era dura la sua pelle. Ma non ebbi mai una tavoletta di cioccolata in regalo, il nonno, che se ne stava nel retro, seduto nel suo ufficio, dirigeva la ditta con severità e tutto era venduto all'ingrosso. A casa mi dimostrava il suo affetto, perché mi chiamavo proprio come lui, avevo anche il suo nome, non solo il cognome. Ma in negozio non mi vedeva molto volentieri e non mi dava il permesso di fermarmi a lungo. Quando lui dava un ordine, l'impiegato che lo riceveva correva via in fretta, spesso uno di loro usciva con dei pacchi. Quello che più mi piaceva era un uomo magro, poveramente vestito e piuttosto anziano, che sorrideva sempre con aria assente. Aveva dei movimenti incerti e sussultava ogni volta che il nonno diceva qualcosa. Pareva che stesse sognando ed era molto diverso dall'altra gente che vedevo nel negozio. Per me aveva sempre una parolina gentile, parlava in modo così indistinto che non lo capivo, ma sentivo che mi voleva bene. Si chiamava Tschelebon e gli avevano dato l'impiego per compassione, perché era un parente povero e incapace, un caso disperato. Io sentivo sempre chiamare Tschelebon come si chiama un domestico, ed è così che mi è rimasto nella memoria; solo molto più tardi venni a sapere che era un fratello del nonno.

La strada davanti al cancello grande del nostro cortile era polverosa e sonnolenta. Quando pioveva forte si trasformava in un pantano in cui le carrozze lasciavano solchi profondi. Non avevo il permesso di giocare sulla strada, nel cortile c'era spazio in abbondanza e si era al sicuro. Ma talvolta udivo fuori un violento schiamazzare che si faceva man mano più forte ed eccitato. Subito dopo si precipitava verso il cancello, chiocciando e tremando tutto di paura, un uomo vestito di stracci neri che fuggiva da una banda di bambini di strada. I ragazzini lo incalzavano dappresso gridando «Kako! Kako!» e schiamazzavano come galline. Lui aveva paura delle galline e proprio per questo gli correvano dietro. L'uomo aveva qualche passo di vantaggio su di loro e, sotto i miei occhi, lui stesso si trasformava in una gallina. Chiocciava forte, ma in preda a una paura disperata, e muoveva le braccia come un uccello sbatte le ali. Si precipitava a perdifiato su per i gradini che portavano alla casa del nonno, ma non osava entrare, e anzi ripiombava giù dall'altra parte con un salto e restava immobile per terra. I bambini rimanevano fuori dal cancello continuando a schiamazzare, sapevano di non poter entrare. Quando lo vedevano lì disteso come morto, provavano un po' di paura e indietreggiavano. Ma subito dopo, da fuori, intonavano il loro canto di trionfo: «Kako la gallinica! Kako la gallinica!» – «Kako la gallinella! Kako la gallinella!». Fintanto che le loro voci si potevano udire, Kako restava immobile; ma non appena svanivano in lontananza, egli si rialzava, si palpava ben bene, si guardava prudentemente intorno, rimaneva ancora un lungo momento in ascolto e infine si allontanava dal cortile, curvo, ma in assoluto silenzio. Adesso non era più una gallina, non sbatteva le ali né chiocciava più: era di nuovo l'idiota del quartiere, sconfitto e affranto.

Talvolta, quando i bambini di strada erano rimasti in agguato ad aspettarlo non lontano di lì, il poveretto ricominciava quel suo gioco sinistro. Il più delle volte però cercava riparo in un'altra strada e io non lo vedevo più. Forse avevo compassione di Kako, quando saltava mi spaventavo sempre, ma ciò che non mi stancavo mai di vedere, ciò che fissavo ogni volta con la stessa eccitazione era la sua metamorfosi in una gigantesca gallina nera. Non capivo perché i bambini lo inseguissero, e quando lui, dopo il salto, restava disteso immobile per terra, avevo sempre paura che non dovesse più rialzarsi e non tornasse più a fare la gallina.

Nell'ultimo tratto del suo corso attraverso la Bulgaria, il Danubio è molto ampio. Giurgiu, la città sulla sponda opposta, apparteneva alla Romania. Di lì, si raccontava, era venuta la balia che mi aveva nutrito col suo latte. Dicevano che era una contadina forte e robusta, che aveva portato con sé il suo bambino e ci allattava insieme. Io ne sentivo sempre parlare come di un personaggio importante e, sebbene non riesca a ricordarmi di lei, per merito suo la parola «rumeno» ha conservato per me un suono affettuoso.

In qualche raro inverno il Danubio gelava e a questo proposito si narravano storie straordinarie. In gioventù la mamma era andata più volte con la slitta fino in Romania e io vidi, perché lei me le mostrò, le calde pellicce in cui allora si era avvolta. Quando il freddo si faceva molto intenso, i lupi scendevano dalle montagne e si gettavano famelici sui cavalli che trainavano le slitte. Il cocchiere cercava di cacciarli a colpi di frusta, ma non serviva a nulla e così era costretto a ucciderli a fucilate. In una di quelle occasioni, si accorsero quando ormai era troppo tardi di non aver portato i fucili. Il circasso armato che viveva in casa come domestico avrebbe dovuto accompagnare la spedizione, ma quella volta non s'era visto e il cocchiere partì senza di lui. Dovettero penare molto per difendersi dai lupi e il pericolo fu grave. Se per puro caso non fosse apparsa un'altra slitta con due uomini che viaggiavano nella direzione opposta e che spararono ai lupi, uccidendone uno e mettendo in fuga gli altri, la cosa sarebbe potuta finire molto, ma molto male. La mamma aveva provato un grande spavento, descriveva le lingue rosse dei lupi, erano arrivati talmente vicini che le capitava di sognarseli ancora, pur essendo passati molti anni.

Io la supplicavo spesso di raccontarmi quella storia e lei lo faceva volentieri. Così i lupi furono gli animali feroci che per primi riempirono la mia fantasia. La paura che avevo di loro era alimentata dalle fiabe che mi raccontavano le contadinelle bulgare. Ce n'erano sempre cinque o sei in casa nostra. Erano giovanissime, avevano forse dieci o dodici anni, e dai loro villaggi le famiglie le mandavano in città dove erano messe a servizio come domestiche nelle case dei benestanti. Giravano scalze per casa ed erano sempre di buon umore, non avevano molto da fare e quel poco lo facevano tutte insieme; divennero le mie prime compagne di giochi.

La sera, quando i miei genitori uscivano, io restavo a casa con loro. Nella grande stanza di soggiorno, correvano lungo tutte le pareti bassi divani turchi. Oltre ai tappeti sparsi dappertutto e ad alcuni tavolinetti, erano i soli arredi permanenti della sala di cui io riesca a ricordarmi. Quando si faceva buio, le ragazzine venivano colte dalla paura. Allora ci accucciavamo tutti insieme su uno dei divani accanto alla finestra, loro mi prendevano nel mezzo e cominciavano a raccontare storie di lupi mannari e di vampiri; appena finita una storia, subito ne cominciavano un'altra ed era una cosa terribile; eppure io, stretto tutt'intorno dalle ragazze, stavo bene ed ero contento. Tale era la paura che nessuno di noi osava muo-versi e alzarsi, e quando i genitori ritornavano a casa ci trovavano ammucchiati sul divano tutti tremanti.

Di tutte le favole che mi furono raccontate, mi sono ri-maste impresse soltanto quelle dei lupi mannari e dei vampiri. Forse non se ne raccontavano altre. Non posso prendere in mano un libro di fiabe dei Balcani senza ri-conoscerne immediatamente più d'una. Mi sono presen-ti in tutti i particolari, ma non nella lingua in cui le ho ascoltate. Le ho ascoltate in bulgaro, ma le conosco in te-desco, e questa misteriosa trasposizione è forse la cosa più singolare che io possa raccontare della mia infanzia, e poiché, per quel che riguarda la lingua, il destino della maggior parte dei bambini è diverso dal mio, dovrei forse dire qualcosa su questo punto.

Fra di loro i miei genitori parlavano tedesco, lingua di cui io non dovevo capire nulla. Con noi bambini, come coi parenti e con gli amici, parlavano spagnolo, che era poi la nostra vera lingua quotidiana; ma si trattava di uno spagnolo piuttosto antiquato che ho udito spesso anche in seguito e non ho mai più dimenticato. Le ragazzine che lavoravano in casa parlavano soltanto bulgaro ed è probabile che questa lingua io l'abbia imparata soprattut-to con loro. Ma poiché non frequentai mai una scuola bulgara e lasciai Rustschuk quando avevo solo sei anni, il bulgaro l'ho ben presto completamente dimenticato. Tutti gli eventi di quei miei primi anni si svolsero dunque in spagnolo o in bulgaro. In seguito mi si sono in gran parte tradotti in tedesco. Solo eventi particolarmente drammatici, delitti e morti per intenderci, nonché i più grandi spaventi della mia infanzia, mi sono rimasti im-pressi nella loro fraseologia spagnola, ma in modo estre-mamente preciso e indistruttibile. Tutto il resto, vale a di-re il più, e specialmente tutto ciò che era bulgaro, come appunto le favole, me lo porto in testa in tedesco.

In che modo precisamente ciò sia avvenuto, non sa-prei dire. Non so a che punto e in quale occasione questo o quest'altro si sia automaticamente tradotto nella mia mente. Non ho mai indagato su questo, forse sono stato trattenuto dal timore che una ricerca metodica, condotta secondo princìpi severi, potesse distruggere quel che di più prezioso, in fatto di ricordi, io porto in me. C'è una cosa sola che posso affermare con sicurezza: gli avvenimenti di quegli anni mi sono ancora presenti nella memoria in tutta la loro forza e freschezza – me ne sono nutrito per più di sessant'anni –, tuttavia in grandissima parte sono legati a vocaboli che io allora non conoscevo. Mi sembra naturalissimo metterli ora sulla carta, non ho affatto l'impressione di mutare o deformare alcunché. Non è come la traduzione letteraria di un libro da una lingua all'altra, è una traduzione che si è compiuta spontaneamente, nel mio inconscio, e poiché io evito come la peste questa parola che ha perduto ogni reale significato a causa dell'uso smodato che se ne fa, mi si voglia perdonare se l'adopero in questo solo e unico caso.

La scure dell'armeno
Gli zingari

Il piacere dello schizzo topografico al quale Stendhal si abbandona con mano leggera nel suo *Henry Brulard* è un dono che non mi è stato concesso, e con mio grande rammarico sono sempre stato un pessimo disegnatore. Così non mi resta altro che descrivere brevemente in qual modo erano sistemate le case all'interno del nostro cortile a giardino di Rustschuk.

Entrando per il grande cancello che dalla strada immetteva nel cortile, subito a destra c'era la casa del nonno Canetti. Aveva un aspetto più imponente delle altre ed era anche più alta. Ma non saprei dire ora se avesse un piano superiore, contrariamente alle altre case, che erano a un solo piano. Comunque dava l'impressione di essere più alta, perché per arrivarci c'erano più gradini. Era anche più luminosa di tutte le altre, forse era intonacata in un colore più chiaro.

Di fronte, a sinistra del cancello d'ingresso, c'era la casa in cui abitava la sorella maggiore di mio padre, la zia Sophie, con suo marito, lo zio Nathan. Il loro cognome, Eljakim, a me non piaceva, forse lo sentivo estraneo perché non aveva un suono spagnolo come tutti gli altri nomi. Avevano tre figli: Régine, Jacques e Laurica. Questa, la minore, era pur sempre maggiore di me di quattro anni, una differenza di età che ebbe un ruolo nefasto.

Accanto a questa casa, sulla stessa linea, sempre sul lato sinistro del cortile, c'era la nostra, uguale nell'aspetto a quella dello zio. A entrambe si arrivava salendo alcuni gradini che in alto finivano in una specie di piattaforma larga quanto ognuna delle case.

Il cortile a giardino che si estendeva fra le tre costruzioni era molto grande, e di fronte a noi, non proprio nel mezzo, ma un po' di lato, c'era il pozzo per attingere l'acqua. Di acqua però il pozzo non ne dava abbastanza, la maggior parte veniva dal Danubio, portata a dorso di mulo in botti gigantesche. L'acqua del Danubio non la si poteva adoperare senza prima farla bollire, dopo di che era tenuta a raffreddare in grandi contenitori sulla piattaforma davanti a casa.

Dietro il pozzo, separato dal cortile per mezzo di una siepe, c'era il frutteto. Non era particolarmente bello perché troppo regolare, forse non era abbastanza vecchio, i parenti di mia madre avevano frutteti molto più belli.

Solo il lato più breve della nostra casa si affacciava sul cortile a giardino; la costruzione però si estendeva parecchio verso il retro, e sebbene non avesse che il pianterreno, la ricordo come una casa molto spaziosa. Partendo dall'estremità del cortile, si poteva fare il giro della casa seguendone il lato più lungo e allora si capitava dietro, in un cortiletto più piccolo, sul quale si affacciava la cucina. Lì c'era la legna da tagliare, oche e galline razzolavano intorno e nella cucina aperta c'era sempre movimento, la cuoca portava fuori utensili o li riportava dentro, e la mezza dozzina di ragazzine le saltavano intorno indaffarate.

Nel cortiletto della cucina c'era spesso un servitore che tagliava la legna, di lui mi ricordo benissimo, era il mio amico, l'armeno triste. Mentre tagliava la legna cantava canzoni che io naturalmente non capivo, e che però mi dilaniavano il cuore. Quando domandai alla mamma perché fosse tanto triste, lei mi raccontò che a Istanbul gente cattiva aveva voluto uccidere tutti gli armeni e l'uomo vi aveva perduto l'intera famiglia. Da un nascondiglio aveva persino visto trucidare sua sorella. Poi era riuscito a fuggire in Bulgaria, e mio padre, per compassione, lo aveva preso in casa. Ora, quando tagliava la legna pensava sempre alla sua sorellina e per questo cantava canzoni tanto tristi.

Concepii per quest'uomo un profondo amore. Quando tagliava la legna, mi mettevo sul sofà all'estremità del lungo salone la cui finestra dava sul cortile della cucina. Poi mi sporgevo dalla finestra e lo guardavo, e quando cantava io pensavo alla sua sorellina – da allora desiderai sempre una sorellina. L'uomo aveva dei lunghi baffi neri e capelli neri come la pece, e mi pareva molto alto, forse perché lo vedevo quando sollevava in alto il braccio che teneva la scure. Gli volevo ancora più bene che a Tschelebon, l'impiegato del negozio, che del resto vedevo molto di rado. Ci scambiavamo anche alcune parole, poche però, e non so più in quale lingua. Ma lui aspettava me, prima di cominciare a tagliare la legna. Non appena mi vedeva, faceva un breve sorriso e sollevava la scure, ma era terribile la collera con cui la lasciava ricadere sul ciocco. Allora si incupiva tutto e si metteva a cantare le sue canzoni. Quando riponeva la scure, mi sorrideva di nuovo, e io aspettavo quel suo sorriso come lui, il primo profugo della mia vita, aspettava me.

Ogni venerdì arrivavano gli zingari. Il venerdì nelle case ebraiche era dedicato ai preparativi per il sabato. La casa veniva ripulita da cima a fondo, le ragazzine bulgare correvano avanti e indietro come razzi, in cucina tutti si davano un gran daffare e nessuno aveva tempo di occuparsi di me. Così ero completamente solo e aspettavo gli zingari, la faccia premuta contro la vetrata che dal grande salone dava sul giardino. Vivevo in un terrore panico degli zingari. Suppongo che fossero state le ragazze a raccontarmi di loro nelle lunghe serate che passavamo al buio sul sofà. Io pensavo che rubassero i bambini ed ero convinto che avessero messo gli occhi su di me.

Ma nonostante questa tremenda paura, mai mi sarei lasciato sfuggire lo spettacolo della loro visita, che era davvero splendido. Il cancello veniva spalancato perché loro avevano bisogno di spazio. Arrivavano come una vera tribù, nel mezzo, a testa alta, il patriarca cieco, il bisnonno, mi fu detto, un bellissimo vecchio dai capelli candidi che camminava molto lentamente, sostenuto a destra e a sinistra da due nipoti adulte, vestite di stracci multicolori. Intorno a lui, pigiandosi gli uni contro gli altri, zingari di ogni età, pochissimi uomini, quasi tutte donne e innumerevoli bambini, i più piccini in braccio alle madri, altri che saltavano intorno senza però allontanarsi molto da quel superbo vegliardo che restava sempre al centro del gruppo. Il corteo, folto e denso com'era, aveva qualcosa di inquietante, tanta gente che avanzava compatta tutta insieme non l'avevo mai vista da nessuna parte: ed era davvero lo spettacolo più variopinto che si potesse osservare in quella città, pur così variopinta. I pezzi di stracci di cui era fatto il loro vestiario erano smaglianti di mille colori, ma sopra ogni altro era sempre il rosso che spiccava. Dalle spalle di molti di loro pendevano dei sacchi, ed io, guardandoli, non riuscivo a fare a meno di immaginare che contenessero i bambini rubati.

A me quegli zingari sembravano allora un'infinità, ma se ora cerco di farmi un'idea del loro numero in base all'immagine che me ne è rimasta, sono propenso a credere che non fossero più di trenta o quaranta persone. D'altro canto, tante persone tutte insieme nel nostro grande cortile non le vedevo mai, e poiché a causa del vegliardo venivano avanti con grande lentezza, il cortile rimaneva pieno per un tempo che a me pareva infinitamente lungo. Ma non si fermavano nel cortile, giravano intorno alla casa fino a raggiungere il cortiletto della cucina in cui era accatastata la legna e lì poi si mettevano a sedere.

Io ero solito aspettare il momento in cui comparivano davanti al cancello e, non appena avvistato il vecchio cieco, mi mettevo a correre urlando con voce stridula «Zinganas! Zinganas!» per tutto il lungo salone e l'ancor più lungo corridoio che lo collegava con la cucina, nella parte posteriore della casa. Là c'era la mamma che dava istruzioni su quel che bisognava cucinare per il sabato e preparava lei stessa alcune speciali leccornie. Le ragazzine bulgare che incontravo a ogni momento sui miei passi non le vedevo neppure, e continuavo a strillare fino a quando non mi trovavo accanto alla mamma, che con le sue parole riusciva a tranquillizzarmi. Ma invece di rimanere accanto a lei, ritornavo indietro di corsa, gettavo un'occhiata dalla finestra all'avanzare degli zingari, che nel frattempo erano già un po' più vicini, e subito andavo a darne notizia in cucina. Li volevo vedere, ero preso dalla smania di vederli, ma non appena li avvistavo, subito mi riprendeva la paura che avessero messo gli occhi su di me e urlando me ne scappavo via. Così continuavo per un po', andando avanti e indietro, e credo che proprio questo mi abbia lasciato un'impressione così forte della lunghezza della casa fra i due cortili.

Non appena erano arrivati alla meta, davanti alla cucina, il vecchio si metteva a sedere e gli altri si raggruppavano intorno a lui; venivano aperti i sacchi e le donne, senza bisticciarsi, prendevano i doni. Dalla catasta di legna venivano loro offerti grossi ceppi, ai quali parevano tenere in maniera particolare; e il cibo che ricevevano era vario e abbondante. Avevano la loro parte di tutto quello che si stava preparando in cucina, non venivano certo nutriti con gli avanzi. Io provavo un gran sollievo quando vedevo che nei sacchi non avevano bambini e, sotto la protezione della mamma, passavo in mezzo a loro, me li guardavo ben bene, stando attento però a non avvicinarmi troppo alle donne che mi volevano accarezzare. Il vecchio cieco mangiava lentamente dalla sua ciotola, si riposava, se la prendeva comoda. Gli altri invece non toccavano cibo, tutto quello che ricevevano scompariva nei grandi sacchi, e solo i bambini avevano il permesso di sgranocchiare i dolciumi che gli erano stati regalati. Io ero stupito di quanto fossero affettuosi con i loro bambini, non avevano per nulla l'aria di rapitori di bambini. Questo però non serviva a mitigare il terrore che mi incutevano. Dopo un certo tempo, che mi pareva lunghissimo, si rimettevano in moto, il corteo si snodava ora un po' più veloce che all'arrivo intorno alla casa e attraverso il cortile. Io li stavo a guardare dalla finestra mentre scomparivano oltre il cancello. Poi correvo un'ultima volta in cucina e annunciavo: «Gli zingari se ne sono andati»; il nostro servitore mi prendeva allora per mano, mi conduceva fino al cancello e richiudendolo diceva: «Adesso non torneranno». Di solito il cancello rimaneva aperto di giorno, ma in quei venerdì lo si chiudeva, così se un'altra carovana di zingari arrivava a seguito della prima, capiva che la loro gente era già stata lì, e procedeva oltre.

Nascita del fratellino

Nei primissimi tempi, quando stavo ancora sul seggiolone, la distanza fra me e il pavimento mi pareva enorme e avevo sempre paura di cadere. Zio Bucco, il fratello maggiore di mio padre, veniva a trovarci, mi sollevava dal seggiolone e mi metteva per terra. Poi, con faccia solenne, mi posava sulla testa il palmo della mano e diceva: «Yo ti bendigo, Eliachicu, amcn!» – «Io ti benedico, piccolo Elia, amen!». Lo diceva con molta enfasi e a me piaceva quel tono solenne, forse nel momento della benedizione avevo l'impressione di essere più grande. Lui però era un burlone e rideva troppo presto; così mi accorgevo che si stava prendendo gioco di me e il grande momento della benedizione, dal quale ogni volta mi lasciavo ingannare, si risolveva per me in uno smacco.

Questo zio ripeteva ogni cosa un numero infinito di volte. Mi insegnava molte canzoncine e non aveva pace finché non le avevo imparate alla perfezione. Quando tornava me ne chiedeva conto e mi insegnava con pazienza a esibirmi davanti ai grandi. Io aspettavo sempre la sua benedizione, ma poi ogni volta lui rovinava subito tutto; se fosse riuscito a controllarsi un po' di più sarebbe stato il mio zio prediletto. Abitava a Varna, dove dirigeva una filiale della ditta del nonno, e veniva a Rustschuk soltanto nei giorni festivi o in occasioni particolari. Di lui tutti parlavano con grande rispetto perché era il «Bucco», titolo onorifico che in tutte le famiglie spettava al primogenito. Imparai molto presto com'è importante essere il primogenito, e se fossi rimasto a Rustschuk sarei diventato anch'io un «Bucco».

Per quattro anni restai figlio unico, e per tutto quel tempo mi fecero indossare vestitini da bambina. Io desideravo moltissimo portare i calzoni da maschietto, ma sempre mi consolavano rinviando la cosa a tempi futuri. Poi venne al mondo mio fratello Nissim, e in quell'occasione, per la prima volta, potei finalmente indossare i calzoni. A tutto ciò che avvenne in quella circostanza partecipai coi calzoni, orgogliosissimo, e certo per questa ragione la cosa mi è rimasta impressa in ogni particolare.

C'era molta gente in quei giorni per casa e gli adulti avevano un'aria preoccupata. Non mi era permesso andare a trovare la mamma in camera da letto, dove di solito c'era anche il mio lettino, e continuamente mi aggiravo davanti alla porta della sua stanza nella speranza di poterle almeno dare un'occhiata di lontano, quando qualcuno entrava o usciva. Ma tutti richiudevano la porta così rapidamente che non riuscivo a vederla. Udivo una voce che gemeva ma non la riconobbi, e quando domandai chi fosse, mi dissero soltanto: vai via! Mai prima di allora avevo visto i grandi tanto preoccupati, e poi nessuno si occupava di me, cosa alla quale non ero abituato. (Come venni a sapere più tardi, fu un parto molto lungo e difficile e si temette per la vita della mamma). C'era il dottor Menachemoff, il medico con la lunga barba nera che di solito era tanto gentile e sempre mi chiedeva di cantargli una canzoncina, per la quale poi mi elogiava: quel giorno non ebbe per me una sola parola, non mi diede nemmeno un'occhiata, anzi mi guardò arrabbiato perché non mi allontanavo dalla porta. Il lamento si faceva sempre più forte, sentivo gridare «madre mia querida! madre mia querida!». Premetti la fronte contro il battente, e quando la porta si aprì udii un grido così lacerante che ne fui terrorizzato. Di colpo mi resi conto che il grido veniva da mia madre ed era così orribile e sinistro che mi passò completamente la voglia di vederla.

Alla fine ebbi il permesso di entrare nella camera da letto; ora tutti sorridevano, mio padre rideva e mi fu mostrato il fratellino. La mamma, tutta bianca, era stesa immobile nel letto. Il dottor Menachemoff diceva: «Ha bisogno di tranquillità!». Ma non c'era ombra di tranquillità intorno a lei. Donne sconosciute andavano e venivano per la stanza, ora all'improvviso tutti si accorgevano della mia presenza e mi incoraggiavano; la nonna Arditti, che raramente veniva da noi in casa, disse: «Sta già meglio!». La mamma non diceva nulla e io ebbi di lei una tale paura che scappai via e non mi fermai più dietro la porta. Per molto tempo ancora mia madre mi restò estranea e ci vollero dei mesi perché ritrovassi la mia fiducia in lei.

L'altra cosa che ricordo vividamente è la festa della circoncisione. Venne moltissima gente e io ebbi il permesso di assistere alla cerimonia. Ho l'impressione che anzi mi si volesse proprio coinvolgere, tutte le porte erano aperte, anche le porte d'ingresso, e nel salone c'era una lunga tavola apparecchiata per gli ospiti, mentre in un'altra stanza, di fronte alla camera da letto, avveniva la circoncisione. Erano presenti solo gli uomini, tutti in piedi. Il minuscolo fratellino venne tenuto sopra un catino, vidi il coltello e soprattutto vidi molto sangue sgocciolare nella catinella.

Il fratellino fu chiamato Nissim come il padre della

mamma, e mi spiegarono che, essendo io il primogenito, portavo il nome del nonno paterno. La posizione di primogenito venne talmente enfatizzata che io, dal momento stesso di quella circoncisione, ne fui per sempre pienamente consapevole e mai più mi liberai di quel senso di orgoglio.

Poi a tavola tutti furono allegri, mentre io portavo a spasso con fierezza i miei calzoncini. Non avevo pace fino a quando tutti gli ospiti non li avevano visti e a ogni persona nuova che entrava correvo incontro sulla porta e restavo lì fermo, aspettando i complimenti. C'era un gran viavai di gente e quando tutti erano già arrivati, ci si accorse che mancava ancora il cugino Jacques, della casa accanto. «È andato via con la bicicletta» disse qualcuno, e mio cugino fu criticato per il suo comportamento. Arrivò dopo il pranzo, coperto di polvere da capo a piedi. Lo vidi balzar giù dalla bicicletta davanti a casa, aveva otto anni più di me e indossava la divisa da studente liceale. Mi parlò della sua nuova meraviglia, la bicicletta che aveva avuto in regalo da poco. Poi tentò di infilarsi in casa fra gli ospiti senza farsi notare, ma io sbottai e dissi che volevo anch'io una bicicletta; la zia Sophie, sua madre, si precipitò su di lui e lo trascinò a dire le preghiere. Lui mi minacciò con un dito e scomparve nuovamente.

In quel giorno imparai anche che bisogna mangiare con la bocca chiusa. Régine, la sorella del padrone della bicicletta, si metteva in bocca le noci, ed io, che stavo davanti a lei, la guardavo incantato mentre masticava con la bocca chiusa. Ci volle del tempo, ma quando ebbe finito mi spiegò che adesso dovevo fare così anch'io, altrimenti mi avrebbero infilato nuovamente il vestitino. Devo aver imparato molto rapidamente, perché per nulla al mondo avrei più rinunciato ai miei bei calzoni.

La casa dei turchi
I due nonni

Talvolta, quando il nonno Canetti era in negozio, mi portavano a casa sua a fare la mia visita di cortesia alla nonna. Lei se ne stava seduta sul sofà turco, fumava e beveva caffè. Era sempre in casa, non usciva mai, non ricordo di averla allora mai vista fuori di casa. Si chiamava Laura e come il nonno veniva da Adrianopoli. Lui la chiamava «Oro», come il metallo, e in realtà non ho mai capito che cosa significasse quel nome. Di tutti i parenti era quella rimasta più turca. Non si alzava mai dal suo sofà, non so neppure immaginare come ci arrivasse, perché non l'ho mai vista camminare; ogni tanto, sospirando, beveva un'altra tazzina di caffè e intanto fumava. Mi riceveva con un gemito e con un gemito mi congedava, senza avermi detto una sola parola, languida e lamentosa. Per la persona che mi accompagnava aveva poche frasi querimoniose. Forse si considerava malata, forse lo era, certo era molto, molto pigra, alla maniera orientale, e sicuramente doveva soffrire molto con il nonno, che era vivace come un demonio.

Lui era, ma io a quell'epoca ancora non lo sapevo, sempre al centro dell'attenzione, dovunque andasse; temuto in famiglia, era un uomo tirannico a cui piaceva ogni tanto piangere a calde lacrime, soprattutto quando si trovava in compagnia dei nipotini che portavano il suo stesso nome. Fra gli amici e i conoscenti, si può dire in tutta la comunità, era famoso per la sua bella voce, che esercitava un fascino particolare sulle donne. Quando era invitato, non portava mai la nonna con sé, la stupidità di lei e quel suo eterno lamentarsi gli davano fastidio. Allora in un attimo si trovava circondato da una grande quantità di persone, raccontava aneddoti nei quali egli stesso assumeva i ruoli più vari e in particolari circostanze si lasciava persino indurre a cantare.

Di turco a Rustschuk c'era dell'altro, oltre alla nonna Canetti. La prima canzoncina infantile che ho imparato, «Manzanicas coloradas, las que vienen de Stambol» – «Meline rosse che vengon da Istanbul» –, finiva sul nome della città Stambol, Istanbul, di cui sentivo raccontare quanto fosse enorme, e ben presto io la collegai con i turchi che si vedevano da noi. «Edirne» – così si chiamava Adrianopoli in turco –, la città da cui provenivano entrambi i nonni Canetti, la sentivo nominare spesso. Il nonno cantava canzoni turche interminabili, caratterizzate essenzialmente da certe note alte che lui teneva lunghissime. A me piacevano molto di più le canzoni spagnole, più veloci e appassionate.

Non lontano da noi c'erano le case dei turchi benestanti, riconoscibili per le fitte inferriate alle finestre che servivano per sorvegliare le donne. Il primo assassinio di cui sentii parlare fu quello di un turco che aveva ucciso la moglie per gelosia. Per andare dal nonno Arditti, la mamma mi faceva passare davanti a una di quelle case, mi mostrava le inferriate e raccontava che una volta una donna turca s'era affacciata di lassù e aveva guardato un bulgaro che passava per la strada. Allora era arrivato il marito turco che l'aveva pugnalata. Non credo che prima di allora io avessi mai capito veramente che cos'era un morto. Ma durante quella passeggiata in cui mia madre mi teneva per mano lo capii. Le domandai se la donna turca, che era stata poi trovata a terra in una pozza di sangue, si fosse rialzata in piedi. «Mai!» esclamò la mamma. «Mai! Era morta, capisci?». Io ascoltavo ma non capivo, e perciò continuavo a far domande. La obbligai in questo modo a ripetere la risposta varie volte, fino a quando si spazientì e cambiò discorso. Non solo la morta nella pozza di sangue mi faceva impressione in quella storia, ma anche la gelosia che aveva spinto il marito all'assassinio. C'era in questo qualcosa che mi attraeva, e per quanto mi ribellassi all'idea che la donna fosse definitivamente morta, la gelosia mi entrava dentro senza trovare resistenza.

La scoprii in me stesso alla fine di quella passeggiata, che ci portò dal nonno Arditti. Una volta la settimana, ogni sabato, andavamo a trovarlo. Abitava in una casa rossiccia, molto spaziosa. Da un portoncino laterale, sulla sinistra della casa, si entrava in un vecchio giardino, molto più bello del nostro. Si ergeva in esso un grande gelso con i rami bassi sui quali era facile arrampicarsi. Io non avevo ancora il permesso di farlo, ma la mamma non vi passava mai davanti senza mostrarmi un ramo piuttosto alto che era stato il suo nascondiglio da ragazzina: lì aveva l'abitudine di rifugiarsi quando voleva leggere indisturbata. Si appollaiava lassù con il suo libro e se ne stava zitta zitta, ed era così brava a nascondersi che da sotto nessuno la vedeva, e il libro che aveva in mano le piaceva così tanto che non sentiva neppure quando la chiamavano; fu lassù che lesse tutti i suoi libri. Non lontano dal gelso, alcuni gradini conducevano su nella casa: le stanze erano più in alto che da noi, ma i corridoi erano immersi nel buio. Attraversavamo molte stanze, prima di arrivare all'ultima, dove il nonno stava seduto in una poltrona;

era un uomo malaticcio piccolo e pallido, sempre infagottato in scialli e plaid.

«Li beso las manos, Señor Padre!» diceva la mamma. «Le bacio le mani, signor padre!». Poi mi spingeva avanti; il vecchio non mi piaceva, ma dovevo lo stesso baciargli la mano. Non era mai allegro o adirato, tenero o severo come l'altro nonno di cui io portavo il nome, era sempre uguale, sedeva nella sua poltrona senza muoversi, non mi rivolgeva mai la parola, non mi regalava niente e scambiava soltanto un paio di frasi con la mamma. Poi veniva il finale della visita, era una cosa che odiavo, sempre la stessa. Il nonno mi guardava con un sorriso astuto e domandava a voce bassa: «A chi vuoi più bene, al nonno Arditti o al nonno Canetti?». La risposta la sapeva, tutti, grandi e piccini, erano innamorati del nonno Canetti, mentre lui non era simpatico a nessuno. Ma volendo costringermi a dire la verità, mi metteva nel più tremendo imbarazzo, ed evidentemente godeva moltissimo a vedermi lì sulle spine, dal momento che ogni sabato si ripeteva immancabilmente la stessa scena. Io da principio non dicevo niente, lo guardavo smarrito, ma lui ripeteva la domanda fino a quando io trovavo la forza di mentirgli e dicevo: «A tutti e due!». Allora sollevava un dito con aria minacciosa ed esclamava – è l'unico suono acuto che io abbia mai sentito da lui – «Fálsu!», «Falso!», calcando l'accento sulla «a» così a lungo che la parola gli usciva di bocca minacciosa e lamentosa al tempo stesso; l'ho ancora nell'orecchio, come se fossi stato ieri a fargli visita.

Mentre per uscire ripercorrevamo tutte quelle stanze e quei lunghi corridoi, io mi sentivo colpevole perché avevo detto una bugia ed ero molto afflitto; la mamma, che pure aveva un legame fortissimo con la sua famiglia e mai avrebbe trascurato il rituale di quelle visite al padre, doveva anche lei sentirsi un po' in colpa per il fatto di espormi ogni volta a quell'accusa che, pur essendo diretta verso l'altro nonno, dopotutto colpiva soltanto me. Per consolarmi mi portava nel *bagtschè*, il frutteto e roseto dietro la casa. Lì mi mostrava i suoi fiori preferiti di quand'era ragazza, ne aspirava profondamente il profumo, con quelle sue larghe narici che fremevano sempre un po', e mi sollevava perché anch'io potessi annusare le rose e, se c'era qualcosa di maturo, coglieva per me un po' di frutta, cosa che il nonno non doveva sapere, perché era sabato. Era il giardino più meraviglioso di cui io mi ricordi, non molto ben tenuto, un po' arruffato e selvatico; e che il nonno non dovesse saper nulla di quella frutta del sabato, che la mamma stessa facesse, per amor mio, qualcosa di proibito, deve avermi tolto di dosso ogni senso di colpa, perché sulla via del ritorno ero già di nuovo tutto allegro e le facevo una quantità di domande.

A casa venni a sapere da mia cugina Laurica che il nonno era geloso, tutti i suoi nipoti gli preferivano gli altri nonni, e in gran segreto mi confidò il perché: il nonno era *mizquin*, avaro, ma questo a mia mamma non dovevo dirlo.

Il Purim. La cometa

La festa che noi bambini sentivamo con maggiore intensità, benché fossimo troppo piccoli per prendervi realmente parte, era il Purim. Era una festa che commemorava gioiosamente la liberazione degli ebrei da Hamán, il malvagio persecutore. Hamán era un figura ben nota e il suo nome era entrato nella lingua corrente. Prima di apprendere che si trattava di un uomo realmente vissuto, autore di terribili nefandezze, io quel nome lo conoscevo soltanto come imprecazione. Quando tormentavo i grandi con troppe domande, o non volevo andare a dormire, insomma quando non facevo quello che loro pretendevano da me, ecco che arrivava un gran sospiro e l'esclamazione «Hamán!». Allora io capivo che non era più il momento di scherzare, che era ora di finirla. «Hamán» era un'espressione conclusiva, un sospiro e una ingiuria insieme. Fui perciò molto stupito quando, non molto tempo dopo, qualcuno mi spiegò che Hamán era stato un uomo cattivo, che voleva uccidere tutti gli ebrei. Ma grazie a Mardocheo e alla regina Esther il suo piano era fallito e per questo, per celebrare la sua sconfitta, gli ebrei festeggiavano il Purim.

I grandi si travestivano e uscivano, e dalla strada si udiva un gran vociare; in casa comparivano le maschere, io non sapevo chi fossero, era proprio come nelle fiabe. La notte i genitori restavano fuori a lungo a far festa e l'eccitazione generale si trasmetteva anche a noi bambini: nel mio lettino restavo sveglio a lungo, l'orecchio teso in ascolto. Qualche volta papà e mamma ci comparivano davanti mascherati e poi si facevano riconoscere: quello era un divertimento straordinario, ma ancor più mi piaceva quando non sapevo che erano loro.

Una notte, mi ero finalmente addormentato, quando fui risvegliato da un lupo gigantesco che si chinava sul mio lettino. Ansimava orribilmente e dalla bocca gli usciva una lunga lingua rossa. Mi misi a strillare con quanta voce avevo in corpo: «Il lupo! Il lupo» ma nessuno mi sentiva e veniva da me, io urlavo sempre più forte, piangendo disperato. A un certo punto sbucò fuori una mano, afferrò le orecchie del lupo e gli tirò giù la testa. Dietro la maschera del lupo c'era il papà che rideva. Io continuai a urlare: «Il lupo! Il lupo!» e volevo che il papà lo cacciasse via. Lui allora mi mostrò la maschera che aveva in mano, ma io non gli credetti, mi disse più e più volte: «Ma non vedi che sono io, non era un lupo vero» eppure io non riuscivo a calmarmi e continuavo a piangere e a singhiozzare.

Fu così che la storia del lupo mannaro divenne realtà. Mio padre probabilmente non sapeva delle storie che le ragazze bulgare mi raccontavano quando di sera al buio ce ne stavamo soli ammucchiati sul sofà. La mamma si rimproverò di avermi raccontato la storia della slitta, ma rinfacciò a mio padre quella sua incurabile passione per le mascherate. Recitare gli piaceva moltissimo, più di qualsiasi altra cosa. Quando era a Vienna a studiare, il papà aveva avuto un unico desiderio, quello di diventare attore. Ma tornato a Rustschuk, fu messo a lavorare senza alcuna misericordia nella ditta paterna. Nella nostra città c'era, per la verità, un teatro di dilettanti che lui frequentava insieme alla mamma, ma era niente in confronto ai suoi sogni di gioventù a Vienna! Durante la festa del Purim, così raccontava la mamma, il papà era veramente scatenato. Quella volta pare avesse cambiato moltissime maschere e spaventato amici e conoscenti presentandosi davanti a loro all'improvviso nei paludamenti più stravaganti.

Lo spavento del lupo durò a lungo. Per notti e notti feci dei brutti sogni e svegliai i miei genitori, poiché dormivo nella loro camera. Il papà cercava di tranquillizzarmi e a poco a poco riusciva a farmi riaddormentare, ma ecco che poi in sogno il lupo riappariva e ci volle parecchio tempo prima che me ne liberassi del tutto. Da quel momento fui considerato un bambino piuttosto impressionabile, di cui non bisognava eccitare troppo la fantasia; la conseguenza fu che per mesi e mesi mi sentii raccontare soltanto storie noiosissime di cui non ricordo più assolutamente niente.

L'altro avvenimento di questo periodo fu la grande cometa, e dato che dopo di allora mai ho potuto pensare a una cosa senza che mi venisse in mente anche l'altra, immagino che fra i due eventi debba esserci un nesso. Credo che la comparsa della cometa mi abbia liberato dal lupo, il mio spavento infantile si dissolse nello spavento generale di quei giorni, perché mai ho visto la gente tanto agitata come al tempo della cometa. Inoltre, entrambi gli eventi, il lupo e la cometa, si erano verificati di notte, ragione di più per connetterli in un unico ricordo.

Tutti parlavano della cometa assai prima che io la vedessi e sentissi dire che era arrivata la fine del mondo. Non riuscivo a immaginare cosa questo potesse significare, ma mi accorsi benissimo che la gente era cambiata, tutti cominciavano a bisbigliare e quando mi avvicinavo mi guardavano con compassione. Le ragazzine bulgare non sussurravano, loro spiattellavano tutto e da loro, nella loro rude maniera, venni a sapere che era arrivata la fine del mondo. Questa credenza generale deve aver dominato in effetti per un certo periodo la mente di tutti in città, dal momento che, senza sapere con precisione di che cosa in realtà dovessi aver paura, quell'idea si inculcò profondamente anche in me. Fino a qual punto i miei genitori, che erano persone colte, ne fossero anch'essi contagiati, non sono in grado di dirlo. Sono sicuro però che non si opposero alla credenza generale, altrimenti, viste le precedenti esperienze, avrebbero senz'altro tentato di darmi qualche spiegazione, cosa che invece non fecero.

Una notte cominciò a circolare la voce che la cometa era arrivata e ora sarebbe caduta sulla terra. Non fui mandato a dormire, qualcuno disse che non aveva senso, anche i bambini dovevano andare in giardino. Nel cortile grande c'era molta gente, tanta come non ne avevo mai veduta, tutti i bambini delle nostre case e del vicinato si aggiravano in mezzo ai grandi, e tutti, adulti e bambini, fissavano il cielo dove era comparsa, immensa e luminosa, la cometa. La vedo ancora coprire metà del cielo. Avverto ancora la tensione alla nuca per lo sforzo di continuare a seguirla con lo sguardo. Forse nel ricordo si è anche allungata, forse non occupava tutta la metà del cielo, ma un pezzo più piccolo. Su questo punto sarebbe meglio che rispondessero altri, persone allora già adulte e non contagiate dall'angoscia. Ma la luce era molto intensa, questo sì, pareva quasi giorno e sapevo benissimo che in realtà avrebbe dovuto essere notte, perché per la prima volta in vita mia a quell'ora non ero ancora stato messo a letto, e questo per me era l'evento più importante. Tutti stavano in giardino ad aspettare con gli occhi fissi al cielo. I grandi si muovevano appena, c'era uno strano silenzio, tutti parlavano sottovoce, erano più che altro i bambini che si agitavano ancora, ma di loro ci si occupava poco. In quell'attesa dovetti certo provare un po' dell'angoscia di cui tutti erano pervasi, perché per tenermi tranquillo qualcuno mi mise in mano un ramo di ciliegie. Avevo in bocca una ciliegia e tenevo la testa protesa verso l'alto, cercando di seguire la cometa con lo sguardo, e per via di quello sforzo, ma forse anche a causa della straordinaria bellezza della cometa, mi dimenticai della ciliegia e inghiottii il nocciolo.

Durò molto a lungo, nessuno si stancava e la gente stava raccolta tutta quanta insieme. Non vedo né mio padre né mia madre, non vedo singolarmente nessuno di coloro che formavano la mia esistenza. Li vedo solo tutti insieme, e se non avessi in seguito usato tanto spesso questa parola, direi che li vedo come massa: una massa stagnante di attesa.

La lingua incantata
L'incendio

In casa le grandi pulizie, le pulizie di fino, si facevano prima del Pessach, la Pasqua. Tutto veniva buttato sossopra, nulla restava al suo posto e poiché le pulizie cominciavano presto e duravano, credo, circa due settimane, quello era il tempo del massimo disordine. Nessuno aveva tempo per nessuno, si era sempre tra i piedi di qualcuno, si veniva continuamente messi in disparte o mandati via, e anche in cucina, dove si preparavano cose interessantissime, si poteva tutt'al più gettare una rapida occhiata. La cosa che più mi piaceva erano le uova scure, fatte bollire per giornate intere nel caffè.

Per la sera del Seder in sala si montava la tavola lunga, che poi veniva apparecchiata; anzi forse il salone doveva essere così lungo proprio per questa occasione: alla nostra tavola trovavano posto molti convitati. La sera del Seder, che si festeggiava in casa nostra, si riuniva tutta la famiglia. Era usanza far entrare anche due o tre sconosciuti che passavano per la strada: anch'essi si sedevano a tavola e prendevano parte a tutta la festa.

A capotavola sedeva il nonno e leggeva la Haggadah, la storia dell'esodo degli ebrei dall'Egitto. Quello era per lui il momento di massimo orgoglio: non solo era posto a capo dei suoi figli e dei generi, che gli mostravano rispetto e deferenza e seguivano ubbidienti tutte le sue istruzioni, ma lui, il più vecchio, con quella sua testa aguzza da uccello rapace, era anche il più focoso di tutti, nulla gli sfuggiva, mentre leggeva con voce cantilenante notava ogni più piccolo movimento, ogni cosa che avveniva lungo la tavola, e con un'occhiata o un gesto lieve della mano badava a che tutto si svolgesse secondo le regole. Il clima era caldo e intimo, si respirava l'atmosfera di una narrazione antichissima, nella quale ogni cosa era descritta con esattezza e trovava la sua giusta collocazione. Nelle serate del Seder io ammiravo moltissimo il nonno, e anche i suoi figli, che pure con lui non avevano la vita facile, apparivano in quel giorno sereni e contenti.

Essendo il più piccolo della famiglia, avevo anch'io la mia funzione non priva d'importanza: dovevo pronunciare il *Ma-nischtanah*. Il racconto dell'esodo dall'Egitto viene presentato come risposta alla domanda sulla ragione della festa. All'inizio il più giovane dei convitati domanda che cosa significhino tutti quei preparativi: il pane azzimo, le erbe amare e tutte le altre cose inconsuete che si trovano sulla tavola. Il narratore, nel nostro caso il nonno, risponde allora alla domanda del più giovane con il lungo racconto dell'esodo dall'Egitto. Il racconto non poteva dunque cominciare senza la mia domanda, che recitavo a memoria pur tenendo il libro in mano e facendo finta di leggere. Conoscevo la storia in tutti i particolari, mi erano stati illustrati molte volte; eppure, per tutto il tempo della lettura, mi dominava il pensiero che il nonno stava rispondendo alla mia domanda. Così anche per me era una grande serata, mi sentivo molto importante, indispensabile addirittura, era una vera fortuna che non ci fosse un cuginetto più piccolo in grado di spodestarmi.

Benché seguissi con attenzione ogni parola e ogni gesto del nonno, per tutto il tempo della lettura non aspettavo altro che finisse. Perché allora arrivava il bello: d'improvviso tutti gli uomini si alzavano in piedi e si mettevano a ballare per la stanza, e ballando cantavano in coro «Had gadja, had gadja» – «Un agnellino, un agnellino». Era una canzoncina molto allegra che io conoscevo a memoria, ma faceva parte del rito che, non appena finita, uno zio mi chiamasse a sé con un cenno e me la traducesse in spagnolo parola per parola.

Quando il papà tornava a casa dal lavoro, subito si metteva a parlare con la mamma. A quel tempo si amavano molto e tra loro usavano una lingua speciale che io non capivo, parlavano tedesco, la lingua dei loro felici anni di studio a Vienna. Ciò che più amavano era parlare del Burgtheater, là avevano visto, ancor prima di conoscersi, gli stessi spettacoli e gli stessi attori e non la finivano più di rievocare le esperienze di quel tempo. Seppi più tardi che si erano innamorati l'uno dell'altro proprio parlando di queste cose e, mentre nessuno dei due da solo aveva potuto realizzare il sogno del teatro – entrambi avrebbero desiderato più di ogni altra cosa al mondo diventare attori –, uniti erano riusciti a vincere la battaglia per il loro matrimonio, che era stato molto contrastato.

Il nonno Arditti, che discendeva da una delle più antiche e agiate famiglie di «spagnoli» residenti in Bulgaria, non accettava l'idea che la figlia minore, che era anche la sua prediletta, si unisse in matrimonio al figlio di un *parvenu* di Adrianopoli. Il nonno Canetti si era fatto da sé, con il suo lavoro, e da povero orfano truffato e fin da giovane messo sulla strada, era arrivato sì all'agiatezza, ma agli occhi dell'altro nonno era rimasto un commediante e un mentitore. «Es mentiroso» gli sentii dire io stesso una volta, quando non sapeva che lo stavo ascoltando. Il nonno Canetti però si sentiva al di sopra dell'arroganza degli Arditti, che lo guardavano dall'alto in basso. Suo figlio poteva avere in moglie qualsiasi ragazza e che dovesse sposare proprio la figlia di quell'Arditti gli pareva un'umiliazione inutile. Così i miei genitori tennero dapprima segreto il loro legame e solo con pazienza e tenacia, e grazie all'appoggio fattivo dei fratelli maggiori e dei parenti favorevoli a quell'unione, riuscirono ad avvicinarsi sempre più alla realizzazione del loro desiderio. Alla fine i due vecchi cedettero, ma la tensione fra loro rimase, e così pure una grande antipatia reciproca. Nel periodo del loro legame segreto i due giovani avevano alimentato ininterrottamente il loro amore con discorsi in tedesco, e si può immaginare quante celebri coppie di amanti della letteratura teatrale avessero la loro parte in quelle conversazioni.

Avevo dunque i miei buoni motivi per sentirmi escluso quando i miei genitori cominciavano quei discorsi. Quando parlavano così si facevano molto allegri e vivaci e io collegavo questa trasformazione, che percepivo con grande acutezza, al suono della lingua tedesca. Stavo ad ascoltarli con la massima concentrazione e poi domandavo il significato di questo e quello. Loro ridevano e dicevano che era troppo presto, quelle cose le avrei capite solo più avanti. Era già tanto che mi concedessero la parola «Wien». Io pensavo che discorressero di cose meravigliose, che si potevano dire soltanto in quella lingua. Quando alla fine smettevo di mendicare invano una spiegazione, me ne scappavo via infuriato, andavo in un'altra stanza che si usava raramente, e lì, cercando di riprodurre esattamente il tono della loro voce, ripetevo fra me e me le frasi appena ascoltate, e le pronunciavo come formule magiche esercitandomi più e più volte; tutte le frasi e anche le singole parole che ero riuscito a captare, non appena ero solo le buttavo fuori una dopo l'altra, ma talmente in fretta che certo nessuno avrebbe potuto capirmi. Mi guardavo bene però dal farmi sentire dai miei genitori e, al loro segreto, contrapposi il mio.

Scoprii così che mio padre aveva per la mamma un nome che lui solo adoperava, ma soltanto quando parlavano in tedesco. Lei si chiamava Mathilde e lui la chiamava Mädi. Una volta che ero in giardino, cercai di alterare la voce il più possibile e gridai forte: «Mädi! Mädi!». Così mio padre la chiamava sempre dal giardino, quando tornava a casa. Poi feci di corsa il giro della casa e mi presentai dopo un bel po' dalla parte opposta con aria innocente. Mia madre, che si trovava lì, mi domandò perplessa se avevo visto il papà. Il fatto che lei avesse preso la mia voce per quella di papà fu per me un trionfo, ma ebbi la forza di tenere la cosa per me; subito lei la raccontò a mio padre come un fatto incomprensibile, non appena egli tornò a casa.

Neppure per un attimo pensarono di sospettarmi, ma fra i molti intensi desideri di quel tempo, il più intenso rimase per me quello di capire la lingua segreta dei miei genitori. Non riesco a spiegarmi perché non ce l'avessi con mio padre. In compenso covai un profondo rancore nei confronti di mia madre, un rancore che svanì soltanto quando, alcuni anni più tardi, dopo la morte di lui, fu lei stessa a insegnarmi il tedesco.

Un bel giorno il giardino si riempì di fumo, alcune delle nostre ragazze corsero fuori sulla strada e subito ritornarono eccitatissime, con la notizia che stava bruciando una casa del vicinato. Era già in fiamme, dicevano, stava bruciando tutta. Di colpo le tre case che si affacciavano sul nostro cortile si svuotarono, e, ad eccezione della nonna che non si alzava mai dal suo sofà, tutti coloro che vi abitavano corsero fuori, in direzione dell'incendio. Gli eventi si svolsero così rapidamente che si dimenticarono di me. Provai una certa paura a trovarmi tutto solo in quel modo, e poi l'idea di andare a vedere il fuoco attraeva anche me – forse per via del fuoco, forse ancor più per la direzione in cui vedevo correre tutti. Mi avviai attraverso il cancello aperto sulla strada, cosa che mi era vietata, e mi trovai nella corrente della folla che si affrettava verso l'incendio. Per fortuna vidi quasi subito due delle nostre ragazze più grandi, e poiché per nulla al mondo esse avrebbero cambiato direzione, mi presero nel mezzo e mi portarono in tutta fretta con sé. A una certa distanza dall'incendio si fermarono, forse per non mettermi in pericolo, e così per la prima volta in vita mia vidi una casa in fiamme. L'incendio aveva già consumato gran parte della costruzione, cadevano travi e guizzavano scintille. Stava calando la sera, si andava facendo buio e il chiarore del fuoco diventava sempre più intenso. Ma ciò che mi fece impressione molto più della casa in fiamme, furono le persone che si muovevano intorno ad essa. Dalla distanza a cui mi trovavo, parevano piccole e nere, erano moltissime e s'incrociavano correndo frenetiche. Alcuni restavano vicino alla casa, altri se ne allontanavano portando ciascuno qualcosa sulle spalle. «Ladri!» gridavano le ragazze. «Quelli sono ladri! Portan via la roba dalla casa prima che si riesca ad acchiapparli!» e questo le metteva in agitazione non meno dell'incendio, e poiché continuavano a strillare «Ladri! Ladri!» la loro eccitazione si comunicò anche a me. Le piccole figure nere erano instancabili, piegate in due si allontanavano veloci in tutte le direzioni. Alcuni avevano dei fagotti gettati sulle spalle, altri correvano curvi sotto il peso di oggetti spigolosi che non riuscivo a distinguere, e quando domandavo che cosa portavano, le ragazze non facevano che ripetere: «Ladri! Sono dei ladri!».

Quella scena, che non ho mai dimenticato, mi è più tardi riapparsa nei quadri di un pittore, così che ora non potrei dire che cosa ci fosse in origine e che cosa si sia aggiunto in seguito grazie a quei quadri. Avevo diciannove anni quando a Vienna mi trovai davanti ai quadri di Bruegel. Riconobbi immediatamente le molte minuscole figure dell'incendio della mia infanzia. Quei quadri me li sentivo familiari come se li avessi avuti sempre davanti agli occhi. Provai per essi un'attrazione straordinaria e andavo a rivederli ogni giorno. La parte della mia vita cominciata con quell'incendio proseguiva immediatamente in quei quadri, come se nel frattempo non fossero passati quindici anni. Così Bruegel è diventato per me il pittore più importante di tutti, ma non l'ho acquisito, come tante altre cose più tardi, con la contemplazione o la riflessione. L'ho ritrovato dentro di me, come se mi avesse aspettato già da molto tempo, sicuro che un giorno sarei arrivato a lui.

Vipere e lettere dell'alfabeto

Un lontano ricordo è legato a un lago. Vedo il lago, che è grande, lo vedo attraverso le lacrime. Stiamo sulla riva, accanto a un battello, ci sono i miei genitori e una ragazza che mi tiene per mano. I genitori dicono che vogliono andare sul lago con quel battello. Io cerco di divincolarmi per arrampicarmi sul battello, voglio andare anch'io, anch'io, ma papà e mamma dicono di no, che non posso andare, devo restare a terra con la bambinaia che mi tiene per mano. Io piango, loro cercano di convincermi, io continuo a piangere. La cosa va per le lunghe, loro sono inflessibili, io mordo la mano della ragazza, che però non abbandona la presa. Ora papà e mamma sono molto arrabbiati e mi lasciano a terra con lei, ma questa volta come punizione. Scompaiono nel battello, io gli urlo dietro con quanto fiato ho in corpo, adesso sono andati via, sono partiti, il lago diventa grande, sempre più grande, tutto si annebbia nelle lacrime.

Il lago era il Wörthersee e io avevo tre anni, come mi fu narrato molto tempo dopo. Di Kronstadt, nei Siebenbürgen, dove trascorremmo l'estate seguente, vedo i boschi e una montagna, un castello in cima a una collina e case sparse sui pendii. In questa immagine io non mi vedo, ma mi sono rimaste impresse alcune storie di serpenti che mio padre mi raccontava allora. Prima di andare a Vienna, era stato in collegio a Kronstadt; nella regione c'erano moltissime vipere e i contadini avevano il problema di liberarsene. Così i ragazzini impararono come si acchiappano le vipere e per ogni sacco pieno di serpi ricevevano in cambio quattro centesimi. Mio padre mi mostrò come si afferra una vipera, proprio dietro la testa, in modo che non possa mordere, e come la si uccide. Una volta che si è capito è facilissimo, diceva, e per niente pericoloso. Io lo ammiravo moltissimo e volevo sapere se poi nel sacco le vipere erano morte per davvero. Temevo che si fingessero morte e poi all'improvviso sgusciassero fuori dal sacco. Ma il sacco era legato ben stretto, mi aveva risposto, e poi dovevano essere morte per davvero, altrimenti non si sarebbero ricevuti i quattro centesimi. Io non credevo che qualcosa potesse essere morto per davvero.

Così, per tre anni consecutivi, trascorremmo le vacanze estive in località di villeggiatura della vecchia monarchia austro-ungarica, a Karlsbad, sul Wörthersee e a Kronstadt. Nel triangolo che si forma congiungendo questi tre punti, pur lontani tra loro, era racchiusa una buona parte della vecchia monarchia.

Sull'influsso che l'Austria esercitava su di noi, già fin da quei tempi lontani di Rustschuk, ci sarebbero molte cose da raccontare. Non soltanto entrambi i miei genitori erano andati a scuola a Vienna, non soltanto fra loro parlavano tedesco: mio padre leggeva ogni giorno la «Neue Freie Presse» ed era sempre un momento solenne quando spiegava lentamente il giornale. Non appena cominciava a leggere, non aveva più un solo sguardo per me, sapevo che in nessun caso avrebbe risposto, anche la mamma non gli faceva domande, neppure in tedesco. Io tentavo di scoprire che cosa lo avvincesse tanto in quel giornale, da principio pensavo che fosse l'odore, e quando ero solo e nessuno mi vedeva, mi arrampicavo sulla sua poltrona e annusavo avidamente le pagine. Ma poi mi accorsi che per leggere lui muoveva lentamente la testa a destra e a sinistra lungo il foglio, e provai a imitarlo standogli dietro le spalle, senza avere davanti agli occhi la pagina che egli invece teneva fra le mani, posata sulla tavola, mentre dietro di lui io giocavo sul pavimento. Una volta un visitatore che era appena entrato lo chiamò, lui si voltò di scatto e mi colse a mimare i movimenti di una immaginaria lettura. Allora, prima ancora di occuparsi del visitatore, si rivolse a me e mi spiegò che la cosa importante erano le lettere, tutte quelle minuscole lettere stampate su cui puntava il dito. Presto le avrei imparate anch'io, mi promise, e in quel modo risvegliò in me una sete inestinguibile di lettere dell'alfabeto.

Sapevo che il giornale veniva da Vienna e che Vienna era molto lontana, per raggiungerla ci volevano quattro giorni di navigazione sul Danubio. In casa si parlava spesso di parenti che andavano a Vienna per consultare medici famosi. I nomi dei grandi specialisti di quel tempo furono le primissime celebrità di cui sentii parlare da bambino. Quando più tardi arrivai a Vienna, mi meravigliai moltissimo che tutti quei nomi: Lorenz, Schlesinger, Schnitzler, Neumann, Hajek, Halban, corrispondessero a persone reali. Non avevo mai tentato di figurarmeli in carne e ossa; per me la loro esistenza si esauriva nelle loro sentenze, e queste avevano un tale peso, il viaggio per giungere fino a loro era talmente lungo, e i mutamenti che quei loro responsi causavano nelle persone che mi stavano intorno erano così radicali, che essi assunsero ai miei occhi un'aura fantomatica, come gli spiriti di cui si ha timore e ai quali ci si rivolge per ottenere aiuto. Quando si ritornava a casa dopo esser stati da loro si potevano mangiare soltanto determinate cose, e altre erano

proibite. Io immaginavo che parlassero in un loro speciale linguaggio che nessuno era in grado di comprendere e
che bisognava indovinare. Non mi venne mai in mente
che fosse la stessa lingua che sentivo parlare dai miei genitori e nella quale mi esercitavo in segreto senza capirla.

Delle lingue si discuteva spesso, solo nella nostra città
si parlavano sette o otto lingue diverse e tutti capivano
qualcosa di ciascuna; soltanto le ragazzine che venivano
dai villaggi non sapevano che il bulgaro e per questo erano considerate stupide. Ognuno enumerava le lingue che
conosceva; era importante padroneggiarne parecchie,
con la conoscenza delle lingue si poteva salvare la propria
esistenza e anche quella altrui.

Nei tempi passati i mercanti, quando si mettevano in
viaggio, si portavano addosso tutto il loro denaro in piccole borse che venivano legate intorno alla cintola. Così
equipaggiati, percorrevano anche il Danubio in battello,
e questo era pericoloso. Una volta il nonno di mia madre,
mentre era a dormire in coperta, aveva udito due uomini
che, parlottando tra loro in greco, stavano progettando
un omicidio. Non appena il battello si fosse avvicinato alla prossima città, avevano in mente di assalire un mercante nella sua cabina, ucciderlo, rubargli la sua grossa borsa
piena di soldi, gettare il cadavere nel fiume attraverso l'o-
blò, e poi, quando il battello avesse attraccato, scendere
rapidamente a terra e scappare. Il mio bisnonno era andato dal capitano e gli aveva raccontato quel che aveva
udito in greco. Il mercante fu messo in guardia, un uomo
dell'equipaggio si nascose segretamente nella sua cabina,
altri ancora vennero appostati nei dintorni, e quando i
due delinquenti arrivarono per compiere la loro impresa,
subito furono agguantati. Giunti al porto, dove volevano
svignarsela con il bottino, vennero invece consegnati in
catene nelle mani della polizia. Questo, per esempio, era
potuto succedere perché il bisnonno capiva il greco, ma
di storie edificanti che riguardavano le lingue ce n'erano
molte altre.

Tentato omicidio

Mia cugina Laurica ed io eravamo inseparabili compagni di giochi. Lei era la figlia minore della zia Sophie della casa accanto, ma aveva quattro anni più di me. Il giardino era il nostro regno. Laurica stava attenta a che io non uscissi per strada, ma il giardino era grande e io potevo scorrazzarvi in lungo e in largo; soltanto sull'orlo del pozzo non mi era permesso arrampicarmi, una volta c'era caduto dentro un bambino ed era annegato. Avevamo molti giochi e andavamo d'accordo, era come se la differenza di età non esistesse. Avevamo dei nascondigli segreti, dove radunavamo i nostri piccoli oggetti, e tutto quello che uno possedeva apparteneva anche all'altro. Quando ricevevo un regalo, correvo subito via gridando: «Devo mostrarlo a Laurica!». Poi discutevamo in quale nascondiglio l'oggetto doveva finire e non litigavamo mai. Io facevo quello che voleva lei, lei faceva quello che volevo io, ci amavamo e volevamo sempre le stesse cose. Io non le facevo mai pesare che lei era soltanto una bambina e per di più una figlia minore. Dalla nascita di mio fratello e da quando portavo i calzoni, ero molto compreso della mia nuova dignità di primogenito. Forse questo serviva anche a colmare la differenza di età che esisteva tra noi.

Poi Laurica cominciò ad andare a scuola e restava fuori tutta la mattina. Sentii molto la sua mancanza. Giocavo da solo e l'aspettavo; quando arrivava a casa, l'andavo a prendere al cancello e la tempestavo di domande su cosa aveva fatto a scuola. Lei mi raccontava, io cercavo di immaginare e mi veniva una gran voglia di andare a scuola anch'io per stare insieme a lei. Qualche tempo dopo tornò a casa con un quaderno, stava imparando a leggere e scrivere. Lo aprì solennemente davanti ai miei occhi, il quaderno conteneva, in inchiostro blu, quelle lettere dell'alfabeto che erano per me la cosa più affascinante che avessi mai visto. Ma quando feci per toccarlo, lei di colpo divenne seria. Disse che non potevo toccarlo, poteva farlo solo lei, le era stato proibito di lasciare il quaderno in mani altrui. Fui profondamente colpito da quel primo rifiuto. Ma tutto ciò che riuscii a ottenere da lei supplicandola teneramente fu di poter puntare il dito su una lettera, senza toccarla, e domandarle che cosa significava.

Quella prima volta mi rispose e mi spiegò, ma capii che non era tanto sicura e si contraddiceva, e sentendomi ferito perché non mi aveva lasciato toccare il quaderno, le dissi: «Non lo sai! Non sai niente, sei una cattiva scolara!».

Da quel giorno non mi lasciò più neanche guardare il quaderno da lontano. Presto ne ebbe molti di cui ero invidiosissimo; lei lo sapeva e così ebbe inizio un terribile gioco. Laurica mutò completamente il suo atteggiamento verso di me e cominciò a lasciarmi intendere quanto ero piccolo. Giorno dopo giorno mi induceva a mendicare i quaderni, e giorno dopo giorno me li rifiutava. Sapeva come tenermi sulle spine e prolungare il mio tormento. Non mi meraviglio che si sia arrivati alla catastrofe, anche se nessuno poteva prevedere la forma che essa assunse.

Quel giorno, che poi nessuno della mia famiglia avrebbe mai più dimenticato, me ne stavo come sempre davanti al cancello ad aspettare Laurica. «Lasciami vedere la scrittura» la supplicai non appena comparve. Lei non rispose, io capii, adesso si ricominciava, e in quel momento nessuno avrebbe potuto separarci. Lei depose lentamente la cartella, ne trasse con flemma i quaderni, li sfogliò adagio, e poi, svelta come un lampo, me li mise sotto il naso. Io li afferrai, lei me li strappò di mano e scappò via con un balzo. Quando fu lontana si fermò, mi mostrò un quaderno aperto e si mise a gridare: «Sei troppo piccolo! Sei troppo piccolo! Non sai ancora leggere!».

Tentai di acchiapparla, le corsi dietro dappertutto, scongiurandola di farmi vedere i quaderni. Ogni tanto mi lasciava arrivare talmente vicino che già credevo di poterli aguantare, ma poi, all'ultimo momento, si sottraeva e me li strappava via. Con abili manovre riuscii a sospingerla nell'ombra di un muretto non troppo alto, e da lì non mi poteva più sfuggire. Ora l'avevo in pugno e mi misi a gridare terribilmente eccitato: «Dammeli! Dammeli!», con questo intendendo i quaderni e quel che c'era scritto dentro, per me era tutt'uno. Lei alzò le braccia sopra la testa, era molto più alta di me, e posò i quaderni sopra il muretto. Io non ci arrivavo, ero troppo piccolo, continuavo a saltare ansimando, ma tutto era inutile, lei mi stava accanto e rideva con scherno. Improvvisamente la piantai in asso e feci il lungo giro intorno alla casa fino al cortile della cucina, per prendere la scure dell'armeno, con la quale volevo ucciderla.

Nel cortiletto c'erano le cataste dei ciocchi ben allineati e di fianco la scure; l'armeno non c'era, sollevai la scure e tenendola dritta davanti a me, rifeci a passo di marcia il lungo cammino che avevo appena percorso, con un canto assassino sulle labbra che ripetevo incessantemente: «Agora vo matar a Laurica! Agora vo matar a Laurica!» – «Adesso ucciderò Laurica! Adesso ucciderò Laurica!».

Quando tornai e lei mi vide comparire, la scure tenuta alta davanti a me con entrambe le mani, corse via gridando. Gridava come se la scure si fosse già abbattuta su di lei e l'avesse colpita in pieno. Gridava senza neppure prender fiato, coprendo facilmente con la sua voce acutissima il grido di guerra che io, con grande risolutezza, andavo ripetendo continuamente fra me e me, a voce neppure troppo alta: «Agora vo matar a Laurica!».

Il nonno, armato di un bastone da passeggio, uscì dalla sua casa di corsa, si precipitò su di me e mi strappò la scure di mano apostrofandomi con furia. Intanto le tre case che si affacciavano sul giardino cominciavano ad animarsi, da ogni casa usciva gente (mio padre era in viaggio, ma la mamma c'era) e fu subito organizzato un consiglio di famiglia per discutere il caso del bambino con tendenze omicide. Io protestai a lungo e raccontai come Laurica mi aveva torturato a sangue, ma che a soli cinque anni io avessi afferrato una scure per ucciderla era per tutti una cosa assolutamente incomprensibile, anzi, non riuscivano neppure a capire come fossi riuscito a reggere dritta davanti a me quella pesantissima scure. Credo che si rendessero conto che per me la scrittura aveva veramente una grande importanza, essendo ebrei la «Scrittura» era per tutti loro una cosa importante, ma in me qualcosa di assai malvagio e pericoloso doveva pur esserci se mi aveva indotto addirittura a voler uccidere la mia compagna di giochi.

Fui punito severamente, ma la mamma, che pure si era molto spaventata, cercò di consolarmi e mi disse: «Presto imparerai anche tu a leggere e scrivere. Non occorre che aspetti fino a quando andrai a scuola. Puoi imparare anche prima».

Nessuno vide il nesso fra le mie intenzioni delittuose e

la sorte dell'armeno. Lo amavo, come amavo la musica e le parole delle sue tristi canzoni. E amavo la scure che gli serviva a spaccare la legna.

La maledizione

I rapporti con Laurica non si spezzarono però del tutto. Lei non si fidava più di me e quando tornava da scuola cercava di sfuggirmi, guardandosi bene dall'aprire la cartella in mia presenza. Io del resto avevo perso ogni interesse per la sua scrittura. Dopo quel tentativo di omicidio rimasi fermo nella mia convinzione che fosse una cattiva scolara e che si vergognasse di mostrare le sue lettere mal scritte. Forse non avevo altro modo di salvare il mio orgoglio.

Laurica si vendicò in maniera terribile, una vendetta che però poi, anche molto più tardi, negò ostinatamente di aver voluto. Tutto ciò che potrei dire a sua discolpa è che forse non si rese conto di quel che aveva fatto.

La maggior parte dell'acqua che si usava nelle nostre case veniva portata dal Danubio in botti gigantesche. Un mulo trainava la botte, montata su una specie di veicolo, e un «portatore d'acqua», che in realtà non portava proprio niente, gli camminava davanti, tenendosi di lato, con la frusta in mano. L'acqua veniva venduta per pochi soldi davanti al cancello e dopo esser stata scaricata finiva in enormi pentoloni a bollire. I pentoloni di acqua bollente venivano poi portati sul terrazzo davanti a casa, dove restavano piuttosto a lungo, fino a quando l'acqua si era del tutto freddata.

Laurica ed io ci eravamo riappacificati quel tanto che bastava per giocare ogni tanto insieme a nascondino. Una volta sul terrazzo c'erano i pentoloni con l'acqua appena bollita e noi correvamo lì intorno, troppo vicino, e quando Laurica riuscì ad acchiapparmi proprio accanto ad uno di essi, con una spinta mi fece cadere nell'acqua bollente. Mi ustionai su tutto il corpo, meno che la testa. La zia Sophie, che udì le mie urla strazianti, mi tirò fuori dall'acqua e mentre mi toglieva di dosso i vestiti veniva via anche la pelle; si temette per la mia vita e rimasi a letto per molte settimane fra le più atroci sofferenze.

A quel tempo mio padre era in Inghilterra, e questa fu per me la cosa peggiore. Pensavo che sarei morto e lo invocavo a voce alta, gridavo piangendo che non lo avrei rivisto mai più, e questo era molto peggio del dolore delle ustioni, delle quali, infatti, non ricordo più nulla, mentre sento ancora, chiarissima, la nostalgia disperata di mio padre. Pensavo che lui non sapesse che cosa mi era capitato e quando mi assicuravano del contrario gridavo: «Ma perché allora non viene? Perché non viene? Voglio vederlo!». Forse ci fu effettivamente qualche incertezza, qualche ritardo nel dargli la notizia, era arrivato a Manchester solo da pochi giorni ed era lì per organizzare il nostro trasferimento in Inghilterra, forse pensarono che le mie condizioni sarebbero migliorate a poco a poco e non fosse necessario richiamarlo subito indietro. Ma se anche lo avessero avvertito subito e si fosse messo immediatamente in viaggio per tornare a casa, la strada era lunga e non poteva essere già da me. Intanto cercavano di consolarmi, promettendomi il suo ritorno da un giorno all'altro, e poi, quando il mio stato si aggravò, da un'ora all'altra. Una notte, quando si sperava che mi fossi finalmente addormentato, saltai sul letto strappandomi tutto di dosso. Invece di lamentarmi per il dolore, urlavo: «Cuando viene? Cuando viene?». La mamma, il medico e tutti gli altri che mi stavano intorno mi erano indifferenti, non li vedo, non so che cosa abbiano fatto, sicuramente in quei giorni si prodigarono in mille modi e mi colmarono di attenzioni, ma io non me ne accorgevo, un unico pensiero occupava la mia mente, la ferita in cui confluiva tutto il resto: mio padre.

Poi udii la sua voce, mi si avvicinò da dietro, io stavo steso bocconi, mi chiamò piano per nome, girò intorno al letto, lo vidi, mi posò una mano leggera sui capelli, era lui, e fu come se il dolore fosse scomparso.

Tutto ciò che accadde da quel momento in poi lo so soltanto dai racconti degli altri. La ferita si trasformò in una gioia inattesa, miracolosa, ebbe inizio la guarigione, il papà promise di non allontanarsi più e infatti mi rimase accanto per le settimane che seguirono. Il medico era convinto che se non fosse comparso al mio capezzale e poi non mi fosse rimasto continuamente vicino, certamente sarei morto. In cuor suo mi aveva già dato per spacciato, comunque aveva insistito perché si facesse tornare mio padre, riponendo in lui la sua unica se pur tenue speranza di salvarmi. Quello stesso medico aveva aiutato noi tre fratelli a venire al mondo e più tardi disse che di tutti i parti a cui aveva assistito, quello della mia rinascita era stato il più difficile.

Pochi mesi prima, nel gennaio 1911, era nato il mio ultimo fratellino. Il parto era stato facile e la mamma si sentì abbastanza in forze da allattare lei stessa il piccino. Tutto fu molto diverso dalla volta precedente e, forse perché si svolse senza alcuna complicazione, in casa si parlò poco del parto, che solo per breve tempo rimase al centro dell'attenzione generale.

Io sentivo però che stavano maturando grandi eventi. I discorsi dei miei genitori avevano assunto un tono diverso, erano gravi e risoluti, davanti a me non parlavano più sempre in tedesco e spesso sentivo nominare l'Inghilterra. Venni a sapere che il fratellino si sarebbe chiamato George, come il nuovo re d'Inghilterra. Questo mi piacque molto, perché era una cosa inattesa, il nonno, invece, ne fu contrariato e insistette moltissimo per un nome biblico, ma io sentii dire dai miei genitori che non avrebbero ceduto, dopotutto il figlio era loro e lo avrebbero chiamato come volevano.

La ribellione contro il nonno era già in corso da qualche tempo, ma la scelta di quel nome fu un'aperta dichiarazione di guerra. Due fratelli della mamma avevano fondato a Manchester una ditta che si era sviluppata molto rapidamente, poi uno dei due era morto all'improvviso e l'altro chiese a mio padre se voleva raggiungerlo in Inghilterra e diventare suo socio. Per i miei genitori era l'occasione da tempo desiderata di andar via da Rustschuk, che per loro era ormai troppo angusta e orientale, e soprattutto era l'occasione di liberarsi dalla tirannia del nonno, ancor più opprimente. Accettarono immediatamente, ma la cosa era più presto detta che fatta, perché da quel momento ebbe inizio un'aspra lotta fra loro e il nonno, che a nessun costo voleva rinunciare a uno dei suoi figli. Io non conoscevo i particolari di quel conflitto, che durò circa sei mesi, ma sentivo che l'atmosfera di casa era cambiata, e specialmente l'atmosfera del giardino, dove i componenti della famiglia non potevano fare a meno di incontrarsi.

Ad ogni occasione in giardino il nonno mi attirava a sé, mi baciava e, se qualcuno lo vedeva, si metteva a piangere a calde lacrime. A me tutto quel bagnato sulle guance dava molto fastidio, anche se lui continuava a ripetere che io ero il suo nipote prediletto e che senza di me non poteva vivere. I miei genitori, rendendosi conto che stava cercando di montarmi contro l'Inghilterra, per controbilanciare le sue manovre mi raccontarono tutte le cose meravigliose che ci aspettavano laggiù. «Laggiù c'è solo gente onesta,» diceva mio padre «quando uno promette una cosa poi la fa, non ha neppure bisogno di dare la mano per sottolineare il suo impegno». Io ero, com'è ovvio, completamente dalla sua parte, non avrebbe neppure avuto bisogno di promettermi che in Inghilterra sarei andato subito a scuola per imparare a leggere e scrivere.

Con lui, ma ancor più con la mamma, il nonno si comportava però ben diversamente che con me. Considerava la nuora l'anima nera di quel piano di fuga e quando lei un giorno gli disse: «Sì, questa vita a Rustschuk noi non la sopportiamo più. Tutti e due vogliamo andarcene di qui!», lui le voltò le spalle e non le rivolse più la parola; per tutti i mesi che restammo ancora lì, continuò a trattarla come fosse aria, non la vedeva neppure. Ma sul papà, che invece doveva ancora andare a lavorare in ditta, scaricava tutta la sua collera, una collera tremenda che di settimana in settimana si faceva sempre più tremenda. Quando alla fine vide che non riusciva a ottenere nulla, pochi giorni prima della nostra partenza, lo maledisse solennemente nel giardino di casa, lui, suo figlio, davanti a tutti i parenti riuniti che lo stettero ad ascoltare orripilati. Io sentii come commentarono poi il fatto tra loro: non c'è nulla di più terribile, dicevano, di un padre che maledice il proprio figlio.

PARTE SECONDA

MANCHESTER

1911-1913

Tappezzerie e libri
Passeggiate lungo il Mersey

Per alcuni mesi dopo la sua morte, dormii nel letto di mio padre. Era pericoloso lasciare sola la mamma. Non so a chi venne l'idea di darmi l'incarico di vegliare sulla sua vita. Lei piangeva molto e io stavo ad ascoltare il suo pianto. Consolarla non potevo, era inconsolabile. Ma quando si alzava e andava alla finestra, io balzavo in piedi e mi mettevo al suo fianco. La cingevo con le braccia e non la lasciavo andare. Non parlavamo, queste scene si svolgevano senza parole. La tenevo molto stretta, e se avesse tentato di saltare dalla finestra avrebbe dovuto trascinare anche me. Non aveva la forza di portarmi con sé nella morte. Allora, dal rilassarsi del suo corpo, avvertivo che la tensione cedeva: dalla disperata decisione che l'aveva per un momento dominata lei tornava a me. Si premeva la mia testa contro il petto e singhiozzava a voce alta. Aveva creduto che dormissi e si era sforzata di piangere in silenzio per non svegliarmi. Era talmente presa dal suo dolore che non si accorgeva delle mie veglie segrete, e quando si alzava senza far rumore e scivolava verso la finestra, era sicura che io dormissi profondamente. Anni più tardi, parlando di quel periodo, mi confessò che ogni volta si meravigliava di sentirmi subito accanto a lei, a cingerla con le mie braccia. Non poteva sfuggirmi, non l'abbandonavo un istante. Mi permetteva di trattenerla, ma sentivo che la mia vigilanza l'infastidiva. Ci si provava ogni notte, ma mai più di una volta. Poi, passato il momento più drammatico, entrambi ci addormentavamo sfiniti. A poco a poco finì col provare per me una sorta di rispetto e in molte cose cominciò a trattarmi come un adulto.

Dopo alcuni mesi traslocammo dalla casa di Burton Road, dove mio padre era morto, nella Palatine Road, in casa del fratello maggiore della mamma. Era una grandissima casa piena di gente e il pericolo più acuto era ormai superato.

Nel periodo precedente, in Burton Road, non c'erano state soltanto quelle terribili scene notturne. Le giornate trascorrevano tranquille, in tono smorzato. Verso sera la mamma ed io cenavamo a un tavolinetto da gioco nel salotto giallo. Il tavolino, trasportato appositamente in quella stanza – del cui arredamento non faceva parte –, era apparecchiato per due. La cena consisteva in uno spuntino freddo con tante piccole leccornie, sempre le stesse: formaggio pecorino fresco con cetrioli e olive, come in Bulgaria. Io allora avevo sette anni, la mamma ventisette. La nostra conversazione era molto seria e composta, c'era molto silenzio, non il solito baccano della stanza dei bambini; e la mamma mi diceva: «Tu sei il mio figlio grande» investendomi di quella responsabilità che io poi sentivo verso di lei durante la notte. Per tutta la giornata desideravo quell'ora della cena. Mi servivo da solo, come lei mettevo pochissimo nel piatto, tutto si svolgeva con gesti brevi, calcolati, ma per quanto ricordi benissimo i movimenti delle mie dita, di che cosa parlassimo non lo saprei più dire, l'ho dimenticato. Ricordo soltanto quell'unica frase che lei mi disse tante volte: «Tu sei il mio figlio grande». Vedo il debole sorriso della mamma mentre si chinava su di me, vedo i movimenti della sua bocca mentre mi parlava, non con lo slancio appassionato di un tempo, ma con grande ritegno, e credo di non aver avvertito in lei alcun dolore durante quei pasti, forse il dolore si dissolveva grazie alla mia comprensiva presenza. Una volta mi spiegò qualcosa sulle olive.

Prima di allora la mamma non aveva significato moltissimo per me. Non la vedevo mai da sola. Noi eravamo costantemente sorvegliati da una governante e giocavamo sempre di sopra, nella stanza dei bambini. I miei fratellini erano minori di me rispettivamente di quattro e di cinque anni e mezzo. George, il più piccino, aveva un piccolo recinto tutto per sé. Nissim, quello di mezzo, era famoso per le sue birichinate. Bastava lasciarlo solo un momento e subito ne combinava qualcuna. Per esempio, apriva i rubinetti nella stanza da bagno e prima che ci si accorgesse del guaio, l'acqua scorreva giù per le scale fino al piano terreno; oppure srotolava la carta igienica fino a che tutto il corridoio del primo piano ne era letteralmente ricoperto. Le sue malefatte erano imprevedibili e ogni volta più disastrose, e poiché nulla pareva in grado di arrestarlo su questa strada, ormai era chiamato soltanto «the naughty boy».

Io ero l'unico che andava a scuola, da Miss Lancashire, nella Barlowmore Road, e di questa scuola racconterò in seguito.

A casa, nella stanza dei bambini, giocavo per lo più da solo. In verità giocavo poco, parlavo piuttosto con la tappezzeria. I molti cerchi scuri nel disegno della tappezzeria li vedevo come persone. Inventavo una quantità di storie in cui essi figuravano da protagonisti, qualche volta ero io a raccontargliele, ma qualche volta anche loro partecipavano al gioco; comunque non mi stancavo mai di questi personaggi della tappezzeria ed ero capace di stare ore e ore a discorrere con loro. Quando la governante usciva con i miei fratellini, cercavo di starmene da solo con i cerchi della tappezzeria. La loro compagnia era per me la più gradita, più gradita comunque di quella dei fratellini, che con le loro stupidaggini, come per esempio le birichinate di mio fratello Nissim, creavano sempre una gran confusione e un mucchio di fastidi. Quando i bambini erano nelle vicinanze, con i miei personaggi della tappezzeria parlavo bisbigliando; se era presente la governante, le mie storie mi contentavo addirittura di pensarle soltanto, e non muovevo neppure le labbra. Ma poi, quando finalmente tutti erano usciti dalla stanza, io aspettavo ancora un po' e infine cominciavo indisturbato le mie lunghe chiacchierate. Presto il discorso si faceva vivace e animato, ricordo soltanto che tentavo di indurre i personaggi della tappezzeria alle gesta più temerarie e mostravo loro il mio disprezzo quando non mi davano ascolto. Li esortavo, li insultavo, e intanto però provavo sempre un po' di paura, ma i miei sentimenti li attribuivo a loro, erano *loro* i vigliacchi. Loro d'altra parte stavano al gioco e ogni tanto dicevano qualcosa. C'era un cerchio, in un punto particolarmente appariscente, che con la sua parlantina mi contraddiceva sempre, e non era un trionfo da poco quando riuscivo a convincerlo di qualcosa. Un giorno, mentre ero impegnato in una di queste discussioni con lui, la governante rientrò prima del previsto e udì delle voci provenienti dalla stanza dei bambini. Entrò all'improvviso e mi colse in flagrante; il mio segreto era scoperto, da quel giorno fui costretto a fare sempre le passeggiate insieme agli altri, in casa pensarono che non mi facesse bene restare da solo per tutto quel tempo. Così finirono le delizie della tappezzeria, ma io, ostinato com'ero, mi abituai a ripetere le mie storie in silenzio, anche quando i fratellini erano presenti nella stanza. Avevo persino imparato a giocare con loro intrattenendomi contemporaneamente con i personaggi della tappezzeria. Solo la governante, che si era fatta un obbligo di guarirmi completamente da quelle tendenze malsane, riusciva a paralizzarmi, e quando c'era lei la tappezzeria ammutoliva.

Ma i discorsi più belli a quel tempo li facevo con il mio vero papà. La mattina, prima di andare in ufficio, veniva brevemente da noi nella stanza dei bambini e a ciascuno diceva qualche frase speciale, sempre azzeccata. Era vivace e allegro e ogni giorno inventava nuovi giochi e scherzi. La mattina le sue visite non duravano a lungo, si tratteneva con noi prima di scendere per la colazione che faceva con la mamma in sala da pranzo e ancora doveva leggere i giornali. La sera invece arrivava sempre coi regali, portava qualcosa per ciascuno di noi, non c'era giorno che tornasse a casa senza portarci un piccolo dono. Allora si fermava più a lungo e faceva ginnastica con noi. Il suo più gran divertimento era issarci tutti e tre sul braccio ben teso. I due piccoli li teneva stretti lui, mentre io dovetti imparare a reggermi in equilibrio da solo, e sebbene lo amassi più di qualsiasi altra persona al mondo, di quell'aspetto dell'operazione avevo sempre un po' di paura.

Andavo già a scuola da qualche mese, quando accadde una cosa solenne ed eccitante che determinò tutta la mia successiva esistenza. Mio padre mi portò un libro. Mi accompagnò da solo nella stanza sul retro dove dormivamo noi bambini e me lo spiegò. Era *The Arabian Nights, Le Mille e una notte* in un'edizione adatta alla mia età. Sulla copertina c'era un'illustrazione a colori, se non sbaglio di Aladino con la lampada meravigliosa. Il papà mi parlò in tono molto serio e incoraggiante e mi disse quanto sarebbe stato bello leggere quel libro. Lui stesso mi lesse ad alta voce una storia: altrettanto belle sarebbero state tutte le altre. Dovevo cercare di leggerle da solo e poi la sera raccontargliele. Quando avessi finito quel libro, me ne avrebbe portato un altro. Non me lo feci ripetere due volte e sebbene a scuola avessi appena finito di imparare a leggere, mi gettai subito su quel libro meraviglioso e ogni sera avevo qualcosa da raccontargli. Lui mantenne la promessa, ogni volta c'era un libro nuovo, così che non ho mai dovuto interrompere, neppure per un solo giorno, le mie letture.

Era una collana di libri per bambini, tutti volumi dello stesso formato quadrato. Si distinguevano solo per la diversa illustrazione a colori in copertina. In tutti i volumi i caratteri erano di uguale grandezza, così che si aveva l'impressione di leggere sempre lo stesso libro. Ma che collana stupenda e impareggiabile! Non ce n'è mai stata un'altra simile. I titoli li ricordo tutti. Dopo *Le Mille e una notte* vennero le fiabe di Grimm, Robinson Crusoe, i Viaggi di Gulliver, i racconti tratti da Shakespeare, Don Chisciotte, Dante, Guglielmo Tell. Mi domando ora come fosse possibile ridurre il poema di Dante per renderlo adatto ai bambini. Ogni volume aveva parecchie illustrazioni a colori che però non mi piacevano, erano molto più belle le storie, non so nemmeno se oggi sarei in grado di riconoscere quelle figure. Sarebbe facile dimostrare che quasi tutto ciò di cui più tardi si è nutrita la mia esistenza era già contenuto in quei libri, i libri che io lessi per amore di mio padre nel mio settimo anno di vita. Dei personaggi che poi non mi avrebbero più abbandonato mancava soltanto Ulisse.

Ogni volta che avevo finito un libro, ne discutevo con mio padre e talvolta mi eccitavo a tal segno che lui doveva calmarmi. Non mi disse mai però, come usano fare gli adulti, che le fiabe non sono vere; e di questo gli sono particolarmente grato, forse le considero vere ancora oggi. Mi accorsi ben presto che Robinson Crusoe era diversissimo da Sindbad il Marinaio, ma mai mi venne in mente di considerare quelle storie una meno importante dell'altra. L'Inferno di Dante in verità mi ispirò qualche brutto sogno. Quando udii la mamma che diceva: «Jacques, quello non glielo avresti dovuto dare, è troppo presto per lui», ebbi paura che papà smettesse di portarmi i libri e imparai a tener nascosti i miei sogni. Credo anche – ma di questo non sono del tutto sicuro – che la mamma vedesse un rapporto fra i libri e i miei frequenti discorsi con i personaggi della tappezzeria. Fu il periodo in cui volli meno bene alla mamma. Ero abbastanza furbo da intuire il pericolo e forse non avrei abbandonato così volenterosamente e ipocritamente i miei colloqui a voce alta con i personaggi della tappezzeria, se i miei libri e le conversazioni con mio padre che li riguardavano non fossero stati allora per me la cosa più importante del mondo.

Mio padre però non si lasciò affatto fuorviare e dopo Dante tentò con Guglielmo Tell. Fu in quell'occasione che udii per la prima volta la parola «libertà». Mi disse in proposito qualcosa che ho dimenticato, ma ricordo che aggiunse qualche parola sull'Inghilterra: per questo eravamo venuti a vivere in Inghilterra, perché qui si era liberi. Io sapevo quanto lui amasse l'Inghilterra, mentre il cuore della mamma era rimasto a Vienna. Mio padre si sforzava di imparare sempre meglio la lingua inglese e una volta la settimana veniva in casa un'insegnante a dargli lezione. Notai che pronunciava le frasi inglesi con una intonazione diversa da quando parlava tedesco, quel tedesco che gli era familiare fin dall'infanzia e che quasi sempre usava con la mamma. Talvolta lo udivo mentre ripeteva più volte singole frasi. Le pronunciava lentamente, come qualcosa di molto bello, gli davano un grande godimento e le diceva più d'una volta. Con noi bambini ora parlava sempre inglese, e lo spagnolo, che fino ad allora era stato la mia lingua, passò in secondo piano, ormai lo udivo soltanto dagli altri, per lo più dai parenti anziani.

Il resoconto dei libri che leggevo voleva sentirlo soltanto in inglese, e suppongo di aver fatto rapidi progressi grazie a quelle letture così appassionanti. Papà era molto contento quando raccontavo con scioltezza. Ma ad ogni cosa che diceva *lui* attribuiva un peso particolare, e infatti rifletteva ben bene prima di parlare per non fare errori e parlava quasi come un libro stampato. Ricordo le ore che passavamo a discutere dei libri come ore solenni, ben diverse da quando il papà veniva a giocare nella stanza dei bambini inventando continuamente nuovi scherzi.

L'ultimo libro che ricevetti da lui fu un libro su Napoleone. Era scritto dal punto di vista inglese e Napoleone vi compariva come un crudele tiranno che voleva ridurre sotto il proprio giogo tutte le nazioni, e in particolare l'Inghilterra. Stavo ancora leggendo quel libro quando mio padre morì. La mia avversione per Napoleone è rimasta da allora ferma e incrollabile. Avevo già cominciato a raccontargli le mie impressioni riguardanti quella lettura, ma non ero ancora molto avanti. Me lo aveva dato subito dopo il Guglielmo Tell, e avendomi fatto quel discorso sulla libertà, il libro voleva essere un piccolo esperimento. Quando, eccitatissimo, cominciai a parlargli di Napoleone, mi disse: «Aspetta, è ancora troppo presto. Vai avanti a leggere. Vedrai, le cose cambieranno molto». So con sicurezza che Napoleone allora non era ancora imperatore. Forse era una prova, forse voleva vedere come avrei retto agli splendori e alle meraviglie della gloria imperiale. Dopo la sua morte finii di leggere quel libro, e lo rilessi, come tutti i libri che lui mi aveva regalato, moltissime volte. Del potere fino ad allora non avevo quasi avuto occasione di accorgermi. Per la prima volta me ne feci un'idea leggendo quel libro, e non ho mai potuto sentir pronunciare il nome di Napoleone senza collegarlo dentro di me con la morte repentina di mio padre. Per me mio padre è rimasto una vittima di Napoleone, di tutte la più grande, la più atroce.

Qualche volta la domenica mio padre mi portava con sé a fare una passeggiata. Eravamo noi due soli. Non lontano da casa nostra scorreva un fiumiciattolo che si chiamava Mersey. Sul lato sinistro era costeggiato da un muro rossiccio, dall'altro si snodava un sentiero che attraversava un bellissimo prato pieno di fiori e di erba alta. Papà mi aveva insegnato il vocabolo esatto per prato, si diceva *meadow* e ad ogni passeggiata me lo chiedeva. A lui quella parola pareva particolarmente bella e per me è rimasta la parola più bella della lingua inglese. Un'altra delle sue parole predilette era *island*. Che l'Inghilterra fosse un'isola deve avere avuto per lui un significato speciale: forse la sentiva come un'isola beata. Con mia grande meraviglia continuava a spiegarmi il significato della parola anche quando ormai lo sapevo già da un pezzo. Durante la nostra ultima passeggiata nel prato lungo il Mersey mi parlò in un modo molto diverso da quello a cui ero abituato. Mi domandò con insistenza che cosa volevo fare da grande e io risposi senza riflettere: «Il dottore!». «Farai ciò che più ti piacerà» mi disse, e pronunciò queste parole con una tale tenerezza che entrambi ci fermammo. «Non necessariamente devi diventare un commerciante come me e gli zii. Andrai all'università e poi farai quel che vorrai».

Quel colloquio l'ho sempre considerato come il suo ultimo desiderio. Allora però non sapevo perché era tanto diverso dal solito mentre mi parlava così. Soltanto quando appresi molte più cose della sua vita, mi resi conto che pronunciando quelle parole aveva pensato a se stesso. Durante gli anni di studio a Vienna, papà era stato un appassionato frequentatore del Burgtheater e aveva coltivato il grandissimo desiderio di diventare attore. Sonnenthal era il suo idolo, e mio padre, pur essendo giovanissimo, era riuscito ad avvicinarlo e a parlargli di quel suo desiderio. Sonnenthal gli aveva detto che non aveva la statura adatta per il palcoscenico, un attore non poteva essere così piccolo. Dal nonno, che era un vero commediante in ogni manifestazione della sua esistenza, papà aveva ereditato il talento per la scena, ma la sentenza di Sonnenthal aveva distrutto tutte le sue aspettative e l'aveva indotto a seppellire i suoi sogni. Era dotato per la musica, aveva una bella voce, e più di ogni altra cosa amava il suo violino. Il nonno, che governava i propri figli come un implacabile patriarca, li mise tutti a lavorare molto presto nella sua azienda; in ogni città bulgara di una certa importanza doveva esserci una filiale della ditta con a capo uno dei suoi figli. Quando papà cominciò a dedicare troppe ore al violino, lo strumento gli fu sottratto e contro il suo volere fu subito messo a lavorare in ditta. La cosa non gli piacque, dei suoi interessi non si preoccupava affatto, ma non era abbastanza forte da opporsi a suo padre e così si adattò. Aveva già ventinove anni quando, con l'aiuto della mamma, riuscì finalmente ad andarsene dalla Bulgaria e a sistemarsi a Manchester. Ma allora aveva ormai una famiglia con tre figli ai quali doveva provvedere, e così continuò a fare il commerciante. Per lui era già una vittoria essere riuscito a sottrarsi alla tirannia paterna e aver lasciato la Bulgaria. È vero che era rimasto in pessimi rapporti con suo padre e si portava dietro la sua maledizione, ma almeno in Inghilterra era un uomo libero, deciso ad agire con i propri figli in tutt'altro modo.

Non credo che mio padre fosse un uomo molto dotto. Per lui il teatro e la musica erano più importanti della lettura. Nella sala da pranzo, a piano terreno, c'era un pianoforte e ogni sabato e domenica, quando papà non andava in ufficio, i miei genitori avevano l'abitudine di fare insieme un po' di musica. Lui cantava e la mamma lo accompagnava al pianoforte. Erano sempre *Lieder* tedeschi, per lo più di Loewe e di Schubert. Da uno di questi *Lieder* – si intitolava *Das Grab auf der Heide* [«La tomba nella brughiera»] ma non so di chi fosse – ero completamente soggiogato. Appena lo sentivo aprivo la porta della camera dei bambini, sgusciavo giù per le scale e mi mettevo in ascolto dietro la porta della sala da pranzo. Il tedesco allora non lo capivo ancora, eppure quel canto mi spezzava il cuore. Un giorno fui scoperto mentre ero nascosto dietro la porta, e da allora ebbi il permesso di stare in sala mentre papà e mamma lo suonavano. Mi venivano a prendere di sopra soltanto per quel *Lied*, e così non avevo più bisogno di scendere furtivamente le scale per ascoltarlo. Mi spiegarono anche le parole della canzone, e anche se in Bulgaria mi era già capitato più volte di sentir parlare in tedesco, e avevo poi ripetuto segretamente fra me le parole che avevo udito, pur senza capirne il significato, ora per la prima volta mi veniva tradotto qualcosa da quella lingua: le prime parole tedesche che imparai furono quelle della canzone *Das Grab auf der Heide*. Era la storia di un disertore che viene catturato e si trova di fronte ai suoi camerati che lo devono fucilare. Nella canzone spiega ciò che lo aveva indotto alla fuga, se non sbaglio tutto nasceva da un canto della sua terra che aveva ascoltato per caso. Il *Lied* finiva con le parole: «Addio, fratelli, a voi il petto!». Poi uno sparo e alla fine rose sulla tomba nella brughiera.

Io aspettavo tremando il finale, ero in preda a un'eccitazione che non invecchiava mai. Non mi stancavo di sentire quella canzone e tormentavo il papà, che la cantava due o tre volte di seguito. Ogni sabato, quando veniva a casa, prima ancora che avesse aperto i pacchetti con i regali che aveva per noi, gli domandavo se avrebbe cantato *Das Grab auf der Heide*. Lui diceva «Forse», ma era piuttosto perplesso, giacché la mia fissazione per quella canzone cominciava a inquietarlo. Io non volevo credere che il disertore fosse morto davvero, speravo sempre in un salvataggio, e dopo che i genitori avevano eseguito il *Lied* parecchie volte e non s'era presentata alcuna possibilità di salvezza per il condannato, io rimanevo sconvolto, addirittura annientato. Di notte, a letto, il disertore mi tornava alla mente e rimuginavo sul suo destino. Non capivo come i suoi camerati avessero potuto sparargli. Aveva pur spiegato chiaramente le sue ragioni, io non gli avrei certo sparato contro. La sua morte mi restava incomprensibile e quello fu il primo morto per il quale presi il lutto.

Little Mary. Il naufragio del «Titanic»
Il capitano Scott

Poco dopo il nostro arrivo a Manchester, cominciai ad andare a scuola. La scuola era in Barlowmore Road, a circa dieci minuti di strada da casa nostra. La direttrice si chiamava Miss Lancashire, e poiché la contea in cui si trovava Manchester si chiamava pure Lancashire, mi meravigliai molto di quel nome. La mia classe era mista e di colpo mi ritrovai in mezzo a bambini e bambine inglesi. Miss Lancashire era una donna giusta e trattava tutti i suoi scolari con la stessa cordialità. Mi incoraggiava quando dovevo raccontare con scioltezza qualcosa in inglese, perché all'inizio in questo mi trovavo un po' in difficoltà rispetto agli altri bambini. A leggere e scrivere imparai invece molto in fretta, e quando poi a casa cominciai a leggere i libri che mi regalava papà, notai che lei non ne voleva sentir parlare per niente. Si impegnava moltissimo perché tutti i bambini si trovassero a proprio agio; di veder fare rapidi progressi non le importava affatto. Non la vidi una sola volta tesa o tanto meno arrabbiata, faceva talmente bene il suo lavoro che con i bambini non aveva mai difficoltà. I suoi gesti erano sicuri, ma non baldanzosi, e parlava con un tono di voce uniforme, mai pressante. Non riesco a ricordarla mentre impartisce un ordine. Semplicemente alcune cose non erano permesse; noi ubbidivamo di buon grado proprio perché questi divieti non ci venivano ripetuti in continuazione. Amai la scuola fin dal primo giorno. Miss Lancashire non era rigida e angolosa come la nostra governante, e soprattutto non aveva quel naso a punta. Era invece piccola e delicata, con un bel viso rotondo, indossava un grembiule marrone che arrivava fino a terra, e poiché non ero mai riuscito a vederle le scarpe, domandai ai miei genitori se le portasse. Ero un bambino molto suscettibile e non mi piaceva essere preso in giro; così quando alla mia domanda la mamma scoppiò in una fragorosa risata, mi riproposi di scoprire le invisibili scarpe di Miss Lancashire. Facendo molta attenzione alla fine ci riuscii e, un po' offeso, lo raccontai a casa.

In tutte le mie esperienze di allora in Inghilterra quello che mi affascinava era l'ordine. A Rustschuk la vita era stata rumorosa, movimentata e ricca di vicende dolorose. Eppure in quella scuola doveva esserci qualcosa che mi rammentava la terra in cui ero nato. Le aule erano spaziose, a pianterreno, come nella nostra casa in Bulgaria, anche qui non c'erano piani superiori, come invece li avevamo nella nuova abitazione di Manchester, e il retro della scuola dava su un grande giardino. Le porte e le finestre della nostra classe erano sempre aperte e ogni occasione era buona per uscire in giardino. Lo sport era di gran lunga la materia più importante, fin dal primo giorno gli altri bambini conoscevano tutte le regole, come se fossero venuti al mondo giocando a cricket. Donald, il mio amico, ammise dopo qualche tempo che all'inizio gli ero sembrato un po' stupido perché prima di capire le regole era stato necessario spiegarmele e rispiegarmele varie volte. Da principio mi aveva rivolto la parola solo per compassione, era il mio compagno di banco, ma quando un giorno mi fece vedere i suoi francobolli e di ciascuno di essi gli seppi dire la provenienza, e poi addirittura tirai fuori dei francobolli della Bulgaria che lui ancora non conosceva e, invece di scambiarli, subito glieli regalai, perché io «di quelli ne avevo tanti», allora cominciò a interessarsi più seriamente a me e diventammo amici. Non credo di averlo voluto corrompere, ero un bambino molto orgoglioso, ma sicuramente volevo impressionarlo, perché avvertivo il suo tono di condiscendenza.

La nostra amicizia filatelica si sviluppò con tale rapidità che continuavamo a trafficare furtivamente sotto il banco con i francobolli anche durante le ore di lezione. Non ci dissero mai nulla, semplicemente fummo separati nella maniera più gentile, e così i nostri giochi dovettero limitarsi al percorso da scuola a casa.

Al posto di Donald mi fu messa accanto una bambina, Mary Handsome. Subito la serrai nel mio cuore come un francobollo. Il suo nome, che vuol dire «bella», mi meravigliava, non sapevo allora che anche i nomi potessero avere un significato. Era più piccola di me, con i capelli biondi, ma la cosa più bella in lei erano le gote rosse, «come meline». Cominciammo subito a chiacchierare e lei rispondeva a tutte le mie domande, ma anche quando non parlavamo, durante le ore di lezione, non potevo fare a meno di guardarla ininterrottamente. Ero così incantato da quelle gote rosse che non facevo più attenzione a Miss Lancashire, non ascoltavo più le sue domande e quando dovevo rispondere mi sentivo turbato e confuso. Avevo una gran voglia di baciare quelle gote rosse e dovevo fare uno sforzo per trattenermi. Dopo la scuola l'accompagnavo a casa, abitava nella direzione opposta a quella di casa mia, e così piantai in asso Donald, che aveva sempre fatto la mia stessa strada quasi fino a casa, senza nemmeno dargli una spiegazione. Accompagnavo Little Mary, come la chiamavo, fino all'angolo della sua strada, la baciavo frettolosamente sulla guancia e poi correvo svelto a casa, senza far parola con nessuno di tutto questo.

La cosa si ripeté per parecchie volte e fintanto che le diedi il bacio d'addio all'angolo della strada, non accadde nulla, forse anche lei non ne parlò a casa sua. Ma la mia passione per le gote rosse crebbe, la scuola non mi interessava più, aspettavo soltanto il momento in cui mi sarei trovato per la strada accanto a lei, e ben presto la strada fino all'angolo divenne troppo lunga e cercai di baciarla sulla gota rossa prima di arrivarvi. Lei si ribellò e disse: «Mi puoi baciare solo all'angolo, quando mi saluti, altrimenti lo dico alla mia mamma». L'espressione *goodbye kiss* che lei usò, mentre si voltava di scatto dall'altra parte, mi fece una profonda impressione e allora presi a camminare ancora più svelto fino all'angolo di casa sua, lei si fermò come se niente fosse stato e io come al solito le diedi un bacio. Il giorno dopo perdetti la pazienza e la baciai subito, appena fummo per strada. Per prevenire la sua furia, mi infuriai a mia volta ed esclamai con aria minacciosa: «Ti bacerò tutte le volte che vorrò, non ho intenzione di aspettare fino all'angolo». Lei tentò di scappare, io la tenevo stretta, procedemmo di qualche passo, tornai a baciarla e ribaciarla fino all'angolo. Quando finalmente la lasciai andare, lei non mi disse *good-bye*, disse soltanto: «Adesso lo dico alla mamma!».

Sua madre non mi faceva paura, la mia passione per quelle gote rosse era ormai talmente grande che a casa, con enorme stupore della nostra governante, mi misi a cantare a gola spiegata: «*Little Mary is my sweetheart! Little Mary is my sweetheart! Little Mary is my sweetheart!*». La parola *sweetheart* l'avevo imparata proprio da lei, la governante, che la usava quando baciava il mio fratellino Georgie, che allora aveva un anno, lei lo portava a passeggio in carrozzina. «*You are my sweetheart*» diceva la buona donna dalla faccia ossuta e il naso a punta baciando e ribaciando continuamente il piccino. Io domandai che cosa volesse dire *sweetheart* e appresi una cosa sola, che la nostra cameriera Edith aveva uno *sweetheart*, un innamorato. E che cosa si fa con un innamorato? Lo si bacia, così come lei baciava il piccolo Georgie. Questo mi aveva incoraggiato, e intonando la mia canzone di trionfo davanti alla governante non mi sentii per niente in colpa.

Il giorno seguente arrivò a scuola Mrs Handsome. D'improvviso ce la trovammo lì: era un'imponente signora che mi piacque ancor più di sua figlia. Fu quella la mia fortuna. Parlò con Miss Lancashire e poi venne verso di me e disse in tono molto deciso: «Non accompagnerai più a casa la piccola Mary. La strada per casa tua è un'altra. Non starete più nello stesso banco e non parlerai più con lei». Il tono non era irritato, né lei sembrava inquieta, ma soltanto risoluta; eppure il suo modo di parlarmi era diverso, molto diverso da quello che avrebbe avuto mia madre. Io non me la presi affatto con Mrs Handsome, era simile a sua figlia che le si era nascosta dietro e che ora non vedevo più, ma di lei, di Mrs Handsome, tutto mi piaceva, non solo le gote, e specialmente mi piaceva il suo modo di parlare. A quel tempo, mentre cominciavo appena a leggere, l'inglese aveva su di me un effetto irresistibile, e un discorso tutto in inglese, in cui io avessi una parte così importante, fino ad allora non me l'aveva fatto mai nessuno.

Questa fu la fine della storia. Ma in seguito mi raccontarono che non si era affatto risolta così semplicemente. Miss Lancashire aveva mandato a chiamare i miei genitori e aveva discusso con loro se io dovessi o meno rimanere in quella classe. Mai le era capitato di vedere nella sua scuola una passione così impetuosa; era piuttosto perplessa e si domandava se ciò potesse dipendere dal fatto che i bambini «orientali» sono tanto più precoci di quelli inglesi. Mio padre l'aveva tranquillizzata, garantiva lui che si trattava di una cosa assolutamente innocente. Probabilmente dipendeva dalle gote rosse della bambina, che colpivano davvero la fantasia. Pregò Miss Lancashire di tentare per un'altra settimana ed ebbe ragione. Credo che non degnai mai più di uno sguardo la piccola Mary. Dal momento stesso in cui si era nascosta dietro sua madre, per me si era dissolta in lei. A casa parlai ancora spesso con ammirazione di Mrs Handsome. Non so invece che cosa Little Mary abbia fatto in seguito a scuola, fin quando vi sia rimasta, se la portarono via e la mandarono in un'altra scuola, il mio ricordo di lei non va oltre l'epoca in cui la baciai.

Fino a che punto mio padre avesse ragione quando aveva detto che tutto dipendeva probabilmente da quelle gote rosse, lui stesso certo non lo sapeva. Più tardi ho riflettuto su quel mio amore precoce, che non dimenticai mai del tutto, e un giorno mi venne in mente la prima canzoncina infantile spagnola che avevo udito in Bulgaria. Mi portavano ancora in braccio e una donna mi si avvicinava cantando: «Manzanicas coloradas, las que vienen de Stambol» – «Meline rosse che vengon da Istanbul» – e così cantando mi puntava l'indice verso la gota, avvicinandolo sempre di più e poi all'improvviso ce lo premeva sopra con forza. Io squittivo di divertimento, lei mi prendeva in braccio e mi baciava tutto. Accadeva così spesso che alla fine avevo imparato anch'io quella strofa, che cantavo insieme a lei; fu la mia prima canzoncina e tutti quelli che volevano indurmi a cantare dovevano cominciare di lì. Quattro anni più tardi ritrovai le meline rosse nelle gote di Mary, una bimba più piccola di me che chiamavo sempre «piccola», e mi meraviglio soltanto che non mi sia venuto in mente di premerle l'indice sulla gota prima di baciarla.

George, il minore dei miei fratelli, era un bellissimo bambino, con gli occhi scuri e i capelli neri come la pece. Fu il papà a insegnargli le prime parole. La mattina, quando veniva da noi nella stanza dei bambini, si svolgeva fra loro sempre lo stesso dialogo, che ascoltavo con molta attenzione. «Georgie?» diceva papà in tono interrogativo e il piccolo replicava «Canetti»; «two?» il papà, «three» rispondeva il bambino; «four?» il papà, «Burton» il bambino, «Road» concludeva il papà. Da principio la cosa finiva lì. Ma ben presto il nostro indirizzo si completò e il duetto proseguì a voci alternate con «West», «Didsbury», «Manchester» e «England». Ma l'ultima parola l'avevo io, che non lasciavo perder l'occasione di aggiungere «Europe».

La geografia infatti era diventata per me importantissima e le mie nozioni si arricchirono molto grazie a due sistemi diversi. Mi regalarono un *puzzle* della carta geografica dell'Europa, dipinta a colori su legno e suddivisa in pezzi che corrispondevano ai diversi Paesi. Si rovesciavano tutti i pezzi in un mucchio, e poi con la velocità del fulmine si rimetteva insieme l'Europa. Ogni Paese aveva la sua forma con cui le mie dita prendevano familiarità e un giorno sorpresi mio padre dichiarando: «Posso farlo anche a occhi chiusi!»; «Impossibile» replicò lui. Io chiusi ben bene gli occhi e affidandomi unicamente al tatto ricomposi l'Europa. «Hai barato,» esclamò il papà «hai sbirciato fra le dita». Fui molto offeso e insistetti perché fosse lui questa volta a tenermi gli occhi chiusi. «Più forte! Più forte!» gridavo eccitato e in un attimo l'Europa era di nuovo messa insieme. «Davvero, ci sei proprio riuscito!» esclamò lui e mi lodò molto. Nessun altro elogio mi fu mai altrettanto prezioso.

C'era un altro mezzo per imparare a conoscere i vari Paesi: la mia collezione di francobolli. Qui non si trattava più soltanto dell'Europa, ma del mondo intero, e in questo la parte del leone la facevano le colonie inglesi. Anche l'album dove si raccoglievano i francobolli era un regalo del papà; quando lo ricevetti c'era già attaccato un francobollo in ogni pagina, in alto a sinistra.

In quel periodo si faceva un gran parlare di piroscafi e

di Paesi lontani. Robinson Crusoe, Sindbad il Marinaio e i Viaggi di Gulliver erano le mie storie predilette, alle quali si adattavano i francobolli con le loro bellissime immagini. Il francobollo delle Isole Mauritius, che aveva allora un grandissimo pregio del quale non comprendevo bene il perché, era già riprodotto nell'album e quando facevo degli scambi con qualche compagno, la prima domanda che mi rivolgevano era: «Hai un Mauritius da scambiare?». La domanda era sempre molto seria, spesso la facevo anch'io.

Le due catastrofi che si verificarono in quel periodo e che oggi considero come i primi lutti di massa della mia esistenza erano strettamente connesse con la navigazione e la geografia. La prima fu il naufragio del *Titanic*, la seconda la fine del capitano Scott, al Polo Sud.

Non riesco più a ricordare chi parlò per la prima volta del naufragio del *Titanic*. Ma un giorno la nostra governante pianse durante la prima colazione, io non l'avevo mai vista piangere, e anche Edith, la cameriera, venne da noi nella stanza dei bambini, dove di solito non compariva mai, e subito si mise a piangere. Venni a sapere dell'*iceberg* e delle moltissime persone che erano annegate, ma ciò che più mi fece impressione fu il particolare dell'orchestra di bordo che continuava a suonare mentre la nave affondava. Volevo sapere che cosa suonavano e ricevetti una brusca risposta. Compresi di aver fatto una domanda sconveniente e cominciai a piangere anch'io. Così ora eravamo in tre a piangere tutti insieme, quando la mamma dal basso chiamò Edith; forse anche lei aveva appena saputo la notizia. Poi scendemmo anche noi, la governante ed io, e trovammo la mamma e Edith che piangevano insieme.

È sicuro comunque che poco dopo uscimmo di casa, perché vedo ancora distintamente davanti a me moltissima gente per la strada, una scena del tutto inconsueta. Si erano formati vari gruppi di persone che parlavano animatamente, altri arrivavano e ciascuno aveva qualcosa da aggiungere, nessuno degnava più di uno sguardo il mio fratellino in carrozzina, che di solito, per la sua eccezionale bellezza, riscuoteva l'ammirazione di tutti i passanti. Noi bambini eravamo dimenticati, sebbene nei discorsi della gente si parlasse anche dei bambini che si trovavano a bordo della nave e che erano stati salvati per primi, insieme alle donne. Si parlava continuamente del capitano che si era rifiutato di abbandonare la nave. Ma la parola che ricorreva più frequentemente era *iceberg*. Mi si fissò nella mente come *meadow* e come *island* e sebbene non l'avessi imparata dal papà, fu il terzo vocabolo inglese che mi rimase veramente cucito addosso; il quarto fu *captain*.

Non so quando sia avvenuto esattamente il naufragio del *Titanic*. So però che nell'agitazione di quei giorni, che non si placò tanto presto, cercavo invano mio padre. Avrebbe pur dovuto parlarne con me, e certo se l'avesse fatto avrebbe trovato il modo di tranquillizzarmi. Mi avrebbe protetto contro quella sciagura che mi piombava dentro con grandissima violenza. Ogni sua parola mi è rimasta impressa, chiara e preziosa, ma quando ripenso al *Titanic* non lo vedo, non sento la sua voce, e avverto ancora la nuda paura che si impossessava di me quando, nel cuore della notte, la nave urtava contro l'*iceberg* e sprofondava nell'acqua gelida, mentre l'orchestra continuava a suonare.

Che mio padre non fosse in Inghilterra? Talvolta era in viaggio. In quei giorni non andavo neppure a scuola. Forse accadde durante le vacanze, forse ci lasciarono a casa per l'occasione, o forse nessuno in quei giorni pensava a mandare i bambini a scuola. Quel che so per certo è che la mamma in quei giorni non mi fu di alcun conforto, quella catastrofe non la toccava abbastanza da vicino; io invece mi sentivo vicinissimo alle due inglesi che lavoravano in casa nostra, Edith e Miss Bray, come se fossero loro la mia vera famiglia. Credo che il legame emotivo con l'Inghilterra, il 'sentire all'inglese' che mi guidò poi attraverso gli anni della prima guerra mondiale, abbia tratto origine proprio dal lutto e dall'emozione di quei giorni.

L'altro grande avvenimento che si verificò in quello stesso periodo era di tutt'altra natura, sebbene anche qui la parola *captain* vi avesse una parte importante. Questa volta però non si trattava del capitano di un piroscafo, bensì di un esploratore dell'Antartide, e invece che dallo scontro con un *iceberg*, la catastrofe era stata provocata da un deserto di neve e di ghiaccio; l'*iceberg* qui era cresciuto fino a diventare un continente. Era esattamente l'opposto di una situazione di panico, anziché una folla in preda alla disperazione che si gettava in mare, un uomo, il capitano Scott, era morto assiderato insieme ai suoi tre compagni nel deserto di ghiaccio. Era, si potrebbe dire, un evento tipicamente inglese: quegli uomini avevano effettivamente raggiunto il Polo Sud, ma non erano stati i primi. Quando, dopo indicibili fatiche e sofferenze, erano finalmente giunti alla meta, avevano visto che in quello stesso luogo era già stata issata la bandiera norvegese: Amundsen li aveva preceduti. Sulla via del ritorno soccombettero e per parecchio tempo furono dati per dispersi. Ora i loro corpi erano stati ritrovati e nei loro diari si potevano leggere le loro ultime parole.

A scuola Miss Lancashire ci riunì tutti insieme. Sapevamo che doveva essere accaduto qualcosa di terribile e parecchi bambini ridevano. Lei ci tenne un discorso in cui illustrò l'impresa del capitano Scott. Non arretrò davanti alla difficoltà di descriverci le sofferenze di quegli uomini nel deserto di ghiaccio. Del suo racconto alcuni particolari mi sono rimasti impressi, ma poiché più tardi lessi tutto ciò che era stato scritto su questa vicenda, senza trascurare un solo dettaglio, ora non mi arrischio più a sceverare quello che mi fu detto allora da quello che lessi in seguito. Miss Lancashire non li compianse per la sorte che era loro toccata, parlò anzi con una fermezza e un orgoglio che non le avevo mai sentito prima. Se voleva fare dell'esploratore polare un esempio e un modello per tutti noi, devo dire che almeno in un caso – il mio – riuscì in pieno nel suo intento. Decisi immediatamente che da grande sarei diventato esploratore e a quel proposito restai fedele per alcuni anni. Miss Lancashire concluse il suo discorso dicendo che Scott e i suoi compagni erano morti da veri inglesi e fu questa l'unica volta durante gli anni trascorsi a Manchester che udii parlare così apertamente e senza mezzi termini dell'orgoglio di essere inglesi. In seguito dichiarazioni di questo genere le avrei sentite molto più spesso in altri Paesi, ed erano pronunciate con una specie di sfrontata impudicizia che mi lasciava profondamente amareggiato quando pensavo alla serena dignità di Miss Lancashire.

Napoleone. Gli ospiti cannibali
Gioie domenicali

La vita nella casa in Burton Road era gaia e non mancava la compagnia. In occasione del week-end c'erano sempre ospiti. Talvolta venivo chiamato in sala, gli ospiti chiedevano di me e davanti a loro mi esibivo in mille modi. Così imparai a conoscere bene i miei parenti e i loro amici. La colonia degli «spagnoli» di Manchester era cresciuta piuttosto rapidamente e tutti erano alloggiati, non lontani gli uni dagli altri, specialmente nei quartieri residenziali all'estremo ovest della città, a Didsbury e Withington. L'esportazione dei manufatti di cotone dal Lancashire nei Balcani era un commercio che rendeva bene. Alcuni anni prima i due fratelli maggiori di mia madre, Bucco e Salomon, erano arrivati a Manchester e vi avevano fondato una ditta. Bucco, considerato un uomo avveduto, morì molto giovane, e Salomon, il duro con gli occhi di ghiaccio, restò solo. Cercò un socio e quella fu la grande occasione per mio padre, che aveva una così alta opinione dell'Inghilterra. Essendo un uomo cordiale e conciliante, che accettava di buon grado anche il punto di vista altrui, una volta entrato in ditta mio padre fu un utile contrappeso al carattere inflessibile del cognato. Io non riesco a ricordare questo zio né con simpatia né con equità, poiché egli divenne l'odiato nemico della mia giovinezza, l'uomo che rappresentava tutto ciò che io detestavo. Probabilmente non gli importava molto di me, ma per la famiglia era l'emblema del successo, e successo voleva dire denaro. A Manchester lo vedevo poco, era molto spesso in viaggio per affari, ma proprio per questo si faceva un gran parlare di lui. In Inghilterra si era ambientato bene e nel mondo commerciale godeva di grande rispetto. I membri della famiglia che lo avevano seguito, ma non solo questi, ammiravano il suo inglese, che era perfetto. Miss Lancashire qualche volta lo citava a scuola dicendo: «Mr Arditti è un *gentleman*». Probabilmente voleva dire che era benestante e che il suo comportamento non aveva nulla dello straniero. Abitava in una grande casa, molto più spaziosa e più alta della nostra, nella Palatine Road che correva parallela alla nostra strada, e poiché la sua casa, contrariamente a tutte quelle del quartiere, ch'erano di colore rossiccio, era bianca e splendente, e forse anche per il nome della strada, a me pareva un palazzo. Quanto a lui, benché non ne avesse affatto l'aspetto, cominciai molto presto a considerarlo un orco. Mr Arditti di qua, Mr Arditti di là, persino la nostra governante contraeva il volto in una smorfia di reverenza quando lo nominava, i divieti più gravi si facevano risalire a lui e quando vennero scoperti i miei discorsi con i personaggi della tappezzeria ed io, richiamandomi a mio padre che mi permetteva molte cose, cercai di difenderli, si cominciò a dire che Mr Arditti lo sarebbe venuto a sapere e questo avrebbe avuto conseguenze terrificanti. Non appena fu fatto il suo nome, cedetti immediatamente e promisi di rompere i miei rapporti con i personaggi della tappezzeria. Era la massima autorità fra gli adulti che avevo intorno. Quando cominciai a leggere la storia di Napoleone, me lo immaginai esattamente come lo zio e tutte le malefatte che gli ascrivevo andarono sul conto di Napoleone. La mattina della domenica avevamo il permesso di andare a trovare i genitori nella loro camera da letto, e una volta, mentre stavo per entrare, udii papà che col suo inglese strascicato diceva: «Quello lì passa sopra i cadaveri». La mamma, che si avvide della mia presenza, replicò subito qualcosa in tedesco; pareva adirata e il discorso continuò ancora per un po', senza che io capissi una sola parola.

Se l'osservazione di mio padre si riferiva allo zio, deve essersi trattato di cadaveri commerciali, di altri difficilmente avrebbe potuto trattarsi. Ma questo io allora non lo potevo capire, e sebbene nella biografia di Napoleone non fossi ancora arrivato molto avanti, sapevo già abbastanza delle sue gesta per concepire quei cadaveri, che peraltro conoscevo soltanto dai libri, come cadaveri veri e propri.

Della famiglia della mamma erano venuti a Manchester anche tre cugini. Sam, che era il maggiore, aveva l'aspetto di un vero inglese, e del resto viveva in Inghilterra già da molto tempo. Con gli angoli della bocca piegati all'ingiù mi incoraggiava alla pronuncia esatta di parole difficili e quando io per imitarlo facevo grandi smorfie, lui si divertiva moltissimo e rideva di cuore, senza ferirmi con battute sarcastiche. Il giudizio di Miss Lancashire sullo zio-orco io non l'avevo mai digerito e una volta, per dimostrarlo, mi misi davanti allo zio Sam e gli dissi: «Tu sì che sei un *gentleman, zio Sam!*». Forse gli fece piacere sentirlo, comunque capì benissimo quel che volevo dire, *tutti* lo capirono, perché l'intera compagnia in sala da pranzo ammutolì di colpo.

Tutti questi parenti della mamma, con una sola eccezione, avevano messo su famiglia a Manchester e venivano in visita con le rispettive mogli. Solo lo zio Salomon mancava, il suo tempo era troppo prezioso, e non era certo nella sua mentalità star lì a discorrere con le signore o, peggio ancora, a fare della musica. Lui queste cose le chiamava «frivolezze» e aveva sempre in testa solo nuove combinazioni commerciali, e del resto era molto ammirato per questa sua «alacrità mentale».

A quelle serate partecipavano anche altre famiglie di amici. C'era il signor Florentin, che mi piaceva per il suo bel nome; il signor Calderon, che aveva baffi lunghissimi e rideva sempre; ma l'ospite che mi sembrò più misterioso quando comparve per la prima volta fu il signor Innie. Era più scuro di pelle degli altri e si diceva fosse un arabo (un ebreo arabo), solo da poco arrivato da Bagdad. Io avevo ancora in mente *Le Mille e una notte* e quando sentii parlare di Bagdad mi aspettai di vederlo arrivare travestito da califfo Harun. Il suo modo di vestire era comunque eccessivo, il signor Innie portava scarpe enormi. A me la cosa non piacque e gli domandai perché avesse delle scarpe così grandi. «Perché i miei piedi sono molto grandi,» mi rispose «vuoi che te li mostri?». Io pensai che avesse davvero intenzione di togliersi le scarpe e mi spaventai, perché uno dei personaggi della tappezzeria che mi era particolarmente ostile e sempre si rifiutava di partecipare alle imprese a cui io lo incitavo, si distingueva proprio per i suoi enormi piedi. Non avevo nessuna voglia di vedere i piedi del signor Innie e, senza salutare, me ne andai lesto nella stanza dei bambini. Con quei piedi, non credevo più che venisse da Bagdad, esclusi questa possibilità davanti ai miei genitori e dichiarai che era un impostore.

Gli amici dei miei genitori erano gente allegra e in quelle riunioni si chiacchierava e si rideva molto, si faceva della musica e si giocava a carte. Gli ospiti per lo più venivano intrattenuti in sala da pranzo, forse perché lì c'era il pianoforte. Nel salotto giallo, che l'anticamera e il corridoio separavano dalla sala, gli ospiti si vedevano più raramente. Fu qui invece che io ebbi a patire le mie umiliazioni a causa della lingua francese. Deve esser stata la mamma a insistere perché, a controbilanciare l'inglese, così caro a mio padre, cominciassi fin d'ora a imparare anche il francese. Venne un'insegnante, una francese che cominciò a darmi lezioni nel salotto giallo. Era bruna e magra e aveva un non so che di invidioso, ma poiché al suo volto si sono sovrapposti molti altri volti di donne francesi conosciute in seguito, non riesco più a ritrovare la sua fisionomia. Arrivava e se ne andava puntualissima, ma non si diede mai molta pena e mi insegnò soltanto la storia di un ragazzo che, trovandosi solo in casa, voleva rimpinzarsi di leccornie. «*Paul était seul à la maison...*» cominciava così. Ben presto seppi la storia a memoria e la recitai davanti ai miei genitori. Nella sua smania di mangiare di nascosto quel ragazzo andava incontro a un sacco di guai e io recitavo la storia con tutta la drammaticità di cui ero capace; i miei genitori parvero molto divertiti e di lì a poco scoppiarono a ridere proprio di gusto. Io ne fui infastidito, quella reazione mi appariva strana, non li avevo mai sentiti ridere così a lungo e così sguaiatamente e alla fine mi accorsi che mi lodavano soltanto per finta. Offeso, me ne andai nella stanza dei bambini e continuai a esercitarmi da solo a ripetere la storia, per non impappinarmi e non fare errori.

La volta dopo in cui in casa ci furono ospiti, tutti presero posto nel salotto giallo come in attesa di una rappresentazione e io fui mandato a chiamare e invitato a recitare la mia storiellina in francese. Cominciai: «*Paul était seul à la maison...* » e già tutte le facce cominciavano a torcersi dal riso. Io però non gliela volevo dar vinta, non mi lasciai confondere e recitai la storia fino in fondo. Alla fine tutti si piegavano in due dalle risate. Mr Calderon, che era sempre il più rumoroso, batteva le mani e gridava: «Bravo! Bravo!». Lo zio Sam, il *gentleman*, non riusciva più a chiudere la bocca e arrotava tutti quei suoi bei denti inglesi. Mr Innie allungava davanti a sé le sue enormi scarpe e buttando indietro la testa rideva a calde lacrime. Perfino le signore, che di solito erano affettuose con me e mi davano volentieri un bacetto sulla testa, ridevano con la bocca spalancata, come se volessero inghiottirmi da un momento all'altro. Io cominciai ad avere paura di tutta quella gente che sembrava impazzita e alla fine mi misi a piangere.

Quella scena si ripeté parecchie volte; quando venivano gli ospiti, io ero chiamato, con grandi lusinghe e allettamenti, a recitare il mio «*Paul*», e invece di rifiutare, ogni volta cedevo, sempre nella speranza di averla vinta sui miei persecutori. Ma la storia finiva sempre nella stessa maniera, solo che alcuni tra gli ospiti avevano preso l'abitudine di recitare la storia in coro insieme a me, costringendomi perciò a continuare fino alla fine anche quando il pianto mi saliva prima alla gola e avrei voluto smettere. Nessuno mi spiegò mai che cosa ci fosse da ridere tanto in quella storia, il riso da allora è rimasto per me un enigma su cui ho molto riflettuto, un enigma che a tutt'oggi non ho ancora risolto.

Solo molto più tardi, quando udii il francese che si parlava a Losanna, compresi l'effetto del mio «*Paul*» sugli ospiti riuniti in casa nostra. L'insegnante non si era data la benché minima pena di insegnarmi una corretta pronuncia francese. Le bastava che io ritenessi a memoria le frasi che lei pronunciava e le ripetessi all'inglese. I nostri ospiti, che venendo da Rustschuk a suo tempo avevano imparato un francese perfetto nella scuola della «Alliance» e ora facevano una certa fatica a imparare l'inglese, trovavano quel francese pronunciato all'inglese di una comicità irresistibile e se la godevano un mondo, quelle svergognate canaglie, a vedere la loro stessa debolezza riflessa e capovolta in un bambino che non aveva ancora sette anni.

Io allora mettevo in relazione ogni cosa che mi succedeva con i libri che leggevo. Non c'era mancato molto che vedessi in quella muta di persone adulte che ridevano così spudoratamente di me i cannibali che conoscevo e temevo da quando avevo letto *Le Mille e una notte* e le *Fiabe* di Grimm. Non c'è sentimento che cresca più rigoglioso della paura, e saremmo davvero ben povera cosa senza le paure che abbiamo patito. È una tendenza caratteristica degli esseri umani esporsi continuamente alla paura. Le nostre paure non vanno mai perdute, anche se i loro nascondigli sono misteriosi. Forse, di tutte le cose del mondo, nulla si evolve e si trasforma meno della paura. Quando penso ai miei primi anni, per prima cosa ritrovo le paure di cui essi abbondarono in maniera inesauribile. Molte le ritrovo soltanto ora, mentre in altre, che non troverò mai, risiede presumibilmente il segreto che mi fa desiderare una vita interminabile.

La cosa più bella erano le mattine della domenica, quando noi bambini avevamo il permesso di andare a trovare i genitori nella loro stanza; erano entrambi ancora a letto, il papà dalla parte più vicina alla porta, la mamma dal lato della finestra. Io saltavo immediatamente sul letto accanto a lui, i fratellini invece andavano dalla mamma. Papà faceva con me la ginnastica, mi interrogava sulla scuola e mi raccontava delle storie. Tutto questo durava a lungo e io ne ero felicissimo, ogni volta speravo che non finisse mai. Per il resto, tutta la giornata era accuratamente suddivisa, avevamo una quantità di regole alle quali sovrintendeva la governante. Ma non posso dire che quelle regole mi pesassero, perché ogni giorno finiva con papà che tornando a casa con i regali veniva a mostrarceli nella stanza dei bambini, e ogni settimana con quella bellissima mattinata domenicale con i nostri giochi e i discorsi nel letto. Io badavo solo al papà, quello che faceva la mamma dall'altra parte con i miei fratellini mi era del tutto indifferente, forse erano persino cose che disprezzavo un po'. Da quando avevo imparato a leggere i libri che il papà mi portava, i fratellini mi annoiavano o addirittura mi disturbavano; e che la mamma ce li togliesse di torno e io avessi il papà tutto per me, mi rendeva felice come non mai. Papà era straordinariamente allegro, standosene a letto faceva una quantità di boccacce e cantava buffe canzoni. Giocava con me facendo la parte di diversi animali, e io dovevo indovinare di che animali si trattasse e, quando indovinavo, come premio mi prometteva di portarmi di nuovo allo zoo. Sotto il suo letto c'era un vaso da notte con dentro tanto liquido giallo, una quantità veramente impressionante. Ma quello non era ancora niente, perché una volta si alzò, si mise accanto al letto e fece pipì. Io guardavo quel getto possente, non riuscivo a capacitarmi che potesse fare tanta pipì e la mia ammirazione per lui aumentò. «Adesso sei un cavallo» gli dissi, avevo visto per la strada i cavalli quando facevano pipì e il getto e il membro mi erano apparsi di grandezza inaudita. Lui assentì: «Sì, adesso sono un cavallo», e di tutti gli animali che imitò per me, il cavallo fu quello che mi fece maggiore impressione.

Era sempre la mamma che metteva fine alle nostre gioie domenicali. «Jacques, è ora,» diceva «i bambini si eccitano troppo». Ma lui non smetteva subito e non mi mandava mai via senza avermi prima raccontato, a mo' di addio, una storia che ancora non conoscevo. «Pensaci!» mi diceva poi, quando ero già sulla porta, la mamma aveva suonato e la governante era venuta a prenderci. Io mi sentivo molto importante perché avevo qualcosa su cui dovevo riflettere, e lui non dimenticava mai, magari dopo giorni e giorni, di interrogarmi al riguardo. Mi ascoltava allora con la massima serietà e poi esprimeva approvazione per ciò che io avevo detto. Forse mi approvava davvero, forse voleva soltanto incoraggiarmi, comunque il sentimento che provavo quando mi dava qualcosa a cui pensare posso definirlo soltanto come un precoce senso di responsabilità.

Mi sono spesso domandato se tutto sarebbe continuato così fra noi qualora mio padre fosse vissuto più a lungo. Avrei da ultimo finito per ribellarmi anche contro di lui come feci con la mamma? Non riesco a figurarmelo, la sua immagine è rimasta in me intatta e tale voglio che resti. Credo che avesse sofferto moltissimo a causa della tirannia del padre, sotto la cui maledizione visse il breve periodo che passò in Inghilterra, e che perciò ponderasse con attenzione, amore e saggezza ogni cosa che mi riguardava. Essendo riuscito a fuggire non era un uomo amareggiato, ma se fosse rimasto in Bulgaria, nella ditta di quel padre così opprimente, certo sarebbe diventato completamente diverso.

La morte di mio padre
L'ultima versione

Eravamo in Inghilterra da un anno quando la mamma si ammalò. Dissero che l'aria inglese non le faceva bene. Le fu prescritta una cura a Bad Reichenhall, dove andò durante l'estate, dev'essere stato l'agosto 1912. Io non feci molto caso alla partenza della mamma, della quale non sentivo la mancanza, ma il papà mi domandava di lei e qualcosa dovevo pur rispondergli. Forse, temendo che l'assenza della mamma fosse un male per noi bambini, voleva esser sicuro di cogliere i primi segni di un nostro eventuale mutamento. Dopo alcune settimane mi domandò se mi sarebbe dispiaciuto molto se la mamma fosse rimasta via più a lungo. Se avevamo un po' di pazienza, lei si sarebbe sentita sempre meglio e sarebbe ritornata del tutto guarita. Le prime volte avevo finto un po' di nostalgia, sentivo che lui se l'aspettava da me. Tanto più sinceramente le concedevo ora una cura piuttosto prolungata. Di tanto in tanto il papà arrivava nella stanza dei bambini con una sua lettera e mostrandocela ci diceva che la mamma aveva scritto. Ma in quel periodo non era più lo stesso uomo, i suoi pensieri erano accanto a lei, si capiva che era preoccupato. Durante le ultime settimane della sua assenza, parlava poco e non la nominava davanti a me. Non mi stava più tanto a sentire, non rideva più, né inventava nuovi scherzi. Quando volli raccontargli dell'ultimo libro che mi aveva regalato, la vita di Napoleone, mi ascoltò distrattamente e con impazienza e subito mi interruppe; rimasi mortificato, pensando di aver detto qualche stupidaggine. Ma il giorno dopo venne da noi allegro e pieno di vita come un tempo e ci annunciò l'arrivo della mamma per il giorno seguente. Io ne fui contento perché lui era contento e Miss Bray disse a Edith qualcosa che non compresi: era *giusto* che la signora tornasse a casa. «Perché è giusto?» domandai, ma lei scosse la testa: «Questo non lo puoi capire. È *giusto*». Quando più tardi interrogai mia madre a fondo su tutto – erano tante le cose rimaste oscure che non mi davano pace – appresi che lei era stata via sei settimane e che avrebbe desiderato rimanere anche di più. Ma il papà aveva perso la pazienza e le aveva chiesto telegraficamente di ritornare subito a casa.

Il giorno del suo arrivo, io non vidi il papà; la sera non venne da noi nella stanza dei bambini. Ma la mattina seguente era di nuovo lì e insegnava a parlare al mio fratellino minore. «Georgie» diceva il papà, «Canetti» rispondeva il bambino, «two» il papà, «three» il piccolo, «four» il papà, «Burton» il piccolo, «Road» il papà, «West» il piccolo, «Didsbury» il papà, «Manchester» il piccolo, «England» il papà, ed io, a mo' di conclusione del tutto superflua e con voce squillante, «Europe». Così il nostro indirizzo era di nuovo completo. Non ci sono parole che rammenti con tanta nettezza, furono le ultime parole di mio padre.

Come sempre scese al pianterreno per la prima colazione. Passò qualche istante e udimmo gridare forte. La governante si precipitò per le scale, io le corsi dietro. Dalla porta aperta della sala da pranzo vidi il papà sul pavimento. Giaceva lungo disteso fra il tavolo e il caminetto, più vicino al caminetto, il volto pallidissimo, la schiuma alla bocca; la mamma era inginocchiata accanto a lui e gridava: «Jacques, Jacques, parlami, parlami, Jacques, Jacques, parlami!». Continuava a gridare, arrivò gente, i nostri vicini Brockbank, una coppia di quaccheri, ed entrarono anche degli estranei che passavano per la strada. Io stavo accanto alla porta, la mamma si teneva la testa fra le mani e strappandosi i capelli continuava a gridare; titubante feci un passo nella stanza in direzione del papà, non capivo, volevo interrogarlo, ma sentii che qualcuno diceva: «Il bambino va portato via». I Brockbank mi presero dolcemente per un braccio, mi portarono sulla strada e poi nel loro giardino.

Lì mi accolse il loro figlio Alan, che era molto maggiore di me e cominciò a parlarmi come se nulla fosse accaduto. Mi domandò dell'ultima partita di cricket a scuola, io gli risposi, lui voleva sapere tutto con molta precisione e continuò a farmi domande fino a quando non seppi più che cosa rispondere. Poi volle sapere se ero bravo ad arrampicarmi, io gli dissi di sì, lui mi mostrò un albero un po' storto lì accanto, che inclinava leggermente verso il nostro giardino. «Su quello però non ti sai arrampicare,» mi disse «su quello certamente no. È troppo difficile per te. Sono sicuro che non osi». Io accettai la sfida, osservai l'albero con attenzione e rimasi un momento perplesso, ma non lo diedi a vedere e infine dissi: «Oh sì, sì, certo che sono capace!». Mi accostai all'albero, ne saggiai con la mano la corteccia, lo abbracciai e stavo per darmi la prima spinta, quando la finestra della nostra sala da pranzo si aprì. Mia madre si sporse fuori con tutto il busto, mi vide con Alan accanto all'albero e si mise a gridare a voce alta e stridula: «Figlio mio, tu giochi e tuo padre è morto! Tu giochi, giochi, e tuo padre è morto! Tuo padre è morto! Tuo padre è morto! Tu giochi e tuo padre è morto!».

Lo gridava verso la strada, lo gridava sempre più acuto, dovettero trascinarla dentro con la forza, lei si divincolava, la sentii gridare anche quando non la vidi più, la sentii gridare ancora a lungo. Con quel suo grido la morte di mio padre entrò dentro di me e non mi ha più abbandonato.

Non mi lasciarono andare dalla mamma. Andai invece dai Florentin, che abitavano a metà strada fra casa nostra e la scuola, nella Barlowmore Road. Arthur, il loro figliolo, era già un po' mio amico e nei giorni che seguirono la nostra amicizia si approfondì, diventammo inseparabili. Il signor Florentin e sua moglie Nelly, due persone care e affettuose, non mi persero d'occhio un solo istante, temevano che potessi scappare dalla mamma. Stava molto male, mi dissero, nessuno poteva vederla, presto sarebbe stata di nuovo bene, e allora sarei tornato da lei. Ma si sbagliavano, io non volevo affatto andare dalla mamma, volevo andare dal mio papà. Di lui parlavano poco. Il giorno del suo funerale, che non vollero tenermi segreto, dichiarai risolutamente che volevo andare anch'io al cimitero. Arthur possedeva vari libri con illustrazioni di Paesi lontani, e inoltre francobolli e giocattoli a volontà. Si occupava di me giorno e notte (di notte dormivamo insieme nella stessa camera) ed era così affettuoso e pieno di inventiva, serio e allegro al tempo stesso, che ancor oggi quando penso a lui mi si scalda il cuore. Ma il giorno del funerale tutto questo non servì a nulla; quando mi accorsi che Arthur mi voleva tenere lontano dalla cerimonia funebre, montai su tutte le furie e all'improvviso cominciai a picchiarlo. Tutta la famiglia accorse intorno a me e per maggior sicurezza furono sprangate tutte le porte. Io urlavo e infuriavo minacciando di sfondare la porta, cosa che forse quel giorno mi sarebbe perfino riuscita. Alla fine si salvarono con un'idea, che servì piano piano a placarmi. Mi promisero che avrei potuto *vedere* il corteo funebre. Dalla stanza dei bambini, sporgendosi molto dalla finestra, lo si sarebbe potuto vedere, solo da lontano però.

Io credetti a quel che mi dicevano e non riflettei a come era lontano. Quando venne l'ora, mi sporsi dalla finestra della stanza dei bambini, mi sporsi tanto che mi dovettero tenere perché non cadessi di sotto. Mi spiegarono che il corteo proprio in quel momento girava l'angolo di Burton Road per imboccare la Barlowmore Road e poi, allontanandosi da noi, avrebbe proseguito nella direzione opposta, verso il cimitero. Io guardai e guardai fino a consumarmi gli occhi, ma non vidi nulla. Tuttavia i Florentin mi descrissero con tanta chiarezza quel che c'era da vedere, che alla fine riuscii a distinguere, nella direzione indicata, una nebbia leggera. Ecco, era quello, mi dissero. Io ero sfinito da quella lunga lotta e me ne contentai.

Avevo sette anni quando mio padre morì, ed egli non ne aveva ancora trentuno. Se ne parlò molto, tutti lo consideravano un uomo perfettamente sano, fumava moltissimo, questo sì, ma non c'era davvero nient'altro che si potesse accampare come motivo del suo improvviso attacco cardiaco. Il medico inglese che lo aveva visitato subito dopo il decesso, non aveva riscontrato nulla. Ma in famiglia i medici inglesi non erano tenuti in grande considerazione. Quello era il tempo della grande medicina viennese e a ciascuno dei miei parenti era capitato una volta o l'altra di chiamare a consulto un professore di Vienna. Questi discorsi non mi toccavano molto, non *potendo* io accettare alcuna ragione per la morte di mio padre, preferivo che in effetti non se ne trovasse nessuna.

Eppure, nel corso di quegli anni, continuai a interrogare la mamma in proposito. Ciò che appresi da lei cambiava di due anni in due anni, man mano che crescevo veniva aggiunto qualche nuovo particolare, e una delle prime versioni che mi erano state date si rivelò intesa a «proteggere» la mia giovinezza. Poiché non c'era nulla che mi occupasse la mente quanto quella morte, vissi quelle diverse tappe credendo ogni volta a ciò che mi veniva detto. E nell'ultima versione della mamma mi adagiavo ogni volta per bene, attenendomi ad ogni particolare come se venisse da una Bibbia, e prendendola come punto di riferimento non soltanto per tutto ciò che avveniva intorno a me, ma anche per tutto ciò che pensavo e leggevo. Al centro di ciascuno dei mondi in cui io mi venivo a trovare, c'era dunque la morte di mio padre. Quando, dopo qualche anno, apprendevo alcuni fatti nuovi, il mondo di prima mi crollava addosso come un castello di cartapesta, nulla più collimava, nulla era più al suo posto, tutte le mie conclusioni si rivelavano sbagliate, era come se qualcuno mi avesse strappato con violenza a una fede; eppure le menzogne che questo Qualcuno denunciava e demoliva erano state pronunciate con la migliore delle intenzioni, con l'unico scopo di tutelare la mia giovinezza. La mamma sorrideva sempre quando diceva all'improvviso: «Quello allora te l'ho detto soltanto così, perché eri troppo giovane. Non avresti potuto capire». Io temevo quel sorriso, era diverso dal suo solito sorriso altero e sagace che io amavo tanto. Lei sapeva di farmi a pezzi quando mi diceva qualcosa di nuovo sulla morte di mio padre. Era crudele e le piaceva esserlo, e in questo modo si vendicava della gelosia con cui le rendevo difficile la vita.

Nel ricordo ho conservato tutte le versioni di questo racconto: non saprei dire un'altra cosa che mi sia rimasta impressa con altrettanta precisione. Forse un giorno potrò mettere tutte queste versioni sulla carta, in modo completo. Ne verrebbe fuori un libro, un libro intero, mentre ora sto inseguendo altre tracce.

Ma quello che udii fin d'allora lo voglio annotare, e così pure l'ultima versione, alla quale credo ancora oggi.

Dai Florentin si parlava della guerra ch'era scoppiata, la guerra dei Balcani. Per gli inglesi poteva anche non essere così importante; ma io vivevo in mezzo a persone che provenivano tutte dai Balcani, per loro quella era una guerra in casa. Il signor Florentin, un uomo serio e posato che evitava di parlare con me di mio padre, un giorno che mi trovai solo con lui mi disse una cosa. Me la disse attribuendole una grande importanza, ebbi l'impressione che mi facesse una confidenza perché non erano presenti le donne, e di donne in casa sua ce n'erano parecchie. Quell'ultima mattina, mio padre, mentre faceva colazione, aveva letto il giornale che portava in prima pagina la notizia della dichiarazione di guerra del Montenegro alla Turchia; egli sapeva che in seguito a ciò la guerra si sarebbe estesa a tutti i Balcani e che molte persone sarebbero morte, e questa notizia lo aveva ucciso. Rammentai di aver visto per terra accanto a mio padre il «Manchester Guardian». Quando in casa trovavo da qualche parte un giornale, proprio lui mi permetteva di leggere i titoli ad alta voce, e di tanto in tanto, purché non si trattasse di cose troppo difficili, me ne spiegava il significato.

Il signor Florentin mi disse che non c'era nulla di più terribile della guerra e che di questo lui e mio padre avevano parlato spesso, trovandosi perfettamente d'accordo. In Inghilterra tutti erano contrari alla guerra e qui di guerre non ce ne sarebbero state mai più.

Le sue parole penetrarono in me profondamente, come se le avesse pronunciate mio padre in persona. Le tenni per me, così come mi erano state dette in confidenza, quasi si trattasse di un pericoloso segreto. Quando negli anni che seguirono si continuava a ripetere che il mio papà era morto giovanissimo, mentre era in perfetta salute e senza ombra di malattia, colpito all'improvviso da una specie di folgore, allora io sapevo – e nessuno avrebbe potuto togliermi questa certezza – che la folgore era stata la terribile notizia dello scoppio della guerra. Da allora ce ne sono state di guerre nel mondo, e ogni guerra, ovunque si svolgesse, anche se talvolta veniva percepita appena nell'ambiente in cui vivevo, mi ha colpito con tutta la violenza di quella perdita prematura e mi ha coinvolto profondamente, come *la cosa più personale* che mi potesse succedere.

Per la mamma le cose stavano invece molto diversamente, e dalla sua ultima e definitiva versione, che mi diede ventitré anni dopo sotto l'impressione del mio primo libro,[1] appresi che mio padre fin dalla sera precedente non aveva più scambiato con lei una sola parola. A Reichenhall si era trovata molto bene, in mezzo a persone che avevano i suoi stessi interessi intellettuali. Il suo medico le parlava di Strindberg e laggiù lei aveva cominciato a leggerlo; da allora non smise più di leggere Strindberg. Il medico la interrogava poi su queste letture e ne nascevano sempre animate conversazioni; così cominciò a capire che la vita di Manchester in quell'ambiente di «spagnoli» di mezza cultura non le bastava, forse era proprio quella la sua malattia. Lo confessò al medico e lui le confessò di amarla. Le propose addirittura di separarsi da mio padre e diventare sua moglie. Oltre quelle parole, fra loro non vi fu nulla che lei dovesse rimproverarsi e neppure per un solo istante aveva preso in seria considerazione l'idea di separarsi da mio padre. Ma i colloqui con il medico erano diventati per lei ogni giorno più importanti e perciò aveva tentato, questo sì, di prolungare il soggiorno a Reichenhall. Sentiva che la sua salute andava rapidamente migliorando e ciò le offriva un validissimo argomento per chiedere a mio padre di lasciarle prolun-

1. Si tratta del romanzo *Die Blendung* (*Auto da fé*) pubblicato a Vienna nel 1935 [*N.d.T.*].

gare la cura. Ma essendo molto orgogliosa e non volendolo ingannare, nelle sue lettere gli aveva anche raccontato come fosse affascinata dai discorsi del medico. Alla fine era stata grata a mio padre quando lui le aveva imposto con un telegramma di ritornare immediatamente a casa. Da sola forse non avrebbe trovato la forza di staccarsi da Reichenhall. Arrivò a Manchester radiosa e felice e, per riconciliarsi con mio padre, ma spinta forse anche da un pizzico di vanità, gli aveva raccontato tutta la storia, e come aveva respinto la proposta di matrimonio del medico che l'aveva supplicata di rimanere con lui. Mio padre, che non era riuscito a capire come si fosse giunti addirittura a una proposta di matrimonio, cominciò a interrogarla e a ogni risposta di lei sentiva aumentare la propria gelosia: insistette nel dire che doveva aver fatto qualcosa, che non le credeva, che riteneva falsi tutti gli argomenti che lei gli opponeva. Alla fine fu colto da un'ira tremenda e minacciò di non rivolgerle più la parola fino a quando lei non gli avesse confessato tutta la verità. Per l'intera serata e la notte che seguì mio padre rimase in silenzio e non riuscì a dormire. Per lei era un vero tormento, anche se lui le faceva una gran pena; d'altra parte era persuasa – contrariamente a lui – di avergli dimostrato a sufficienza il proprio amore ritornando a casa e non si sentiva per niente in colpa. Non aveva neppure permesso al medico di darle un bacio d'addio. Fece veramente di tutto per indurre il papà a parlare, ma dopo ore e ore di vani tentativi, si arrabbiò pure lei e decise di stare zitta a sua volta.

La mattina, quando scese per fare colazione, mio padre si sedette a tavola senza dire una parola e prese in mano il giornale. Quando stramazzò a terra per l'attacco di cuore, non le aveva ancora rivolto una sola parola. Dapprima la mamma pensò ch'egli volesse spaventarla e punirla ancora più crudelmente. Gli si inginocchiò accanto sul pavimento, lo scongiurò, sempre più supplichevole e disperata, di parlarle, di dirle qualcosa. Quando comprese che era morto, pensò che ad ucciderlo fosse stata la delusione che lei gli aveva dato.

So per certo che con quest'ultima versione la mamma mi ha detto la verità, la sua verità. Fra noi c'erano state in quegli anni lunghe, aspre battaglie e più d'una volta lei era stata sul punto di respingermi per sempre. Ma ora comprendeva, così disse, la battaglia che io avevo combattuto per la mia libertà, ora mi riconosceva il diritto a questa libertà, sebbene quella mia lotta le avesse procurato grandi sofferenze. Il libro che aveva letto era carne della sua carne e in me si riconosceva pienamente, gli uomini li aveva sempre visti come li descrivevo io, esattamente così avrebbe voluto scrivere lei stessa. Non solo ora mi domandava perdono, ma si inchinava davanti a me, mi riconosceva doppiamente come suo figlio, diventando quel che ero avevo realizzato il più grande dei suoi desideri. A quel tempo viveva a Parigi e una lettera di tenore analogo me l'aveva già scritta quando ero a Vienna, prima che andassi a trovarla. Io leggendo quella lettera ero rimasto molto spaventato, anche nei momenti della più dura ostilità avevo sempre ammirato mia madre soprattutto per il suo orgoglio. Il pensiero che lei, per via di quel romanzo, di cui pure mi importava moltissimo, si prosternasse davanti a me, mi era insopportabile (oltretutto mi distruggeva l'immagine che avevo di lei come di una donna che niente riesce a piegare). Quando la rividi, dovette avvertire il mio disagio, il mio imbarazzo, la mia delusione, e per convincermi di aver parlato sul serio, si risolse a raccontarmi finalmente tutta la verità sulla morte di mio padre.

Nonostante le sue precedenti versioni, io avevo talvolta immaginato che le cose dovessero essere andate così, ma poi mi ero sempre rimproverato di lasciarmi confondere le idee da un'invincibile diffidenza che avevo ereditato da mia madre. Per tranquillizzarmi, mi ripetevo le ultime parole pronunciate da mio padre nella stanza dei bambini. Non erano le parole di un uomo irato o disperato. Forse potevo dedurne che, dopo una brutta notte insonne, mio padre fosse in procinto di lasciarsi intenerire e forse in sala da pranzo avrebbe finalmente rivolto la parola a mia madre se non fosse intervenuto ad abbatterlo lo shock provocato in lui dalla notizia ch'era scoppiata la guerra.

La Gerusalemme celeste

Dopo alcune settimane dai Florentin, tornai in Burton Road, dalla mamma. Di notte dormivo accanto a lei nel letto di mio padre e vegliavo sulla sua vita. Fintanto che udivo il suo pianto sommesso, non prendevo sonno, ogni tanto lei si appisolava brevemente e poi si ridestava, e il suo pianto sommesso svegliava anche me. In quel periodo mi avvicinai a lei, i nostri rapporti presero una piega diversa e io diventai davvero il primogenito, non più soltanto di nome. Lei mi chiamava così e come tale mi trattava, avevo l'impressione che si affidasse a me, mi parlasse come a nessun altro essere umano e, sebbene non facesse mai parola di questo, avvertivo la sua disperazione e il pericolo che le aleggiava intorno. Mi assunsi il compito di portarla indenne attraverso la notte, ero io la sua àncora di salvezza quando non riusciva più a sopportare il suo tormento ed era tentata di liberarsi della vita. È molto singolare che in questo modo io abbia sperimentato in rapida successione, una dopo l'altra, prima la morte e poi l'angoscia per una vita minacciata dalla morte.

Di giorno riusciva a controllarsi meglio, c'erano molte cose da fare alle quali non era abituata, e lei non ne trascurava nessuna. La sera avevamo il nostro piccolo rituale della cena, durante il quale ci trattavamo a vicenda con una sorta di silenziosa cavalleria. Io seguivo tutti i suoi gesti e ne coglievo il messaggio, e lei mi spiegava con circospezione qualcosa che riguardava il pasto. Prima l'avevo conosciuta impaziente e imperiosa, arrogante, impulsiva; il suo gesto di un tempo che più mi era rimasto impresso era il modo di suonare il campanello per chiamare la governante che doveva sbarazzarla di noi bambini. Io le avevo fatto notare in tutti i modi che le preferivo il papà e se qualcuno mi faceva la domanda che di solito mette i bambini in una situazione atrocemente imbarazzante: «A chi vuoi più bene, al papà o alla mamma?» non cercavo di cavarmi d'impaccio dicendo semplicemente: «A tutti e due», senza timore e senza titubanze alzavo gli occhi su mio padre. Ora invece ciascuno di noi rappresentava per l'altro tutto ciò che rimaneva di mio padre. Inconsapevolmente interpretavamo entrambi la parte di lui e con la *sua* dolcezza ci facevamo del bene a vicenda.

In quelle ore ho imparato il silenzio in cui si raccolgono le forze dello spirito. Ne ho avuto bisogno allora più che in qualsiasi altro periodo della mia vita, perché la notte che seguiva a quelle serate era gravida di un pericolo tremendo; potrei dirmi soddisfatto di me stesso se sempre avessi saputo far fronte alle situazioni così bene come allora.

A un mese dalla nostra disgrazia ci si riunì in casa per una cerimonia commemorativa. I parenti e gli amici maschi si disposero lungo la parete in sala da pranzo, il cappello in testa, il libro di preghiere fra le mani. Su un sofà, sul lato più breve della sala, di fronte alla finestra, sedevano il nonno e la nonna Canetti, arrivati dalla Bulgaria. Allora non sapevo ancora quanto il nonno si sentisse colpevole. Aveva maledetto solennemente il figlio davanti a tutti quando questi aveva lasciato lui e la Bulgaria, accade molto raramente che un ebreo praticante maledica il proprio figlio, non c'è maledizione più pericolosa e più temuta. Mio padre però non s'era lasciato distogliere dal suo proposito, e poco più di un anno dopo il suo arrivo in Inghilterra era morto. Vedevo, sì, che il nonno durante le preghiere singhiozzava forte, non la smetteva più di piangere, non poteva guardarmi senza stringermi a sé con tutte le sue forze, e, inondandomi di lacrime, quasi non mi lasciava più andar via. Tutto ciò lo attribuivo al suo grande dolore, e soltanto molto tempo dopo appresi che ancor più del dolore lo tormentava il senso di colpa, era convinto di avere ucciso il figlio con la sua maledizione. Le cerimonie di quel rito funebre mi colmarono di orrore perché mio padre non c'era. Aspettavo sempre che comparisse all'improvviso fra noi e si mettesse lì, in mezzo agli altri uomini della famiglia, a recitare le sue preghiere. Sapevo benissimo che non si era nascosto, ma ovunque fosse, non riuscivo a capire perché ora non venisse lì, mentre tutti gli uomini della famiglia recitavano le preghiere funebri per lui. Fra gli invitati alla cerimonia c'era anche il signor Calderon, l'uomo dai lunghi baffi, quello che rideva sempre. Da lui mi aspettavo il peggio. Quando arrivò, si mise a parlare con gli altri uomini che gli stavano a destra e a sinistra come se niente fosse e improvvisamente fece ciò che più di tutto avevo temuto, si mise a ridere. Gli andai incontro adiratissimo e domandai: «Perché ridi?». Lui non si lasciò confondere e mi rise in faccia. Io lo odiai per questo, volevo che andasse via, lo avrei volentieri picchiato. Ma non avrei mai potuto raggiungere quella faccia sorridente, ero troppo piccolo, avrei dovuto salire su una seggiola; e così non lo picchiai. Quando tutto fu finito e gli uomini uscirono dalla sala, egli cercò di accarezzarmi la testa, ma io respinsi con un colpo la sua mano e piangendo di rabbia gli voltai le spalle.

Il nonno mi spiegò che come figlio primogenito toccava a me recitare il *Kaddish*, la preghiera dei morti, per mio padre. Ogni anno, mi disse, quando fosse venuto quel giorno, avrei dovuto recitare il *Kaddish*. Se non lo avessi fatto, mio padre si sarebbe sentito abbandonato, privato dei suoi figli. Non recitare il *Kaddish* per il padre morto era il peccato più grave che un ebreo potesse commettere, mi spiegò fra i singhiozzi e i sospiri, e per tutti i giorni che rimase in visita da noi non lo vidi mai altro che così. È vero che la mamma gli baciò la mano, com'era costume nelle nostre famiglie, chiamandolo devotamente «Señor Padre». Ma durante i nostri misurati colloqui serali non lo nominava mai e io sentivo che non sarebbe stato giusto chiederle di lui. Quel suo pianto e lamento incessante mi fece molta impressione. Eppure avevo assistito alla terribile esplosione di dolore della mamma e ora sentivo, notte dopo notte, il suo pianto. Per lei provavo angoscia, lui invece lo stavo a guardare. Lui parlava con tutti e con tutti lamentava la sua disgrazia. Lamentava anche la nostra sorte e ci chiamava «orfani». Ma era come se si vergognasse di avere per nipoti degli orfani, ed io, di fronte a questo suo sentimento di vergogna, provavo un'intima ribellione. Non ero un orfanello, avevo la mia mamma, che già mi aveva affidato la responsabilità di badare ai fratellini.

Non restammo più molto a lungo nella Burton Road. Quello stesso inverno traslocammo in casa del fratello della mamma, nella Palatine Road. Lì c'erano molte stanze grandi e più gente. Miss Bray, la governante, venne con noi, e così pure la cameriera Edith. I due *ménages* si sovrapposero per qualche mese, tutto era doppio, c'erano molte visite. La sera non mangiavo più solo con la mamma e la notte non dormivo accanto a lei. Forse stava già meglio, forse si riteneva più opportuno non affidarla esclusivamente alla mia sorveglianza. Si tentò di distrarla, gli amici venivano spesso in casa o la invitavano fuori. La mamma decise di trasferirsi con noi bambini a Vienna, la casa di Burton Road fu venduta, c'erano molte cose da sistemare prima della partenza. La consigliava il suo solerte fratello delle cui opinioni lei si fidava molto. Da questi discorsi pratici io ero escluso perché ero un bambino.

Tornai a scuola da Miss Lancashire, che non mi trattò affatto da orfanello. Mi dimostrò invece una sorta di rispetto e una volta mi disse perfino che adesso ero io l'uomo della famiglia, un compito davvero importantissimo, il migliore che ci si potesse assumere.

A casa, nella Palatine Road, ero ritornato nella stanza dei bambini, molto più grande dell'altra con le tappezzerie viventi. Di quelle però non sentivo la mancanza, sotto l'impressione degli ultimi avvenimenti avevano perso per me ogni interesse. Lì ero di nuovo insieme ai miei fratellini e alla governante, e anche Edith, che aveva poco da fare, passava molto tempo insieme a noi. La stanza era troppo grande, a noi mancava qualcosa, aveva l'aria di esser vuota, forse avrebbero dovuto viverci più persone; Miss Bray, la governante, che era del Galles, la trasformò in una popolosa comunità. Cantava insieme a noi inni inglesi invitando Edith a unirsi al coro, e fu così che ebbe inizio per noi un periodo completamente nuovo. Appena ci trovavamo tutti riuniti nella stanza dei bambini, subito ci mettevamo a cantare. Miss Bray ci abituò presto, quando cantava diventava una persona completamente diversa, non più così magra e angolosa, e il suo entusiasmo si comunicava a noi bambini. Cantavamo a squarciagola, anche il piccolino, Georgie, che aveva due anni, gracchiava con noi. C'era specialmente *una* canzone che non ci stancavamo mai di cantare. Parlava della Gerusalemme celeste. Miss Bray ci aveva convinti che nostro padre adesso si trovava nella Gerusalemme celeste e, purché cantassimo nella giusta maniera, lui avrebbe riconosciuto le nostre voci e sarebbe stato felice di sentirci. Nel canto c'era un verso meraviglioso: *Jerusalem, Jerusalem, hark how the angels sing!* [«Gerusalemme, Gerusalemme, ascolta come cantano gli angeli!»] e quando arrivavamo a questo punto io credevo di vedere laggiù mio padre e cantavo con un tale ardore che mi pareva di scoppiare. Miss Bray parve però nutrire qualche dubbio, disse che forse questo avrebbe potuto disturbare le altre persone della casa, e perché nessuno interrompesse i nostri cori, chiudeva la stanza a chiave. In molti canti compariva il Signore Gesù, lei ci raccontò la sua storia, io volevo sapere tutto di lui, non ne avevo mai abbastanza e non riuscivo a capire perché gli ebrei lo avessero crocifisso. Su Giuda mi feci subito un'idea chiara, portava una lunga barba e rideva, invece di vergognarsi della propria malvagità.

Miss Bray, nella sua innocenza, deve aver scelto con oculatezza le ore da dedicare alla sua attività missionaria. Nessuno veniva a disturbarci e quando avevamo ascoltato ben bene le storie del Signore Gesù, avevamo il permesso di cantare nuovamente *Jerusalem*, che era la cosa a cui più tenevamo e che sempre le chiedevamo imploranti. Tutto era così splendido, così mirabile, che non raccontammo nulla a nessuno. Questa attività rimase a lungo ignorata da tutti, deve essere durata settimane e settimane, ed io mi ci ero abituato a tal punto che ci pensavo già mentre ero a scuola e nulla mi stava altrettanto a cuore, persino leggere non era più così importante. La mamma tornò a diventarmi estranea perché era sempre occupata in discussioni con lo zio-Napoleone. Per punirla dell'ammirazione con cui parlava di costui, io non le confidavo il segreto delle ore con Gesù.

Un bel giorno però d'improvviso si sentì bussare alla porta. La mamma era tornata a casa inaspettatamente e aveva udito le nostre voci da fuori. Era talmente bello, mi raccontò più tardi, che non aveva potuto far a meno di stare ad ascoltare, meravigliandosi che nella stanza dei bambini fossero entrate altre persone, perché certo non eravamo noi che cantavamo in quel modo. Alla fine, volendo assolutamente sapere chi fossero i cantori di *Jerusalem*, tentò di aprire la porta. Quando si accorse che era chiusa a chiave cominciò ad arrabbiarsi per l'insolenza di quegli estranei e si mise a scuotere il battente sempre più forte. Miss Bray, che dirigeva il coro anche con le mani, non si lasciò disturbare e così cantammo la nostra canzone fino alla fine. Poi, con calma, andò ad aprire la porta e si trovò davanti la 'signora'. Spiegò che ai bambini faceva bene cantare e domandò se la 'signora' aveva notato quanto noi fossimo più sereni e allegri in quegli ultimi tempi. Finalmente ci eravamo scrollata di dosso la mestizia di quei terribili eventi e ora sapevamo dove ritrovare nostro padre: quelle ore di canto con noi l'avevano talmente esaltata che ora, senza alcun pudore, e anzi con grande coraggio, provò subito a fare la stessa cosa anche con la mamma. Cominciò a parlarle di Gesù e a spiegarle che Egli era morto anche per noi. Completamente conquistato, mi immischiai nel discorso, ma la mamma andò su tutte le furie e con tono minaccioso domandò a Miss Bray se per caso non sapeva che noi eravamo ebrei e come si era permessa di ingannarla, traviandole i figli di nascosto. In particolare era indignata con Edith: le voleva bene e quotidianamente si affidava a lei per la sua toilette; eppure Edith, che le parlava di tutto, perfino del suo *sweetheart*, le aveva bravamente taciuto quel che facevamo insieme in quelle ore. La ragazza fu licenziata in tronco, e così pure Miss Bray; le due donne cominciarono a piangere, noi piangevamo, e da ultimo si mise a piangere anche la mamma, ma soltanto di rabbia.

Alla fine, nonostante tutto, Miss Bray rimase; Georgie, il più piccolo, le era molto affezionato e per questo motivo la mamma aveva già in mente di portarla a Vienna. Ma dovette giurare che non avrebbe mai più cantato con noi inni religiosi, né avrebbe mai più nominato il Signore Gesù. Edith avrebbe comunque dovuto essere licenziata di lì a breve, a causa della nostra partenza; il suo licenziamento non venne però rimandato e la mamma, che per orgoglio non sopportava di essere ingannata da una persona a cui voleva bene, non le perdonò.

Con me conobbe invece allora per la prima volta ciò che avrebbe contraddistinto poi per sempre i nostri rapporti. Mi chiamò a sé dalla stanza dei bambini e, non appena fummo soli, mi domandò nel tono delle nostre quasi dimenticate serate a due perché l'avessi ingannata così a lungo. «Io non volevo dire niente» fu la mia risposta. «Ma perché? perché? Tu sei il mio figlio grande. Di te mi fidavo completamente». «Anche tu non mi dici niente» replicai io impassibile. «Parli con lo zio Salomon, ma a me non dici niente». «Ma lui è il mio fratello maggiore, con lui mi devo consigliare». «E perché non ti consigli con me?». «Ci sono cose che tu ancora non puoi capire, le imparerai più avanti». Era come se avesse parlato al vento. Ero geloso di suo fratello perché era una persona che non potevo soffrire. Se gli avessi voluto bene, non sarei stato geloso. Ma era un uomo capace di «passare sopra i cadaveri», come Napoleone, un uomo che intraprende guerre, un assassino.

Ripensandoci oggi, non escludo di essere stato io stesso a infiammare Miss Bray con il mio entusiasmo per gli inni che cantavamo insieme. Nella casa dello zio ricco, nel «palazzo dell'orco», come lo chiamavo fra me e me, avevamo un luogo segreto di cui nessuno sapeva nulla, e può darsi che allora il mio più grande desiderio sia stato quello di escludere da quel luogo proprio la mamma, che era passata dalla parte dell'orco. Ogni parola di lode ch'essa aveva per lui, io la prendevo come un segno della sua sottomissione. Le fondamenta della mia decisione di essere in tutto e per tutto diverso da lui furono poste allora; e solo quando lasciammo la sua casa e finalmente partimmo riguadagnai di nuovo la mamma per me e vegliai con l'occhio incorruttibile di un bambino sulla sua fedeltà.

Tedesco sul lago di Ginevra

Nel maggio 1913 tutto era pronto per il nostro trasferimento a Vienna e lasciammo Manchester. Il viaggio doveva svolgersi a tappe e per la prima volta sfiorai città destinate a dilatarsi in seguito fino a trasformarsi negli immensi punti focali della mia esistenza. A Londra ci fermammo, credo, solo per poche ore. Ma traversammo la città da una stazione all'altra ed io guardavo incantato gli altissimi autobus rossi a due piani supplicando la mamma di lasciarmi fare un giro stando seduto in alto. Ma non c'era abbastanza tempo e l'eccitazione per le strade affollate, che mi rimasero impresse nella memoria come interminabili vortici neri, fu pari a quella che provai poi per Victoria Station, dove un numero incalcolabile di persone correvano di qua e di là in una gran confusione, ma senza mai scontrarsi.

Della traversata della Manica non ricordo nulla, mentre mi fece un'enorme impressione l'arrivo a Parigi. Alla stazione ci aspettava una giovane coppia di sposi, David, il minore e il meno appariscente dei fratelli della mamma, un topetto mite con al fianco una giovane donna scintillante dai capelli nerissimi e le guance dipinte di rosso. Eccole di nuovo, le gote rosse, ma tanto rosse che la mamma mi avvertì subito del loro artificio quando si accorse che non volevo baciare la nuova zia se non sulle guance. Si chiamava Esther ed era stata importata di fresco da Salonicco. Si trovava laggiù la più importante colonia di «spagnoli» e i giovanotti che volevano ammogliarsi andavano volentieri là a scegliersi la sposa. Le stanze del loro appartamento erano talmente piccole che io sfacciatamente le soprannominai «stanze delle bambole». Lo zio David non ne fu offeso, sorrideva sempre e non diceva mai niente, tutto il contrario del suo potente fratello di Manchester che si era sprezzantemente rifiutato di accettarlo come socio nella propria ditta. David era al colmo della felicità, si era sposato da una settimana appena. Fu molto orgoglioso che io mi innamorassi di colpo di quella zia così luccicante e mi incoraggiava continuamente a baciarla. Non sapeva, il poverino, che cosa lo aspettava: quella donna si rivelò ben presto una furia ostinata e insaziabile.

Restammo qualche tempo ospiti nell'appartamento dalle stanze minuscole ed io me ne rallegrai. Ero molto curioso e avevo avuto il permesso di stare a guardare la zia mentre si truccava. Lei mi spiegò che a Parigi tutte le donne si truccavano, altrimenti agli uomini non sarebbero piaciute. «Ma tu piaci allo zio» replicai, e lei non rispose. Si profumava, e voleva sapere se il suo profumo mi piaceva. A me i profumi facevano un effetto inquietante. Miss Bray, la nostra governante, diceva che erano *wicked*, viziosi. Così evitai di rispondere alla domanda della zia Esther e le dissi invece: «Quello che più mi piace è il profumo dei tuoi capelli». Allora lei sedette, si sciolse i capelli, che erano più neri degli ammiratissimi riccioli di mio fratello, ed io ebbi il permesso, intanto che lei era occupata a fare toilette, di starle vicino e ammirarla. Tutto questo si svolgeva alla luce del sole, sotto gli occhi di Miss Bray che ne era assai contrariata: la udii mentre diceva alla mamma che questa Parigi non era un luogo adatto per noi bambini.

Il viaggio proseguì poi per la Svizzera, verso Losanna, dove la mamma aveva intenzione di fermarsi per trascorrervi i mesi estivi. Affittò un appartamento nella città alta, con una splendida vista sul lago e sulle barche a vela che lo solcavano in tutti i sensi. Spesso scendevamo a Ouchy, andavamo a passeggio lungo la riva del lago e ascoltavamo l'orchestrina che suonava nel parco. Tutto era molto chiaro e luminoso, c'era sempre una brezza leggera, io amavo l'acqua, il vento, le vele, e quando l'orchestra suonava ero così felice che dicevo alla mamma: «Ma perché non restiamo qui, questo è il posto più bello del mondo».

«Tu devi imparare il tedesco,» mi rispondeva lei «e a Vienna andrai a scuola». E sebbene non pronunciasse mai la parola «Vienna» senza un certo trasporto, fintanto che restammo a Losanna, Vienna non mi attirò. Ogni volta che domandavo se là c'era un lago, mia madre rispondeva: «No, ma c'è il Danubio», e aggiungeva che invece delle montagne della Savoia che avevamo di fronte, a Vienna c'erano boschi e colline. Io il Danubio lo conoscevo già da quand'ero piccino e poiché l'acqua in cui mi ero scottato veniva dal Danubio, non mi piaceva molto sentirne parlare. Qui invece quello splendido lago e le montagne erano per me qualcosa di veramente nuovo. Mi ribellavo caparbiamente all'idea di andare a Vienna e forse fu anche per questo che restammo a Losanna un po' più a lungo del previsto.

Ma la vera ragione era che prima dovevo imparare il tedesco. Avevo otto anni, a Vienna dovevo andare a scuola e in base alla mia età avrei dovuto iscrivermi in terza elementare. La mamma non poteva sopportare il pensiero che una troppo scarsa conoscenza della lingua potesse impedirmi di essere ammesso a quella classe. Così era ben decisa a insegnarmi il tedesco nel più breve tempo possibile.

Non molto tempo dopo il nostro arrivo, andammo in una libreria, lei chiese una grammatica inglese-tedesco, prese il primo libro che le diedero in mano, mi portò a casa e subito cominciò con le lezioni. Come posso descrivere in maniera credibile il suo metodo di insegnamento? So benissimo com'era, mai e poi mai potrei dimenticarlo, eppure io stesso non riesco ancora a capacitarmene.

Sedevamo in sala da pranzo al tavolo grande, io sul lato più stretto, con la vista sul lago e sulle vele. La mamma sedeva sul lato adiacente alla mia sinistra, e il libro lo teneva in mano in maniera tale che io non potessi neppure sbirciarvi dentro. Sempre e comunque me lo teneva lontano. «Non ne hai bisogno,» spiegava «tanto non ci capisci ancora niente». Ma ad onta di questa spiegazione, sentivo che mi teneva lontano il libro come si tiene nascosto un segreto. Mi leggeva una frase in tedesco e me la faceva ripetere. Siccome la mia pronuncia non le piaceva, la ripetevo un paio di volte, fino a quando le pareva accettabile. Non accadeva spesso, però, e lei mi canzonava per la mia pronuncia, e poiché per nulla al mondo io ero disposto a sopportare il suo sarcasmo, mi davo un gran da fare e ben presto cominciai a pronunciare le frasi in maniera corretta. Solo allora me ne spiegava il significato in inglese. Questo però non me lo ripeteva mai, lo dovevo imparare subito e una volta per tutte. Quindi passava rapidamente alla frase successiva e il procedimento ricominciava identico: non appena ero riuscito a pronunciarla correttamente, me la traduceva, mi guardava imperiosamente perché me la cacciassi bene in mente e già era alla frase seguente. Non ricordo più quante frasi pretese che imparassi in quel modo durante la prima lezione, diciamo modestamente: alcune; ma temo che fossero molte. Infine mi licenziò dicendo: «Ripetile per conto tuo. Non devi dimenticarne neanche una. Non una sola. Domani continuiamo». Lei si tenne il libro e io mi ritrovai smarrito e completamente abbandonato a me stesso.

Non avevo nessuno a cui chiedere aiuto. Miss Bray parlava solo inglese e per tutto il resto della giornata la mamma si rifiutò categoricamente di ripetermi le frasi. Il giorno seguente sedetti allo stesso posto, la finestra aperta davanti a me, il lago, le vele. Lei riprese le frasi del giorno precedente, me ne fece ripetere una domandandone il significato. Disgrazia volle che il senso di quella frase mi fosse rimasto impresso e così lei esclamò contenta: «Vedo proprio che il sistema funziona!». Ma poi venne la catastrofe, io non seppi dire più nulla. All'infuori della prima, non una di quelle frasi mi era rimasta in mente. Le ripetevo meccanicamente, poi la mamma mi guardava in attesa, ma io ammutolivo dopo qualche balbettio. Quando la cosa cominciò a ripetersi per parecchie frasi, lei gridò infuriata: «Se hai capito la prima, vuol dire che puoi impararle tutte. È che non vuoi. Vuoi restare a Losanna. E io ti ci lascio a Losanna, da solo però. Me ne vado a Vienna con Miss Bray e i bambini. Tu puoi startene a Losanna da solo!».

Credo che temessi questa soluzione assai meno della sua sferzante ironia. Infatti, quando diventava particolarmente impaziente si prendeva la testa fra le mani ed esclamava: «Ho un figlio idiota! Non sapevo di avere un figlio idiota!»; oppure: «Anche tuo padre sapeva bene il tedesco, che cosa direbbe tuo padre!».

Io cadevo in uno stato di terribile disperazione e per nasconderla guardavo le vele, nella vana speranza che esse mi potessero aiutare. Ancora oggi non riesco a darmi una spiegazione di quel che accadde allora. Concentrandomi in un diabolico sforzo di attenzione imparai a imprimermi subito in mente il significato di ogni singola frase. Quando ne sapevo bene tre o quattro, lei non mi lodava, ma voleva invece le altre, voleva che ogni volta mi ricordassi tutte le frasi che avevo imparato. Poiché questo non accadeva mai, non mi lodò neppure una sola volta e nel corso di quelle settimane mi congedò sempre con un'aria tetra e insoddisfatta.

Vivevo nel terrore del suo scherno e per tutta la giornata, ovunque mi trovassi, continuavo a ripetere fra me quelle frasi. Durante le passeggiate con la governante ero di cattivo umore e parlavo solo a monosillabi. Non sentivo più il vento, non ascoltavo la musica, in testa ormai avevo soltanto quelle maledette frasi tedesche e il loro significato in inglese. Tutte le volte che potevo mi tiravo in disparte e mi esercitavo a ripeterle ad alta voce, e così facendo mi accadeva naturalmente di commettere qualche errore e di continuare a ripeterlo con la stessa pervicace costanza con cui ripetevo le frasi giuste. Non avevo un libro su cui poter verificare nulla, lei me lo rifiutava con spietata ostinazione, ben sapendo quanto amore avessi per i libri e quanto con un libro alla mano tutto mi sarebbe stato più facile. Ma la mamma era dell'idea che non bisogna farsi le cose facili; era convinta che con i libri non s'imparano bene le lingue, che bisogna imparare tutto a voce e che un libro cessa di essere dannoso solo quando la lingua la si sa già un po'. Io ero talmente angustiato che quasi non mangiavo più, ma lei non ci faceva caso. Il terrore in cui vivevo lo reputava pedagogico.

Qualche volta riuscivo a ricordare tutte le frasi e il loro significato, salvo una o due eccezioni. Allora cercavo sul volto di mia madre un segno di compiacimento. Ma non lo trovavo mai e il massimo che ottenevo era che non si facesse beffe di me. Altri giorni invece andava meno bene e allora cominciavo a tremare, in attesa che mi dicesse di aver messo al mondo un idiota, quella era la cosa che mi feriva più profondamente. Non appena l'idiota arrivava, mi sentivo annientato e solo quello che diceva a proposito di mio padre non coglieva nel segno. L'affetto di mio padre mi consolava, da lui non mi era mai venuta una parola men che amichevole e qualunque cosa gli dicessi, lui si dimostrava contento e mi lasciava fare.

Con i miei fratelli parlavo pochissimo e li trattavo con durezza, come la mamma. Miss Bray, che aveva una predilezione per il più piccolo, ma che voleva molto bene a tutti e tre, si accorse che lo stato in cui mi trovavo era veramente pericoloso e quando mi sorprendeva a esercitarmi con le mie frasi tedesche, diventava di cattivo umore e diceva che era ora di finirla, che la dovevo smettere, ne sapevo anche troppo per un bambino della mia età, lei non aveva mai imparato una lingua straniera e se l'era cavata benissimo nella vita anche così. Dappertutto al mondo c'era gente che capiva l'inglese. La sua solidarietà mi scaldava il cuore, ma le sue parole non mi dicevano nulla, la mamma mi teneva prigioniero in uno stato di terribile ipnosi da cui soltanto lei avrebbe potuto liberarmi.

Origliando avevo in effetti sentito Miss Bray mentre diceva alla mamma: «Il bambino è infelice. Dice che Madame lo considera un idiota». «Ma è così!» fu la risposta «altrimenti non glielo direi». Questo fu molto duro da digerire, era di nuovo quella terribile parola dalla quale facevo dipendere tutto. Mi venne in mente la cuginetta Elsie della Palatine Road, che aveva subìto un ritardo nello sviluppo e non riusciva a parlare bene. Di lei i grandi avevano detto in tono di compatimento: «Resterà una piccola idiota».

Miss Bray era certamente una persona tenace e di buon cuore, e infatti alla fine fu la mia salvezza. Un pomeriggio, ci eravamo appena seduti per la lezione di tedesco, quando la mamma disse all'improvviso: «Miss Bray dice che ti piacerebbe tanto imparare la scrittura tedesca. È vero?». Forse una volta lo avevo anche detto, forse l'idea era venuta a lei. Ma dato che la mamma nel dire quelle parole guardava il libro, non mi lasciai sfuggire l'occasione e risposi con prontezza: «Sì, mi piacerebbe. A scuola a Vienna ne avrò bisogno». Così venni finalmente in possesso del libro e cominciai a imparare quelle lettere aguzze e tutte spigoli. Per insegnarmi le lettere dell'alfabeto la mamma non avrebbe mai avuto la necessaria pazienza. Così gettò alle ortiche i suoi princìpi pedagogici e io mi tenni il libro.

Le sofferenze più atroci, che devono essere durate all'incirca un mese, erano finite. «Ma solo per la scrittura» aveva detto la mamma consegnandomi il libro. «Per il resto continueremo a imparare le frasi a voce». Ora però non poteva più impedirmi di rileggere le frasi che avevo imparato. Ormai ne sapevo parecchie e qualcosa di giusto *doveva* esserci nel suo metodo di recitare le frasi a voce alta e farmele ripetere con feroce insistenza. Le cose nuove continuai a impararle direttamente da lei come prima. Ma almeno, per fissarmele meglio in testa, potevo servirmi della lettura e così davanti a lei mi sentivo più sicuro. Non ebbe più occasione di darmi dell'idiota e fu la prima a provarne sollievo. Si era seriamente preoccupata per me, mi raccontò più tardi, temeva che io fossi l'unico di una così numerosa famiglia a non avere talento per le lingue. Ora si poteva finalmente persuadere del contrario e le nostre ore pomeridiane diventarono veramente piacevolissime. Adesso poteva perfino accadere che io riuscissi a stupirla, e qualche volta, contro la sua stessa volontà, le sfuggiva un elogio, e allora mi diceva: «Sei proprio mio figlio».

Quello che iniziò allora fu un periodo mirabile. La mamma cominciò a parlare tedesco con me, anche fuori dalle lezioni. Sentivo di esserle di nuovo vicino come nelle prime settimane dopo la morte del papà. Solo più tardi compresi che se mi insegnava il tedesco, fra scherno e tormenti, non lo faceva per me. Lei stessa aveva un profondo bisogno di parlarmi in tedesco, per lei il tedesco era la lingua dell'intimità e dell'affetto. La tragica frattura che aveva spezzato la sua vita quando, a ventisette anni, aveva perduto la possibilità di comunicare con mio padre, si faceva sentire più dolorosamente che mai nel fatto che, venendo meno lui, si era taciuto per lei il colloquio d'amore in tedesco. La sua vita coniugale l'aveva infatti vissuta tutta in tedesco. Senza il papà si sentiva smarrita, perduta, e allora aveva tentato di mettermi al suo posto il più in fretta possibile. Si aspettava molto da questo tentativo e le era stato difficile, all'inizio, accettare l'idea che io potessi fallire nell'impresa. Così mi aveva costretto in un tempo brevissimo a un compito che andava al di là delle possibilità di qualsiasi bambino; il fatto che poi sia riuscita nel suo intento ha determinato la natura molto profonda del mio tedesco, che fu per me una lingua madre imparata con ritardo e veramente nata con dolore. Ma non restammo al dolore, ad esso seguì subito dopo un periodo di felicità che mi ha legato indissolubilmente a questa lingua. Anche la mia inclinazione a scrivere dev'essere stata precocemente alimentata da questa vicenda, perché proprio per poter imparare a scrivere mi ero conquistato il libro, e il mio repentino miglioramento era incominciato appunto quando avevo imparato a scrivere le lettere dell'alfabeto tedesco.

La mamma non ammetteva assolutamente che a causa del tedesco io trascurassi le altre lingue, per lei la cultura non era altro che la letteratura di tutte le lingue che lei stessa conosceva, ma la lingua del nostro amore – e che amore è stato! – fu il tedesco.

Ora mi portava con sé nelle visite ai parenti e agli amici che vivevano a Losanna e non c'è da meravigliarsi che entrambe le visite di cui ho conservato il ricordo siano connesse con il suo stato di giovane vedova. Uno dei suoi fratelli era morto a Losanna ancor prima che noi andassimo a stabilirci a Manchester, e la sua vedova, Linda, viveva ancora qui insieme ai due figli. Anche per lei, forse, la mamma aveva pensato di fermarsi qualche tempo a Losanna. Zia Linda la invitò a pranzo e lei decise di portarmi con sé per un motivo: la zia era nata e cresciuta a Vienna e parlava un bellissimo tedesco. Ormai conoscevo abbastanza la lingua per poterle mostrare ciò che sapevo. Mi gettai con ardore nell'impresa, bruciavo dalla voglia di cancellare definitivamente, per l'eternità, le ultime tracce dello scherno materno che avevo appena dovuto subire. Ero talmente eccitato che la sera prima non riuscii ad addormentarmi e feci fra me e me grandi discorsi in tedesco che finivano tutti trionfalmente. Quando venne il momento di uscire di casa, la mamma mi spiegò che sarebbe stato presente un signore che andava ogni giorno a pranzo dalla zia Linda. Si chiamava Monsieur Cottier, era un degnissimo signore non più tanto giovane, un funzionario di grande prestigio. Domandai se era il marito della zia Linda e udii la mamma rispondere, titubante e un po' assente: «Forse un giorno lo diventerà. Per ora la zia pensa ancora ai suoi due bambini. Preferisce non ferirli risposandosi così presto, anche se per lei sarebbe un grande appoggio». Io sentii subito il pericolo nell'aria e dissi: «Tu di bambini ne hai tre, ma il tuo appoggio sono io». Lei rise: «Che cosa ti viene in mente,» esclamò con la sua solita aria altera «io non sono come la zia Linda. Non ho nessun signor Cottier».

Dunque il tedesco non era più tanto importante e io dovevo far bella figura di fronte a due persone. Il signor Cottier, al quale piaceva molto la cucina della zia Linda, era un uomo alto e corpulento con una barbetta a punta e un gran pancione. Parlava lentamente, rifletteva a lungo prima di ogni frase e osservava la mamma con benevolenza. Era già vecchio ed ebbi l'impressione che la trattasse come una bambina. Si rivolgeva esclusivamente alla mamma, alla zia Linda non diceva niente, lei intanto continuava a riempirgli il piatto, lui fingeva di non accorgersene e andava avanti tranquillamente a mangiare.

«La zia è bella!» dissi io entusiasta mentre tornavamo a casa. Aveva la pelle scura e meravigliosi occhi grandi e neri. «Ha un così buon profumo» dissi ancora, quando mi aveva baciato aveva un profumo ancora migliore di quello della zia di Parigi. «Macché,» replicò la mamma «ha un naso enorme e gambe da elefante. Ma gli uomini si prendono per la gola». Quest'ultima frase l'aveva già detta una volta durante il pranzo guardando con ironia il signor Cottier. Mi meravigliai che la ripetesse e domandai cosa volesse dire. Mi spiegò, con durezza, che il signor Cottier amava mangiar bene e che la zia era una brava cuoca. Per questo lui veniva tutti i giorni a pranzo da lei. Domandai se era per questo che la zia aveva un così buon odore. «Quello è il suo profumo» disse la mamma. «Le è sempre piaciuto profumarsi troppo». Mi accorsi che la mamma la disapprovava e, sebbene fosse stata molto gentile con il signor Cottier e lo avesse persino fatto ridere, anche di lui non pareva avere una grande opinione.

«Da noi non verrà nessuno a mangiare» dissi io d'un tratto con un tono da adulto; la mamma sorrise e aggiunse incoraggiante: «Tu non lo permetterai, vero, tu farai buona guardia».

La seconda visita, dal signor Aftalion, fu un caso del tutto diverso. Era lui il più ricco di tutti gli «spagnoli» che la mamma conosceva. «Giovane com'è,» disse «è già milionario!». Quando, rispondendo alla mia domanda, mi assicurò che era molto più ricco dello zio Salomon, ne fui subito entusiasta. Disse che anche d'aspetto era tutto diverso, che era un buon ballerino e un vero cavaliere. Tutti cercavano la sua compagnia, era talmente distinto che avrebbe potuto vivere alla corte di un re. «Gente così tra noi ormai non ce n'è più,» disse la mamma «una volta eravamo così, ai tempi in cui vivevamo ancora in Spagna». Poi mi confidò che il signor Aftalion in passato aveva chiesto la sua mano, ma lei allora era già segretamente fidanzata con mio padre. «Altrimenti lo avrei forse sposato» disse. Quel rifiuto lo aveva assai rattristato e per molti anni non aveva voluto nessun'altra donna. Solo ora, da pochissimo tempo, si era sposato e si trovava qui a Losanna in viaggio di nozze con la moglie Frieda, una bellezza famosa. Alloggiava nell'albergo più elegante della città e lì saremmo andati a trovarlo.

Quell'uomo mi interessava perché la mamma lo considerava superiore allo zio. A tal punto detestavo mio zio che la domanda di matrimonio del signor Aftalion non mi fece una particolare impressione. Ero curioso di vederlo soltanto per un motivo, per constatare che accanto a lui quell'altro, il Napoleone, faceva una figura pietosa, diventava una nullità. «Peccato che non ci sia anche lo zio!» esclamai. «Lo zio è in Inghilterra,» rispose la mamma «non può certo venire». «Ma sarebbe bello se potesse venire, così vedrebbe com'è fatto un vero "spagnolo"». La mamma non me ne voleva affatto per questo mio odio per suo fratello. Pur ammirandone l'efficienza, trovava giusto che io fossi contro di lui. Forse capiva com'era importante per me non prenderlo come modello al posto di mio padre, forse considerava questo precoce e inestinguibile odio come un segno di «carattere»; e per lei il «carattere» contava più di tutto.

Arrivammo in un albergo ch'era un vero palazzo, mai avevo visto una cosa simile, mi sembra persino che si chiamasse «Lausanne Palace». Il signor Aftalion alloggiava in un appartamento composto di una serie di enormi saloni sontuosamente arredati, mi sembrava di essere in una storia delle *Mille e una notte* e pensai con disprezzo alla casa dello zio nella Palatine Road, che solo un anno prima mi aveva fatto tanta impressione. Si aprì una doppia porta e comparve il signor Aftalion in abito blu scuro, con le ghette bianche; dirigendosi con un gran sorriso verso la mamma le baciò la mano. «Sei diventata ancora più bella, Mathilde» disse, lei era tutta vestita di nero. «E tu hai la moglie più bella del mondo» replicò la mamma, che aveva sempre la risposta pronta. «Dov'è? Frieda non c'è?

Non l'ho più vista dagli anni del collegio a Vienna. Ho parlato tanto di lei a mio figlio e l'ho portato con me perché voleva assolutamente vederla». «Viene, viene. Non ha ancora finito la sua toilette. Nel frattempo dovrete contentarvi di qualcosa di meno bello». Tutto era molto cortese e raffinato, proprio come si addiceva a quell'ambiente lussuoso. Si informò delle intenzioni della mamma, l'ascoltava molto attentamente continuando a sorridere, e con parole da fiaba approvò il suo progetto di trasferirsi a Vienna. «Tu appartieni a Vienna, Mathilde,» esclamò «la città ti ama, a Vienna eri sempre la più brillante e la più bella». Io non ero per niente geloso, né di lui né di Vienna, mi diceva una cosa che non sapevo e non avevo mai trovato in nessuno dei miei libri: che una città può amare una persona. Tutto questo mi piacque molto. Poi arrivò Frieda, che fu per me la sorpresa più grande. Una donna così bella non l'avevo mai vista, era luminosa come il lago e splendidamente vestita e trattò la mamma come una principessa. Scelse dai vasi le rose più belle, le diede al signor Aftalion e questi a sua volta le porse alla mamma con un inchino. La visita non durò a lungo e neppure compresi tutto quello che si dicevano, dato che la conversazione passava continuamente dal francese al tedesco e viceversa, ed io non ero abbastanza agguerrito in entrambe le lingue, ma specialmente in francese. Mi parve anche che ci fossero molte cose, tutte dette in francese, che io non dovevo capire, ma mentre di solito in queste situazioni, davanti ai discorsi segreti o misteriosi dei grandi, reagivo con rabbia, da questo vincitore di Napoleone e dalla sua stupenda moglie avrei accettato in allegria qualsiasi cosa.

Quando lasciammo il palazzo, la mamma mi parve un po' confusa. «Pensare che quasi lo sposavo» esclamò, e poi d'improvviso, guardandomi in faccia, aggiunse una frase che mi spaventò: «E allora tu non saresti venuto al mondo!». Io non riuscivo a immaginare di poter non essere al mondo, le camminavo accanto. «Io sono *comunque* tuo figlio» dissi in tono cocciuto. Forse le dispiacque di aver detto quelle parole, perché di colpo si fermò e mi abbracciò appassionatamente insieme alle rose che teneva in mano, e infine ebbe ancora una lode per Frieda. «È stato molto gentile da parte sua. Ha carattere!». Era una cosa che diceva molto di rado, e men che mai di una donna.

Fui lieto che Frieda fosse piaciuta anche a lei. Quando negli anni che seguirono parlavamo di quella visita, lei ripeteva sempre di essersene andata quel giorno con la sensazione che tutto quello che avevamo visto, tutto quel lusso, fosse in fondo roba sua, e si era meravigliata di non provare il minimo rancore verso Frieda, le concedeva di cuore, senza alcuna invidia, ciò che non avrebbe concesso a nessun'altra donna.

Passammo tre mesi a Losanna e talvolta penso di non aver più vissuto in seguito nella mia esistenza un periodo così denso di conseguenze. Ma questo lo si pensa spesso quando si considera seriamente un periodo della propria vita e non è escluso che ogni stagione dell'esistenza possa apparirci come la più importante e che ciascuna di esse contenga in effetti il tutto. A Losanna comunque – dove sempre intorno a me sentivo parlare il francese, lingua che appresi quasi inavvertitamente e senza drammatiche complicazioni – vissi sotto l'influsso della mamma la mia seconda nascita in lingua tedesca, e proprio nel travaglio di quella nascita ebbe origine in me la passione che mi avrebbe legato a entrambe, a quella lingua e a mia madre. Senza questi due elementi, che in fondo erano un'unica e medesima cosa, tutto il corso successivo della mia esistenza resterebbe incomprensibile e privo di significato.

In agosto ci mettemmo in viaggio per Vienna, facendo una tappa di qualche ora a Zurigo. La mamma lasciò i piccoli alla custodia di Miss Bray nella sala d'aspetto della stazione e mi portò con la funicolare allo Zürichberg. La località dove scendemmo si chiamava Rigiblick. Era una giornata radiosa e io vidi la città distendersi ampia davanti a me, ne ebbi un'impressione di immensità, non immaginavo che una città potesse essere tanto grande. Per me era un'esperienza completamente nuova e ne fui vagamente turbato. Domandai se anche Vienna era così grande e quando mi sentii rispondere: «Molto di più» non ci credetti e pensai che la mamma mi stesse prendendo in giro. Il lago e le montagne erano un po' più lontani che a Losanna, dove li avevo sempre sotto gli occhi perché occupavano il centro, anzi costituivano il panorama stesso. Là di case non se ne vedevano molte, qui invece ciò che mi sbalordiva era proprio l'incalcolabile numero di case che si inerpicavano sul pendio dello Zürichberg sul quale ora ci trovavamo, e poiché non potevo calcolare l'incalcolabile, non mi ci provai neppure a contarle, cosa che di solito facevo volentieri. Ero perplesso e smarrito e forse anche un po' spaventato, tanto che dissi alla mamma in tono di rimprovero: «Non li ritroveremo più» e mi sembrava che non avremmo dovuto lasciare i 'bambini', così usavamo chiamarli fra noi, soli con una governante che non capiva un'acca di nessun'altra lingua che non fosse l'inglese. Così la prima immagine che io ebbi di una grande città si colorò di una sensazione di smarrimento e il ricordo di quella prima vista su Zurigo, destinata a diventare in seguito il paradiso della mia giovinezza, non mi ha mai più abbandonato.

Miss Bray e i bambini li ritrovammo certamente, perché ci vedo ancora tutti quanti, il giorno seguente, il 18 agosto, viaggiare attraverso l'Austria. Non c'era località dalla quale passavamo che non fosse imbandierata a festa e vedendo quelle bandiere dappertutto, la mamma disse scherzando che erano state affisse in nostro onore, per celebrare il nostro arrivo. Neppure lei però sapeva quale fosse il vero motivo di quella festa, e Miss Bray, che era tanto abituata alla sua *Union Jack*, era sempre più eccitata e desiderosa di sapere, fino a quando la mamma si decise a chiedere informazioni ai nostri compagni di viaggio. Era il genetliaco dell'imperatore. Francesco Giuseppe, di cui già vent'anni prima la mamma a Vienna aveva sentito parlare come del vecchio imperatore, era ancora in vita, e tutti, nei villaggi e nelle città, parevano rallegrarsene. «Proprio come la nostra Queen Victoria» disse Miss Bray e durante il nostro viaggio fino a Vienna, che durò molte ore, mi raccontò una quantità di storie sulla regina già da tanto tempo defunta, storie che mi annoiarono un poco, così che a un certo punto, per cambiare, la mamma mi raccontò dell'imperatore d'Austria, che invece viveva ancora.

PARTE TERZA

VIENNA

1913-1916

Il terremoto di Messina
Il Burgtheater in casa

Fuori, davanti all'ingresso del tunnel degli orrori, prima che cominciasse il viaggio, c'era la bocca dell'inferno che si apriva con fauci rosse e gigantesche, mostrando i denti. Minuscoli diavolini infilzavano le persone sui forconi e poi le deponevano in quella bocca enorme, che quindi si richiudeva, lenta e implacabile. Poi però si riapriva, era insaziabile, mai che fosse stanca, mai che ne avesse abbastanza, all'inferno, diceva Fanny la bambinaia, di posto ce n'era a sufficienza per inghiottire Vienna con tutti i suoi abitanti. Non lo diceva in tono minaccioso, sapeva benissimo che io non ci credevo, le fauci dell'inferno servivano soprattutto per i miei fratellini. Lei li teneva ben stretti per mano, e benché sperasse che diventassero più buoni alla vista dell'inferno, neppure per un attimo avrebbe allentato la presa.

Io mi sistemavo in gran fretta nel trenino, tenendomi ben stretto a Fanny per far posto anche ai piccini. Nel tunnel degli orrori c'erano molte cose da vedere, ma per me una sola contava. Certo, guardavo anche i gruppi variopinti che ci sfilavano dinanzi, ma lo facevo solo per finta: Biancaneve, Cappuccetto rosso, il Gatto con gli stivali, erano tutte fiabe molto più belle da leggere, le fiabe figurate mi lasciavano indifferente. Alla fine però arrivava ciò che più avevo atteso fin da quando eravamo usciti di casa. Se Fanny non imboccava subito la strada per il Wurstelprater, così si chiamava il parco dei divertimenti, io la tiravo, la trascinavo addirittura, assillandola con mille domande, fino a quando lei cedeva ed esclamava: «Ecco che mi secchi di nuovo, e va bene, andiamo nel tunnel degli orrori». Allora lasciavo la presa, cominciavo a saltellarle intorno, correvo avanti per un pezzo e l'aspettavo con impazienza, mi facevo mostrare le monete per pagare l'ingresso, poiché era già capitato di trovarci davanti al baraccone e scoprire che lei aveva dimenticato a casa i soldi.

Ora eravamo dentro, passavamo davanti alle immagini delle fiabe e a ogni quadro il trenino si fermava per un momento; io ero talmente arrabbiato per quelle inutili soste che cominciavo a dire sciocche spiritosaggini sulle fiabe, rovinando tutto il divertimento ai miei fratellini. In compenso essi restavano del tutto indifferenti quando arrivava la cosa principale: il terremoto di Messina. Prima si vedeva la città in riva al mare azzurro, le molte case bianche sul pendio di una montagna, un paesaggio placido e sereno illuminato dal sole; il trenino si fermava e la città sul mare pareva vicinissima, quasi sembrava di poterla toccare. In quell'istante io scattavo in piedi e Fanny, contagiata dalla mia paura, mi teneva stretto a sé afferrandomi per la giacchetta: si sentiva un boato terrificante, si faceva buio, si udivano sibili e gemiti spaventosi, la terra tremava e ci scuoteva tutti, tuonava di nuovo fra lampi accecanti: tutte le case di Messina erano in fiamme, in un chiarore divampante.

Il trenino si rimetteva in movimento, abbandonavamo quel cumulo di macerie. Ciò che veniva dopo non lo vedevo neppure. Uscivo barcollante dal tunnel pensando: adesso troveremo tutto distrutto, tutto il Wurstelprater, i baracconi e, dall'altra parte, gli enormi castagni. Mi aggrappavo alla corteccia di un albero e cercavo di calmarmi. Mi ci premevo contro e sentivo che resisteva. Impossibile smuoverlo, l'albero era radicato saldamente nella terra, nulla era cambiato, io ero felice. Fu allora, probabilmente, che cominciai a riporre le mie speranze negli alberi.

La nostra casa si trovava all'angolo della Josef-Gall-Gasse, al numero 5; abitavamo al secondo piano e sulla nostra sinistra uno spiazzo di terreno libero non molto grande separava la casa dalla Prinzenallee, che già faceva parte del Prater. Le stanze davano in parte sulla Josef-Gall-Gasse, in parte a ovest sullo spiazzo e sugli alberi del Prater. Proprio sull'angolo c'era un balcone tondeggiante che collegava i due lati della casa: di lì vedevamo tramontare il sole; rosso e grosso com'era, il sole ci divenne molto familiare e il mio fratellino Georgie ne era particolarmente attratto. Non appena il balcone si tingeva di rosso, Georgie correva fuori lesto lesto, e una volta, lasciato solo per un momento, si mise in gran fretta a fare pipì, spiegando che doveva spegnere il sole.

Dal balcone si vedeva, all'angolo opposto dello spiazzo deserto, una porticina che conduceva all'atelier dello scultore Joseph Hegenbarth. Accanto alla porta c'erano detriti d'ogni tipo, pietre e legname che venivano dall'atelier; sempre si aggirava lì intorno una bimbetta bruna che ci guardava incuriosita quando Fanny ci portava al Prater, e si capiva che avrebbe giocato volentieri con noi. Si metteva sulla nostra strada, si infilava un dito in bocca e atteggiava il volto a un sorriso. Fanny, ch'era sempre linda e tirata a lucido e che anche addosso a noi non sopportava il minimo segno di sporcizia, non mancava mai di allontanarla: «Vai via, piccola sudiciona!» le diceva ruvidamente, e non ci permetteva di parlarle e men che meno di giocare con lei. Per i miei fratelli quell'appellativo divenne il nome della bambina e nei loro discorsi la «piccola sudiciona» assunse un ruolo importante, giacché personificava tutto quello che loro non potevano essere. Spesso dal balcone le gridavano «piccola sudiciona». Lo dicevano con affetto e nostalgia, ma giù intanto la bambina piangeva. Quando la mamma se ne accorse, proibì severamente ai bambini di chiamarla così. Quanto a tenerla lontana però era d'accordo anche lei, e può darsi benissimo che a suo avviso anche solo quei richiami e il loro effetto costituissero un rapporto troppo diretto con la bambina.

Il quartiere che dava sul canale del Danubio si chiamava lo «Schüttel» e bastava percorrerlo tutto per giungere alla Sophienbrücke dov'era la mia scuola. Io arrivai a Vienna con la nuova lingua imparata di fresco nella maniera brutale che ho illustrato. La mamma mi iscrisse alla terza elementare, dal maestro Tegel, un uomo con una faccia rossa e grassa sulla quale c'era ben poco da leggere, sembrava quasi una maschera. La classe era numerosa, oltre quaranta scolari, e io non conoscevo nessuno. Quello stesso giorno, arrivò insieme a me come 'nuovo' anche un piccolo americano; fummo esaminati entrambi per l'ammissione, ma prima trovammo il tempo di scambiarci in fretta qualche frase in inglese. Il maestro mi domandò dove avessi imparato il tedesco. Risposi: dalla mia mamma. Per quanto tempo? Tre mesi. Mi accorsi che la cosa gli pareva strana, una madre invece di un vero maestro, e poi solo tre mesi! Scosse la testa e dichiarò: «Allora per noi non ne saprai abbastanza». Mi dettò alcune frasi, neppure molte. Ma la vera prova su cui contava era questa: *Die Glocken läuten* [«Suonano le campane»] e subito dopo *Alle Leute* [«Tutte le persone»]. Nell'assonanza tra *läuten* [suonano] e *Leute* [persone] consisteva il tranello. Io però la differenza fra i due vocaboli la conoscevo benissimo e scrissi entrambe le frasi in modo corretto, senza esitazioni. Lui prese in mano il quaderno e scosse nuovamente il capo – che ne sapeva lui dell'atroce trattamento cui ero stato sottoposto a Losanna! – e poiché a tutte le sue domande precedenti avevo risposto prontamente e con scioltezza, alla fine, con lo stesso tono del tutto inespressivo che aveva avuto fin lì, disse: «Tenteremo».

La mamma, quando le raccontai dell'esame, non rimase affatto sorpresa. Trovava del tutto naturale che «suo figlio» dovesse parlare tedesco non solo altrettanto bene, ma molto meglio degli altri bambini viennesi. Le elementari avevano cinque classi, ma lei scoprì ben presto che con una buona pagella la quinta la si poteva anche saltare. Perciò mi disse: «Dopo la quarta, vale a dire fra due anni, andrai al ginnasio, lì si studia il latino e non ti annoierai più così tanto».

Per quanto riguarda la scuola non ricordo altro di quel primo anno viennese. Soltanto alla fine dell'anno scolastico, quando fu assassinato l'erede al trono, accadde qualcosa di notevole. Il maestro Tegel aveva davanti a sé sulla cattedra un giornale in edizione speciale, listato a lutto. Ci fece alzare tutti in piedi e ci comunicò la notizia.

Poi cantammo l'inno imperiale e lui ci mandò a casa; si può immaginare la nostra gioia.

Paul Kornfeld era il compagno con il quale facevo la strada di casa, anche lui abitava nel quartiere Schüttel. Era un ragazzo alto, allampanato e un po' rigido nei movimenti. Le gambe pareva volessero andare ciascuna per conto suo, sul viso lungo aveva sempre un'espressione cordiale. «Chi frequenti?» mi chiese una volta il maestro Tegel quando ci vide insieme davanti alla scuola. «Dai un dispiacere al tuo maestro». Paul Kornfeld era un pessimo scolaro, ad ogni domanda dava sempre risposte sbagliate – ammesso che dicesse qualcosa – e poiché aveva sempre quel suo eterno, incoercibile sorriso sulle labbra, il maestro ce l'aveva con lui. Sulla via di casa un giorno un ragazzo ci gridò dietro con disprezzo: «Jüdelach!» [ebreaccio]. Io non sapevo che cosa volesse dire. «Tu non lo sai» disse Kornfeld, lui invece se lo sentiva dire continuamente, forse dipendeva da quel suo strano modo di camminare. A me non era ancora capitato di essere insultato perché ebreo, in Bulgaria e in Inghilterra questo non usava. Lo raccontai alla mamma, che liquidò la faccenda con il suo solito tono altezzoso. «Quello era per Kornfeld, non per te». Non che con questo mi volesse consolare, soltanto non raccoglieva l'ingiuria. Per lei noi eravamo qualcosa di meglio, eravamo «spagnoli». Lei non voleva affatto separarmi da Kornfeld, come avrebbe preteso il maestro, al contrario. «Devi andare sempre con lui,» mi diceva «perché nessuno lo picchi». Per lei era assolutamente impensabile che qualcuno si permettesse di picchiare me. Forti non eravamo né lui né io, ed io fra l'altro ero molto più piccolo. Sulla sortita del maestro la mamma non si pronunciò. Forse le andava bene che egli stabilisse tra noi una simile differenza. Non voleva certo inculcarmi un sentimento di parità rispetto a Kornfeld, ma non essendo io la persona direttamente colpita, così lei pensava, era mio dovere proteggerlo cavallerescamente.

Questo mi piaceva, perché si accordava con le mie letture. Leggevo i libri inglesi che avevo portato da Manchester ed era il mio orgoglio leggerli e rileggerli continuamente. Sapevo esattamente quante volte avevo letto ciascuno di quei libri, alcuni più di quaranta volte, e giacché com'è ovvio li sapevo a memoria, quel continuare a riprenderli in mano serviva soltanto a battere i miei stessi record. La mamma se ne rese conto e mi diede altri libri, a suo avviso ero troppo grande per continuare con quelle letture infantili, e fece di tutto per interessarmi ad altre cose. Poiché il *Robinson Crusoe* era fra i miei libri prediletti, mi regalò *Da un polo all'altro* di Sven Hedin. L'opera era in tre volumi, che ebbi in regalo uno dopo l'altro in speciali occasioni. Fu una rivelazione fin dal primo volume. Vi si raccontavano viaggi ed esplorazioni in tutti i paesi immaginabili della terra, Livingstone e Stanley in Africa, Marco Polo in Cina. Grazie a quei viaggi e a quelle scoperte così avventurose imparai a conoscere il nostro pianeta e i suoi abitanti. In questo modo la mamma proseguiva l'opera iniziata da mio padre. Quando si avvide che i libri di viaggi mi allontanavano da ogni altro interesse, tornò alla letteratura e, sia per rendermela più appetibile, sia perché non leggessi semplicemente cose che non capivo, cominciò lei stessa a leggere con me Schiller in tedesco e Shakespeare in inglese.

Così la mamma tornava al suo antico amore, il teatro, tenendo vivo in questo modo anche il ricordo di mio padre, con il quale in passato aveva sempre parlato di queste cose. Si sforzava però di non influenzarmi. Dopo ogni scena voleva sapere che cosa avevo capito e che cosa mi era piaciuto, e prima di fare qualsiasi commento, lasciava la parola a me. Ma talvolta, quando si faceva tardi e lei era immemore dell'ora, continuavamo a leggere e a leggere, ed io sentivo che lei era rapita dall'entusiasmo e non avremmo smesso tanto presto. Un po' dipendeva anche da me che finisse così. Quanto più io reagivo con intelligenza, quante più cose trovavo da dire, tanto più vive si risvegliavano in lei le emozioni di un tempo. Non appena cominciava a parlare di una delle grandi passioni ch'erano diventate il contenuto più profondo della sua esistenza, sapevo che saremmo andati avanti ancora a lungo; allora non importava più tanto che io andassi a dormire, e lei faticava a staccarsi da me non meno che io da lei, mi parlava come a un adulto, lodava con eccessivo entusiasmo un attore in una certa parte, o magari ne criticava un altro che l'aveva delusa, ma questo accadeva più raramente. Soprattutto amava parlare di ciò che aveva assimilato senza far fatica, in uno stato di abbandono e dedizione assoluta. Allora le larghe narici palpitavano con forza, i grandi occhi grigi non mi vedevano più, le sue parole non erano più rivolte a me. Sentivo che in quei momenti di grande commozione parlava con mio padre, e chissà, forse io stesso diventavo mio padre senza rendermene conto. Allora non rompevo l'incanto con domande infantili, e anzi avevo imparato ad alimentare il suo entusiasmo.

Qualche volta ammutoliva e diventava talmente seria che io non avevo più il coraggio di dire una parola. Si passava la mano sull'immensa fronte, tutto era silenzio, io mi sentivo mancare il respiro. La mamma non richiudeva il libro, ma lo lasciava lì aperto sul tavolo dove restava per il resto della notte, mentre noi andavamo a dormire. Non diceva più nulla, nemmeno una delle solite frasi serali, come per esempio che era tardi, che avrei dovuto essere già a letto da un pezzo, che la mattina dopo dovevo andare a scuola: tutto quel che apparteneva al suo abituale linguaggio materno era cancellato. Pareva naturale che in lei continuasse a vivere il personaggio del quale aveva parlato. Di tutti i personaggi di Shakespeare quello che amava di più era Coriolano.

Non credo di aver allora capito le opere che leggevamo insieme. Certo, molte cose le assimilavo, ma nel mio ricordo lei è rimasta l'unico personaggio, quello che recitavamo insieme era sempre lo stesso unico dramma. Gli eventi e i conflitti più terribili, che lei non si sforzava affatto di risparmiarmi, si trasfiguravano nelle sue parole, che all'inizio volevano soltanto spiegare e chiarire, ma poi sfociavano in un'esaltazione ardente.

Quando, cinque o sei anni più tardi, lessi Shakespeare per conto mio, questa volta nella traduzione tedesca, tutto mi parve nuovo e mi meravigliai di averne conservato un ricordo così diverso, simile a un unico torrente infuocato. Può darsi che dipendesse dal fatto che nel frattempo il tedesco era diventato per me la lingua più importante. Ma nulla si era misteriosamente tradotto in me come le remote fiabe bulgare della mia infanzia, che ad ogni incontro in un libro tedesco riconoscevo immediatamente ed ero in grado di raccontare fino alla fine senza fare errori.

L'instancabile

Il dottor Weinstock, il nostro medico di famiglia, era un ometto piccolo con una faccia da scimmia e occhi che strizzava in continuazione. Pareva vecchio pur non essendolo, forse erano le pieghe scimmiesche del volto a conferirgli quell'aspetto di persona anziana. Noi bambini non lo temevamo, anche se veniva in casa abbastanza spesso e ci aveva curato di tutte le comuni malattie infantili. Non era affatto severo, il solo vederlo sorridere e ammiccare in continuazione vanificava immediatamente ogni timore. Tuttavia gli piaceva trattenersi a conversare con la mamma e quando le parlava le stava sempre molto vicino. Lei si ritraeva un poco, ma lui subito le veniva appresso, mettendole la mano sulla spalla o sul braccio, come a tranquillizzarla e a ingraziarsela. La chiamava *Kinderl*, bimbetta, cosa che mi dava molto fastidio, e non voleva mai saperne di staccarsi da lei, le teneva continuamente addosso quei suoi occhi appiccicosi che sembravano volerla toccare. Non mi faceva piacere quando veniva, ma essendo un buon medico e non facendo d'altronde nulla di male a nessuno di noi, contro di lui mi sentivo disarmato. Io contavo le volte che la chiamava *Kinderl* e, non appena se n'era andato, riferivo alla mamma il risultato: «Oggi ti ha chiamato *Kinderl* nove volte» dicevo, oppure «Oggi sono state quindici». Lei si meravigliava di questi miei calcoli, ma non me li proibiva, ed essendole quell'uomo del tutto indifferente, non trovava fastidiosa la mia sorveglianza. È chiaro che io, pur non avendo ancora la minima idea di queste cose, avvertivo quel suo *Kinderl* come un tentativo di avvicinarsi a lei, e così era indubbiamente, per cui la sua immagine mi si è impressa nella mente in maniera indelebile. Dopo più di quindici anni, quando già da un pezzo era scomparso dalla nostra esistenza, mi ispirai a lui per la figura di un vegliardo, il dottor Bock,[1] ottantenne medico di famiglia.

Vecchio davvero era invece già a quel tempo il nonno Canetti, che veniva spesso a Vienna a trovarci. Allora la mamma si metteva a cucinare personalmente, cosa che altrimenti faceva di rado; il nonno desiderava sempre la

1. È un personaggio della commedia di Canetti del 1932 intitolata *Hochzeit* (*Nozze*) [N.d.T.].

stessa pietanza, l'arrosto di vitello, che lui chiamava il *Kalibsbraten*. L'accumulo di consonanti creava delle difficoltà alla sua lingua abituata allo spagnolo e perciò *Kalb*, vitello, diventava *Kalib*. Arrivava all'ora di pranzo, ci abbracciava e ci baciava tutti, e ogni volta mi inondava le guance di lacrime; sempre, appena mi vedeva, si metteva a piangere, perché portavo il suo stesso nome, perché ero un «orfanello» e non poteva guardarmi senza pensare a mio padre. Io mi asciugavo di nascosto tutto quel bagnato dalla faccia e, sebbene subissi ancora il suo fascino, provavo sempre un grande desiderio che la smettesse una volta per tutte di sbaciucchiarmi. Il pranzo cominciava allegramente, entrambi, sia la nuora che il vecchio, erano persone vivaci e brillanti e c'erano sempre tante cose da raccontare. Ma io sapevo che cosa covava sotto quell'allegria, e sapevo anche che quella visita si sarebbe risolta in maniera ben diversa. Ogni volta, alla fine del pranzo, si ripeteva la stessa discussione. Il nonno diceva sospirando: «Non avreste mai dovuto andar via dalla Bulgaria, se non l'aveste fatto lui sarebbe ancora in vita. Ma per te Rustschuk non era abbastanza. Ci voleva l'Inghilterra. E dov'è ora? Il clima inglese lo ha ucciso». Quelle parole colpivano duramente la mamma, perché era vero che lei aveva voluto andarsene dalla Bulgaria e aveva instillato nel marito la forza di opporsi a *suo* padre. «Voi gli avete reso la vita difficile, Señor Padre» lo chiamava sempre così, come faceva con il suo vero padre. «Se lo aveste lasciato partire in pace, si sarebbe abituato benissimo al clima inglese. Ma voi lo avete maledetto! Maledetto, lo avete! Dove mai si è sentito che un padre maledica il figlio, *il suo proprio figlio!*». Allora si scatenava l'inferno, il vecchio saltava in piedi infuriato, i due si scambiavano frasi ingiuriose che aggravavano sempre più la situazione, lui si precipitava fuori dalla stanza, afferrava il suo bastone e usciva di casa, senza ringraziare per il *Kalibsbraten* che prima, a tavola, aveva svisceratamente lodato, e senza neppure accomiatarsi da noi bambini. Lei, d'altra parte, restava lì a piangere sconsolata e non riusciva a calmarsi. Come il nonno soffriva di quella maledizione per la quale non riusciva a darsi pace, così la mamma riviveva in quei momenti le ultime ore di mio padre per le quali si rimproverava amaramente.

Il nonno alloggiava all'Hotel Austria, nella Praterstras-se e qualche volta portava con sé anche la nonna, che a casa, a Rustschuk, non si alzava mai dal suo divano; come lui riuscisse a persuaderla a muoversi e ad affrontare il viaggio in battello sul Danubio, è sempre rimasto per me un mistero. Che fosse solo o con sua moglie, il nonno nel-l'albergo aveva sempre la stessa stanza, dove oltre ai due letti c'era anche un sofà sul quale dormivo io la notte tra il sabato e la domenica. Questo era un patto che il nonno aveva stabilito con la mamma: tutte le volte che veniva a Vienna, quella notte del sabato dovevo passarla con lui, e fermarmi per la prima colazione della domenica. Io in al-bergo ci andavo piuttosto malvolentieri perché era buio e odorava di muffa, mentre a casa nostra al Prater tutto era chiaro e arioso. In compenso la prima colazione della do-menica era un vero avvenimento; il nonno mi portava al caffè, mi ordinava un caffelatte con panna montata, e poi una cosa a cui tenevo ancora di più, un bel *Kipfel* fresco e fragrante.

Alle undici cominciava la scuola di Talmūd-Torah, nel-la Novaragasse 27, dove si imparava a leggere l'ebraico. Il nonno ci teneva molto che frequentassi la scuola di reli-gione, dello zelo della mamma in queste cose non si fida-va molto, e pernottare da lui in albergo era una forma di controllo, voleva essere certo che ogni domenica mattina mi presentassi alla scuola; anche la sosta al caffè, compre-so il *Kipfel*, erano intesi a rendermi più appetibile la fac-cenda della scuola domenicale. Il nonno mi lasciava un po' più di libertà che non la mamma perché ci teneva a conquistarmi, desiderava che gli volessi bene e fossi ben disposto verso di lui, e inoltre non c'era nessuno al mon-do, per piccolo che fosse, ch'egli non volesse impressio-nare.

In quella scuola però le cose andavano piuttosto male; dipendeva dal maestro, che era un tipo ridicolo, un po-ver'uomo gracchiante con l'aria di uno che se ne stia rat-trappito per il freddo su una gamba sola; non aveva la mi-nima autorità su noi scolari, che facevamo tutto quel che ci pareva. Imparavamo, è vero, a leggere in ebraico e snocciolavamo le preghiere dai libri a pappagallo. Ma non sapevamo il significato di ciò che recitavamo e nes-suno si sognava di spiegarcelo, così come nessuno ci spie-gava le storie della Bibbia. La scuola si proponeva soltanto di insegnarci a leggere correntemente il libro delle preghiere, in modo da far bella figura con i padri e con i nonni quando si andava al tempio. Io mi lamentai con la mamma della stupidità di quell'insegnamento e lei si dichiarò d'accordo con me. Com'erano diverse le letture che facevamo insieme! Ma mi spiegò anche che mi ci lasciava andare soltanto perché imparassi a recitare bene il *Kaddish*, la preghiera funebre per mio padre. Di tutta la religione, quella era la cosa più importante, se si escludeva forse il giorno dell'Espiazione; tutto il resto contava poco. Come donna, costretta a sedere sempre in disparte, la mamma non aveva un grande interesse per il culto nel tempio, pregare non aveva per lei alcun significato, e leggere diventava importante solo quando comprendeva quel che leggeva. Per Shakespeare sì che ardeva di devozione, una devozione che per la sua fede non aveva mai provato.

La mamma del resto si era già staccata dalla sua comunità quando da bambina era andata a scuola a Vienna, dove si era infervorata a tal punto per il Burgtheater che per quella passione si sarebbe lasciata fare a pezzi. Probabilmente mi avrebbe risparmiato tutte le manifestazioni esteriori di una religiosità che per lei non aveva più ragion d'essere, e addirittura mi avrebbe risparmiato la scuola domenicale, dove non si imparava assolutamente nulla, se la forte tensione fra lei e il nonno non l'avesse costretta a cedere su quel punto che veniva considerato una faccenda da uomini. Non voleva mai sapere che cosa si faceva alla scuola di religione; quando la domenica tornavo a casa per il pranzo, già parlavamo del dramma che avremmo letto insieme quella sera. Il tetro Hotel Austria, la tetra Novaragasse, tutto era dimenticato nel momento stesso in cui Fanny veniva ad aprirmi la porta, e l'unica cosa che la mamma mi domandava, con una titubanza in stridente contrasto col suo abituale modo di fare, era che cosa aveva detto il nonno, e cioè se aveva detto qualcosa di lei. Questo il nonno non lo faceva mai, ma la mamma temeva che un giorno o l'altro egli potesse tentare di mettermi contro di lei. Era un timore del tutto infondato, perché lui si guardava bene dal farlo, e se solo ci si fosse provato, mai più sarei andato a trovarlo nel suo albergo.

Una delle qualità più caratteristiche del nonno era la sua instancabilità. Era un uomo in perpetuo movimento, pur sembrando per il resto così orientale. Avevamo appena avuto notizia che era in Bulgaria, ed eccolo di nuovo in viaggio per Nürnberg [Norimberga], che lui chiamava «Nürimberg». Ma andava anche in molte altre città, che non ricordo più quali fossero, perché non ne storpiava il nome in modo altrettanto vistoso. Del resto mi capitava spessissimo di incontrarlo per caso nella Praterstrasse o in qualche altra strada della Leopoldstadt, sempre di corsa, sempre armato del suo bastone col pomo d'argento senza il quale non usciva di casa, e per quanta fretta avesse, ai suoi occhi che puntavano di qua e di là, veri occhi d'aquila, non sfuggiva nulla. Tutti gli «spagnoli» che lo incontravano – e ce n'erano parecchi in quel quartiere di Vienna, dove nella Zirkusgasse si trovava anche il loro tempio – lo salutavano con rispetto. Il nonno era ricco ma non arrogante, parlava volentieri con tutti quelli che conosceva e aveva sempre qualcosa di nuovo o di stupefacente da raccontare. Le sue storielle facevano il giro della città; viaggiava molto e osservava tutto quello per cui aveva interesse, esclusivamente le persone, e poiché non raccontava mai le stesse storie agli stessi, tanto che anche in tarda età sapeva perfettamente che cosa aveva raccontato a questo e a quello, per i suoi amici era sempre divertente starlo ad ascoltare. Per le donne era pericoloso, se una volta aveva messo gli occhi su una donna non la dimenticava più, e i complimenti che sapeva fare – per ogni tipo di bellezza scovava un ossequio speciale e inusitato – restavano incollati addosso per molto tempo e non si scordavano facilmente. Per quanto invecchiasse, e non invecchiava quasi, continuava a rimanere intatta la sua passione per tutto ciò che era nuovo e dava nell'occhio, la rapidità delle sue reazioni, il suo fare imperioso e al tempo stesso insinuante, il suo occhio per le donne: tutto rimaneva in lui ugualmente vivo.

Cercava sempre di parlare a tutti nella *loro* lingua, ma poiché le lingue le aveva tutte soltanto orecchiate un po' a furia di viaggiare, ad eccezione di quelle dei Balcani di cui faceva parte anche il suo spagnolo, la conoscenza effettiva che egli aveva delle lingue lasciava quanto mai a desiderare. Gli piaceva moltissimo contare sulle dita tutte le lingue che parlava, e la buffa sicurezza con cui in questo calcolo – Dio sa come – talvolta arrivava a diciassette, e qualche volta persino a diciannove, aveva generalmente un effetto irresistibile, malgrado la sua pessima pronuncia. Io mi vergognavo di queste scene quando avvenivano in mia presenza, perché i discorsi che faceva erano talmente pieni di strafalcioni che persino il mio maestro Tegel delle elementari lo avrebbe bocciato; non parliamo poi di noi a casa, dove la mamma stigmatizzava ogni più piccolo sbaglio con spietato sarcasmo. Per questo, da noi, ci limitavamo a quattro lingue soltanto, e quando io domandavo alla mamma se era possibile parlare diciassette lingue, lei, senza nominare il nonno, esclamava: «No! Vuol dire che non se ne sa neanche una!».

Il nonno però aveva un grande rispetto della cultura della mamma, sebbene la sfera intellettuale in cui lei si muoveva fosse per lui un mondo del tutto sconosciuto, e specialmente lo impressionava la sua severità e il fatto che da noi pretendesse moltissimo. Da una parte egli nutriva nei suoi confronti un profondo rancore perché, appunto con quella cultura, lei aveva traviato il papà e l'aveva portato via dalla Bulgaria, dall'altra ci teneva moltissimo che quella cultura venisse trasmessa a noi bambini. Credo che non fossero soltanto considerazioni di utilità riguardanti le nostre prospettive di farci strada nel mondo a guidarlo, ma anche l'impulso del proprio naturale talento, mai realmente sfruttato a fondo. Nel campo ristretto in cui aveva operato nel corso della sua esistenza, il nonno aveva fatto molta strada e del potere che esercitava su una famiglia numerosa e ramificata non aveva mai ceduto neanche un'oncia; eppure egli sentiva che al di fuori di questo c'erano un'infinità di cose che gli restavano precluse. Lui conosceva bene soltanto la scrittura aramaica in cui era traslitterato lo spagnolo antico, e i giornali li leggeva soltanto in questa lingua. Avevano nomi spagnoli come «El Tiempo», «Il Tempo», e «La Boz de la Verdad», «La Voce della Verità», erano scritti con caratteri ebraici e uscivano, mi sembra, solo una volta alla settimana. Nel leggere i caratteri romani si sentiva insicuro, e così in tutta la sua vita – visse oltre i novant'anni – nei molti Paesi che conobbe viaggiando, non lesse mai nulla (men che mai un libro) nella lingua del posto. A parte i suoi affari, che conduceva con suprema abilità, il suo sapere era legato esclusivamente alla sua conoscenza degli uomini e al suo spirito di osservazione. Era capace di imitare chiunque perfettamente e recitava come un vero attore; alcune persone che anch'io conoscevo diventavano talmente interessanti attraverso le sue imitazioni, che poi, quando mi capitava di incontrarle a tu per tu, ne ero amaramente deluso, mentre nelle sue rappresentazioni non cessavano di affascinarmi. E pensare che, quando c'ero io, tratteneva la sua inclinazione alla satira; solo in compagnie numerose, tra persone adulte, dove era al centro dell'attenzione, si lasciava completamente andare ed era capace di intrattenerle per ore e ore con le sue storie. (Era già morto da un pezzo quando fra i cantastorie di Marrakech ritrovai chi in questo gli stava alla pari; sebbene non comprendessi una sola parola della loro lingua, grazie al ricordo del nonno, quei cantastorie mi apparvero più familiari delle innumerevoli altre persone che incontrai laggiù).

La sua curiosità, come ho già detto, era sempre viva, non l'ho mai visto stanco, neppure una volta, e anche quando ero solo con lui sentivo che mi osservava ininterrottamente, senza distrarsi un attimo. In quelle notti che passavo con lui all'Hotel Austria, il mio ultimo pensiero prima di addormentarmi era che lui non dormiva davvero, e per quanto ciò possa sembrare incredibile, in realtà non l'ho mai visto dormire. La mattina era sempre sveglio prima di me, lavato e vestito, e il più delle volte aveva anche già recitato le sue preghiere mattutine, che duravano un bel po'. Ma se di notte per caso mi svegliavo, per un qualsiasi motivo, lo vedevo ritto a sedere sul suo letto, come se avesse saputo prima che in quel momento mi sarei svegliato e aspettasse che gli dicessi che cosa volevo. Eppure non era uno di quelli che si lamentano per l'insonnia. Al contrario, dava sempre l'impressione di essere fresco, riposato e disponibile, una specie di demonio di lucida prontezza; e a molte persone quella sua smodata vitalità – con tutto il rispetto che potevano avere per lui – risultava persino un po' inquietante.

Faceva parte delle sue passioni la raccolta di fondi per le ragazze povere che volevano sposarsi ma erano prive di dote. Lo vidi spesso nella Praterstrasse fermare qualcuno da cui si riprometteva di spillare del denaro a quello scopo. Subito estraeva il suo taccuino di cuoio rosso nel quale registrava le offerte con accanto il nome del donatore. E in un baleno si prendeva le banconote e se le infilava nel portafogli. Mai nessuno osava opporgli un rifiuto. Dire di no al Señor Canetti sarebbe stato uno scandalo. La gente sapeva che per conservare il proprio prestigio in seno alla comunità bisognava portare sempre con sé del denaro per una donazione piuttosto cospicua, un «no» avrebbe significato che si era già in procinto di passare a propria volta nella categoria dei poveri, e questo nessuno voleva che gli altri lo pensassero. Credo però che fra questi mercanti ci fossero anche delle persone autenticamente generose. Mi capitava spesso di sentir dire, con contenuto orgoglio, che un certo tale era una brava persona, e ciò significava che costui aveva dato ai poveri una grossa somma. Il nonno era noto anche per questo; a lui il denaro lo si dava volentieri perché il suo nome, scritto in quelle sue tonde lettere aramaiche, figurava sempre in testa alla lista dei donatori su quel suo taccuino. Poiché *lui* aveva cominciato così bene, nessuno voleva essere da meno: perciò in poco tempo riusciva a mettere insieme la somma per un dignitoso corredo.

In questa descrizione del nonno ho raccolto insieme parecchie cose, anche cose di lui viste o sentite raccontare negli anni successivi. Così egli acquista, in questo primo periodo viennese, uno spazio maggiore di quello che in effetti gli spetterebbe.

In realtà la cosa incomparabilmente più importante, più eccitante e più caratteristica di questo periodo erano le serate che io e la mamma dedicavamo alla lettura e i discorsi che facevamo intorno a ciascuno di quei testi. Non mi è più possibile riportare quei discorsi nei particolari, perché in buona parte io stesso sono fatto di quei discorsi. Se esiste una sostanza intellettuale che si riceve nei primi anni, alla quale ci si riporta poi sempre e dalla quale non ci si libera mai più, per me quella sostanza è lì. Io ero permeato di una fiducia cieca nella mamma, i personaggi di cui lei mi parlava e su cui mi interrogava sono a tal segno diventati parte integrante del mio mondo che non riesco più a scinderli gli uni dagli altri. Tutti gli influssi che ho subìto successivamente sono in grado di rintracciarli uno per uno. Questi, invece, formano un'entità unica che ha una sua densità e un suo spessore indivisibili. Da allora, da quando avevo dieci anni, è per me una sorta di articolo di fede credere che sono fatto di molte persone, della cui presenza in me non mi rendo assolutamente conto. Credo che siano loro a decidere ciò che mi attira o mi respinge negli uomini e nelle donne che mi capita di incontrare. Sono stati il pane e il sale della mia prima età. Sono la vera vita segreta del mio spirito.

Lo scoppio della guerra

L'estate del 1914 la trascorremmo a Baden, vicino a Vienna. Abitavamo in una casa gialla a due soli piani, non so più in quale strada, e dividevamo quella casa con un alto ufficiale in pensione, un generale d'artiglieria che con la moglie occupava il piano terreno. Era un'epoca, quella, in cui non si poteva fare a meno di notare gli ufficiali.

Buona parte della giornata la trascorrevamo nel parco, dove la mamma ci portava a passeggio. In un chiosco rotondo al centro del parco suonava un'orchestrina. Il direttore d'orchestra, un ometto smilzo, si chiamava Konrath e noi ragazzi lo chiamavamo all'inglese «*carrot*», carota. Con i miei fratellini parlavo ancora tranquillamente in inglese, uno aveva tre anni e l'altro cinque, e il loro tedesco era piuttosto incerto, poiché Miss Bray era tornata in Inghilterra soltanto da qualche mese. Per noi sarebbe stato uno sforzo davvero innaturale parlare un'altra lingua che non fosse l'inglese, e così in quel parco eravamo conosciuti come «i bambini inglesi».

C'era sempre molta gente nel parco, non foss'altro che per via della musica, ma alla fine di luglio, nell'imminenza dello scoppio della guerra, la folla che si ammassava nei viali era diventata ancora più fitta. L'atmosfera era più tesa ed eccitata del solito senza che io capissi perché, e quando la mamma mi disse che giocando dovevamo evitare di gridare a voce tanto alta in inglese, non le badai molto, e i piccoli naturalmente ancor meno di me.

Un giorno, credo che fosse il 1° di agosto, ebbero inizio le dichiarazioni di guerra. Carrot stava dirigendo l'orchestra quando qualcuno gli passò un foglietto: egli lo aprì e, interrotta la musica, batté con forza la bacchetta sul leggio e lesse con voce squillante: «La Germania ha dichiarato guerra alla Russia». Immediatamente l'orchestrina intonò l'inno imperiale austriaco, tutti, anche quelli seduti sulle panchine, si alzarono in piedi e cantarono in coro: «Dio conservi, Dio protegga il nostro imperatore e il nostro Paese». Io quell'inno lo conoscevo dalla scuola e un po' titubante cantai con gli altri. Seguì immediatamente dopo l'inno nazionale tedesco: «Salute a te, o trionfatore». Era lo stesso inno che con parole diverse conoscevo dall'Inghilterra come *God save the King* [«Dio salvi il re»]. Sentivo però che in questo caso era rivolto contro l'Inghilterra. Forse fu per vecchia abitudine, forse anche un po' per ripicca, fatto sta che mi unii al coro con quanta voce avevo in corpo, cantando le parole inglesi, e i miei fratellini, nella loro innocenza, mi vennero dietro con le loro flebili vocette infantili. Essendo stretti in mezzo alla folla, il nostro canto non poteva non essere udito da tutti. Improvvisamente vidi intorno a me facce sconvolte dall'ira, e braccia e mani che si abbattevano su di me. Persino i miei fratelli, compreso il più piccolino, George, si presero un po' delle botte destinate a me, che avevo ormai nove anni. Prima che la mamma, che era stata sospinta un po' lontano da noi, si rendesse conto di quel che stava accadendo, tutti si misero a picchiarci in una gran confusione. Ma ciò che più mi impressionò furono le facce stravolte dall'odio. Qualcuno certamente avvertì la mamma, perché lei si mise a gridare forte: «Ma sono bambini!». Ci raggiunse a fatica, ci afferrò tutti e tre e si mise a gridare infuriata contro quella gente, che a lei non fece nulla perché parlava il tedesco come una viennese; alla fine ci lasciarono persino uscire dalla ressa più fitta.

Io non compresi bene che cosa avessi fatto di male; a maggior ragione, quindi, quella prima esperienza di una massa ostile mi si impresse indelebilmente nell'animo. L'effetto fu che per tutta la durata della guerra, fino al 1916 a Vienna, e in seguito a Zurigo, i miei sentimenti rimasero profondamente inglesi. Ma da quelle percosse qualcosa avevo imparato: finché rimasi a Vienna mi guardai bene dal lasciar trapelare qualcosa dei miei sentimenti. Ora fuori di casa ci era severamente proibito di dire una sola parola d'inglese. Mi attenni a questa regola; e tanto più fervidamente mi dedicai in compenso alle mie letture inglesi.

La quarta elementare, il mio secondo anno di scuola a Vienna, venne dunque a cadere già in tempo di guerra e tutto ciò che ricordo di quell'epoca è legato alla guerra. A scuola ci diedero un quaderno giallo con delle canzoni che si riferivano tutte, in un modo o nell'altro, alla guerra. Cominciavano con l'inno all'imperatore, che dovevamo cantare ogni giorno al principio e alla fine delle lezioni. C'erano poi nel quaderno due canzoni che mi commuovevano in modo particolare: *Morgenrot, Morgenrot, leuchtest mir zum frühen Tod* [«Aurora, aurora, che illumini la mia morte precoce»], ma quella che più mi piaceva cominciava con le parole: *Drüben am Wiesenrand hocken zwei Dohlen* [«Sul limitare del prato stanno appollaiate due taccole»] e, se non sbaglio, seguitava così: *Sterb ich in Feindesland, fall ich in Polen* [«Muoio in terra nemica, cado in Polonia»]. Certo cantavamo un po' troppe rime tratte da quel quaderno giallo, ma il tono delle nostre canzoni era comunque più sopportabile di certe battute cariche di odio compresso che trovavano il modo di arrivare fino a noi: *Serbien muss sterbien!* [«La Serbia deve morire!»], *Jeder Schuss ein Russ!* [«Ogni sparo un russo!»], *Jeder Stoss ein Franzos!* [«Ogni colpo un francese!»], *Jeder Tritt ein Britt!* [«Ogni calcio un inglese!»]. Quando, per la prima e unica volta, arrivai a casa da scuola dicendo a Fanny: «*Jeder Schuss ein Russ!*» lei andò a lagnarsi dalla mamma. Forse era particolarmente suscettibile in quanto cecoslovacca, fatto sta che non nutriva certo sentimenti patriottici e non cantava mai con noi bambini le canzoni di guerra che io imparavo a scuola. O forse era semplicemente una persona di buon senso e trovava la brutalità di quelle frasi particolarmente ripugnante sulle labbra di un bambino di nove anni. La cosa doveva averla colpita nel profondo, perché non ci sgridò direttamente, si limitò ad andare dalla mamma e a dirle che non sarebbe più potuta rimanere in casa nostra se avesse continuato a sentire frasi simili da noi bambini. La mamma mi prese in disparte e quando fummo a quattr'occhi mi domandò con molta serietà che cosa avevo voluto dire con quella frase. Io risposi: niente. I bambini a scuola ripetevano continuamente frasi del genere ed era una cosa che io non potevo soffrire. Non era una bugia, perché, come ho già detto, ero di sentimenti inglesi. «E allora perché le ripeti come un pappagallo? Fanny non le sopporta. La ferisce che tu dica cose così orribili. Un russo è un essere umano come te e come me. La mia migliore amica a Rustschuk era una russa. Non ti ricordi di Olga?». In effetti io l'avevo dimenticata, ma ora mi ritornò alla mente. Prima il suo nome veniva citato spesso in casa nostra. Quest'unico rimprovero bastò. Non ripetei mai più una sola di quelle frasi, e poiché la mamma aveva così chiaramente mostrato il suo scontento, maturai anch'io una profonda avversione contro tutti quei bestiali slogan di guerra che a scuola continuai a sentire quotidianamente anche in seguito. Non che tutti i ragazzi parlassero in quel modo, erano soltanto alcuni, che però lo facevano sempre. Forse perché erano una minoranza ci tenevano a mettersi in mostra.

Fanny, che veniva da un villaggio della Moravia, era una ragazza robusta, e tutto in lei era solido, anche le opinioni. Il giorno dell'Espiazione gli ebrei praticanti stavano allineati sulla sponda del canale del Danubio e gettavano nell'acqua i loro peccati. Fanny, che passava di lì con noi, si fermò a guardare. Ogni volta faceva i suoi ragionamenti che poi esprimeva ad alta voce. «Farebbero meglio a non commetterne di peccati,» commentò «a buttarli via sono capace anch'io...». La parola «peccato» le pareva sospetta, per non parlare dei grandi gesti, che non poteva soffrire. Aveva una profondissima avversione per i mendicanti e per gli zingari e non faceva nessuna differenza tra un mendicante e un ladro. Non si lasciava raccontare frottole da nessuno e detestava le scenate. Dietro i discorsi infuocati sospettava sempre qualche cattiva intenzione. La cosa peggiore per lei era il teatro, e in casa nostra ne facevamo fin troppo. Un'unica volta si lasciò andare anche lei a fare una scena, e questa fu così crudele che non l'ho mai più dimenticata.

Suonarono alla porta di casa, io ero accanto a lei quando andò ad aprire. Ci trovammo davanti un mendicante, né vecchio né invalido, che si gettò in ginocchio ai piedi di Fanny e cominciò a torcersi le mani. Sua moglie era sul letto di morte, a casa aveva otto bambini, bocche affamate, bocche innocenti. «Abbia un po' di compassione, signora! Che colpa ne hanno quelle povere creature!». Rimase in ginocchio ripetendo con passione la sua tirata che sembrava una canzone, e intanto continuava a chiamare Fanny «signora». A lei mancò la parola, non era una signora e neppure voleva esserlo, e quando diceva «signora» alla mamma, il suo tono non era mai servile. Per un po' restò lì in silenzio a guardare l'uomo in ginocchio la cui tiritera riecheggiava forte e mielata nel corridoio. Improvvisamente anche lei si gettò per terra in ginocchio e si mise a scimmiottarlo. Ciascuna delle frasi che l'uomo pronunciava gli veniva restituita nell'accento boemo di Fanny e quel duetto era talmente impressionante che io cominciai a ripeterne le parole. Ma né Fanny né il mendicante si lasciarono confondere. A un certo punto però lei si alzò di scatto e gli chiuse la porta in faccia. Lui era ancora in ginocchio e attraverso la porta chiusa si continuava a sentire il lamento: «Abbia compassione, signora. Che colpa ne hanno quelle povere creature!».

«Razza di impostore!» esclamò Fanny «la moglie non ce l'ha e se ce l'ha non è certo sul letto di morte. I figli nemmeno, si mangia tutto da solo. Non è altro che un lazzarone che vuole mangiare a sbafo. Così giovane! Quando mai li avrà fatti otto figli!». Era talmente indignata per quell'imbroglio che, quando la mamma poco dopo rientrò, Fanny rifece davanti a lei tutta la scena e io le venni in aiuto al momento di cadere in ginocchio. Altre volte recitammo insieme di nuovo quella scena. Io facevo la parte che aveva fatto lei, un po' perché volevo punirla per la sua crudeltà, ma anche perché volevo recitare la scena meglio di lei. Così Fanny si sentì ripetere da me le frasi del mendicante così come le aveva dette lui e poi come lei le aveva ripetute, col suo accento boemo. Andava su tutte le furie quando cominciavo con «Abbia compassione, signora!» e doveva fare uno sforzo per non cadere nuovamente in ginocchio, dal momento che io, essendomi già buttato giù, la invitavo a fare altrettanto. Era un tormento per lei sentirsi schernita nella sua lingua madre, e d'un tratto, solida e forte com'era, si ritrovava davanti a me completamente inerme. Un giorno perse il controllo e mi diede un ceffone, lo stesso ceffone che avrebbe dato tanto volentieri al povero mendicante.

Fanny finì per provare una vera e propria angoscia per il teatro. Le letture serali con la mamma, che lei sentiva dalla cucina, le davano sui nervi. Quando io il giorno dopo le raccontavo qualcosa al riguardo, o recitavo un passaggio fra me e me, lei scuoteva il capo e diceva: «Tutta questa eccitazione! Come farà poi il bambino a dormire?». Il crescendo della vita teatrale in casa nostra irritava moltissimo Fanny e quando un bel giorno si licenziò, questo fu il commento della mamma: «Fanny ci considera un po' matti. Sono cose che lei non capisce. Questa volta forse potremo convincerla a rimanere. Ma credo che la perderemo presto». Io le ero molto affezionato e così pure i miei fratellini. La mamma riuscì, non senza fatica, a farle cambiare idea. Ma allora, per una volta, perse la testa e nella sua onestà ci pose un ultimatum: lei non poteva più tollerare che quel povero bambino non dormisse abbastanza. O cessavano tutte quelle stranezze serali o lei doveva andarsene per forza. Così un giorno se ne andò davvero, e tutti ne fummo molto tristi. Spesso però ci mandava delle cartoline illustrate che io, quale suo persecutore, avevo il permesso di conservare.

Medea e Ulisse

Il mio incontro con Ulisse avvenne soltanto a Vienna, il caso volle che l'*Odissea* non fosse fra quei libri che mio padre per primo mi aveva dato da leggere in Inghilterra. Nella collana delle grandi opere della letteratura mondiale, rielaborate e adattate per i ragazzi, figurava certamente anche l'*Odissea*, ma sia che mio padre non ci avesse pensato, sia che l'avesse intenzionalmente serbata per farmela leggere in un secondo tempo, fatto sta che io allora non l'avevo mai avuta in dono. Così la conobbi soltanto in tedesco, quando la mamma mi regalò le *Leggende dell'antichità classica* di Schwab; avevo allora dieci anni.

Nelle nostre serate dedicate al teatro, incontravamo spesso nomi di personaggi e di divinità greche e lei si sentiva in dovere di dirmi chi fossero, non sopportava che qualcosa mi restasse oscuro e queste spiegazioni ci prendevano spesso parecchio tempo. Forse io le domandavo più cose di quante lei potesse dirmi, questi argomenti li conosceva soltanto di seconda mano, attraverso i drammi della letteratura francese e inglese, ma specialmente della letteratura tedesca. Il libro di Schwab me lo regalò più che altro perché poteva aiutarmi a comprendere queste opere, avrei dovuto assimilarlo da solo, per non mettere in pericolo con continue digressioni il fervore di quelle serate, che erano l'unica cosa veramente importante.

Già il primo personaggio di cui venni a conoscenza, Prometeo, mi fece un'impressione enorme. Essere un benefattore dell'umanità – che cosa ci poteva essere di più affascinante, e poi quella punizione, la spaventosa vendetta di Zeus. Alla fine però incontrai Ercole in veste di salvatore, prima ancora di venire a conoscenza delle altre sue gesta. Poi Perseo e le Gorgoni, dallo sguardo pietrificante; Fetonte, che bruciava nel carro del Sole; Dedalo e Icaro (eravamo già in tempo di guerra e si faceva un gran parlare degli aviatori che in essa avrebbero avuto una parte importante); e poi Cadmo e i denti del drago, che pure riconducevo alla guerra.

Di tutte queste cose meravigliose non parlavo, le assimilavo e non dicevo niente a nessuno. Nel corso delle nostre serate potevo lasciar intendere che ne sapevo qualcosa, ma solo se se ne offriva l'occasione. Era come portare il mio contributo alla spiegazione di ciò che stavamo leggendo, e in effetti era questo il compito che la mamma mi aveva assegnato. Io avvertivo la gioia ch'essa provava quando accennavo brevemente a qualcosa, senza perdermi in nuove domande. Se qualche punto non mi era chiaro lo tenevo per me. Forse mi sentivo anche più forte per il fatto che nel nostro dialogo la parte preponderante l'aveva sempre la mamma, e riuscire a risvegliare il suo interesse accennando a questo o a quel particolare quando lei su certi argomenti non si sentiva del tutto sicura, mi riempiva di orgoglio.

Non passò molto tempo e arrivai alla leggenda degli Argonauti. Medea mi catturò con una violenza di cui non riesco a capacitarmi appieno, e ancor meno comprendo di averla paragonata a mia madre. Era la passione che sentivo in lei quando parlava delle grandi eroine del Burgtheater? Era l'orrore della morte, che oscuramente percepivo come un assassinio? Le discussioni furenti in cui sfociava immancabilmente ogni visita del nonno la lasciavano stremata e piangente. In realtà era lui ad andarsene come se si sentisse sconfitto, la sua era un'ira impotente, non era certo la collera del vincitore; anche lei però non usciva vincitrice da quella battaglia, che la lasciava smarrita e disperata, con addosso un tormento che io in lei non sopportavo. Così è molto probabile che volessi attribuirle poteri soprannaturali, i poteri di una maga. È una supposizione che solo ora mi si fa strada nella mente: io volevo poter vedere in mia madre la più forte, la più forte in assoluto, una forza indomabile e irresistibile.

Di Medea non tacqui, non ci riuscii, e quando cominciai a parlarne andò perduta un'intera serata. La mamma non lasciò vedere quanto fosse spaventata da quel confronto, me lo disse solo molti anni dopo. Mi raccontò del *Vello d'oro* di Grillparzer e della *Medea* al Burgtheater, e con questo duplice urto, se così si può dire, riuscì a mitigare in me il primo violento effetto della leggenda originaria. La costrinsi ad ammettere che anche lei si sarebbe vendicata del tradimento di Giasone, si sarebbe vendicata su di lui e sulla sua giovane sposa, ma non sui bambini. Questi li avrebbe portati via con sé nel magico carro – lei sarebbe stata ancor più forte di Medea e sarebbe riuscita a sopportare la loro vista. Così alla fine era davvero la più forte di tutti e dentro di me aveva vinto anche Medea.

Può darsi che in questo l'abbia aiutata anche Ulisse, perché quando di lì a poco ne conobbi le gesta, la sua figura si impose su tutte le altre che già conoscevo, le relegò sullo sfondo, e diventò così la vera figura mitica della mia giovinezza. L'*Iliade* l'accettai sulle prime con riluttanza perché cominciava con il sacrificio umano di Ifigenia; e poiché Agamennone in questo aveva ceduto, provai subito per lui una violenta avversione; così fin dal principio non fui dalla parte dei greci. Sulla bellezza di Elena avevo i miei dubbi, e i nomi di Menelao e di Paride mi apparivano entrambi ugualmente ridicoli. In generale, il mio atteggiamento dipendeva molto dai nomi, c'erano personaggi che mi erano antipatici esclusivamente per il nome che portavano e altri che invece amavo proprio per il loro nome, prima ancora di conoscerne la storia: fra questi figuravano Aiace e Cassandra. Quando sia nata in me questa debolezza per i nomi, non saprei dirlo. Divenne incoercibile con i greci, le cui divinità si suddividevano per me in due gruppi, ai quali venivano assegnate per il nome che portavano e solo molto raramente in ragione del loro carattere. Mi piacevano Persefone, Afrodite, Era; ai miei occhi nulla di quello che Era aveva fatto poteva offuscare la bellezza del suo nome; mi piacevano Poseidone ed Efesto, e Zeus, per contro, mi era odioso, e così pure Ares e Ade. Di Atena mi affascinava la nascita, ad Apollo non perdonai mai la fine atroce di Marsia, la sua crudeltà ne velava per me il nome, che invece segretamente mi attraeva a dispetto di ogni convinzione contraria. Il conflitto fra nomi e gesta divenne per me una notevole fonte di tensione e la sensazione di dover conciliare le due cose non mi ha più abbandonato. Mi affezionavo a uomini e personaggi a causa del loro nome e le delusioni che mi procuravano i loro comportamenti mi inducevano a compiere sforzi tortuosi per modificare il mio giudizio e armonizzarlo col nome che portavano. Per altri invece dovevo escogitare storie ripugnanti che giustificassero i loro nomi orrendi. Non saprei in che cosa avrei potuto essere più ingiusto: per uno che ammirava la giustizia più di ogni altra cosa, questa dipendenza dai nomi, che nulla riusciva a scalfire, aveva qualcosa di veramente fatale; essa ed essa sola io sento come un destino.

Poiché allora non conoscevo nessuno che portasse un nome greco, tutti quei nomi, assolutamente nuovi per me, mi soggiogarono con la loro forza congiunta. Potevo andar loro incontro con una libertà ai limiti del meraviglioso, non riecheggiavano nulla che già conoscessi, non si mescolavano a nulla, si presentavano come figure pure e astratte e tali rimasero; fatta eccezione per Medea, che mi turbò profondamente, presi partito pro o contro ciascuna di quelle figure, ed esse conservarono per me un'efficacia che non si esaurì mai. Con loro cominciò una vita di cui io mi facevo consapevolmente una ragione, solo in essa non dipendevo da nessuno.

Così Ulisse, la figura in cui confluiva per me tutto ciò che era greco, divenne un singolare modello, il primo ch'io sia riuscito a comprendere con chiarezza, il primo di cui appresi più cose di quante ne avessi mai apprese di un essere umano, un modello compiuto e composito, che si presentava in molte metamorfosi, ciascuna delle quali aveva il suo significato e la sua collocazione. La figura di Ulisse l'ho incorporata in me in tutti i particolari, e non c'è nulla di lui che, col tempo, non abbia acquistato per me un ben preciso significato. Agli anni delle sue peregrinazioni corrispose il numero degli anni durante i quali egli esercitò su di me il suo potere. Alla fine, senza che nessuno se ne accorgesse, egli finì in *Die Blendung* [*Auto da fé*], che altro non è se non una testimonianza della mia profonda dipendenza interiore da Ulisse. Una dipendenza assolutamente completa e che oggi mi sarebbe facilissimo rintracciare in tutti i particolari; infatti so ancora perfettamente in che modo Ulisse *stabilì* la sua influenza sul ragazzino decenne, che cosa lo colpì immediatamente e lo colmò di inquietudine. Fu il momento dei Feaci, quando Ulisse, non ancora riconosciuto, ascolta dalla bocca del cieco cantore Demodoco la narrazione della propria vicenda e su di essa piange in segreto; l'astuzia con cui fa salva la propria vita e quella dei suoi compagni quando, di fronte a Polifemo, si fa chiamare *Nessuno*; il canto delle sirene, che egli non si lascia sfuggire; e infine la pazienza con la quale, fingendosi un mendicante, sopporta le ingiurie dei Proci; tutte metamorfosi attraverso le quali Ulisse fa di tutto per *diminuirsi*, mentre l'episodio delle sirene testimonia la sua incoercibile curiosità.

Viaggio in Bulgaria

Nell'estate del 1915 facemmo un viaggio in Bulgaria. La mamma, che aveva laggiù gran parte della sua famiglia, voleva rivedere il paese natale e il luogo dove per sette anni era stata felice con mio padre. Già parecchie settimane prima della partenza era presa da un'agitazione per me incomprensibile, diversa da tutti gli altri stati d'animo da cui l'avevo vista dominata fino a quel momento. Parlava molto della sua infanzia trascorsa a Rustschuk, e quel luogo, al quale non avevo mai pensato, acquistò improvvisamente una grande importanza alla luce dei suoi racconti. Di solito gli «spagnoli» che avevo conosciuto in Inghilterra e a Vienna parlavano di Rustschuk solo con disprezzo, come di uno sperduto angolo di provincia senza cultura, dove la gente non sapeva nulla di quel che accade in «Europa». Tutti parevano felicissimi di essersene andati di laggiù, e si sentivano migliori e più illuminati, proprio perché vivevano altrove. Solo il nonno, che non si vergognava mai di niente, pronunciava con grande enfasi il nome di Rustschuk, che era per lui il centro del mondo: lì c'era la sua ditta, lì c'erano le case che aveva comprato man mano che era aumentata la sua agiatezza. Io però avevo notato quanto poco egli sapesse delle cose che mi appassionavano di più. Quando una volta gli raccontai di Marco Polo e della Cina, lui disse che erano tutte storie, dovevo credere solo a quello che vedevo coi miei occhi, lui li conosceva quei bugiardi; compresi così che non aveva mai letto un libro, e poiché le lingue che si vantava di conoscere le parlava solo infarcendole di ridicoli errori, la sua fedeltà a Rustschuk non era per me una buona raccomandazione; non solo, ma i viaggi che da laggiù faceva verso Paesi in cui non c'era più nulla da scoprire mi colmavano di disprezzo. In compenso il nonno aveva una memoria infallibile e una volta che venne da noi a pranzo mi sorprese facendo alla mamma una serie di domande su Marco Polo. Non solo le domandò chi fosse quell'individuo e se fosse vissuto davvero, si informò anche di tutti gli straordinari particolari che io gli avevo raccontato, nessuno escluso, e quasi quasi si infuriò quando la mamma gli spiegò quale parte il resoconto di Marco Polo avesse poi avuto nella successiva scoperta dell'America. Ma sentendo poi citare gli errori di Colombo, che aveva scambiato l'America per l'India, si tranquillizzò di nuovo ed esclamò trionfante: «Ecco che cosa si ottiene a credere a simili impostori! Scoprono l'America e poi credono che sia l'India!».

Quel che a lui non era riuscito, e cioè di destare il mio interesse per il luogo dove ero nato, riuscì invece alla mamma senza nessuna difficoltà. Durante le nostre sedute serali, parlando di un libro che amava in modo particolare, all'improvviso diceva: «Questo lo lessi per la prima volta sul gelso nel giardino di mio padre». Una volta mi mostrò *Les Misérables* di Victor Hugo in una vecchia edizione su cui si vedevano ancora le macchie delle more che aveva mangiato leggendo. «Erano già belle mature,» disse «ed io mi ero arrampicata in alto, per nascondermi meglio. Così non mi videro all'ora di andare a tavola. Continuai a leggere per tutto il pomeriggio, ma poi d'improvviso mi venne una gran fame e mi rimpinzai di more. Tu hai la vita più facile. Io ti lascio leggere quanto vuoi». «Però a tavola mi tocca venirci sempre» replicai, e cominciai a provare un certo interesse per il gelso di Rustschuk.

Mi promise che me lo avrebbe mostrato, giacché ormai tutti i nostri discorsi sfociavano in progetti per il viaggio imminente. Io per la verità non tenevo molto a quel viaggio, perché laggiù avremmo dovuto per qualche tempo tralasciare le nostre letture serali. Ma poi, mentre ero ancora sotto l'impressione della storia degli Argonauti e della figura di Medea, un giorno la mamma mi disse: «Andremo anche a Varna, sul Mar Nero». A questo punto le mie riserve caddero di colpo. La Colchide era sulla sponda opposta del Mar Nero, ma era pur sempre lo stesso mare e per vedere quei luoghi ero persino disposto a pagare il prezzo altissimo della interruzione delle nostre letture.

Viaggiando in treno passammo da Kronstadt e attraversammo la Romania. Per questo Paese provavo una tenerezza particolare perché mi avevano tanto parlato della balia rumena che mi aveva nutrito col suo latte. Aveva voluto bene a me come alla sua stessa creatura e in seguito non aveva esitato ad affrontare il lungo viaggio da Giurgiu, che si trovava sulla riva opposta del Danubio rispetto a Rustschuk, solo per vedere come stavo. Poi si era saputo che in seguito a un incidente era affogata in un pozzo profondissimo, e mio padre, com'era nel suo stile, era riuscito a rintracciare la famiglia, e segretamente, senza che il nonno ne sapesse nulla, aveva fatto il possibile per aiutarli.

A Rustschuk non andammo ad abitare nella vecchia casa che sarebbe stata troppo vicina a quella del nonno Canetti. Ci stabilimmo invece in casa della zia Bellina, la sorella maggiore della mamma. Era la più bella delle tre sorelle e, per questo solo motivo, godeva di una certa celebrità. La disgrazia che doveva poi abbattersi su di lei e sulla sua famiglia, e perseguitarla fino alla fine dei suoi giorni, non si era ancora consumata, ma già se ne avvertivano i segni premonitori. Io l'ho conservata nella memoria come era allora, nel fiore della sua bellezza. Avendola ritrovata più tardi nella *Bella* e nella *Venere di Urbino* del Tiziano, l'immagine che ho di lei non può più mutare.

La zia viveva in una spaziosa casa gialla costruita secondo l'usanza turca, proprio di fronte alla casa di suo padre, il nonno Arditti, ch'era morto due anni prima a Vienna durante un viaggio. La bontà della zia era pari alla sua bellezza, sapeva poche cose, e poiché non voleva mai nulla per sé e faceva sempre regali, veniva considerata una sciocca. Tutti ricordavano perfettamente l'avarizia di suo padre, un uomo che aveva sempre avuto in mente soltanto il denaro, e per questo lei pareva di una razza diversa, un vero miracolo di prodigalità; ogni volta che incontrava una persona non poteva fare a meno di domandarsi subito in che modo avrebbe potuto farle cosa gradita. Per il resto non rifletteva molto. Quando taceva e guardava dritto davanti a sé senza prestare attenzione alle domande degli altri, con un'espressione un po' assente e quasi affaticata sul volto, che però anche in quei momenti nulla perdeva della sua bellezza, allora tutti sapevano che la zia stava meditando su un regalo e non era ancora soddisfatta di ciò che le era venuto in mente. Eravamo tutti sommersi dai suoi regali, eppure in fondo lei non era mai del tutto soddisfatta, quello che faceva non le sembrava mai abbastanza ed era perfino arrivata a scusarsi di questo con lunghi discorsi. Non era quel modo altezzoso di donare che conosco così bene negli «spagnoli» e che sempre va unito a una certa pretesa di nobiltà; per lei donare era semplice e naturale come respirare.

Aveva sposato suo cugino Josef, un uomo collerico che le rendeva la vita difficile e la faceva soffrire molto, sempre di più; ma lei di questo non lasciava mai trapelare nulla. Il frutteto dietro la casa, dove le piante a quell'epoca erano cariche di frutti meravigliosi, era per noi qualcosa di incantevole, quasi come i regali della zia. Le stanze della sua casa erano chiare e fresche al tempo stesso, c'era molto più spazio che da noi a Vienna e dappertutto una quantità di cose da scoprire. Io avevo dimenticato come si viveva sui divani turchi e tutto mi pareva nuovo e diverso, quasi stessi esplorando una terra esotica, ed era proprio questo ormai il desiderio più grande della mia vita. Il gelso nel giardino del nonno mi deluse, non era poi tanto alto, e poiché mi figuravo la mamma così come la vedevo ora, non riuscivo a capire come allora non l'avessero scoperta in quel suo nascondiglio. Ma nella casa gialla, con accanto la zia, mi trovavo bene e non ero per niente ansioso di partire per il Mar Nero, che pure era inteso come il *clou* del nostro viaggio.

Lo zio Josef Arditti, con la sua grande faccia rossa e gli occhi semichiusi, continuava a interrogarmi, sapeva una quantità di cose ed era talmente soddisfatto delle mie risposte che mi dava dei buffetti sulle guance dicendo: «Ricordatevi le mie parole. Questo ragazzo diventerà qualcuno. Un grande avvocato, come suo zio!». Lui in verità non era un avvocato, bensì un commerciante, però si intendeva delle leggi di molti Paesi e di esse citava ampi paragrafi a memoria, sempre correttamente nelle lingue più diverse, traducendoli poi subito per me in tedesco. Tentò anche di imbrogliarmi, recitandomi, magari dopo soli dieci minuti, lo stesso paragrafo con qualche lieve modifica. Poi mi guardava con aria sorniona e aspettava. «Ma prima era diverso,» dicevo io «prima era *così*!». Io quel frasario non lo potevo soffrire e sentivo una profonda ripugnanza per tutto ciò che aveva a che fare con il «diritto»; però ero cocciuto e volevo a tutti i costi aver ragione e per di più pretendevo di guadagnarmi le sue lodi. «Vuol dire che sei stato attento» mi diceva alla fine. «Non sei uno stupido come tutti gli altri qui» e faceva un gesto in direzione della stanza dove sedevano tutti gli altri, compresa sua moglie. Non si riferiva però a lei soltanto, lui trovava che quella era una città di stupidi, e così il Paese, i Balcani, l'Europa, il mondo intero, con l'eccezione di alcuni avvocati famosi, che forse potevano ancora gareggiare con lui.

In casa si mormorava delle sue esplosioni di collera e anch'io ero stato messo in guardia: quando si infuriava – dicevano – era una cosa terribile. Però non mi dovevo spaventare, poi si calmava, non c'era altro da fare che stare zitti e tranquilli al proprio posto, non dire per l'amor di Dio una sola parola, e se lui ti guardava in faccia, annuire sempre con umiltà. La mamma mi avvertì che in quei frangenti anche lei e la zia se ne stavano in silenzio, era un uomo fatto così, non c'era niente da fare. Prima se l'era presa in particolare con il defunto nonno, ma poi anche con la vedova di quest'ultimo, la nonna, che viveva ancora, e infine con tutti i fratelli della mamma e poi anche con lei e la zia Bellina.

Questa storia mi fu talmente detta e ridetta che mi venne una gran voglia di assistere a una di quelle scene. Ma quando ciò accadde, un giorno durante il pranzo, il tutto fu davvero così terribile che mi è rimasto nella memoria come il ricordo più importante di quel viaggio. «Ladrones!» si mise improvvisamente a gridare. «Ladrones! Ma credete forse che non sappia che siete tutti dei ladri!». La parola spagnola *ladrones* suona molto più forte e più pesante del semplice «ladri», qualcosa come ladro e brigante insieme. Poi cominciò ad accusare di furto ogni singolo membro della famiglia, prima gli assenti, a partire dal defunto nonno, suo suocero, che lo aveva escluso da una parte dell'eredità in favore della nonna. Poi fu la volta della nonna, che ancora viveva, poi del potente zio Salomon di Manchester. Che si guardasse dalla sua ira, quel mascalzone, lui di legge se ne intendeva e gli avrebbe combinato processi in tutti i Paesi del mondo e allo zio non sarebbe rimasto un solo misero nascondiglio in cui mettersi in salvo! Per *quello* zio in verità non provavo alcuna compassione, e anzi – inutile negarlo – ero estasiato all'idea che qualcuno potesse tener testa anche a lui, che era temutissimo da tutti. Ma intanto lo zio Josef era già passato oltre, ora era il turno delle tre sorelle, persino mia madre, persino la zia Bellina, sua moglie, che era buona come il pane, cospirava contro di lui segretamente, in combutta con la propria famiglia. Quei delinquenti! Quella gentaglia! Quelle luride canaglie! Stritolati li avrebbe, stritolati tutti. Gli avrebbe strappato dal petto quel loro cuore malvagio! E lo avrebbe gettato in pasto ai cani! Si sarebbero ricordati tutti di lui! Avrebbero pianto e implorato pietà! Ma lui non avrebbe avuto pietà per nessuno! Solo la legge contava per lui, nient'altro! Ma quella, oh, se la conosceva bene! Che ci si provasse qualcuno a prendersela con lui! Quei pazzi! Quegli idioti! «Tu credi di essere intelligente, eh?» si rivolse improvvisamente a mia madre. «Ma quel tuo figlioletto ti metterà nel sacco. Quello è come me. Un giorno te ne farà di processi! E gli dovrai sborsare tutto quello che gli devi, fino all'ultimo centesimo! Mi dicono che sei molto colta, ma il tuo Schiller questa volta non potrà aiutarti! È la legge che conta,» e si batteva con violenza la fronte con le nocche delle dita «e la legge è qui! qui! qui!». «Tu non lo sapevi ancora» disse rivolgendosi a me «che tua madre è una ladra! È meglio che tu lo sappia ora, prima che ti rubi ogni cosa, a te, carne della sua carne!».

Io vedevo gli sguardi supplichevoli che la mamma mi lanciava, ma ormai tutto era inutile e scattando in piedi gridai: «Mia madre non è una ladra! E neppure la zia!» e dalla rabbia mi misi a piangere, cosa che però non lo scompose minimamente. Atteggiò la faccia, che gli si era terribilmente enfiata, in una smorfia di falsa pietà, e volgendosi più direttamente a me replicò: «Zitto! Non ti ho interrogato! Stupido monellaccio che non sei altro! Te ne accorgerai. Qui ci sono io, ricordatelo, tuo zio Josef, e te lo dico in faccia. Mi fai pena perché hai solo dieci anni, per questo ti avverto finché sei in tempo: tua madre è una ladra! Tutti, tutti sono ladri! L'intera famiglia! L'intera città! Nient'altro che ladri!».

E con quest'ultimo *ladrones!* la sua furia si placò. Non mi picchiò, ma ormai ai suoi occhi avevo perso ogni prestigio. «Non vali niente,» mi disse più tardi quando ormai si era calmato «non meriti davvero che ti insegni la legge. La imparerai con l'esperienza. Non meriti di meglio».

Ciò che in tutto questo mi sbalordì di più fu il comportamento della zia. Prese la cosa come se niente fosse e quello stesso pomeriggio era già di nuovo intenta a pensare ai suoi regali. In un colloquio fra le due sorelle, che ascoltai di nascosto senza farmene accorgere, udii che diceva alla mamma: «È mio marito. Prima non era così. È diventato così dopo la morte del Señor Padre. Non sopporta la minima ingiustizia. È un brav'uomo. No, non ve ne dovete andare. Questo potrebbe ferirlo. È così suscettibile. Mio Dio, ma perché tutte le brave persone sono così suscettibili?». La mamma era d'avviso di non poter restare per via del ragazzo, non era ammissibile – diceva – che il ragazzo sentisse cose simili sulla famiglia. In città non ce n'era una migliore. Josef del resto apparteneva lui stesso alla famiglia. Suo padre era il fratello maggiore del Señor Padre. «Ma contro suo padre non ha mai detto nulla! Questo non lo fa mai, credimi! Si farebbe tagliare la lingua piuttosto che dire qualcosa contro suo padre». «Ma perché vuole quel denaro? È molto più ricco di noi!». «Non sopporta l'ingiustizia. Dalla morte del Señor Padre è diventato così, prima era diverso».

Ben presto comunque partimmo per Varna. Il mare – non mi ricordo di altro mare prima d'allora – non era affatto agitato e tempestoso. In onore di Medea me lo aspettavo più periglioso, e invece in quelle acque non c'era traccia di Medea, credo che gli avvenimenti emozionanti di Rustschuk avessero completamente distolto i miei pensieri da lei. Non appena gli eventi fra le persone che mi erano più vicine si mettevano davvero male, tutte le figure del mondo classico da cui altrimenti mi sentivo permeato, perdevano gran parte del loro smalto. Da quando avevo difeso la mamma contro le orribili accuse di suo cognato, in lei non vedevo più Medea. Anzi mi pareva importante mettere la mamma al sicuro, stare vicino a lei e vigilare attentamente con i miei stessi occhi che nulla di cattivo e di brutto la scalfisse.

Passavamo molto tempo sulla spiaggia, al porto ciò che più mi interessava era il faro. Un giorno entrò nel porto un cacciatorpediniere e corse voce che la Bulgaria sarebbe entrata in guerra a fianco degli Imperi Centrali. Da vari discorsi che la mamma faceva con i suoi conoscenti, e di cui fui testimone, mi resi conto che la gente non credeva a questa eventualità. Mai la Bulgaria sarebbe scesa in guerra contro la Russia, era ai russi ch'essa doveva la liberazione dai turchi, i russi avevano combattuto contro i turchi in molte campagne, e ogni volta che le cose si erano messe male, i bulgari si erano affidati ai russi. Il generale Dimitrov, al servizio dei russi, era una delle figure più popolari del Paese, ed era stato ospite d'onore alle nozze dei miei genitori.

La più cara amica della mamma, Olga, era una russa. Quando a Rustschuk eravamo andati a trovarla, lei e suo marito mi erano parse le persone più cordiali e aperte di tutte quelle che avevo conosciuto nella mia vita. Le due amiche parlavano fra di loro come ragazzine, in un francese fitto fitto, con intonazioni gioiose e voci che si alzavano e abbassavano continuamente, senza un attimo di tregua; era come un cinguettio, ma di uccelli molto grossi. Il marito di Olga taceva rispettosamente, con la sua giubba chiusa dal colletto alto aveva un aspetto un po' militaresco, versava tè russo e ci offriva ghiottonerie; ma ciò di cui più si preoccupava era che la conversazione fra le due amiche scorresse fluida e indisturbata, in modo che neppure un minuto del loro tempo prezioso andasse perduto: erano passati molti anni dal loro ultimo incontro e chissà quando si sarebbero incontrate di nuovo. Udii fare il nome di Tolstoj, che era morto da pochi anni, e il suo nome fu pronunciato con un tale rispetto che in seguito domandai a mia madre se Tolstoj era un poeta ancora più grande di Shakespeare, cosa che lei negò, malvolentieri e con titubanza.

«Adesso capisci perché non posso sentir parlar male dei russi,» mi disse «sono le persone più meravigliose del mondo. Olga approfitta di ogni minuto libero per dedicarsi alla lettura. Con lei si può parlare». «E con suo marito?». «Anche con lui. Ma lei è più intelligente. Conosce meglio la sua letteratura. E lui questo lo rispetta. La cosa che più gli piace è stare in ascolto mentre lei parla».

Io non replicai, ma avevo i miei dubbi. Sapevo che mio padre si considerava meno intelligente della mamma, che lui riteneva in tutto superiore a sé, e sapevo anche che lei questo lo aveva accettato. Alla mamma sembrava naturalissimo essere della stessa opinione di mio padre su questo punto e quando parlava di lui – diceva sempre cose molto belle – ricordava anche con candore in quanta considerazione egli aveva sempre tenuto la sua intelligenza. «In compenso era molto più musicale di te» usavo risponderle in questi casi. «Questo è vero» ammetteva lei. «Recitava anche meglio di te, lo dicono tutti che il papà era un ottimo attore». «Sì, certo, certo, per questo aveva tra l'altro un talento naturale ereditato dal nonno». «Era anche più allegro di te, molto, molto più allegro». Questo non le dispiaceva, perché lei teneva soprattutto alla serietà e alla dignità, e le intonazioni patetiche del Burgtheater le erano entrate profondamente nel sangue. Ma poi veniva il mio pezzo forte. «Aveva anche più cuore. Era l'essere migliore della terra». Qui non c'erano dubbi né tentennamenti, su questo assentiva con fervore. «Un uomo buono come lui non lo troverai mai più al mondo, mai, mai più!». «E il marito di Olga?». «Certo, anche lui è buono, ma non c'è neanche da fare un paragone con tuo padre». E allora raccontava i molti episodi che testimoniavano la bontà di mio padre, storie che io avevo sentito centinaia di volte, ma che non mi stancavo mai di riascoltare; quante persone aveva aiutato, anche a loro insaputa, in modo che tutti ne erano all'oscuro, come lei poi lo veniva a sapere, e allora gli chiedeva severamente: «Jacques, ma davvero lo hai fatto? Non credi di aver esagerato?». «Mah, non saprei,» era sempre la sua risposta «non me ne ricordo più». «E sai,» così finiva sempre il suo racconto «se lo era veramente dimenticato. Era talmente buono che dimenticava il bene che faceva. Non devi pensare però che fosse uno smemorato. Le parti che aveva recitato a teatro non le dimenticava neppure dopo mesi e mesi. E non dimenticò mai ciò che suo padre gli aveva fatto portandogli via il violino e costringendolo a lavorare in ditta. Non dimenticava mai ciò che mi faceva piacere ed era capace di sorprendermi con un regalo dopo anni che avevo manifestato di sfuggita un certo desiderio. Ma il bene che faceva, quello lo teneva nascosto e in ciò era talmente abile che finiva per dimenticarsene lui stesso».

«Di una cosa simile non sarò mai capace» dicevo io allora, entusiasta di mio padre e triste per me. «Mai, ne sono certo». «Tu sei più come me, appunto,» diceva lei «la nostra non è vera bontà». E poi mi raccontava che per essere veramente buona era troppo diffidente, lei sapeva subito che cosa pensavano gli altri, li capiva al volo, penetrava immediatamente i moti più segreti del loro animo. In una di queste occasioni mi fece il nome di uno scrittore ch'era fatto esattamente come lei, lui pure, come Tolstoj, era morto da poco: si chiamava Strindberg. Era questo un nome che la mamma pronunciava malvolentieri, aveva avuto in lettura Strindberg poche settimane prima della morte di mio padre, e proprio il medico di Bad Reichenhall che le aveva insistentemente consigliato di leggere Strindberg aveva provocato quell'ultima esplosione di gelosia di mio padre che lei talvolta temeva lo avesse portato alla tomba. Fin quando restammo a Vienna, a mia madre si riempivano gli occhi di lacrime ogni volta che nominava Strindberg, e soltanto quando fummo a Zurigo si era ormai talmente abituata a lui e ai suoi libri da poterne pronunciare il nome senza emozionarsi troppo.

Da Varna si potevano fare diverse gite e così andammo a Monastir, nelle vicinanze di Eusinograd, dove c'era il castello reale. Il castello lo potemmo vedere solo di lontano. Da poco tempo, cioè dalla fine della seconda guerra balcanica, non faceva più parte della Bulgaria, bensì della Romania. Nei Balcani, che erano stati teatro di aspre battaglie, le linee di confine non erano valicabili facilmente, anzi in alcuni punti non lo erano affatto, e perciò venivano accuratamente evitate. Ma durante quella corsa in carrozza e anche dopo, quando scendemmo, ammirammo le più superbe e rigogliose colture di frutta e di ortaggi che si potessero immaginare: melanzane di un cupo violetto, peperoni, pomodori, cetrioli, enormi zucche e meloni giganteschi; io non riuscivo a riprendermi dallo stupore a vedere quante mai cose crescevano in quei luoghi. «Così è quaggiù,» disse la mamma «è una terra benedetta. Anche questa è una forma di civiltà e non è proprio il caso di vergognarsi per essere venuti al mondo in questa terra».

Ma poi a Varna fummo sorpresi da un violento acquazzone e la ripida strada principale che scendeva al porto era piena di buche. La nostra carrozza rimase impantanata e fummo costretti a scendere; venne gente per aiutare il cocchiere e tutti tiravano con quanta forza avevano in corpo fino a quando la vettura fu tratta fuori dal fango e la mamma sospirò: «Le stesse strade di un tempo!

È il modo di vivere orientale. Questa gente non imparerà mai nulla!».

Le opinioni della mamma, come si vede, erano piuttosto oscillanti, così alla fine si dispose volentieri a ritornare a Vienna con noi. Ma prima di partire fece una gran provvista di ortaggi secchi, dal momento che a Vienna, già dopo il primo inverno di guerra, i generi alimentari cominciavano a scarseggiare. Innumerevoli pezzi delle più svariate qualità di ortaggi vennero appesi a un filo e fatti seccare al sole; la mamma ne riempì una valigia intera e fu poi molto amareggiata quando a Predeal, la stazione di confine con l'Ungheria, i doganieri rumeni la rovesciarono tutta sulla banchina della stazione. Il treno si mise in moto e la mamma vi saltò su, ma i suoi tesori, fra le risate di scherno dei doganieri, rimasero a terra, sparsi sul marciapiede; per di più anche la valigia era perduta. A me non sembrava degno di lei prendersela tanto per cose di questo genere, che riguardavano semplicemente il cibo, e non solo non ebbe da me una parola di conforto, ma con suo dispetto dovette sorbirsi anche i miei rimbrotti.

Mia madre attribuì il comportamento dei doganieri rumeni al fatto che viaggiavamo col passaporto turco. Per una sorta di indefettibile fedeltà alla Turchia, dove erano sempre stati trattati bene, la maggior parte degli «spagnoli» erano rimasti cittadini turchi. La famiglia della mamma, invece, essendo originaria di Livorno, era sotto la protezione italiana e viaggiava appunto con passaporti italiani. Se lei avesse viaggiato con il suo passaporto di quand'era nubile, con il nome Arditti, certamente – diceva – i rumeni si sarebbero comportati in maniera diversa. Essendo la loro lingua di origine latina, una certa simpatia per gli italiani ce l'avevano ancora. Ma più di tutti amavano i francesi.

Io mi trovavo nel mezzo di una guerra che non riuscivo ad accettare, e soltanto durante quel viaggio cominciai a comprendere in modo diretto quanto fossero generalizzati e diffusi i rancori nazionali.

La scoperta del male
Le fortificazioni di Vienna

Nell'autunno 1915, dopo quel nostro viaggio estivo in Bulgaria, entrai nella prima classe del ginnasio, che si trovava nello stesso edificio della mia scuola elementare, proprio accanto alla Sophienbrücke. Ora la scuola mi piaceva molto di più, imparavamo il latino, che era già una novità, e avevamo parecchi insegnanti, non più tutti i giorni quel noioso signor Tegel che diceva sempre le stesse cose e che fin da principio mi era sembrato uno stupido. Il nostro insegnante di classe era il professor Twrdy, un nanerottolo corpulento e barbuto. Quando sedeva in cattedra, posava la barba sul piano del tavolo e noi dai banchi vedevamo solo la sua testa. Nessuno però si permetteva di prenderlo in giro, per quanto buffo potesse esserci apparso all'inizio; la sua maniera di carezzarsi la lunga barba incuteva rispetto. Forse da quel gesto traeva pazienza, era un uomo giusto che si arrabbiava di rado. Ci insegnò le declinazioni latine e, poiché la maggior parte dei suoi allievi gli dava pochissime soddisfazioni, era costretto a ripetere instancabilmente per loro *silva, silvae*.

In questa classe erano già più numerosi i compagni che mi parvero interessanti e che ricordo bene. Per esempio Stegmar, un ragazzo che disegnava e dipingeva meravigliosamente; io invece disegnavo male e non mi stancavo di ammirare i suoi lavori. Schizzava rapidamente davanti ai miei occhi uccelli, fiori, cavalli e altri animali, e poi i fogli più belli che gli capitava di disegnare li regalava subito a me. La cosa che più mi impressionava era quando un disegno appena fatto, che io guardavo con stupita ammirazione, lui lo stracciava d'impulso perché non gli pareva abbastanza bello e subito dopo riprovava su un altro foglio. Questo si ripeteva due o tre volte, ma quando alla fine aveva l'impressione che il disegno fosse riuscito, lo guardava e rimirava da ogni parte e infine me lo porgeva con gesto modesto e tuttavia non privo di una certa solennità. Io ammiravo la sua capacità e la sua generosità, ma mi turbava un po' non riuscire a capire la differenza tra quei disegni, che mi parevano tutti ugualmente riusciti, e più ancora della sua abilità ammiravo la fulminea esecuzione della sua condanna. Provavo dispiacere per ogni foglio che strappava, niente sarebbe mai

144

riuscito a indurmi a distruggere un foglio scritto o stampato. Era affascinante stare a guardare com'egli invece lo faceva, con rapidità, senza titubanze o ripensamenti, sembrava addirittura che ci provasse gusto. A casa venni a sapere che spesso gli artisti sono fatti così.

Un altro compagno, nero, grasso e tarchiato, si chiamava Deutschberger. Sua madre aveva un chiosco nel Wurstelprater dove vendeva il gulasch, e il fatto che egli abitasse proprio nelle vicinanze del «tunnel degli orrori», di cui io fino a non molto tempo prima ero stato una specie di *habitué*, all'inizio mi fece provare per lui una grande attrazione. Pensavo che una persona che abitava laggiù dovesse essere diversa, molto più interessante di tutti noi. E il suo essere diverso, in tutt'altra maniera però da come allora me l'immaginavo – scoprii dopo che a undici anni era già un cinico incallito –, fece nascere ben presto tra noi un'aspra ostilità.

Con Max Schiebl, figlio di un generale, un altro compagno che era il mio vero grande amico, eravamo in tre a tornare a casa insieme da scuola lungo la Prinzenallee. Deutschberger teneva sempre banco, pareva sapesse tutto sulla vita degli adulti e ci parlava senza risparmiarci nulla. Per lui il Prater aveva un volto diverso da quello che io e Schiebl conoscevamo. Captava i discorsi fra i clienti del chiosco del gulasch e aveva una sua singolare maniera, sguaiata e volgare, di ripeterceli. Vi aggiungeva sempre i commenti di sua madre, che non gli nascondeva mai nulla, il ragazzo era figlio unico e non sembrava avesse un padre. Schiebl ed io eravamo molto curiosi sulla strada del ritorno, ma Deutschberger non si lasciava andare subito, soltanto quando avevamo oltrepassato il campo sportivo del Club Viennese di Atletica si sentiva libero di parlare come voleva. Suppongo che gli occorresse un po' di tempo per decidere di volta in volta l'argomento con il quale sbalordirci. E finiva sempre con la stessa frase: «Non è mai troppo presto per imparare come va il mondo, mia madre lo dice sempre». Aveva un istinto sicuro per l'effetto e ogni volta aumentava la dose. Fintanto che si trattava di fatti di violenza e di sangue, risse, assalti di briganti e assassinii, lo lasciavamo dire. Era contro la guerra, e questo mi piaceva, mentre Schiebl, che si sentiva a disagio, cercava sempre di dirottarlo su altri argomenti con nuove domande. Io mi vergognavo di raccontare a casa

questi discorsi, per un po' li tenemmo rigorosamente segreti, fino a quando Deutschberger cominciò a montarsi
la testa con le sue vittorie e finalmente arrischiò il suo
pezzo forte, che provocò una grande agitazione.

«Io lo so come nascono i bambini,» disse d'un tratto
un bel giorno «mia madre me l'ha spiegato». Schiebl aveva un anno più di me e il problema aveva già cominciato
a occupargli la mente ed io, con molta riluttanza, mi unii
alla sua curiosità. «È molto semplice,» spiegò Deutschberger «come il gallo monta la gallina, così l'uomo monta la donna». Io, l'animo ancora colmo delle serate trascorse con la mamma a leggere Shakespeare e Schiller,
mi infuriai tremendamente e mi misi a gridare: «Tu menti! Non è vero! Sei un bugiardo!». Era la prima volta che
mi ribellavo violentemente alle sue parole. Lui non si
scompose e atteggiando il volto a un'espressione di scherno ripeté la frase. Schiebl taceva e così tutto il disprezzo
di Deutschberger ricadde su di me. «Tua madre non ti
dice niente. Ti tratta come un bambino piccolo. Hai mai
guardato come fa il gallo? Come fa il gallo, eccetera eccetera. Non è mai troppo presto per imparare come va il
mondo, mia madre lo dice sempre».

Poco ci mancò che mi gettassi addosso a lui per picchiarlo. Lasciai i due e attraversando di corsa lo spiazzo libero andai dritto a casa. Pranzavamo sempre tutti insieme a un tavolo rotondo, io mi dominai per via dei fratellini e al momento non dissi nulla, ma non riuscivo a mangiare ed ero lì lì per piangere. Appena mi fu possibile tra-
scinai con me la mamma fuori sul balcone, quello dei nostri discorsi seri, e lì subito le dissi tutto. Lei naturalmente aveva notato da un pezzo la mia inquietudine, ma
quando ne seppe la causa, rimase veramente senza parole. Lei, che per ogni cosa aveva sempre una risposta chiara ed esauriente, lei che mi dava sempre la sensazione di
avere anch'io la mia parte di responsabilità nell'educazione dei più piccoli, per la prima volta restò in silenzio,
e tacque così a lungo che cominciai a provare una grande
angoscia. Ma poi mi guardò dritto negli occhi e con quel-
l'espressione che conoscevo dai nostri momenti più gravi, mi disse solennemente: «Figlio mio, credi a tua madre?». «Sì, sì!». «Non è vero. Quel ragazzo mente. Sua madre non gli ha mai detto una cosa simile. Non è così che
i bambini vengono al mondo, ma in un altro modo, mol-

to bello. Te lo spiegherò un giorno, più avanti. Adesso tu non vuoi ancora saperlo!». Le sue parole me ne tolsero la voglia all'istante. Era vero, non avevo il minimo interesse a saperlo. Mi bastava avere la certezza che quel che l'altro aveva detto fosse davvero una bugia! Ora sapevo che lo era – e una bugia terribile per di più, se l'era inventata lui, era una cosa che sua madre non si era mai sognata di dirgli!

Da quel momento odiai Deutschberger e lo trattai come l'ultima feccia dell'umanità. A scuola, dove lui non era bravo, non gli suggerii più nulla. Durante la ricreazione, quando voleva venirmi vicino, gli giravo le spalle. Non gli rivolsi mai più la parola. Era finita con le passeggiate a tre sulla via di casa. Costrinsi Schiebl a scegliere fra lui e me. Feci ancora di peggio: un giorno l'insegnante di geografia gli chiese di indicare sulla carta dove si trovava Roma, e lui indicò Napoli; l'insegnante non se ne accorse, ma io mi alzai e dissi: «Ha indicato Napoli, quella non è Roma». Così si prese un brutto voto in geografia. Questo era un comportamento che in altre circostanze avrei disprezzato molto, di solito tenevo per i miei compagni e li aiutavo quando potevo, anche contro gli insegnanti che mi erano simpatici. Ma le parole di mia madre mi avevano ispirato un tale odio contro di lui che qualsiasi gesto mi pareva lecito. Sperimentai allora per la prima volta cosa è la cieca dipendenza, anche se io e mia madre non ci scambiammo più una sola parola sull'argomento. Ero aizzato contro quel ragazzo e in lui vedevo uno scellerato; con un lungo discorso raccontai a Schiebl la storia di Riccardo III e lo persuasi che Deutschberger non era niente di diverso, soltanto era ancora giovane e bisognava porre fine immediatamente alle sue malefatte.

Tanto presto ebbe inizio per me la scoperta del male. L'attrazione per quella ricerca mi perseguitò a lungo, fino in tempi molto più tardi, quando divenni uno schiavo devoto di Karl Kraus e prestai fede a tutto quel che lui diceva degli innumerevoli scellerati su cui si scagliava. Per Deutschberger la vita a scuola diventò impossibile. Perse tutta la sua sicurezza, i suoi sguardi supplichevoli mi seguivano ovunque, non so che cosa avrebbe fatto pur di trovar pace, ma io ero implacabile ed è strano che il mio odio, di fronte all'effetto evidente che aveva su di lui, crescesse anziché diminuire. Finalmente un giorno venne a scuola sua madre e durante l'intervallo mi chiese spiegazioni. «Perché perseguiti mio figlio?» mi domandò. «Non ti ha fatto niente. Prima eravate buoni amici». Era una donna energica, e le sue parole suonavano rapide e vigorose. Contrariamente al figlio, non era senza collo, e parlando non biascicava. Mi piacque che lei mi chiedesse qualcosa e mi pregasse di risparmiare suo figlio, e così, parlandole apertamente come lei aveva fatto con me, le dichiarai il motivo della mia ostilità. Senza alcuna vergogna ridissi davanti a lei la famosa frase del gallo e della gallina. La donna si voltò di scatto verso il figlio che le stava dietro impaurito: «Tu hai detto questo?». Lui fece un penoso cenno del capo, ma non smentì nulla, e con ciò per me la faccenda era chiusa. Forse neanch'io avrei saputo contestare qualcosa a una madre che mi avesse trattato così seriamente come la sua, ma mi resi conto anche di quanto lui fosse importante per lei, e così, da Riccardo III che era, egli ridiventò ai miei occhi uno scolaro qualsiasi come me e Schiebl. La frase incriminata era tornata alla sua presunta origine e aveva perciò perduto la sua forza. La persecuzione cessò di colpo, e certo non ridiventammo amici, ma io lasciai in pace il povero Deutschberger, tanto che di lui non ho altri ricordi. Quando ripenso al resto del mio periodo scolastico a Vienna, che durò ancora circa sei mesi, di lui non rammento più nulla.

L'amicizia con Schiebl invece si fece sempre più stretta. Fra noi era sempre andato tutto bene fin dall'inizio, ma ora era rimasto l'unico amico. Abitava anche lui allo Schüttel, più avanti di noi, in un appartamento simile al nostro. Per amor suo giocai anche ai soldatini, e poiché lui ne aveva tanti, eserciti interi variamente equipaggiati, cavallerie e artiglierie, spesso andavo a casa sua, dove combattevamo le nostre battaglie. Schiebl ci teneva moltissimo a vincere e sopportava male le sconfitte. Quando perdeva si mordeva le labbra e storceva la faccia in una smorfia di disappunto, talvolta tentava persino di negare l'evidenza, il che mi faceva arrabbiare. Ma non durava mai a lungo, era un ragazzino bene educato, alto e oroglioso, e sebbene avesse un aspetto straordinariamente simile a sua madre, una somiglianza che non smetteva mai di stupirmi, non era affatto un cocco di mamma. Lei era la mamma più bella che io avessi mai visto, e anche la più alta. La vedevo sempre alta e dritta sopra di me, si chinava su di noi quando ci portava la merenda, poi posava il vassoio sulla tavola con un lievissimo piegamento del busto e subito si rialzava, prima ancora di invitarci a mangiare. Mi sentivo seguito dai suoi occhi scuri, e a casa me li sognavo, ma questo a Max, suo figlio, non lo dissi mai. Gli domandai invece se tutte le tirolesi avessero degli occhi così belli, al che lui rispose deciso: «Sicuro!» e aggiunse: «Ma anche i tirolesi!». La volta seguente mi accorsi però che doveva averle detto qualcosa, perché lei parve divertita quando ci portò la merenda e, contrariamente al solito, restò un momento a guardarci giocare e si informò di mia madre. Quando se ne fu andata, domandai severamente a Max: «Ma tu a tua madre dici proprio tutto?». Lui diventò paonazzo, ma protestò la sua innocenza. No, non diceva nulla, per chi lo prendevo, neanche a suo padre diceva tutto.

Il padre, un uomo esile e mingherlino, non mi fece nessuna impressione. Non soltanto era più piccolo della madre, a me sembrava anche più anziano. Era un generale a riposo, ma a causa della guerra era stato richiamato in servizio con l'incarico speciale di ispezionare il sistema di fortificazioni intorno alla città di Vienna. Nell'autunno del 1915 i russi erano penetrati nei Carpazi e correvano voci che Vienna fosse minacciata. Il padre di Schiebl, nei nostri giorni di vacanza, ci portava con sé durante le sue ispezioni. Un giorno partimmo per Neuwaldegg e dopo una bella camminata nel bosco arrivammo a diversi «fortini» scavati nel terreno. Non c'erano soldati e avevamo il permesso di visitare ogni cosa; entrammo dentro, e mentre il padre di Schiebl picchiava con il suo bastoncino le spesse pareti, noi guardavamo fuori dalle feritoie, nel bosco deserto, dove nulla si muoveva. Il generale parlava poco, la sua espressione era sempre piuttosto corrucciata, ma ogni volta che si rivolgeva a noi per spiegarci qualcosa, anche mentre camminavamo nel bosco, ci sorrideva con l'aria di considerarci qualcosa di speciale. Davanti a lui non mi sentii mai in imbarazzo. Forse egli vedeva in noi dei futuri soldati, era lui che regalava al figlio quei grandi eserciti di soldatini di stagno, che diventavano ogni giorno più numerosi, e poi, come Max mi diceva, si informava dei nostri giochi e voleva sapere chi aveva vinto. Ma io non ero abituato a persone così pacate e non riuscivo proprio a immaginarmelo nei panni di un generale. La mamma di Schiebl, lei sì sarebbe stata uno splendido generale, per amor suo sarei andato persino alla guerra, ma le gite di ispezione con il padre non le potevo prendere sul serio e la guerra, di cui si faceva un gran parlare, mai mi sembrava così lontana come quando lui, con quel suo bastoncino, bussava alle pareti di un «fortino».

In tutto il mio periodo scolastico, anche più tardi, i padri non mi fecero mai una grande impressione. Avevano sempre ai miei occhi qualcosa di vecchio o di poco vitale. In me c'era ancora mio padre, quel padre che aveva parlato con me di tante cose, quel padre che avevo sentito cantare. Anche la sua immagine non invecchiò, rimase giovane com'era stato lui, lui restò il mio unico padre. In compenso ero molto sensibile alle madri e il numero delle madri che mi piacevano era straordinariamente grande.

Nell'inverno 1915-1916 gli effetti della guerra cominciarono a farsi sentire anche nella vita quotidiana. Il tempo delle reclute che passavano per la Prinzenallee cantando con entusiasmo era finito per sempre. Ora, quando tornando a casa da scuola ci venivano incontro piccoli gruppi di soldati, l'impressione che destavano non era più così gaia come un tempo. Cantavano ancora *In der Heimat, in der Heimat, da gibt's ein Wiedersehn!* [«In patria, in patria ci si rivedrà!»], ma quel rivedersi non pareva più tanto vicino. Non erano neanche sicurissimi di ritornare. Cantavano *Ich hatt' einen Kameraden*, ma come se ciascuno di loro fosse il camerata caduto di cui parlava la canzone. Io avvertivo questo mutamento e ne parlavo al mio amico Schiebl. «Quelli non sono tirolesi,» disse lui un giorno «dovresti vedere i tirolesi». Non so proprio dove in quell'epoca vedesse i tirolesi in marcia, forse quei discorsi rassicuranti li aveva sentiti in casa di amici e compatrioti dei genitori. La sua fiducia in un esito positivo della guerra era incrollabile, mai gli sarebbe passato per la mente di poterne dubitare. Da parte del padre tutta quella fiducia non gli veniva di certo, essendo il generale un uomo tranquillo e silenzioso che non amava le parole roboanti. Durante le gite in cui ci portò con sé, una sola volta disse: «Vinceremo». Se fosse stato mio padre, già da un pezzo avrei abbandonato ogni speranza di vittoria. Era piuttosto la madre che gli teneva desta in cuore quella fede. Forse anche lei non diceva nulla al riguardo, ma il suo orgoglio, la sua inflessibilità, lo sguardo fermo con cui guardava in volto le persone, come se sotto la sua protezione non potesse accadere loro nulla di male – be', sì, con una mamma come quella anch'io non avrei mai potuto dubitare.

Una volta allo Schüttel arrivammo proprio vicino al ponte della ferrovia che passava sopra il canale del Danubio. Sul ponte si fermò un treno pieno zeppo di gente. Ai vagoni viaggiatori erano stati agganciati dei vagoni merci e su tutti si accalcava una gran folla che si volgeva muta a guardare giù verso di noi con aria interrogativa. «Sono galiziani...» disse Schiebl e, reprimendo la parola «ebrei», completò la frase con «profughi». Leopoldstadt era piena di ebrei galiziani che erano scappati davanti ai russi. Nei loro caffettani neri, con i riccioli a cavatappi sulle tempie e i loro speciali cappelli, si distinguevano vistosamente da tutti gli altri. E ora erano arrivati a Vienna, dove altro sarebbero potuti andare, mangiare dovevano pur mangiare, ma le scorte alimentari dei viennesi non erano più molto abbondanti.

Mai ne avevo visti così tanti tutti insieme, stipati in quel modo nei vagoni. Fu una scena orribile perché il treno era fermo. Fintanto che restammo lì a guardarli, il treno non si mosse. «Li pigiano come bestie,» dissi «e infatti ci sono anche i carri bestiame». «Ma sono talmente tanti» disse Schiebl, che provava di fronte a loro un senso di raccapriccio temperato soltanto dal riguardo che aveva per me: mai gli sarebbe uscita di bocca una parola che mi potesse ferire. Io invece rimasi come impietrito, inchiodato al terreno, e lui che mi stava accanto avvertì certamente il mio orrore. Nessuno ci faceva un cenno di saluto, nessuno levava la mano o gridava una parola, sapevano benissimo di essere accolti malvolentieri e non si aspettavano certo parole di benvenuto. Erano tutti uomini, molti dei quali vecchi e barbuti. «Sai,» disse Schiebl «i nostri soldati vengono mandati al fronte in quei vagoni. La guerra è la guerra, come dice mio padre». Era la prima volta che mi citava una frase del padre, e io sapevo perché lo faceva, per strapparmi all'angoscia di quello spettacolo. Ma non servì a nulla, ero paralizzato dal terrore, non riuscivo a staccare lo sguardo da quella gente e non succedeva nulla. Avrei voluto che il treno si mettesse in moto, la cosa più terribile era quel treno fermo sul ponte. «Non vieni?» domandò Schiebl tirandomi per la manica. «Non ne hai più voglia?». Eravamo diretti a casa sua per giocare con i soldatini. Lo seguii finalmente, ma con un gran senso di colpa, che aumentò quando entrai in casa e sua madre ci portò la merenda. «Dove siete stati così a lungo?» domandò. Schiebl mi indicò con lo sguardo. «Abbiamo visto un treno di profughi galiziani. Era sulla Franzensbrücke». «Ah, ho capito» disse la madre spingendo la merenda verso di noi. «Adesso però avrete certamente appetito». Se ne andò, per fortuna, perché io la merenda non la toccai neppure e anche Schiebl, che era un ragazzo sensibile, aveva perduto l'appetito. Lasciò stare i soldatini, non giocammo quel giorno, e quando me ne andai mi strinse affettuosamente la mano dicendo: «Domani, quando vieni, ti faccio vedere una cosa. Ho avuto in regalo della nuova artiglieria».

Alice Asriel

La più interessante fra le amiche di mia madre era Alice Asriel, la cui famiglia era originaria di Belgrado. Lei però era diventata in tutto e per tutto una viennese, nel linguaggio e nel modo di fare, in tutte le cose di cui si occupava, in ogni sua reazione. Era una donnina minuscola, la più piccola delle amiche di mia madre, nessuna delle quali, peraltro, era molto alta. Aveva molti interessi intellettuali e un certo tono ironico quando parlava con la mamma di cose per me incomprensibili. Si nutriva della letteratura viennese dell'epoca, le mancava quell'interesse universale che aveva invece la mamma. Discuteva di Bahr e di Schnitzler in tono leggero, un po' volubile, mai insistente, era aperta a ogni sollecitazione, chiunque le parlasse era in grado di influenzarla, purché l'argomento appartenesse appunto a quella sfera, tutto ciò che non apparteneva alla letteratura del momento non la interessava minimamente. Ma a tenerla informata su che cosa contava e cosa no dovevano essere gli uomini, aveva un debole per gli uomini che parlavano bene, la sua vita erano i discorsi, le discussioni, le controversie, la cosa che più l'affascinava era stare ad ascoltare le dispute tra intellettuali che sostenevano opinioni contrastanti. Viennese lo era già non foss'altro che per questo, per quel suo sapersi tenere sempre al corrente, senza alcuno sforzo, intorno alle novità del mondo intellettuale e letterario. In egual misura le piaceva però parlare della gente, delle loro storie d'amore, di intrighi, di separazioni; secondo lei tutto ciò che aveva a che fare con l'amore era lecito, al contrario della mamma non condannava mai nessuno, anzi, quando la mamma esprimeva un giudizio morale lei la criticava, e per tutte le situazioni, anche le più intricate e confuse, aveva sempre una spiegazione pronta a portata di mano. Qualsiasi cosa gli altri facessero, lei non ci trovava niente di strano. Dato questo suo modo di concepire l'esistenza, le capitavano talvolta le stesse cose che con tanta facilità lei concedeva agli altri, quasi uno spiritello maligno l'avesse presa di mira. Amava far incontrare persone diverse, specialmente di sesso diverso, per osservare poi l'effetto che gli uni avevano sugli altri; riteneva infatti che la felicità nella vita si fondasse sul cambiare partner, e ciò che desiderava per sé lo concedeva volentieri anche agli altri, spesso anzi pareva che i suoi desideri preferisse vederli realizzati negli altri.

Alice Asriel ha avuto una parte nella mia vita e ciò che ho detto di lei scaturisce in realtà da un'esperienza che ebbi più tardi. Nel 1915, quando la conobbi per la prima volta, rimasi sorpreso nel constatare come la guerra non la sfiorasse quasi. In mia presenza non la nominò mai, neanche una sola volta, ma non come la mamma, che, pur essendo profondamente e appassionatamente ostile a quella guerra, davanti a me si imponeva di non parlarne per non crearmi delle difficoltà a scuola. Per Alice la guerra non significava niente; poiché ignorava cosa fosse l'odio e non aveva preclusioni né di fronte alle cose, né di fronte alle persone, non riusciva a infervorarsi per la guerra e ad essa passava accanto pensando ad altro.

A quel tempo, quando veniva a trovarci nella Josef-Gall-Gasse, era sposata con un suo cugino, che pure era originario di Belgrado e che era diventato, come lei, un vero viennese. Il signor Asriel era un ometto piccolo dagli occhi acquosi, noto a tutti per la sua assoluta incapacità a trattare le cose pratiche della vita. Si era messo in affari ed era riuscito a perdere tutto il denaro che aveva, compresa la dote della moglie. Vivevano ancora con i loro tre figli in un appartamento di città, quando egli fece il suo ultimo tentativo di rimettersi in sesto. Si innamorò della cameriera, una bella ragazza semplice e compiacente, che si sentiva assai lusingata per le attenzioni del suo padrone. Quei due si comprendevano bene, intellettualmente erano allo stesso livello, e in più lei, contrariamente a lui, era attraente e tenace; quel che sua moglie con la sua aria leggera e volubile non poteva dargli, lui lo trovava nella giovane cameriera: appoggio, sostegno, e una fedeltà incondizionata. Fu la sua amante per parecchio tempo, prima ancora ch'egli si separasse dalla famiglia. Alice, che considerava tutto permesso, non gli rimproverò mai nulla, avrebbe anche continuato a condurre un *ménage* a tre senza batter ciglio, la sentii raccontare alla mamma che da parte sua gli concedeva tutto, ma proprio tutto. Desiderava solo che lui fosse felice, con lei non lo era perché non avevano nulla in comune che li tenesse uniti. Alle discussioni letterarie egli non era in grado di partecipare, quando si parlava di libri gli veniva l'emicrania. Qualunque cosa gli andava bene, purché non lo si costringesse a incontrare i protagonisti di quelle dispute e non dovesse prendervi parte. La moglie rinunciò a tenerlo al corrente, era piena di compassione per le sue emicranie e non gli serbava rancore neppure per il repentino tracollo della loro situazione finanziaria. «Non è un uomo d'affari, ecco tutto,» diceva alla mamma «forse che tutti devono essere uomini d'affari?». Quando il discorso cadeva sulla cameriera, nei confronti della quale la mamma si esprimeva con grande severità, Alice aveva sempre una parola di comprensione per entrambi: «Vedi, lei è così buona con lui, e lui con lei non si vergogna di aver perso tutto. Di fronte a me, invece, ha dei sensi di colpa». «Ma è in colpa» si ostinava la mamma. «Come si può essere così deboli? Non è un uomo, è una nullità, non avrebbe mai dovuto sposarsi». «Ma lui non voleva affatto sposarsi. Sono stati i nostri genitori che ci hanno fatto sposare perché il denaro rimanesse in famiglia. Io ero troppo giovane e lui troppo timido. Era talmente timido che non riusciva a guardare in faccia una donna. Sai che ho dovuto costringerlo a guardarmi negli occhi, eppure eravamo già sposati da un bel po'». «E che ne ha fatto del denaro?». «Niente, ne ha fatto. Lo ha perduto e basta. Ma è poi così importante, il denaro? Perché non lo si dovrebbe perdere? Forse che i tuoi parenti ti piacciono di più perché hanno tanto denaro? Quelli sono addirittura dei mostri al suo confronto!». «Tu lo difendi sempre. Credo che tu gli voglia ancora bene». «Mi fa pena e adesso finalmente ha trovato la felicità. Lei lo considera un grand'uomo e si prosterna davanti a lui. Ormai sono insieme da tanto tempo e, sai, lei ancora gli bacia la mano e lo chiama sempre 'signore'. Ogni giorno pulisce a fondo tutta la casa, tutto è sempre talmente lindo e perfetto che non c'è più niente da pulire, ma lei si ostina e continua a pulire e a strofinare e poi mi domanda se desidero ancora qualcosa. [Ma adesso si riposi un po', Marie,] le dico io [basta così]. Ma per lei non è mai abbastanza e quando non è con lui è sempre lì che pulisce». «Ma è una cosa dell'altro mondo! Che tu non l'abbia ancora buttata fuori di casa! Con me sarebbe volata fuori fin dal primo momento, immediatamente». «E di lui che ne sarebbe? No, questo non glielo posso fare. Vuoi che gli distrugga la sua unica felicità?».

Questi discorsi naturalmente io non avrei dovuto sentirli. Quando Alice veniva da noi coi suoi tre figli, noi bambini giocavamo, la mamma prendeva il tè con lei e allora Alice cominciava a raccontare, la mamma era molto curiosa di sapere come tutto sarebbe andato a finire e alle due donne, che mi vedevano occupato con gli altri bambini, non passava neppure per la mente che io stessi ascoltando ogni loro parola. Quando più tardi la mamma mi accennava vagamente che in casa degli Asriel le cose non andavano tanto bene, io ero abbastanza furbo da non lasciarle intendere che sapevo già tutto e che nulla mi era sfuggito. Non avevo però assolutamente idea di che cosa facesse esattamente il signor Asriel con la cameriera. Afferrando le parole così come venivano pronunciate, pensavo che i due provassero piacere a stare insieme, ma dietro a questo non subodoravo nulla; eppure mi rendevo conto perfettamente che tutti quei particolari che avevo captato non erano destinati alle mie orecchie e non una sola volta lasciai trapelare a chicchessia la mia conoscenza di quei fatti. Credo che per me fosse importante anche un'altra cosa: vedere la mamma sotto una luce diversa, ogni discorso che lei faceva lo consideravo prezioso, non volevo lasciarmi sfuggire nulla di lei.

Ad Alice non rincresceva neppure che i suoi figli vivessero in quella singolare atmosfera. Il maggiore, Walter, era un ragazzo ritardato, aveva gli occhi acquosi del padre, il suo stesso naso appuntito e camminava come lui sempre un po' storto. Quando parlava pronunciava sempre frasi intere, brevi però, e mai più di una alla volta. Non aspettava una risposta alle sue frasi, però capiva quel che gli dicevano e ubbidiva sempre, con caparbietà. Faceva immancabilmente quel che gli dicevano, ma prima aspettava un momento, così che da principio dava l'impressione di non aver capito. Poi, all'improvviso, si metteva in moto, aveva capito. Non creava particolari difficoltà, ma si diceva che soffrisse di improvvisi e violenti attacchi d'ira; era impossibile prevederli e non duravano a lungo, comunque non ci si poteva arrischiare a lasciarlo solo.

Hans, suo fratello, era un ragazzino molto sveglio, ed era un vero piacere giocare con lui al «quartetto dei poeti». Anche Nuni, la più piccola, stava al gioco, sebbene per lei quelle citazioni non potessero ancora significare nulla, mentre Hans ed io ci divertivamo un mondo. Le citazioni ce le lanciavamo l'un l'altro come botta e risposta, le sapevamo a memoria, quando uno iniziava con la prima parola, l'altro interveniva immediatamente completando la frase. Nessuno di noi arrivava mai alla fine della sua citazione, era un punto d'onore per l'altro interloquire e finire la frase. «Poca brigata...» «vita beata». «A buon intenditor...» «poche parole». «Aiutati...» «che il Ciel t'aiuta». Sembrava un gioco fatto apposta per noi, e poiché entrambi eravamo bravissimi a cianciare con grande rapidità, nessuno riusciva mai a vincere la gara; in compenso ne nacque un'amicizia che si basava sul rispetto, e soltanto quando avevamo finito il nostro «quartetto dei poeti» potevamo dedicarci ad altri quartetti e ad altri giochi. Hans era sempre presente quando sua madre ammirava gli intenditori di letteratura e si era abituato a parlare velocemente come lei. Era bravissimo a trattare il fratello, era l'unico che sentiva nell'aria quando si stava avvicinando uno dei suoi accessi d'ira: allora si occupava di Walter con grandissima cautela e tali e tante premure che talvolta riusciva persino a stroncare l'attacco sul nascere. «È più bravo di me» diceva la signora Asriel in sua presenza, facendo parte dei suoi princìpi di tolleranza dir sempre tutto davanti ai figli, e quando mia mamma le obiettava: «Quel ragazzo si monterà la testa, non dovresti lodarlo tanto», lei rispondeva: «Perché non dovrei lodarlo? Ha già la vita abbastanza difficile con il padre che ha, per non parlare di tutto il resto» e con ciò si riferiva al fratello ritardato. Quel che pensava di quest'ultimo se lo teneva per sé, era sì molto schietta, ma non al punto da parlarne apertamente, e i suoi riguardi per Walter traevano sostegno e alimento dall'orgoglio che nutriva per Hans.

Quest'ultimo aveva una testa stretta e allungata, e si teneva, forse per contrasto con il fratello, molto eretto nella persona. Puntava il dito per illustrare quel che spiegava, lo faceva anche con me quando voleva contraddirmi, ed era una cosa che temevo un po', perché quando levava il dito in alto aveva sempre ragione. Era un bambino talmente intelligente e maturo che aveva qualche difficoltà nel rapporto con gli altri bambini. Ma non era per nulla arrogante e quando suo padre diceva qualche stupidaggine, cosa a cui mi capitò raramente di assistere perché il padre lo vedevo pochissimo, Hans ammutoliva e si tirava in disparte, pareva che all'improvviso fosse scomparso. Io allora sapevo che si vergognava di suo padre, lo sapevo benché egli non dicesse mai una parola in proposito, anzi forse proprio per questo. In ciò la sua sorellina Nuni era diversa, lei adorava il padre e ripeteva sempre le cose che diceva lui. «Cattivo, buono, dice il mio papà,» dichiarava la bambina all'improvviso, quando, durante i nostri giochi, si arrabbiava per qualcosa «ma adesso *proprio* cattivo!». Erano queste le *sue* citazioni, non ne sapeva altre, e specialmente quando giocavamo al «quartetto dei poeti» si sentiva autorizzata a farsi avanti con le sue battute. Erano le uniche citazioni che Hans ed io non interrompevamo mai, anche se le sapevamo tutte a memoria, proprio come quelle dei poeti. Nuni poteva recitarle fino alla fine e se qualcuno fosse rimasto ad ascoltarci, i detti e i proverbi del signor Asriel avrebbero certo fatto spicco in maniera ben singolare accanto a quelli mutilati dei nostri poeti. Con sua madre Nuni era molto riservata, di solito era difficile farla uscire dal suo riserbo, si sentiva che era abituata a disapprovare molte cose, una bambina critica ma contegnosa, sorretta da quel suo amore esclusivo per il padre, quasi un'idolatria.

Per me era una doppia festa quando la signora Asriel veniva da noi coi suoi figli. Ero contento di stare con Hans, il suo atteggiamento da primo della classe mi piaceva, perché mi obbligava – ed era evidentemente questo lo spirito del gioco – a stare molto attento a non fare le figuracce ch'egli condannava tutte le volte con quel suo dito puntato. Quando riuscivo a metterlo alle corde in geografia, Hans lottava con ostinazione fino alla fine, non abbandonava mai la partita; così la nostra disputa a proposito dell'isola più grande della terra rimase irrisolta, la Groenlandia per lui era *hors concours*, con tutto quel ghiaccio non si poteva certo sapere quant'era grande la Groenlandia; invece di puntare il dito su di me lo puntava su una carta geografica ed esclamava trionfante: «Dove finisce la Groenlandia?». Io ero in difficoltà più di lui, perché nel frattempo dovevo continuare a trovare delle scuse per andare in sala da pranzo dove la mamma e la signora Asriel prendevano il tè. Lì mi mettevo a cercare qualcosa in uno scaffale della libreria, qualcosa di cui avevamo bisogno per risolvere le nostre controversie, e continuavo a cercare a lungo per poter ascoltare il più possibile i discorsi delle due amiche. La mamma sapeva che le dispute tra me e Hans erano intense e appassionate, ed io correvo con decisione verso la libreria, sfogliavo questo o quel volume, mi lasciavo sfuggire un'esclamazione di scontento quando non trovavo ciò che mi interessava, e poi, quando avevo finalmente sott'occhio quel che cercavo, emettevo un lungo fischio di soddisfazione; tutto ciò fece sì che la mamma non mi intimò mai di andar via. Mai avrebbe potuto immaginare che in quei momenti io fossi interessato a qualcosa di diverso e stessi a origliare i loro discorsi!

Così fui messo al corrente di tutte le fasi di quella vicenda coniugale, fino all'ultima. «Vuole andarsene,» disse la signora Asriel «vuole vivere con lei». «Ma questo lo fa già da molto tempo,» replicò la mamma «e adesso per di più vi pianta in asso». «Ha detto che così non può andare avanti, per via dei bambini. Ha ragione. Walter si è già accorto di qualcosa, è stato a origliare. Gli altri due invece non sospettano nulla». «Questo lo credi tu,» ribatté la mamma «i bambini si accorgono di tutto» e lo disse proprio mentre io ero lì ad ascoltare. «Come intende vivere?». «Apre con lei un negozio di biciclette. Le biciclette gli sono sempre piaciute. Da bambino il suo sogno era di poter vivere in un negozio di biciclette. Sai, lei lo capisce così bene. Lo incoraggia a realizzare quel suo sogno infantile. Dovrà far tutto da sola, tutto il lavoro ricadrà su di lei. Io una cosa simile non la farei di certo. Questo per me è vero amore». «E tu riesci ancora ad ammirare quella donna!». Io scomparvi e quando arrivai da Hans e Nuni, la bambina aveva ricominciato con le sue citazioni: «La gente cattiva non ha canzoni, dice il mio papà». Io ero turbato da quello che avevo appena udito, non riuscivo a dire nulla, ma questa volta mi rendevo conto che la cosa riguardava molto da vicino la vita di quei due di fronte ai quali me ne stavo in silenzio. Tenni chiuso il libro che ero andato a cercare per trionfare su Hans e lasciai che vincesse lui.

Il prato di Neuwaldegg

Poco dopo che se ne fu andata Fanny, arrivò Paula, che era esattamente l'opposto: alta e slanciata, una bella e gaia creatura, ma anche molto discreta per una viennese. Le piaceva moltissimo ridere, avrebbe riso sempre, ma poiché questo non si addiceva alla dignità della sua posizione, non le restava che atteggiare il volto a un perpetuo sorriso. Sorrideva quando parlava, sorrideva quando taceva, immagino che sorridesse anche quando dormiva e sognava.

Non faceva alcuna differenza se parlava con la mamma o con noi bambini, se per la strada rispondeva a un estraneo che domandava un'indicazione o se salutava una conoscente, persino la ragazzina sporca che incontravamo sempre per la strada ebbe con lei un periodo felice; le si fermava davanti senza soggezione e lei le diceva una parola affettuosa, talvolta le scartava persino una caramella e la piccina ne era talmente sorpresa che non osava nemmeno prenderla. Allora lei cercava di convincerla e gliela metteva in bocca con un gesto leggero.

Il Wurstelprater non le piaceva molto, l'atmosfera era troppo grossolana per lei, non lo aveva mai detto ma io lo capivo ogni volta che ci andavamo; non appena udiva una parola brutta o volgare scuoteva la testa in segno di scontento e mi sbirciava cauta di sottecchi per vedere se avevo capito. Io fingevo sempre di non aver notato nulla e dopo un po' lei tornava a sorridere. A questo mi ero talmente abituato che avrei fatto qualunque cosa pur di vederla sorridere.

In casa nostra, al piano inferiore, proprio nell'appartamento sotto il nostro, abitava il compositore Karl Goldmark, un uomo piccolo e delicato con bei capelli candidi che gli ricadevano ai lati del volto scuro, divisi da un'accurata scriminatura. Andava a spasso insieme con la figlia, ogni giorno alla stessa ora facevano la loro passeggiatina, breve però, perché lui era già molto anziano. In cuor mio collegavo Goldmark con l'Arabia, l'opera che lo aveva reso celebre era intitolata *La regina di Saba*. Pensavo che egli stesso venisse di laggiù, era la persona più strana e singolare che ci fosse nel quartiere e dunque quella che mi attraeva di più. Non lo incontravo mai per le scale oppure mentre stava uscendo di casa; lo vedevo soltanto quando tornava dalla Prinzenallee, dove aveva fatto i suoi quattro passi appoggiandosi al braccio della figlia. Lo salutavo con deferenza, egli chinava leggermente il capo ed era quella la sua maniera quasi impercettibile di ricambiare il mio saluto. Che aspetto avesse sua figlia non lo so, la sua fisionomia non la ricordo. Quando un giorno egli non venne, corse voce che fosse malato e poi, verso sera, dalla stanza dei bambini udii un gran pianto, che pareva non volesse finire più. Paula, che non sapeva bene se io l'avessi sentito o meno, mi guardò dubbiosa e alla fine disse: «Il signor Goldmark è morto. Era molto debole, non sarebbe più dovuto andare a passeggio». Il pianto arrivava a ondate fino a noi ed io ne fui contagiato, non potevo fare a meno di stare ad ascoltarlo e pur senza piangere cominciai a muovermi sul ritmo di quei singhiozzi, pareva qualcosa che salisse dal pavimento. Paula si fece inquieta: «Adesso sua figlia non può più portarlo a passeggio. È proprio disperata, poverina». Anche in quel momento sorrideva, forse per tenermi tranquillo; mi accorsi infatti che era commossa, suo padre era al fronte in Galizia e da molto tempo non riceveva sue notizie.

Il giorno del funerale la Josef-Gall-Gasse nereggiava di fiacres e di folla. Noi stavamo a guardare dalla finestra e ci pareva che ormai non ci fosse più un buco libero, e invece continuava ad affluire gente e anche i nuovi fiacres trovavano posto. «Ma da dove viene tutta questa gente?». «È sempre così quando muore un uomo famoso» disse Paula. «Tutti vogliono rendergli l'ultimo omaggio. Amavano tanto la sua musica». Io la sua musica non l'avevo mai ascoltata e mi sentivo escluso. La folla sotto di noi la vidi soltanto come uno spettacolo da stare a guardare, forse anche perché dal secondo piano le persone parevano così piccole, pigiate com'erano le une alle altre; ciononostante qualcuno riusciva ancora ad alzare il cappello nero per salutare un amico. La cosa ci parve fuori luogo, ma anche per questo Paula ebbe una spiegazione benevola: «Sono contenti di incontrare qualcuno che conoscono fra tutta quella gente, è un modo di farsi coraggio». Io ero commosso dal pianto della figlia, che udii ancora per molti giorni dopo il funerale, sempre verso sera; quando poi si fece più rado e alla fine cessò, ne sentii la mancanza, come se avessi perduto qualcosa di indispensabile.

Poco tempo dopo un uomo si gettò dal terzo piano di una casa vicina alla nostra, nella Josef-Gall-Gasse. Quando il Pronto Soccorso arrivò per prenderlo, l'uomo era già morto e di lui rimase sul selciato una grossa macchia di sangue che per molto tempo non se ne andò via. Quando vi passavamo vicino, Paula mi prendeva per mano e faceva sempre in modo di stare lei fra la macchia e me. Io domandai perché quell'uomo si era ucciso, ma Paula non seppe spiegarmelo. Volevo anche sapere quando avrebbero fatto il funerale. Il funerale non ci sarebbe stato. Era un uomo solo, non aveva parenti. Forse per questo non aveva più voluto continuare a vivere.

Paula capì che quel suicidio mi occupava molto la mente e per distrarmi chiese alla mamma il permesso di portarmi con sé fino a Neuwaldegg la domenica seguente, che era il suo giorno libero. Aveva un conoscente con il quale facemmo il viaggio in tram, un giovanotto silenzioso che la guardava con ammirazione e senza quasi proferir parola. Era così silenzioso che non mi sarei accorto affatto della sua presenza se Paula non avesse sempre rivolto la parola a me e a lui contemporaneamente. Tutto ciò che diceva lo diceva a tutti e due, e ogni volta sembrava in attesa di una risposta, che io le davo, mentre il suo giovane amico si limitava ad annuire. Poi camminammo per un pezzo nel bosco fino a quando, arrivati davanti al baracchino di un venditore di *Knödel*, il giovane disse una frase che non capii: «Settimana ventura, signorina Paula, mancano solo cinque giorni». Giungemmo a un prato illuminato dal sole dove c'era moltissima gente, un prato immenso, si sarebbe potuto pensare che ci fosse posto per tutta la gente della terra, eppure camminammo piuttosto a lungo prima di trovare uno spiazzo libero. C'erano molte donne coi loro bambini, qua e là qualche giovane coppia, per lo più però gruppi di persone che facevano parte della stessa compagnia e giocavano a qualcosa che li teneva tutti in movimento. Anche quelli che si crogiolavano al sole avevano l'aria di essere felici, molti ridevano, questo era proprio il posto adatto per Paula, che si sentiva infatti perfettamente a suo agio. Il suo amico, che le mostrava molta devozione, era diventato un po' più loquace, una parola d'ammirazione tirava l'altra, era in licenza ma non portava l'uniforme, forse non voleva che lei pensasse alla guerra, disse che quando fosse stato lontano avrebbe certamente pensato a lei ancora di più. Sul prato gli uomini erano molto più rari delle donne, non ne vidi nessuno in uniforme, e se non avessi finalmente capito che l'ammiratore di Paula la settimana seguente doveva ritornare al fronte, avrei dimenticato che eravamo in guerra.

Questo è il mio ultimo ricordo di Paula, il grande prato assolato e pieno di gente nelle vicinanze di Neuwaldegg. Non riesco a vederla durante il ritorno a casa. Per me è come se fosse rimasta là, su quel prato, a trattenere il suo amico che doveva ripartire. Non so perché Paula ci lasciò, non so perché all'improvviso se ne andò via. Spero solo che abbia conservato il suo bel sorriso e che il suo ammiratore sia ritornato da lei; suo padre era già morto quando noi facemmo quella gita in tram.

La malattia della mamma
Il professore

Era il periodo in cui il pane cominciò a farsi giallo e nero per l'aggiunta di mais e di altre meno nobili sostanze. Bisognava fare la fila davanti ai negozi di alimentari, anche noi bambini venivamo mandati a far la coda per riuscire a mettere insieme qualcosa di più. La mamma cominciò a trovare la vita più difficile e verso la fine dell'inverno la sua salute ebbe un tracollo. Non so di che malattia si trattasse, ma rimase in clinica per varie settimane e si riprese solo poco per volta. Da principio non avevo neppure il permesso di andare a trovarla, ma poi pian piano cominciò a migliorare ed io mi ritrovai con un mazzo di fiori nella clinica della Elisabethpromenade. Fu in quell'occasione che vidi per la prima volta il suo medico, il direttore della clinica, un uomo con una folta barba nera che aveva scritto libri di medicina e insegnava all'Università di Vienna. Osservandomi con mielata gentilezza ad occhi semichiusi, esclamò: «Eccolo qui, dunque, il grande conoscitore di Shakespeare! E fa anche collezione di cristalli. Di te so già molte cose. Tua madre parla sempre di te. Sei molto avanti per la tua età».

La mamma aveva parlato a lui di me! Quell'uomo sapeva tutto delle nostre letture serali e mi *lodava*. La mamma invece non mi lodava mai. Provai diffidenza per la sua barba e cercai di evitarla. Temevo che potesse *sfiorarmi* con la barba e allora di colpo mi sarei trasformato in uno schiavo che doveva rendere conto a lui di ogni cosa. Il tono della sua voce, un po' nasale, era un olio di fegato di merluzzo. Voleva posarmi la mano sulla testa, forse in segno di lode. Ma io gli sfuggii prontamente abbassandomi con grande rapidità e lui sembrò un po' colpito. «Ha un ragazzo molto fiero, gentile signora! Si lascia toccare solo da lei». La parola «toccare» mi è rimasta impressa, è stata determinante nel formare il mio odio per lui, un odio così non l'avevo ancora mai conosciuto. Non mi aveva fatto nulla, ma mi adulava e cercava chiaramente di accattivarsi la mia simpatia. Da quel momento lo fece con una tenacia piena di inventiva, studiava strani regali con cui sperava di cogliermi di sorpresa; e del resto, come poteva immaginare che la volontà di un bambino di non ancora undici anni potesse essere pari alla sua, e anzi più forte, molto più forte!

Il professore si prodigava moltissimo per la mamma, che aveva suscitato in lui una profonda attrazione, la più profonda – egli disse – della sua vita (questo però lo appresi solo molto più tardi). Per amore della mamma voleva divorziare da sua moglie. Si sarebbe volentieri accollato i tre figli di lei e l'avrebbe aiutata a educarli. Tutti e tre avrebbero avuto la possibilità di studiare all'Università di Vienna, il maggiore però doveva assolutamente studiare medicina, e più tardi, se solo lo avesse desiderato, avrebbe preso il suo posto nella direzione della clinica. La mamma non era più sincera con me, si guardava bene dal dirmi tutte queste cose, sapeva che ne sarei rimasto *an-*

nientato. Avevo l'impressione che si trattenesse in clinica troppo a lungo, era lui che non voleva lasciarla andar via. «Ma tu ora stai benissimo» le dicevo ogni volta che andavo a trovarla. «Torna a casa e ti curerò io». Lei sorrideva, io parlavo come un adulto, un uomo, un medico addirittura, uno che sa benissimo quel che bisogna fare. Più di tutto mi sarebbe piaciuto portarmela via a braccia da quella clinica. «Una notte vengo e ti porto via con me» le dissi. «Ma di sotto è tutto chiuso a chiave, non riuscirai a entrare. Devi proprio aspettare che il medico mi dia il permesso di venire a casa. Non manca più molto, ormai».

Quando tornò a casa molte cose cambiarono. Il professore non scomparve dalla nostra vita, veniva a trovare la mamma, veniva a prendere il tè. Ogni volta mi portava un regalo che io regolarmente gettavo via non appena lui era uscito di casa. Non uno dei suoi regali l'ho conservato più a lungo di quanto durasse la sua visita, eppure mi regalò dei libri che avrei dato non so che cosa per poter leggere, e cristalli meravigliosi, proprio quelli che servivano a completare la mia collezione. Sapeva benissimo che cosa regalarmi, perché appena io cominciavo a parlare di un libro che mi interessava, subito lui me lo faceva avere. Lo deponeva con le sue stesse mani sul tavolo della stanza dei bambini ed era come se sul libro fosse caduta una nebbia: non solo dovevo trovare il posto giusto dove buttarlo via, cosa non sempre facile, ma anche in seguito non potevo più leggere il libro intitolato in quel modo.

Fu allora che si radicò in me la gelosia, una gelosia che mi ha poi tormentato per tutta la vita, e la violenza con cui allora fui sopraffatto da questo sentimento mi ha segnato per sempre. La gelosia è diventata la vera passione della mia vita, contro la quale non c'è convinzione e ragionamento che tenga.

«Oggi il professore viene per il tè» diceva la mamma a tavola a mezzogiorno; ciò che di solito fra noi si chiamava semplicemente «merenda», in onor suo diventava «il tè». Il tè di mia madre, così le aveva fatto credere il professore, era il migliore di tutta Vienna, lei se ne intendeva perché aveva vissuto in Inghilterra, e così mentre tutte le altre scorte di viveri si assottigliavano e si esaurivano, come per miracolo di tè in casa nostra ce n'era sempre in abbondanza. Le domandai che cosa avrebbe fatto quando il tè fosse finito, ma mi rispose che non era ancora finito, ce n'era ancora per un bel po'. «Per quanto ancora? Per quanto ancora?». «Basterà per uno o due anni». Lei sapeva benissimo quel che mi passava dentro, ma non sopportava alcun controllo, forse esagerava apposta, per togliermi l'abitudine di fare domande, e infatti rifiutò sempre con durezza di *mostrarmi* la sua scorta di tè.

Il professore ci teneva a venirmi a salutare quando arrivava e aveva il permesso, subito dopo aver baciato la mano alla mamma, di varcare la soglia della stanza dei bambini dove io lo stavo aspettando. Mi salutava sempre con melliflua gentilezza e apriva il pacchetto del regalo che mi aveva portato. Io lo fissavo dritto negli occhi, per poterlo odiare subito abbastanza, e sibilavo un perfido «Grazie». A un vero discorso non si arrivava mai, lo aspettava il tè che veniva servito sul balcone della stanza accanto, e inoltre non voleva disturbarmi mentre ero occupato con il suo regalo. Era anche convinto di aver portato la cosa giusta, ogni pelo della sua barba nera brillava di soddisfazione. Domandava: «Che cosa vuoi che ti porti la prossima volta?». Poiché io tacevo, trovava da solo la risposta e diceva: «Lo verrò comunque a sapere, anch'io ho i miei metodi». Sapevo benissimo che cosa intendeva dire, lo avrebbe domandato alla mamma, e sebbene provassi un dolore grandissimo all'idea che lei glielo avrebbe detto, adesso avevo cose ben più importanti a cui pensare, perché era venuto il momento di agire. Non aveva ancora chiuso la porta dietro di sé, che già io riavvolgevo il regalo nella carta e lo cacciavo sotto il tavolo per non averlo più davanti agli occhi. Poi prendevo una sedia, la trascinavo accanto alla finestra, mi inginocchiavo sul sedile impagliato e mi sporgevo oltre il davanzale il più possibile.

Alla mia sinistra, non molto distante da dove mi trovavo, potevo vedere il professore che fra grandi moine e complimenti si metteva a sedere sul balcone. Mi voltava le spalle e, più lontana, dall'altro lato del balcone, che faceva una curva, sedeva la mamma. Questo però lo *sapevo* soltanto, da dove mi trovavo non potevo vederla, così come non vedevo il tavolino da tè che stava tra loro. Tutto quello che succedeva sul balcone dovevo indovinarlo dai gesti di lui. Il professore aveva un certo modo supplichevole di chinarsi in avanti, in un gesto che, grazie appunto alla curva del balcone, lo induceva a piegarsi un po' sulla sinistra; così vedevo la sua barba, la cosa che più odiavo al mondo, e lo vedevo anche sollevare la mano sinistra verso l'alto, allargando elegantemente le dita con fare rassicurante. Vedevo ogni sorso di tè che beveva e mi veniva la nausea al pensiero di come lui lo decantava (ogni cosa che riguardava la mamma diventava oggetto delle sue lodi sperticate). Avevo paura che, approfittando dello stato di debolezza in cui la mamma si trovava in seguito alla malattia, lui riuscisse, con lusinghe e smancerie, ad abbindolarla, nonostante lei fosse una donna difficilissima da conquistare. Molte cose che avevo letto, e che non trovavano posto nella mia vita, ora le applicavo a lui e a lei, e per tutto ciò che temevo avevo le parole di un grande.

Non sapevo che cosa succede fra un uomo e una donna, ma ero ben deciso a vigilare che non succedesse nulla. Quando lui si chinava troppo in avanti, pensavo sempre che la volesse baciare, anche se a rendere la cosa assolutamente impossibile bastava la posizione del tavolino da tè che stava tra loro. Delle loro parole e frasi non capivo nulla, e solo di tanto in tanto mi arrivava un'esclamazione: «Ma gentilissima signora!». Dal persistente tono di protesta si sarebbe detto che lei gli avesse fatto un torto e io ne ero tutto contento. La cosa peggiore era quando lui stava in silenzio per molto tempo, e allora io sapevo che la mamma gli stava raccontando qualche lunga storia e supponevo che parlassero di me. In quei momenti desideravo che il balcone precipitasse di sotto e che lui rimanesse spiaccicato sul selciato. Non mi veniva in mente – forse perché non la vedevo – che sul balcone c'era anche la mamma, che anche lei sarebbe precipitata insieme a lui. Vedevo solo lui, e solo lui doveva precipitare. Me lo immaginavo là sotto lungo disteso, e la polizia che veniva a interrogarmi. «Sono io che l'ho fatto precipitare,» avrei risposto «ha baciato la mano alla mia mamma».

Restava per il tè circa un'ora, ma a me sembrava molto di più e per tutto quel tempo rimanevo ostinatamente rannicchiato sulla mia sedia, senza perderlo di vista un solo istante. Non appena si alzava, saltavo giù dalla sedia, la rimettevo al suo posto sotto il tavolo, riprendevo il regalo e lo rimettevo dove lui prima lo aveva scartato; poi aprivo la porta che dava nell'anticamera. Eccolo, era già lì, baciava la mano alla mamma, prendeva guanti, bastone e cappello, mi faceva un cenno di saluto con un'aria più assorta e meno disinvolta di quando era arrivato. Dopotutto nel frattempo era caduto giù dal secondo piano, e poteva dirsi fortunato di riuscire ancora a reggersi sulle sue gambe. Lui spariva e io correvo di nuovo alla mia finestra: lo guardavo mentre si allontanava, seguendolo fino al termine della breve Josef-Gall-Gasse, poi svoltava l'angolo verso lo Schüttel e scompariva dalla mia vista.

La mamma era ancora convalescente e le nostre serate di lettura si erano fatte più rare. Mai che recitasse qualche brano davanti a me come una volta, ero sempre solo io a dover leggere a voce alta. Mi davo un gran da fare per trovare delle domande che potessero risvegliare il suo interesse. Quando una sua risposta era molto esauriente, quando mi spiegava davvero qualcosa con l'entusiasmo di un tempo, subito in me rinasceva la speranza e mi sentivo di nuovo felice. Ma spesso aveva un'aria pensierosa e talvolta ammutoliva del tutto, come se io non fossi neppure presente. «Tu non mi ascolti» dicevo allora, al che lei trasaliva sentendosi colta in fallo. Sapevo che pensava ad altre letture di cui con me non parlava.

I libri che leggeva glieli regalava il professore, e mi chiarì subito in tono molto autoritario che non erano assolutamente adatti per me. La chiave della libreria in sala da pranzo, che prima era sempre stata nella toppa, così che io potevo andare e venire pescandovi i libri che più mi piacevano, ora la ritirava lei. Un regalo del professore che la occupava in particolare in quel periodo erano *Les Fleurs du Mal* di Baudelaire. Per la prima volta da quando la conoscevo, la mamma leggeva poesie. Prima non le sarebbe mai neppure venuto in mente di farlo, disprezzava la poesia. I drammi erano sempre stati la sua passione e io ne ero rimasto contagiato. Adesso non prendeva più neppure in mano il *Don Carlos* o il *Wallenstein*, e faceva una smorfia quando io li nominavo. Shakespeare contava ancora, anzi contava molto, ma invece di leggerlo vi cercava soltanto determinati brani, scuotendo la testa con aria desolata se non li trovava immediatamente; oppure rideva, e il riso, che cominciava con un fremito delle narici, le dilagava poi su tutto il volto; non mi diceva però perché rideva. Di romanzi si era interessata anche prima, ma ora prese in mano dei libri che non avevo mai notato. Vidi alcuni volumi di Schnitzler e quando lei, incauta, mi disse non solo che lo scrittore viveva a Vienna ed esercitava la professione medica, ma persino che il professore lo conosceva e che sua moglie era una «spagnola» come noi, la mia disperazione giunse al culmine.

«Che cosa ti piacerebbe che io diventassi da grande?» le domandai un giorno in preda a una grande angoscia, come se già conoscessi la terribile risposta che mi aspettava. «La cosa migliore è fare il medico e insieme lo scrittore» rispose lei. «Questo lo dici soltanto per via di Schnitzler!». «Un medico fa del bene, un medico aiuta veramente l'umanità». «Come il dottor Weinstock, vero?»; la mia era una risposta malevola, perché sapevo benissimo che la mamma non poteva soffrire il nostro medico di famiglia che tentava sempre di cingerle le spalle con un braccio. «No, non esattamente come il dottor Weinstock. Credi forse che quello sia un poeta? Quello non pensa a niente. Pensa solo al suo piacere. Un buon medico ha una certa comprensione degli esseri umani. Per questo può anche essere un poeta e scrivere cose tutt'altro che sciocche». «Come il professore?» domandai, rendendomi conto che il discorso stava prendendo una piega pericolosa. Non era un poeta, questo colpo almeno glielo volevo inferire. «Non dev'essere come il professore,» replicò lei «ma come Schnitzler». «E perché allora non posso leggerlo?». A questo non rispose, ma disse invece qualcosa che mi mise in uno stato di agitazione ancora più grande. «Tuo padre sarebbe stato molto contento che tu diventassi un medico». «Te lo ha detto lui? Dimmi, te lo ha detto lui?». «Sì, spesso. Me lo ha detto spesso. Gli avresti dato una grandissima gioia». Di questo non mi aveva mai parlato, non una sola volta dopo la morte del papà mi aveva detto una cosa simile. Io sapevo ancora benissimo ciò che lui invece aveva detto a me quel giorno lontano, mentre passeggiavamo lungo le rive del Mersey: «Farai ciò che più ti piacerà. Non necessariamente devi diventare un commerciante come me. Andrai all'università e poi farai quel che vorrai». Ma quelle parole me le ero tenute per me e non le avevo riferite mai, né alla mamma né a nessun altro. Che ora lei mi parlasse per la prima volta di questa cosa solo perché le piaceva Schnitzler e perché il professore le faceva la corte, mi mandò su tutte le furie. Schizzai giù dalla mia poltrona e guardandola bene in faccia con cattiveria gridai: «Non voglio fare il medico! Non voglio fare il poeta! Farò l'esploratore, e andrò via, lontano, dove nessuno mi potrà trovare!». «Ma anche Livingstone era un medico,» ribatté lei sarcastica «e Stanley lo ha trovato!». «Ma tu non mi troverai! Tu non mi troverai!». Fra noi ormai era la guerra, e la situazione continuò a peggiorare di settimana in settimana.

La barba nel lago di Costanza

A quel tempo la mamma ed io vivevamo soli, senza i fratellini. Durante la malattia della mamma, il nonno aveva provveduto a mandare i piccoli in Svizzera, dove alcuni parenti li avevano accolti e poi sistemati in un collegio di Losanna. La loro mancanza si avvertiva in casa in vari modi. La stanza dei bambini, dove prima stavamo in tre, era diventata un mio regno esclusivo. Lì potevo sbizzarrirmi come meglio credevo e nessuno mi contestava lo spazio per la mia guerra contro il professore. Questi infatti cercava di conquistare solo me e solo a me portava regali. Mentre io dalla mia sedia sotto la finestra lo osservavo durante le sue visite, non avevo da preoccuparmi di quel che succedeva alle mie spalle.

Libero di vivere la mia inquietudine, potevo parlare con la mamma tutte le volte che lo desideravo, senza riguardi per i più piccoli, davanti ai quali non avremmo certo potuto esibirci in discussioni di quel genere. Così il conflitto si fece più scoperto e selvaggio. Il balcone, sul quale prima durante il giorno si erano svolti tutti i nostri discorsi importanti, era ora completamente mutato, aveva acquistato un carattere che non mi piaceva più. Da quando a quel luogo era legato l'odio per il professore che vi prendeva il tè, io aspettavo soltanto che crollasse da un momento all'altro. Quando ero sicuro che nessuno potesse vedermi, sgusciavo fuori sul balcone e controllavo la compattezza delle pietre, la tenuta dei sostegni, soltanto dalla parte dove sedeva lui naturalmente. Speravo in una fragilità del materiale e fui amaramente deluso nel constatare che nulla si muoveva. Tutto pareva saldo come non mai e i miei salti non provocavano la benché minima scossa.

L'assenza dei miei fratelli rafforzava la mia posizione. Era impensabile che restassimo separati per sempre da loro, e ora in casa si parlava sovente di un trasferimento in Svizzera. Io facevo di tutto per affrettare questa decisione e rendevo la vita a Vienna ogni giorno più difficile per la mamma. Ingaggiai con lei una lotta di cui ricordo ancora con tormento la durezza e la ferocia. Non ero affatto sicuro di vincere. L'entrata di quei libri sconosciuti nella vita di mia madre mi angosciava ancora di più del professore in persona. Dietro di lui, che odiavo perché lo conoscevo e perché il suo modo di parlare untuoso e mellifluo mi dava il voltastomaco, si ergeva la figura di un poeta di cui non potevo leggere neppure una riga, e mai nella mia vita ho avuto tanta paura di uno scrittore quanta ne ebbi allora di Schnitzler.

A quel tempo la concessione di un visto di uscita dall'Austria era tutt'altro che facile da ottenere. Forse la mamma si era fatta un'idea esagerata delle difficoltà che avrebbe dovuto affrontare. Non si era ancora del tutto ristabilita ed era necessaria una buona cura per completare la convalescenza. Aveva un buon ricordo di Reichenhall, dove quattro anni prima era guarita tanto rapidamente. Così decise di andare da Vienna a Reichenhall e di fermarsi laggiù con me per alcune settimane. Pensava che poi da Monaco sarebbe stato più facile ottenere il visto di uscita per la Svizzera. Il professore si offrì di raggiungerci a Monaco per aiutarci nel disbrigo delle formalità. Le sue conoscenze accademiche e la sua barba non avrebbero mancato di esercitare il dovuto effetto sulle autorità. Non appena compresi la serietà di quel proposito, feci fuoco e fiamme perché andasse a buon fine e immediatamente mi misi a disposizione della mamma in tutti i modi. Dopo la mia implacabile ostilità che l'aveva fatta molto soffrire, paralizzandola ad ogni passo, lei ne provò un immenso sollievo. Cominciammo a fare progetti per le settimane che avremmo trascorso noi due soli a Reichenhall. Segretamente speravo che avremmo ritrovato anche le nostre letture serali. Quelle serate si erano fatte sempre più rare e da ultimo erano finite del tutto, sia perché la mamma era distratta, sia perché si sentiva ancora debole. Da Coriolano, se soltanto fossi riuscito a riportarlo in vita, mi aspettavo miracoli. Ma ero troppo orgoglioso per dirle fino a qual punto speravo in un ritorno delle nostre serate. In ogni modo a Reichenhall avremmo passeggiato molto e avremmo fatto insieme qualche bella gita nei dintorni.

Non ricordo nulla degli ultimi giorni a Vienna. Non so più come lasciammo il nostro vecchio caro appartamento e quel fatale balcone. Non ricordo nulla neppure del viaggio. Rivedo me e lei soltanto a Reichenhall. Una breve passeggiata ci portava quotidianamente a Nonn. Lì c'era un minuscolo e silenziosissimo cimitero che l'aveva affascinata fin dalla prima volta che l'aveva visto, quattro anni prima. Passeggiavamo fra le tombe leggendo i nomi dei defunti che ben presto conoscemmo tutti; eppure non ci stancavamo di leggerli e rileggerli. Alla mamma sarebbe piaciuto essere sepolta lì, diceva. Aveva trentun anni, ma io non mi meravigliai affatto di quei pensieri e della sua passione per le tombe. Quando eravamo noi due soli io accoglievo in me come la cosa più naturale del mondo tutto quello che lei pensava, diceva o faceva. Io sono fatto delle frasi che mia madre mi disse in momenti come quelli.

Intraprendemmo anche delle vere e proprie escursioni nei dintorni più lontani, andammo fino a Berchtesgaden e al Königssee. Ma quelle erano gite che facevamo perché tutti ce le avevano decantate, niente era così intimo e personale come Nonn, il luogo della mamma: io ne ricevetti un'impressione profonda, forse perché di tutte le sue idee e i suoi capricci, la predilezione per quel luogo era la meno appariscente, la più sommessa, come se all'improvviso, riposte le grandi ambizioni che nutriva per i suoi tre figli, la mamma, con cinquant'anni di anticipo, avesse deciso di ritirarsi dalla parte dei vecchi. Credo che la vera cura che completò la sua convalescenza sia consistita proprio in quelle brevi, regolari passeggiate fino al cimitero di Nonn. Quando se ne stava in quel minuscolo recinto e ripeteva il suo desiderio di aver lì la sua tomba, sentivo che stava meglio. D'un tratto il suo aspetto era sano, il colore le tornava sulle gote, il respiro era regolare e profondo, le narici vibravano e finalmente riacquistava il tono del Burgtheater, sia pure in una parte inconsueta.

Così non rimpiansi affatto le nostre perdute serate di lettura. Al loro posto, verso sera, sempre alla stessa ora, facevamo la nostra passeggiatina che non arrivava mai oltre il cimitero di Nonn, e i discorsi che lei mi faceva lungo la strada, andando e tornando, erano di nuovo seri e densi di significato, proprio come quelli che mi aveva fatto prima della malattia. Avevo la sensazione che mi dicesse davvero tutto, che non mi nascondesse niente, e il pensiero dei miei undici anni pareva non sfiorarla nemmeno. Sentivo che in quei momenti il suo animo si effondeva con grande libertà, senza riserve, ed io ero l'unico testimone di quell'atmosfera, il solo a cui fosse concesso prendervi parte.

Quando però si avvicinò il momento di partire per Monaco, ricominciai a preoccuparmi. Non domandai quanto tempo ci saremmo fermati laggiù. Per togliermi la paura lei stessa mi disse che non sarebbe stato un soggiorno lungo. Per questo veniva il professore. Con il suo aiuto saremmo probabilmente riusciti a sistemare tutto in una sola settimana. Senza il suo intervento non era affatto sicuro che ci concedessero il visto. Poiché eravamo ancora noi due soli, le credetti.

Ma già all'arrivo a Monaco l'infelicità mi ripiombò addosso. Il professore era arrivato *prima* di noi e ci attendeva alla stazione. Tutti e due guardavamo dal finestrino del nostro scompartimento pensando alla stessa cosa, ma fui io il primo a scoprire la barba nera sul marciapiede della stazione. Ci salutò con una certa solennità dichiarando che ci avrebbe subito accompagnati all'Hotel Deutscher Kaiser dove era stata prenotata una camera per la mamma e per me insieme, secondo il desiderio che lei stessa aveva espresso. Lui nel frattempo aveva già avvertito alcuni amici, i quali sarebbero stati onoratissimi di darci dei consigli e di esserci utili in un modo o nell'altro. Quando arrivammo all'albergo saltò fuori che lui pure alloggiava lì. Disse che era la soluzione più pratica, per evitare perdite di tempo, e questo era importante dato che molte cose dovevamo sbrigarle insieme. Purtroppo di lì a sei giorni lui doveva tornare a Vienna, il lavoro della clinica non gli consentiva un'assenza più prolungata. Io capii subito che cosa aveva in mente; con quella storia dei sei giorni voleva attenuare l'effetto della sua presenza nello stesso albergo, una notizia che in realtà mi colpì come una mazzata, pur non paralizzandomi affatto.

Nessuno mi disse dov'era la sua camera, ed io, supponendo che si trovasse sullo stesso piano, temevo che fosse troppo vicina alla nostra. Volevo assolutamente scoprire dov'era e perciò lo spiai mentre chiedeva la chiave al portiere. Ma lui non disse nessun numero, e il portiere, quasi avesse intuito le mie intenzioni, gli porse la chiave con gesto discreto; io mi dileguai prima che egli mi potesse vedere. Salii in gran fretta in ascensore fino al nostro piano e mi appiattii contro il muro aspettando il suo arrivo. Quando la porta dell'ascensore si aprì nuovamente, egli ne uscì con in mano la chiave della camera e mi passò davanti senza vedermi. Io mi ero fatto ancora più piccolo di quanto già non fossi, fu la sua stessa barba a nascondermi alla sua vista. Tenendomi stretto contro il muro lo seguii (era un grande albergo dai lunghissimi corridoi) e con un certo sollievo constatai che si allontanava sempre più dalla nostra camera. Non incontrammo nessuno, ero solo con lui e affrettai il passo per tenergli dietro. Svoltò ancora un angolo e si trovò finalmente davanti alla sua porta, ma prima di infilare la chiave nella toppa lo sentii sospirare. Fu un sospiro lungo e profondo di cui rimasi molto sorpreso: mai mi sarei aspettato che un uomo simile sospirasse, io ero abituato soltanto ai sospiri della mamma e sapevo quel che significavano per lei. Negli ultimi tempi i sospiri erano legati alla sua debolezza, sospirava quando si sentiva poco bene, ed io mi sforzavo di consolarla promettendole che presto si sarebbe rimessa in forze. E ora eccolo lì quel medico adulatore, proprietario di una clinica, autore di una grande opera di medicina in tre volumi che da alcuni mesi troneggiava nella nostra biblioteca di Vienna e che io non avevo il permesso di toccare, eccolo lì il grand'uomo che sospirava pietosamente. Poi aprì la porta, entrò in camera, si chiuse la porta alle spalle, e lasciò la chiave nella toppa all'esterno. Io appoggiai l'orecchio sul buco della serratura e rimasi in ascolto. Udii la sua voce, era solo, la mamma l'avevo lasciata nella nostra camera perché voleva riposarsi e dormire un po'. Lui parlava ad alta voce, ma non capivo quel che diceva. Avevo paura che pronunciasse il nome della mamma e stavo bene all'erta, sforzandomi di non perdere una sola parola. Davanti a me la chiamava sempre «mia gentilissima» o «mia egregia e gentilissima signora», ma io non mi fidavo di quelle espressioni ed ero ben deciso a chiedergli spiegazioni se si fosse permesso di chiamarla per nome. Mi vedevo già spalancare la porta, piombargli davanti e gridare: «Ma come si permette?». Mi vedevo già mentre gli strappavo gli occhiali e li calpestavo sul pavimento riducendoli in minuscoli frammenti. «Lei è un ciarlatano, non è un medico! Ma io l'ho smascherata! Lasci subito questo albergo o chiamo la polizia!».

Ma il professore si guardò bene dal farmi un simile favore, nessun nome gli sfuggì dalle labbra. Finalmente mi resi conto che parlava in francese, dall'intonazione mi sembrò che recitasse una poesia, e subito mi venne in mente quel Baudelaire che aveva regalato alla mamma. Dunque non era diverso da come si era sempre manifestato in presenza di lei: un pietoso adulatore, una inafferrabile medusa. Ero sconvolto dal ribrezzo.

Di corsa tornai fino alla nostra camera e trovai la mamma che dormiva ancora. Mi sedetti sul sofà e rimasi a vegliare il suo riposo. Ogni mutamento sul suo viso mi era familiare e sapevo quando sognava.

Forse fu una buona cosa che durante quei sei giorni io sapessi localizzare con esattezza le persone che mi interessavano. Mi sentivo più tranquillo solo quando sapevo che i due erano separati. Non appena lo sentivo nella sua stanza, *lui* era in mio potere. Forse si esercitava a recitare quei versi che poi ripeteva alla mamma quando si trovava con lei. Mi ritrovai davanti alla sua porta moltissime volte, ma lui non si accorse mai delle mie segrete manovre: io sapevo quando usciva dall'albergo, sapevo quando rientrava. In qualsiasi momento avrei potuto dire se era in camera sua, ed ero più che sicuro che lì la mamma non entrava mai. Una volta, quando egli uscì per un momento e la porta rimase aperta, io sgusciai dentro furtivamente e gettai intorno una rapida occhiata per vedere se c'erano nella camera dei ritratti della mamma. Ma non vidi nessuna fotografia e sparii in fretta come ero entrato; non solo, ebbi ancora la sfacciataggine di dire alla mamma: «Quando partiamo dovresti lasciare al professore una bella fotografia di *noi due*». «Di noi due insieme, sì,» rispose lei un po' colpita «ci ha molto aiutati, se la merita».

Il professore fece davvero tutto quello che poteva, e andando con la mamma nei vari uffici (dove a causa della guerra le impiegate erano donne e non uomini) spiegò che lei era debole perché reduce da una malattia e che per questo lui l'accompagnava; dopotutto era davvero il suo medico, e così lei veniva accolta ovunque con cortesia e trattata con tutti i riguardi. Io ero sempre con loro, potevo osservarlo per così dire in flagrante quando toglieva dal portafogli il suo biglietto da visita, e porgendolo all'impiegata con gesto elegante e disinvolto diceva: «Permetta che mi presenti». Poi sciorinava tutto quello che già c'era scritto sul cartoncino, la clinica di cui era direttore, il rapporto con l'Università di Vienna dove era docente, eccetera eccetera; e ogni volta mi meravigliavo che non finisse il discorso con la sua frase preferita: «Le bacio la mano, mia gentilissima».

A mezzogiorno pranzavamo insieme in albergo. Io mi comportavo bene, lo trattavo con cortesia e gli facevo molte domande sui suoi studi. Lui si stupiva della mia insaziabile curiosità, pensava che io volessi davvero diventare come lui – proprio lui, il mio modello! –, e riuscì a trasformare anche questo in adulazione. «Non ha davvero esagerato, gentile signora, la sete di sapere di suo figlio è proprio straordinaria. Saluto in lui un futuro luminare della Facoltà viennese di medicina». Io però non ci pensavo neppure lontanamente a seguire le sue orme, volevo soltanto *smascherarlo!* Stavo attento a ogni eventuale contraddizione nelle sue risposte, e mentre lui si dilungava in prolisse e pompose informazioni, continuavo a pensare fra me e me: «Non ha studiato affatto. È soltanto un ciarlatano».

La sua ora arrivava di sera. Allora vinceva con facilità, e come ignorava tutto della mia attività segreta contro di lui, così non si rendeva conto delle sue grandi vittorie serali. Ogni sera infatti la mamma andava con lui a teatro, lei era affamata di teatro, quel surrogato di teatro che noi avevamo fatto a Vienna non poteva più bastarle, era morto per lei, ora aveva bisogno di vero, nuovo teatro. Io restavo solo nella camera d'albergo quando loro due uscivano, ma prima osservavo bene come lei si agghindava per la serata. La mamma non nascondeva affatto la sua gioia per quelle uscite. La felicità le si leggeva in faccia, cominciava a parlarne due ore prima, quando tutti i suoi pensieri erano già rivolti alla serata che stava per cominciare; ed io, osservandola, l'ammiravo stupito; ogni debolezza in lei era svanita, davanti ai miei occhi tornava a essere vivace, spiritosa e bella come una volta, esprimeva idee nuove sul teatro, disprezzo per i drammi che non venivano rappresentati sulla scena, i drammi letti soltanto erano a suo avviso qualcosa di morto, un misero surrogato, e quando io per metterla alla prova e per aggravare la mia infelicità insistevo a domandarle: «Anche quelli letti ad alta voce?» lei rispondeva spudoratamente e senza il minimo riguardo: «Certo, anche quelli letti ad alta voce! Che vuoi che sia quel che *noi* possiamo leggere! Tu non sai cosa sono i veri attori!». Allora cominciava a parlare dei grandi autori drammatici che erano stati attori, li enumerava tutti, cominciando da Shakespeare e Molière, e arrivava ad affermare che gli altri drammaturghi non potevano dirsi veramente tali, meglio sarebbe stato definirli drammaturghi da strapazzo! E così di seguito, fino a quando, profumata e splendidamente vestita, come a me appariva, lasciava la stanza con un ultimo, crudele ammonimento: per non sentirmi solo in quell'albergo dove non conoscevo nessuno, era meglio che andassi subito a letto.

Ed io restavo solo, sconsolato, tagliato fuori da tutto quello che era stato il nostro mondo più intimo. Un paio di piccole manovre, che intraprendevo subito dopo, mi consentivano di trovare una certa sicurezza, ma per il resto mi erano di scarsissimo aiuto. Dapprima percorrevo tutto il lungo corridoio fino all'estremità opposta dell'albergo, dove si trovava la camera del professore. Lì bussavo parecchie volte, cortesemente, e poi provavo ad aprire la porta: solo quando ero del tutto certo che lui non si fosse nascosto lì dentro, tornavo in camera mia. Ogni mezz'ora ripetevo il controllo. Lo facevo senza pensare a nulla. Sapevo che lui era a teatro con la mamma, e tuttavia le conferme non mi bastavano mai. Il mio tormento per la diserzione di lei era aggravato ma anche circoscritto da questa certezza. Anche a Vienna di tanto in tanto era andata a teatro, ma non c'era confronto con questa festa incessante, tutte le sere, una dopo l'altra.

Ero riuscito a sapere a che ora finiva il teatro e rimanevo vestito per tutto il tempo. Cercavo di immaginarmi le loro serate, ma la mia era una fatica vana. Lei non raccontava mai nulla degli spettacoli che andava a vedere, non aveva senso, diceva, erano tutti lavori moderni che non avrei comunque capito. Appena prima che tornassero, mi spogliavo e andavo a letto. Mi voltavo verso il muro e fingevo di dormire. Lasciavo accesa la lampada sul comodino della mamma, e una pesca pronta per lei. Quando arrivava, avvertivo la sua eccitazione, sentivo il suo profumo. I letti non erano vicini, ma disposti uno dopo l'altro lungo la parete, così che lei si muoveva a una certa distanza da me. Sedeva sul letto, ma non per molto. Poi si metteva a camminare su e giù per la stanza, non tanto silenziosamente. Io non la vedevo perché ero voltato dall'altra parte, ma udivo ogni suo passo. Il fatto che lei fosse lì non mi dava alcun sollievo, non credevo più ai sei giorni. Vedevo davanti a me una eternità di serate a teatro, ritenevo il professore capace di qualsiasi menzogna.

E invece mi sbagliavo. I sei giorni passarono e tutto fu pronto per il viaggio. Il professore ci accompagnò fino a Lindau, proprio al battello. Avvertii la solennità di quella separazione. Sul pontile egli baciò ancora la mano della mamma, un po' più a lungo del solito, ma nessuno pianse. Poi salimmo sul battello e restammo appoggiati al parapetto. Le funi vennero staccate, il professore se ne stava lì in piedi con il cappello in mano e muoveva le labbra. Lentamente il battello si allontanò, ma io continuavo a vedere le sue labbra in movimento. Nel mio odio credetti persino di capire le parole ch'egli pronunciava: «Le bacio la mano, mia gentilissima». Poi il professore diventò piccolo, sempre più piccolo, il suo cappello saliva e scendeva con una curva elegante, la barba rimase nera come la pece, quella non rimpiccioliva, adesso il cappello stava solennemente fermo al di sopra della testa, ma a una certa distanza da lui. Non mi guardavo intorno, vedevo solo il cappello e la barba, e sempre più acqua fra noi e lui. Rimasi immobile a fissarlo fino a quando la barba diventò talmente piccola che solo io ero ancora in grado di distinguerla. Poi d'un tratto scomparve, scomparvero il professore, il cappello, la barba, ed io vidi le torri di Lindau di cui prima non mi ero accorto. Mi voltai verso la mamma, avevo paura che stesse piangendo, ma non piangeva, ci gettammo l'uno nelle braccia dell'altro e restammo abbracciati a lungo, poi lei con un gesto assolutamente inconsueto mi passò una mano tra i capelli e disse con grandissima tenerezza, una tenerezza che non le conoscevo: «Adesso va tutto bene. Adesso va tutto bene». Lo ripeté varie volte, sicché a un certo punto cominciai a piangere, pur non essendo affatto triste. Perché la maledizione della nostra esistenza, quella barba nera, era scomparsa e affogata. D'improvviso mi divincolai e cominciai a ballare su e giù per il ponte del battello, poi tornai di corsa tra le sue braccia e mi sciolsi di nuovo: di tutto cuore avrei intonato in quel momento un inno di trionfo, ma conoscevo soltanto canti di guerra e di vittoria che non mi piacevano.

Fu in questo stato d'animo che entrai per la prima volta in terra svizzera.

PARTE QUARTA

ZURIGO - SCHEUCHZERSTRASSE

1916-1919

Il giuramento

A Zurigo andammo ad abitare in due stanze ammobiliate al secondo piano nella Scheuchzerstrasse 68, in casa di una anziana signorina che per vivere faceva l'affittacamere.

Aveva una faccia grande e ossuta e si chiamava Helene Vogler. Le piaceva dire il suo nome, e spesso ripeteva a noi bambini come si chiamava anche quando ormai lo sapevamo a memoria. Ogni volta aggiungeva di essere di buona famiglia, suo padre era stato direttore d'orchestra. Aveva parecchi fratelli, e uno, che era andato completamente in rovina e non aveva proprio nulla da mettere sotto i denti, veniva a pulirle la casa. Era un uomo più anziano di lei, gracile e taciturno, al quale, con nostra meraviglia, lei affidava i lavori più pesanti: lo vedevamo inginocchiato sul pavimento, o in piedi mentre tirava lo «spazzolone». Fu qui che conoscemmo questo importante strumento, e infatti i pavimenti a parquet luccicavano al punto che ci si poteva specchiare. Dello stato dei suoi pavimenti la signorina Vogler non era meno orgogliosa che del suo nome. Spesso impartiva al fratello povero una sequela di ordini, così che egli doveva interrompere il lavoro che stava facendo perché a lei era venuto in mente

181

qualcosa di più importante. Pensava continuamente a che altro dargli da fare e viveva nella costante preoccupazione di aver dimenticato qualcosa di importante. Lui faceva tutto ciò che la sorella gli ordinava senza mai contraddirla né obiettare nulla. Noi avevamo fatta nostra l'opinione della mamma, e come lei pensavamo che non era dignitoso che un uomo, e tanto meno un uomo di quell'età, dovesse adattarsi ai lavori domestici. «Quando lo vedo fare quei lavori,» diceva la mamma scuotendo il capo «mi verrebbe voglia di farli io al suo posto. Povero vecchio!». Ma una volta accennò alla questione con la signorina Vogler che ne fu indignata. «La colpa è sua. Ha sempre sbagliato tutto nella vita. E ora la sua stessa sorella deve vergognarsi di lui». Lei non lo pagava neanche un soldo per il lavoro che faceva, ma quando aveva finito di pulire, gli dava da mangiare. Lui compariva regolarmente una volta alla settimana e la signorina Vogler diceva: «Almeno una volta alla settimana mangia come si deve». Anche lei faceva fatica a tirare avanti e doveva adattarsi ad affittare le camere. Questo era vero, non aveva certo una vita facile. *Un* fratello però lo aveva di cui andare orgogliosa. Anche lui, come il padre, era direttore d'orchestra. Quando veniva a Zurigo, scendeva all'Hotel Krone sul Limmatquai. Lei si sentiva onoratissima quando riceveva una sua visita e anche se spesso stava lunghi periodi senza venire, lei leggeva il suo nome sul giornale e sapeva che se la passava bene. Una volta, quando tornai da scuola, mi accolse sulla porta di casa con il volto in fiamme e disse: «C'è mio fratello, il direttore d'orchestra». L'uomo stava seduto placidamente davanti al tavolo della cucina, era florido e ben nutrito così come l'altro fratello era emaciato e raggrinzito; la signorina Vogler gli aveva preparato fegato con *Rösti* e anche lui mangiava solo come l'altro, mentre la sorella lo serviva. Il fratello povero, le pochissime volte che diceva qualcosa, mormorava appena, il grassoccio direttore d'orchestra, invece, pur non parlando molto neanche lui, quel poco lo diceva a voce alta e con tono risoluto, e, sapendo benissimo del grande onore che faceva alla sorella con le sue visite, non si tratteneva mai a lungo. Appena aveva finito di mangiare subito si alzava, faceva un cenno quasi impercettibile col capo a noi bambini, si accomiatava dalla sorella con un breve saluto e lasciava l'appartamento.

Lei era una creatura bene educata, ma aveva le sue fisime. Vegliava sui suoi mobili con occhi d'Argo e ogni giorno ci ripeteva più volte in tono lamentoso, nel suo stretto dialetto: «Niente graffi sulle mie sedie!». Quando usciva, ma accadeva di rado, noi ripetevamo in coro il suo piagnisteo, però stavamo bene attenti a non lasciare segni sulle sue seggiole, che lei, appena di ritorno, subito ispezionava in cerca di eventuali graffi.

Aveva un debole per gli artisti e ci raccontava con compiacimento che prima di noi, in quelle stesse stanze, aveva alloggiato uno scrittore danese con la moglie e il figlio. Ne pronunciava il nome, Aage Madelung, con la stessa enfasi con cui diceva il suo. Pare che egli usasse scrivere sul balcone che dava sulla Scheuchzerstrasse, osservando dall'alto il viavai nella strada; notava tutti quelli che passavano e chiedeva a lei informazioni. Nel giro di una settimana, sulla gente del quartiere sapeva più cose lui di quante ne avesse apprese lei in tanti anni che abitava lì. Le aveva regalato un suo romanzo, intitolato *L'uomo del circo*, con tanto di dedica, ma lei purtroppo non ne aveva capito nulla. Era un peccato che non avesse conosciuto il signor Aage Madelung quando era più giovane, la testa allora le funzionava meglio.

Per due o tre mesi, mentre la mamma continuava a cercare un appartamento più grande, restammo in casa della signorina Vogler. La nonna Arditti con sua figlia Ernestine, sorella maggiore della mamma, abitavano a pochi minuti da noi, nella Ottikerstrasse. Ogni sera, quando noi bambini eravamo ormai a letto, venivano in visita. Una notte vidi dal mio letto uno spiraglio di luce che proveniva dalla stanza di soggiorno e udii che le tre donne parlavano piuttosto animatamente fra loro in spagnolo e che la voce della mamma era alterata. Mi alzai, e dopo essermi accostato furtivamente alla porta, guardai dal buco della serratura: sicuro, eccole lì, la nonna e la zia Ernestine, ancora sedute a parlare fitto fitto alla mamma in tono incalzante, specialmente la zia. Le consigliavano qualcosa, che per lei sarebbe stato quanto di meglio potesse desiderare, e lei invece di questo meglio pareva infischiarsene. Io non capivo di che cosa stessero discutendo, ma una certa inquietudine mi diceva che poteva trattarsi proprio di ciò che temevo di più, benché quel pericolo da quando eravamo arrivati in Svizzera lo considerassi ormai sventato. Quando la mamma gridò con foga: «Ma no lo quiero casar!» – «Ma non lo *voglio* sposare!» – seppi che la mia angoscia non mi aveva ingannato. Spalancai la porta e di botto mi trovai in camicia da notte in mezzo alle tre donne. «*Io* non voglio!» gridai infuriato rivolto alla nonna. «*Io* non voglio!». Mi precipitai in braccio alla mamma e la strinsi a me con una tale violenza che lei – a voce bassissima – disse: «Mi fai male». Ma io non allentai la presa. La nonna, che conoscevo solo come una donna mite e debole, dalla quale non avevo mai udito una sola parola che mi avesse fatto impressione, esclamò arrabbiata: «Ma tu perché non dormi? Non ti vergogni di origliare alle porte?». «No, non mi vergogno! Voi volete abbindolare la mamma a forza di chiacchiere! Io non dormo. Lo so che cosa volete. Non dormirò *mai*!». La zia, la principale colpevole, che aveva cercato di convincere la mamma con tanta insistenza, mi fulminò con lo sguardo e rimase in silenzio. La mamma disse con dolcezza: «Sei venuto per difendermi. Sei tu il mio cavaliere. Spero che adesso abbiate capito» aggiunse rivolta alle due donne. «*Lui non vuole*. E non lo voglio neanch'io!».

Io non mi mossi dal mio posto fino a quando le due donne non si alzarono e se ne andarono via. Ma non mi ero ancora del tutto placato, e infatti minacciai: «Se quelle ritornano, io a dormire non ci vado più. Resto sveglio tutta la notte perché non voglio che tu le lasci entrare. Se ti sposi mi butto giù dal balcone!». La minaccia era terribile ed io facevo sul serio, so con assoluta certezza che mi sarei buttato dal balcone.

Quella notte la mamma non riuscì a calmarmi. Non tornai nel mio letto, restammo svegli tutti e due. Lei tentò di distrarmi con delle storie di famiglia. La zia aveva avuto un matrimonio molto infelice e si era separata presto dal marito. Lui soffriva di una terribile malattia ed era diventato pazzo. A Vienna era venuto qualche volta a trovarci. Un infermiere lo accompagnava nella Josef-Gall-Gasse. «Ecco le caramelle per i bambini» diceva lui alla mamma porgendole un grosso sacchetto pieno di bonbons. Quando voleva parlare con noi, teneva sempre lo sguardo rivolto altrove, gli occhi sbarrati, fissi verso la porta. La voce gli si spezzava in gola e poi gli usciva come il raglio di un asino. Restava pochissimo, l'infermiere lo prendeva sottobraccio e lo guidava verso l'anticamera e poi fuori dell'appartamento. «Quel che mia sorella desidera è che io non sia infelice come lei. Le sue intenzioni sono buone. Fa quello che può». «E per questo vuole che ti sposi anche tu e diventi infelice! *Lei* si è salvata da suo marito e tu dovresti *sposarti*!». Quell'ultima parola era come una pugnalata che io stesso mi infliggevo nella carne spingendo la lama sempre più a fondo. Non aveva davvero avuto una buona idea raccontandomi *quella* storia. Ma del resto nessuna storia avrebbe potuto calmarmi, la mamma di tentativi ne fece parecchi. Finalmente *giurò* che non avrebbe mai più permesso alle due donne di parlarle di quell'argomento e se loro non avessero desistito, non le avrebbe viste mai più. Dovette giurare non una, ma molte, moltissime volte. Soltanto quando alla fine giurò sulla memoria di mio padre, qualcosa si sciolse dentro di me e cominciai a crederle.

Una stanza piena di regali

Un grosso problema fu quello della scuola. Qui tutto era diverso da Vienna, l'anno scolastico non cominciava in autunno, bensì in primavera. La scuola elementare, che qui si chiamava scuola primaria, aveva sei classi, mentre io a Vienna dalla quarta ero passato direttamente al ginnasio di cui avevo già frequentato la prima classe; qui, dunque, avrei voluto iscrivermi al secondo anno della scuola superiore. Ma tutti i tentativi in questo senso fallirono. In Svizzera ci si atteneva rigorosamente all'età, e ovunque ci presentassimo io e la mamma, con la preghiera di accogliere la mia iscrizione, ovunque la risposta era negativa. Il pensiero che a causa del trasferimento in Svizzera io dovessi perdere un anno di scuola o anche più contrariava molto la mamma, che non riusciva a farsene una ragione. Tentammo dappertutto, una volta andammo persino a Berna. La risposta negativa, secca e risoluta, era sempre la stessa, e poiché veniva data senza i «riverita signora» e tutte le altre formule di cortesia che si usano a Vienna, a noi pareva scortese e tutte le volte che uscivamo dallo studio di uno di quei direttori didattici la mamma era disperata. «Davvero non vorrebbero esaminarlo?» diceva in tono supplichevole. «È molto avanti per la sua età». Ma era proprio quello che non amavano sentirsi dire: «Non facciamo eccezioni per nessuno».

Così alla fine dovette rassegnarsi. Trangugiando un boccone molto amaro per il suo orgoglio, mia madre mi iscrisse alla sesta classe della scuola elementare di Oberstrass. Dopo sei mesi sarebbe finita e allora si sarebbe potuto stabilire se ero maturo abbastanza per andare alla scuola superiore cantonale. Così mi trovai di nuovo in una grande classe delle elementari e mi sentii retrocesso al maestro Tegel di Vienna, solo che qui il maestro si chiamava Bachmann. Non c'era niente da imparare per me – a Vienna ero stato più avanti di ben due anni – ma in compenso imparai qualcosa di più importante, anche se ne compresi il significato solo più tardi.

I miei compagni di classe venivano apostrofati dall'insegnante in svizzero tedesco, e uno dei loro nomi aveva un suono così misterioso che aspettavo sempre di sentirlo ripetere. «Sägerich» con la «ä» molto strascicata mi pareva un composto di chissà quali strane parole e il vocabolo mi risultava incomprensibile. Il maestro Bachmann pareva avere una grande simpatia per quel nome, e difatti interpellava quel ragazzo, che pure non era né più intelligente né più stupido dei suoi compagni, molto più spesso di tutti gli altri. Finiva per essere l'unica cosa a cui facevo attenzione durante le lezioni, e poiché la mia mania di contare in quel periodo si era di nuovo accentuata, contavo le volte che il maestro chiamava Sägerich. La classe, recalcitrante e lenta com'era, dava molto filo da torcere al signor Bachmann. Così quando da cinque o sei ragazzi interrogati uno dopo l'altro non riusciva ad avere risposta, si rivolgeva pieno di speranza a quel Sägerich. Il ragazzo si alzava in piedi e il più delle volte anche lui non sapeva niente. Ma se ne stava lì grande e grosso, con quel suo ghigno incoraggiante e i capelli arruffati, il viso che tendeva al rossiccio, come quello del signor Bachmann, che beveva volentieri; e se per caso Sägerich rispondeva, il signor Bachmann sospirava sollevato, come se ne avesse bevuto un goccio di quello buono, e poi si tirava dietro tutta la classe.

Ci misi un bel po' a capire che il ragazzo si chiamava *Segenreich*,[1] il che rafforzò l'effetto di Sägerich, perché le

1. Che equivale a «benedetto», letteralmente «ricco di benedizioni» [*N.d.T.*].

preghiere che avevo imparato a Vienna cominciavano tutte con le parole «benedetto sii Tu, o mio Signore» e benché non avessero avuto per me un gran significato, il fatto che un ragazzo portasse nel nome delle «benedizioni», di cui era addirittura «ricco», aveva in sé qualcosa di meraviglioso. Il signor Bachmann, che aveva una vita dura sia a casa che a scuola, si attaccava a quelle benedizioni con tutte le sue forze e le chiamava continuamente in suo soccorso.

Fra di loro i ragazzi parlavano tutti in dialetto zurighese; nelle ultime classi della scuola elementare l'insegnamento avrebbe dovuto svolgersi in tedesco letterario, ma il signor Bachmann ricadeva molto spesso nel dialetto, e non solo nel pronunciare i nomi, dato che anche a lui come a tutti i ragazzi riusciva più spontaneo: era dunque perfettamente naturale che lentamente imparassi a parlarlo anch'io. Di quel dialetto mi stupivo molto, ma non provavo per esso alcuna avversione, forse a causa del fatto che nei discorsi in classe quasi mai si parlava di guerra. A Vienna il mio migliore amico, Max Schiebl, giocava tutti i giorni con i soldati. Io ci avevo giocato perché mi era simpatico, ma soprattutto perché così ogni pomeriggio potevo vedere la sua bella mamma: per la mamma di Schiebl andavo ogni giorno a giocare alla guerra coi soldatini di stagno, per lei sarei andato anche a fare la guerra, quella vera. A scuola però la guerra era diventata un tema dominante, che sovrastava quasi ogni altra cosa. Avevo, è vero, imparato a rifiutare i discorsi rozzi e avventati di certi compagni, ma ai canti che inneggiavano alla guerra e all'imperatore mi univo ogni giorno, sia pure fra crescenti resistenze (cantavo volentieri solo due canzoni, entrambe tristissime). A Zurigo le molte parole che si riferivano alla guerra non erano mai penetrate nel vocabolario dei miei compagni di scuola. Le lezioni mi sembravano un gran noia, perché non ci trovavo nulla di nuovo da imparare. In compenso mi piacevano moltissimo le frasi robuste e senza fronzoli dei ragazzi svizzeri. Da parte mia parlavo ancora poco con loro, ma ascoltavo avidamente quel che dicevano e solo di tanto in tanto mi azzardavo a buttar là una frase, quando si trattava di parole che già sapevo pronunciare come loro senza meravigliarli troppo. A casa smisi ben presto di prodermi in questo genere di frasi. La mamma, che vegliava sulla purezza della nostra lingua e reputava degne di considerazione solo le lingue che avevano una grande letteratura, era preoccupata che io potessi rovinare il mio 'puro' tedesco, e quando, nel mio entusiasmo, tentai di difendere il dialetto che mi piaceva, si adirò molto e disse: «Non ti ho portato in Svizzera per farti disimparare tutto quello che ti ho insegnato sul Burgtheater! Vuoi forse parlare come la signorina Vogler?». Questo era un fiero colpo, perché la signorina Vogler a tutti noi sembrava ridicola. Al tempo stesso però mi rendevo conto di quanto fosse ingiusto questo riferimento, perché i miei compagni di scuola parlavano in un modo diversissimo dalla signorina Vogler. Così mi esercitavo a parlare il dialetto zurighese per conto mio, contro la volontà della mamma, e nascondendole i progressi che facevo. Fu il primo segno di indipendenza da mia madre, e mentre per il resto, opinioni e preferenze, ero ancora sotto il suo influsso, in quell'unica cosa – che si riferiva alla lingua – cominciai a sentirmi un 'uomo'.

Tuttavia, nell'uso di questo nuovo strumento ero ancora troppo insicuro per stringere delle vere amicizie con ragazzi svizzeri. Avevo rapporti con un ragazzo che pure veniva da Vienna e con un altro che aveva una madre viennese. Per il compleanno di quest'ultima, il mio amico Rudi mi invitò a casa sua: capitai così in mezzo a gente sguaiata, un ambiente che sentii molto più estraneo di tutto ciò che mi era capitato di udire nel dialetto svizzero tedesco. La madre di Rudi, una giovane donna bionda, viveva sola col figlio, ma al suo compleanno molti uomini di ogni età erano venuti a trovarla e tutti si complimentavano con lei, brindavano alla sua salute e le facevano gli occhi dolci: era come se Rudi di padri ne avesse molti, eppure sua madre, che era un po' brilla, appena ero arrivato mi aveva detto in tono lamentoso che anche suo figlio era senza padre. Si rivolgeva ora a questo ora a quello dei suoi ospiti e si piegava come un fiore al vento da una parte e dall'altra. Ogni tanto rideva, poi si metteva a piagnucolare e, mentre ancora si asciugava le lacrime, già rideva di nuovo. La compagnia era rumorosa e in onore della festeggiata si facevano strani discorsi che io non capivo. Ma restavo molto perplesso quando uno di quei discorsi veniva interrotto da scroscianti risate e la madre di Rudi, senza ragione alcuna, così almeno pareva a me, guardando suo figlio diceva con voce malinconica: «Povero figlio mio senza padre». Alla festa non c'era neppure una signora, mai mi era capitato di vedere tanti uomini intorno a una sola donna, e tutti le erano grati di qualcosa e le rendevano omaggio; lei però non sembrava molto felice, perché piangeva più di quanto ridesse. Parlava con accento viennese, e fra gli uomini, come presto notai, c'erano anche degli svizzeri, nessuno dei quali però si permetteva di parlare in dialetto, le conversazioni si svolgevano tutte in perfetto tedesco. Ogni tanto uno degli ospiti si alzava, si dirigeva verso di lei con il bicchiere in mano e, facendolo tintinnare contro il suo, le diceva una bella frase sentimentale e poi le dava un bacio di compleanno. Rudi mi condusse nella stanza accanto per mostrarmi i regali che sua madre aveva ricevuto. Tutta la stanza era piena di regali, io non osavo nemmeno guardarli, perché non avevo portato niente. Quando ritornai fra gli invitati, la signora mi chiamò e disse: «Ti piacciono i miei regali?». Io balbettai delle scuse e le dissi che mi dispiaceva molto di non averle portato un regalo. Ma lei ridendo mi attirò a sé, e dandomi un bacio disse: «Sei un caro ragazzo. Non hai bisogno di portare regali. Quando sarai grande e verrai a trovarmi mi porterai un regalo. Allora non ci sarà più nessuno che verrà a trovarmi» e già ricominciava a piangere.

A casa fui interrogato su quel compleanno e l'umore di mia madre non parve addolcirsi per il fatto che la mamma di Rudi era una viennese e che alla sua festa tutti avevano parlato un «buon» tedesco. Il discorso prese un tono molto serio, fui perfino apostrofato con il solenne «figlio mio» riservato alle occasioni importanti e mia madre dichiarò che quella era gente molto «stupida», indegna di me. Mi fu proibito d'allora in avanti di metter piede in quella casa. Le faceva pena che Rudi avesse una madre simile. Non tutte le donne sono in grado di allevare da sole un figlio, e che cosa avrei potuto pensare di una donna che piangeva e rideva contemporaneamente? «Forse è malata» dissi io. «Perché malata?» ribatté subito la mamma adirandosi. «E se fosse pazza?» insistetti. «E tutti quei regali? La stanza piena di regali?». Allora non sapevo che cosa la mamma intendesse dire, ma anche a me nulla era sembrato tanto sgradevole come quella stanza piena di regali. Non ci si poteva neppure camminare comodamente, perché i regali erano sparsi dappertutto, e se la mamma di Rudi non si fosse prodigata con generosità e dolcezza per togliermi d'imbarazzo, non avrei neppure tentato di difenderla, perché in verità non mi era piaciuta affatto. «Non è malata. Non ha carattere, ecco tutto». E con ciò era emesso il verdetto definitivo, perché il carattere era la sola cosa che contava, tutto il resto al confronto era secondario. «Non devi far capire nulla a Rudi. È un povero ragazzo. Senza padre e con una madre senza carattere! Che cosa mai ne sarà di lui?».

Io proposi di invitarlo qualche volta a casa nostra, perché lei potesse prendersi un po' cura di lui. «Non servirebbe a nulla,» rispose la mamma «farebbe solo dell'ironia perché viviamo modestamente».

Nel frattempo stavamo già in un appartamento tutto per noi che era davvero modestissimo. Fu in questo periodo zurighese che la mamma cominciò a ripetermi in continuazione che dovevamo vivere con molta semplicità se volevamo cavarcela. Forse era un suo principio educativo perché, come ora so, lei non era certo povera. Al contrario, aveva investito vantaggiosamente il suo denaro presso suo fratello, l'azienda di Manchester continuava a prosperare e lui diventava sempre più ricco. Lei lo ammirava e lui la considerava la sua protetta, e certo non si sarebbe mai sognato di danneggiarla finanziariamente. Ma le difficoltà degli anni di guerra a Vienna, quando non era più stato possibile mantenere con l'Inghilterra un contatto diretto, non erano passate invano e senza lasciare traccia. La mamma ci teneva molto a dare a noi tre una buona educazione e anche l'abituarci a non contare sul denaro faceva parte di questo. Ci teneva a stecchetto, la cucina era semplicissima. Dopo un'esperienza che la mise in angustie rinunciò anche a tenere una persona di servizio. Alla casa badava personalmente; di tanto in tanto faceva osservare che si sacrificava per amor nostro, perché lei era cresciuta con ben altre abitudini; quando pensavo alla vita che avevamo condotto a Vienna, la differenza mi appariva talmente enorme che per forza reputavo simili limitazioni dovute a uno stato di reale necessità.

Eppure questo stile di vita così puritano a me piaceva molto di più. Si accordava meglio con le idee che mi ero fatto sugli svizzeri. A Vienna tutto ruotava intorno alla casa imperiale, e di lì, discendendo via via, intorno alla nobiltà e alle altre grandi famiglie. In Svizzera non c'erano né imperatore né nobiltà imperiale, e io mi misi in mente – non so cosa me lo facesse pensare – che qui anche la ricchezza non fosse molto apprezzata. Ero invece sicurissimo che in Svizzera si badava alle persone, che ciascuno contava per quel che era. Con grande ardore avevo fatta mia questa concezione, che rendeva ammissibile anche una vita molto semplice. Allora non mi chiedevo quali vantaggi avrei ottenuto da questo stile di vita. La realtà era che esso ci consentiva di avere la mamma tutta per noi; che nel nuovo appartamento tutto era strettamente legato alla sua persona; che nessuno si frapponeva fra noi e lei; che non la perdevamo mai di vista. La nostra vita in comune era meravigliosa per profondità, intimità e calore. Le cose dello spirito avevano sempre il sopravvento su tutto, i libri e i discorsi in proposito erano il cuore della nostra esistenza. Quando la mamma usciva e andava a teatro o a delle conferenze, o magari a qualche concerto, io partecipavo a questi eventi con grande intensità, come se ci fossi stato di persona. Di tanto in tanto, non molto sovente, mi portava con sé, ma il più delle volte ne rimanevo deluso, perché le cose che raccontava *lei* quando parlava di queste esperienze erano sempre di gran lunga più interessanti.

Spionaggio

L'appartamentino in cui abitavamo era situato al secondo piano del numero 73 della Scheuchzerstrasse. Io ricordo solo tre camere nelle quali si svolgeva la nostra esistenza, ma certamente c'era anche un quarto locale, una cameretta stretta, perché una volta, per un breve periodo, visse in casa nostra una domestica.

Ma con le domestiche le cose non erano facili. La mamma faticò molto ad abituarsi all'idea che qui non c'erano le cameriere come a Vienna. Qui una cameriera non era una persona di servizio, ma veniva chiamata 'ragazza di casa', entrava a far parte della famiglia e mangiava a tavola con noi. Questa era la prima condizione che una ragazza poneva prendendo servizio. La mamma, altezzosa com'era, trovava la cosa insopportabile. A Vienna, diceva, aveva sempre trattato molto bene le sue cameriere, che se ne stavano però nella loro cameretta, nella quale noi non entravamo mai, e mangiavano per conto loro in cucina. Era ovvio e naturale che le si rivolgessero sempre con un «gentile signora». Qui a Zurigo era finita con i «gentile signora», e la mamma, che pure tanto amava la Svizzera per i princìpi di pace diffusi in tutto il Paese, non riusciva ad abituarsi ai suoi costumi democratici, che invadevano la sua vita familiare, anche nei suoi aspetti più intimi. Così a tavola cominciò a parlare con noi in inglese, motivando l'uso di questa lingua davanti a Hedi, la ragazza di casa, con il fatto che altrimenti i due piccoli l'avrebbero presto dimenticata. Era necessario che almeno durante i pasti si rinfrescassero un po' la memoria. Questo era vero, ma serviva anche da pretesto per escludere la ragazza dalla nostra conversazione. Quando la cosa le fu spiegata, Hedi rimase in silenzio, ma non parve per niente offesa. Continuò persino a tacere per un paio di giorni, ma ci si può immaginare come restò la mamma quando una volta, a pranzo, Hedi *corresse* con aria innocente un errore che George, il mio fratellino minore, aveva fatto in una frase inglese e che alla mamma era sfuggito! «Come fa a saperlo?» domandò la mamma quasi scandalizzata. «Lei sa per caso l'inglese?». Hedi lo aveva imparato a scuola e capiva tutto quello che dicevamo. «È una spia!» mi disse la mamma più tardi. «Si è introdotta subdolamente in casa nostra! Una cameriera che parla inglese, no, non è possibile, non s'è mai vista! Perché non lo ha detto prima? È stata ad ascoltare tutto quello che dicevamo, quella disgraziata! Io non lascio che i miei figli siedano a tavola insieme a una spia!». E a questo punto le venne in mente che Hedi non si era presentata da sola in casa nostra. Era comparsa accompagnata da un signore, che dopo essersi presentato come suo padre aveva voluto vedere l'appartamento e si era informato molto in dettaglio sulle condizioni di lavoro della figlia. «L'ho pensato subito che non poteva essere il padre. Pareva una persona di buona famiglia. Mi ha fatto una quantità di domande, come se mi fossi presentata *io* da lui per cercare un lavoro! *Io* al suo posto non sarei stata capace di indagare più severamente. Quello non era certo il padre di una cameriera. Ci hanno messo in casa una spia».

In casa nostra per la verità non c'era proprio nulla da spiare, ma questo non la disturbava, dato che attribuiva comunque alla nostra famiglia un'importanza tale da giustificare lo spionaggio. Con circospezione prese le sue contromisure. «Non possiamo licenziarla in tronco, darebbe troppo nell'occhio. Dobbiamo pazientare ancora quindici giorni. Ma dobbiamo stare molto attenti. Mai dobbiamo dire qualcosa contro la Svizzera, altrimenti ci farà espellere dal Paese». Alla mamma non venne neppure in mente che nessuno di noi aveva mai lontanamente pensato di dire qualcosa contro la Svizzera. Al contrario: quando raccontavo della scuola, lei non faceva che elogiarla e l'unica cosa che in Svizzera non sopportava era l'istituzione della 'ragazza di casa'. A me Hedi piaceva perché non era servile, era nativa di Glarus dove gli svizzeri avevano vinto una battaglia contro gli Asburgo, e talvolta leggeva il mio libro di Öchsli sulla storia svizzera. E sebbene io fossi irresistibilmente attratto da mia madre quando usava il «noi», e per esempio diceva «noi dobbiamo fare questo o quest'altro» – poiché mi sentivo partecipe delle sue decisioni con parità di diritti –, tuttavia feci ancora un ultimo tentativo di salvataggio, che tra l'altro reputai particolarmente astuto, sapendo che si poteva sedurre mia madre in un modo solo: con le cose dello spirito. «Ma sai,» le dissi «le piace molto leggere i miei libri. Mi domanda sempre che cosa leggo e mi chiede anche dei libri in prestito di cui poi parliamo insieme». Allora la mamma fece una faccia molto seria. «Mio povero figliolo! Perché non me lo hai detto prima? Ancora non conosci il mondo. Ma dovrai imparare». Tacque e mi lasciò per un po' con l'animo in tumulto. Ero allarmato e insistetti. «Che cosa? Che cosa devo imparare?». Doveva essere di sicuro qualcosa di terribile e non riuscivo a capire che cosa. Forse era così terribile che non me lo avrebbe mai detto. Ma ora mi guardava con aria di superiorità e di compatimento e sentii che avrebbe parlato. «Lei deve appunto render conto di quel che ti do da leggere. Non capisci? Per questo ce l'hanno messa in casa. È una vera spia! Ha segreti con un ragazzino di dodici anni e va a curiosare nei suoi libri. Non dice di sapere l'inglese e certamente ha già letto tutte le nostre lettere dall'Inghilterra!».

A questo punto, con mio grande spavento, mi venne in mente che in effetti un giorno avevo colto Hedi mentre sbrigava le faccende di casa con una lettera inglese in mano, che aveva riposto in gran fretta quando io mi ero avvicinato. Coscienziosamente riferii la cosa alla mamma e fui solennemente ammonito. Che il discorso che stava per farmi fosse molto solenne lo capii già dal fatto che cominciava con le parole «figlio mio»: «Figlio mio, tu mi devi sempre dire tutto. Forse tu credi che non sia importante, e invece ogni cosa ha la sua importanza».

Con ciò la sentenza era definitivamente pronunciata. Per quindici giorni la povera ragazza sedette ancora alla nostra tavola esercitandosi con noi in inglese. «Che aria innocente si dà!» mi diceva la mamma dopo ogni pasto. «Ma *io* l'ho capita! Io non mi lascio imbrogliare!». Hedi continuò a leggere il mio Öchsli e persino a domandarmi che cosa pensavo di questo e di quello. Certe cose se le faceva spiegare e poi diceva, seria e gentile: «Sei davvero intelligente». Io l'avrei volentieri messa in guardia, volentieri le avrei detto: «Ti prego, non fare la spia!». Ma non sarebbe servito a nulla, la mamma era fermamente intenzionata a licenziarla e quindici giorni dopo motivò la sua decisione con un inatteso peggioramento della nostra situazione finanziaria. Non era più in grado di permettersi una ragazza di casa. La pregava quindi di scrivere a suo padre spiegandogli la cosa e chiedendogli di venirla a prendere. Lui venne, non fu meno severo della prima volta e al momento di congedarsi disse: «Ora dovrà lavorare un po' anche lei, signora Canetti!».

Forse provava una certa maligna soddisfazione che le cose ci andassero male. Forse non aveva una buona opinione delle signore incapaci di badare da sole alla propria casa. La mamma vide la cosa in maniera diversa. «Gli ho rovinato i suoi piani! Si è proprio arrabbiato! Come se in casa nostra ci fosse qualcosa da spiare! È naturale che in tempo di guerra la posta venga controllata. Certamente loro hanno notato che riceviamo molte lettere dall'Inghilterra. Ed ecco che subito ci mettono in casa una spia. Sai, lo capisco. Nel mondo sono isolati e devono pur difendersi dagli assassini».

Spesso la mamma parlava delle difficoltà di essere sola al mondo, una donna sola con tre figli. La prudenza e la vigilanza non erano mai troppe! Bene, ora che d'un sol colpo s'era liberata della ragazza di casa e della spia, e si sentiva perciò molto sollevata, trasferiva sulla Svizzera questo suo militante sentimento della solitudine che bisognava difendere tra mille difficoltà: anche la Svizzera, essendo circondata da ogni parte da potenze belligeranti, era fermamente decisa a non lasciarsi trascinare nel conflitto.

Per noi cominciò così il periodo più bello: eravamo noi tre soli con la mamma. Disposta com'era a pagare il fio del suo orgoglio, la mamma cominciò a occuparsi personalmente della casa, pur non avendolo mai fatto prima in vita sua. Spazzava, cucinava, e i miei fratellini l'aiutavano ad asciugare le stoviglie. Io mi assunsi l'incombenza di lustrare le scarpe, e poiché i fratellini si piazzavano apposta in cucina per guardarmi e prendermi in giro – «Lustrascarpe! Lustrascarpe!» gridavano danzandomi intorno come piccoli indiani –, un giorno mi trasferii con le scarpe sporche sul balcone della cucina, richiusi la porta, mi ci appoggiai con la schiena e lì mi misi a pulire le scarpe di tutta la famiglia. Così durante questa operazione ero solo e non vedevo la danza di guerra dei due diavoli; ma anche con la porta del balcone chiusa, il loro canto lo sentivo lo stesso.

La seduzione della civiltà greca
Una scuola di conoscenza dell'uomo

Dalla primavera del 1917 cominciai a frequentare la scuola cantonale nella Rämistrasse. Molto importante diventò per me la strada che percorrevo ogni giorno per andare e tornare da scuola. All'inizio della strada, subito dopo aver attraversato la Ottikerstrasse, facevo sempre lo stesso incontro, che mi è rimasto impresso nella mente. Un signore con una bellissima testa bianca andava a passeggio dritto e con aria distratta, camminava per un pezzetto e poi si fermava, cercava qualcosa e cambiava direzione. Aveva un cane San Bernardo che chiamava sovente: «Dschoddo, vieni dal papà!». Talvolta il San Bernardo si avvicinava, altre volte invece si allontanava, perché era lui che cercava il papà. Ma non appena il vecchio lo aveva trovato, subito se ne dimenticava e si distraeva di nuovo. La sua presenza in quella strada piuttosto comune aveva qualcosa di peregrino, il suo richiamo, spesso ripetuto, induceva al riso i bambini, i quali però non ridevano in sua presenza, perché aveva un'aria che incuteva rispetto quando se ne andava dritto e fiero guardando davanti a sé senza accorgersi di nessuno; ridevano soltanto quando erano a casa, o quando, in sua assenza, avevano il permesso di giocare per strada. Il vecchio era Busoni il musicista, che abitava in una casa d'angolo, e il suo cane, come venni a sapere più tardi, si chiamava Giotto. Tutti i bambini del quartiere parlavano di lui, ma non come Busoni del quale non sapevano nulla, ma come «Dschoddo-vieni-dal-papà!». Il cane San Bernardo li aveva conquistati, bensì ancor più quel bel vecchio signore che si definiva il suo papà.

Sulla strada di scuola, che durava circa venti minuti, inventavo lunghe storie che di giorno in giorno diventavano più ampie e continuavano per settimane intere. Me le raccontavo da solo, a voce non troppo alta, ma abbastanza perché si udisse un certo borbottio che soffocavo soltanto quando incontravo persone che mi erano antipatiche. Conoscevo la strada talmente bene che non badavo più a niente intorno a me, dovunque io guardassi, a destra o a sinistra, non trovavo niente di speciale da vedere, e invece nelle mie storie sì. In esse succedevano cose emozionantissime, e quando le avventure erano troppo avvincenti e inattese perché io potessi continuare a tenermele tutte per me, a casa le raccontavo ai miei fratellini, che aspettavano avidamente la puntata seguente. Le mie storie erano tutte legate alla guerra o, per essere più esatti, al modo di superarla. Alle nazioni che volevano la guerra bisognava dare una bella lezione, cioè bisognava sconfiggerle molte e molte volte, perché finalmente si decidessero a smetterla. Incitate dagli eroi della pace, le altre, le nazioni buone, si univano e si dimostravano a tal punto superiori che alla fine vincevano. Ma la vittoria non era facile, venivano ingaggiate durissime interminabili e aspre battaglie, con scoperte sempre nuove e inauditi stratagemmi. La cosa più importante di queste battaglie era che i morti resuscitavano sempre. A questo fine venivano inventati e usati speciali artifici magici, e i miei fratelli, che avevano rispettivamente sei e otto anni, rimanevano notevolmente impressionati quando, all'improvviso, tutti i combattenti che erano morti, anche quelli del partito dei cattivi che non volevano smetterla di fare la guerra, si rialzavano dal campo di battaglia ed erano di nuovo vivi e vegeti. Tutte le storie erano in funzione di questo finale, e qualunque cosa accadesse nelle battaglie avventurose che duravano settimane intere, arrivava sempre il momento del trionfo e della gloria, che era anche una ricompensa per il narratore: il momento in cui tutti, senza eccezione alcuna, risorgevano a nuova vita.

La prima classe della mia scuola era ancora piuttosto numerosa ed io non conoscevo nessuno; non c'è da stupirsi dunque che all'inizio i miei pensieri fossero rivolti ai pochi compagni che avevano interessi analoghi ai miei. Quando sapevano a menadito qualcosa che io ancora non conoscevo, provavo per loro una grande ammirazione e non li perdevo di vista un attimo. Ganzhorn si distingueva in latino, e sebbene io, per gli studi fatti a Vienna, fossi in forte vantaggio, lui era ben in grado di misurarsi con me in questa materia. Ma c'era di più: Ganzhorn era l'unico a conoscere l'alfabeto greco. Se l'era imparato da solo, e poiché scriveva molto e perciò si riteneva un poeta, quell'alfabeto divenne la sua scrittura cifrata. Ne riempiva quaderni e quaderni, ogni quaderno che finiva lo passava a me, che lo sfogliavo senza riuscire a leggerci una sola parola; mai però me lo lasciava a lungo, non appena avevo finito di esprimere la mia ammirazione per il suo sapere, subito lui mi portava via il quaderno e sotto i miei occhi, con paurosa rapidità, ne cominciava uno nuovo. Della storia greca era entusiasta quanto me. Eugen Müller, che ce la insegnava, era un maestro meraviglioso, ma mentre per me la cosa importante era la libertà dei greci, a Ganzhorn interessavano soprattutto i poeti. Non amava far sapere di non conoscere ancora la loro lingua. Forse aveva già cominciato a studiare anche questa per conto suo, perché ogni volta che si parlava del fatto che dalla terza classe in poi le nostre strade si sarebbero separate – lui voleva fare il liceo classico – ed io pieno di rispetto e con un po' di invidia dicevo: «Allora studierai il greco!», lui dichiarava con orgoglio: «Quello lo saprò anche prima». Io gli credevo, non era uno sbruffone, faceva sempre quel che diceva, e in più molte altre cose di cui non parlava con nessuno. Nel suo disprezzo per tutto ciò che era banale, mi ricordava un atteggiamento tipico della mia famiglia. Solo che lui non lo enunciava; quando si parlava di una cosa che non gli pareva degna di un poeta, si voltava dall'altra parte e ammutoliva. La testa, lunga e stretta, come compressa, che reggeva alta e un po' piegata di lato, faceva pensare a un coltello a serramanico aperto, che però non si chiudeva mai. Ganzhorn non avrebbe mai potuto dire una sola parola cattiva o volgare. In mezzo alla classe lui appariva diverso, nettamente staccato dagli altri. Nessuno di quelli che copiavano da lui si sentiva a proprio agio, e lui faceva finta di non accorgersene, non avvicinava il quaderno ma neppure lo allontanava; essendo un'azione che riprovava, ne lasciava l'esecuzione all'altro in ogni particolare.

Quando nel programma arrivammo a Socrate, la classe si divertì ad affibbiarmi il soprannome di Socrate, forse per scrollarsi di dosso il peso del suo triste destino. Fu una cosa fatta con leggerezza e senza alcun significato recondito, ma lo scherzo continuò e Ganzhorn ne fu visibilmente indispettito. Per parecchio tempo lo vidi occupato a scrivere e intanto mi gettava qualche occhiata indagatrice e scuoteva il capo con aria solenne. Dopo una settimana aveva riempito un quaderno, ma questa volta fu lui a dirmi che voleva leggermelo a voce alta. Era un dialogo fra un poeta e un filosofo. Il poeta, che era lui, si chiamava Cornutotum – gli piaceva farsi chiamare col suo nome[1] tradotto in latino – e il filosofo ero io. Leggendo il mio nome cominciando dall'ultima lettera era giunto alle due bruttissime parole Saile Ittenacus. Costui non aveva nulla a che vedere con Socrate, era piuttosto uno di quegli odiosi sofisti che si erano accaniti contro Socrate. Ma questo era soltanto un aspetto marginale del dialogo, più importante era che il poeta strapazzava in tutti i modi il povero filosofo e poi veramente lo faceva a pezzi, tanto che di lui non rimaneva più nulla. Tutte queste cose Ganzhorn me le lesse a voce alta, in tono di vittoria, ma io non rimasi minimamente offeso; grazie alla trasformazione anagrammatica del nome non riferivo la cosa alla mia persona, se avesse usato il mio vero nome avrei reagito con ben altra suscettibilità. Ero soddisfatto che mi avesse letto qualcosa dei suoi misteriosi quaderni, mi sentivo condotto in alte sfere, come se mi avesse iniziato ai suoi Misteri greci. Nulla mutò nei nostri rapporti e quando lui

1. «Ganzhorn» significa «tutto il corno» [N.d.T.].

dopo qualche tempo – con una titubanza che non mi sarei aspettato, dato il suo carattere – mi domandò se non volevo magari scrivere un contro-dialogo, rimasi sinceramente meravigliato: aveva ragione lui, io ero perfettamente d'accordo con quel che aveva scritto, cos'era dopotutto un filosofo accanto a un poeta? Non avrei davvero saputo che cosa scrivere in un contro-dialogo.

Un altro che mi impressionava era Ludwig Ellenbogen, ma in modo tutto diverso. Veniva con sua madre da Vienna, anche lui aveva perso il padre. Wilhelm Ellenbogen era un membro del Parlamento austriaco, un celebre oratore che a Vienna avevo sentito nominare piuttosto spesso; quando ora chiesi di lui al ragazzo, fui molto colpito dalla calma con cui mi rispose: «È mio zio», come se la cosa gli fosse del tutto indifferente. Presto mi accorsi che era così in tutto, mi pareva più adulto di me, non solo più alto, invero più alti di me erano quasi tutti. Si interessava di cose di cui io non sapevo assolutamente nulla, ma questo si veniva a saperlo per caso e accidentalmente, perché mai si metteva in mostra, anzi si teneva piuttosto in disparte, senza alterigia né falsa modestia, come se riponesse le sue ambizioni al di fuori della nostra classe. Non era un tipo taciturno, anzi partecipava a ogni conversazione, soltanto non parlava volentieri delle *sue* cose, forse perché fra di noi non c'era nessuno che se ne intendesse abbastanza. Con il nostro insegnante di latino Billeter, che non soltanto per via del gozzo era diverso da tutti gli altri insegnanti, aveva piccole e speciali conversazioni: leggevano gli stessi libri, si citavano a vicenda titoli che nessuno di noi aveva mai sentito, ne discutevano insieme e spesso nel giudicarli erano della *stessa* opinione. Ellenbogen parlava in tono pacato e oggettivo, senza emotività giovanile, era piuttosto Billeter che aveva l'aria di essere un tipo estroso. Quando cominciavano con quei loro discorsi, tutta la classe stava ad ascoltarli senza capire nulla, nessuno aveva la minima idea di che cosa stessero parlando. Alla fine Ellenbogen era imperturbabile come all'inizio, mentre Billeter lasciava trapelare una certa soddisfazione e dimostrava rispetto per Ellenbogen, al quale in quel periodo non importava niente di quel che si imparava a scuola. Io ero sicuro che Ellenbogen sapesse comunque già tutto, in fondo non lo consideravo un compagno di classe. Mi piaceva, ma come avrebbe potuto

piacermi un adulto; e davanti a lui mi vergognavo un po'
per la veemenza del mio interesse per certe cose, specialmente per tutto quello che imparavamo nell'ora di storia
da Eugen Müller.

Perché la cosa veramente nuova che subito mi entusia-
smò in quella scuola fu la storia greca. Studiavamo sui testi di Öchsli, uno di storia generale e uno di storia svizzera; avendoli letti entrambi tutti d'un fiato, le nozioni in
essi contenute si sovrapposero con tale rapidità che ne rimasi confuso. La libertà degli svizzeri si mescolò nella
mia mente con quella dei greci. Riprendendo in mano i
testi, rileggevo qualche passo ora dell'uno ora dell'altro.
Così la vittoria di Morgarten mi compensava del sacrificio
delle Termopili. La libertà degli svizzeri la vivevo nella
realtà e la sperimentavo io stesso: per essersi mantenuti
padroni del proprio destino, per non aver accettato alcuna autorità imperiale, gli svizzeri erano riusciti a non farsi coinvolgere nella guerra mondiale. Gli imperatori, che
erano anche comandanti in capo dell'esercito, mi inso-
spettivano. Di uno di loro, Francesco Giuseppe, non mi
importava quasi niente, era molto vecchio e parlava poco,
quando si presentava in pubblico il più delle volte diceva
soltanto una frase, e paragonato a mio nonno pareva un
tipo esangue e noioso. Ogni giorno a scuola avevamo cantato per lui «Dio lo conservi, Dio lo protegga» e a me sembrava che di questa protezione avesse proprio un gran bisogno. Mentre cantavamo non guardavo mai il suo ritratto appeso al muro dietro la cattedra e neppure cercavo di
immaginarmelo. Forse un po' dell'antipatia che nutrivo
per lui l'avevo presa da Fanny, la nostra domestica boe-
ma, che quando lo sentiva nominare non faceva neanche
una piega, per lei era come se Francesco Giuseppe non
esistesse, e una volta, al ritorno dalla scuola, mi aveva
chiesto con fare ironico: «Avete di nuovo cantato per
l'imperatore?». Quanto a Guglielmo, l'imperatore tedesco, lo vedevo sempre ritratto nella sua scintillante u-
niforme e per di più udivo le sue espressioni ostili nei
confronti dell'Inghilterra. Ogni volta che si parlava del-
l'Inghilterra, io mi sentivo chiamato in causa e da tutto
quello che avevo imparato a Manchester avevo tratto la
convinzione incrollabile che gli inglesi non avessero voluto la guerra e che fosse stato il Kaiser a cominciarla, attaccando il Belgio. Non meno prevenuto ero contro gli

imperatori di Russia, gli zar. A dieci anni, durante una visita in Bulgaria, avevo sentito nominare per la prima volta Tolstoj e mi era stato spiegato che era un uomo meraviglioso: per lui la guerra era un assassinio e non aveva avuto timore di dire quello che pensava al suo imperatore. Si parlava di Tolstoj, già morto da qualche anno, come se non fosse morto davvero. Ora io mi trovavo per la prima volta in una repubblica che con l'impero e la sua amministrazione non aveva nulla a che fare, e mi buttai a capofitto a studiarne la storia. Era dunque possibile liberarsi da un imperatore, ma bisognava *lottare* per la propria libertà. Già prima degli svizzeri, moltissimo tempo prima, i greci erano riusciti a ribellarsi al predominio di una potenza gigantesca e a salvaguardare la libertà a caro prezzo conquistata.

Dire oggi queste cose mi suona stanco e spento, ma allora ero come ebbro di questa nuova concezione, e con essa investivo tutti quelli che mi capitavano a tiro; per i nomi di Maratona e Salamina inventai perfino certe barbare melodie, e pur di ripetere le care sillabe, a casa le cantavo a gran voce migliaia di volte, fino a quando mia madre e i miei fratelli, non potendone più di quel frastuono, mi costringevano a smettere. Le lezioni di storia del professor Eugen Müller avevano sempre lo stesso effetto. Parlandoci dei greci, i suoi grandi occhi spalancati mi apparivano come quelli di un veggente rapito dalle sue visioni, non ci guardava neppure, vedeva solo ciò di cui parlava, il suo discorso non era rapido ma non s'interrompeva mai, aveva un ritmo come di onde viscose: non importava se si combatteva per terra o per mare, noi ci sentivamo sempre sul mare. Müller si passava la punta delle dita sulla fronte, cosparsa di un leggero sudore, più di rado la passava sui capelli crespi, come fosse un alito di vento. L'ora volava in quel suo strascicato fervore; quando prendeva fiato per nuovi slanci era come se bevesse.

Ma talvolta si sprecava del tempo, ed era quando ci interrogava. Ci faceva scrivere dei componimenti che poi discuteva con noi. Era un gran dispiacere per ogni momento perduto, attimi preziosi che altrimenti avremmo trascorso insieme a lui sul mare. Spesso io mi offrivo di rispondere alle sue domande, un po' per chiudere presto la cosa, ma anche per dimostrargli il mio amore per ciascuna delle sue frasi. Può darsi che questo sia poi suonato come un'eco e un riflesso del suo stesso ardore, e abbia magari infastidito i compagni, alcuni dei quali erano un poco più lenti. Ma loro non venivano da un impero, per loro la libertà greca non poteva avere una grande importanza. La libertà per loro era una cosa ovvia e naturale e non avevano bisogno di impadronirsene attraverso l'esempio dei greci.

In quel periodo ho assorbito moltissimo dalla scuola, come in seguito mi sarebbe successo soltanto con i libri. Ogni cosa che ho imparato dalla viva voce degli insegnanti ha conservato la fisionomia di colui che me l'ha spiegata e nel ricordo è rimasta legata alla sua immagine. Ma anche gli insegnanti dai quali non imparavo nulla – ammesso che ce ne fossero – suscitavano in me una grande impressione per la loro personalità, per la singolarità della loro figura, per il loro modo di muoversi e di parlare, ma soprattutto per la simpatia o l'antipatia che avevano per noi e che in noi suscitavano. In diverse gradazioni e sfumature possedevano tutti il dono della gentilezza e del calore umano, non ricordo uno solo dei miei insegnanti che non si sforzasse almeno di essere giusto. Non tutti però riuscivano a esserlo abbastanza da nascondere perfettamente la benevolenza o l'antipatia che provavano per noi. A ciò si aggiungeva il fatto che le risorse interiori, la pazienza, la sensibilità, le aspettative riposte nel lavoro che svolgevano variavano moltissimo da persona a persona. Quanto a Eugen Müller, la sua stessa materia lo obbligava a un grande entusiasmo e talento narrativo, ma egli vi aggiungeva qualcosa di suo, che andava ben oltre tale necessità. Così fin dal primo momento fui conquistato da Müller e in base alle sue lezioni contavo i giorni della settimana.

Per Fritz Hunziker, l'insegnante di tedesco, le cose erano più difficili: era un tipo asciutto, forse sfavorito da una figura un po' infelice e da un tono di voce leggermente stridulo che certo non gli giovava. Alto, col petto incavato, pareva reggersi su una sola e lunga gamba, e mentre aspettava le nostre risposte taceva con aria paziente. Non sgridava mai nessuno, ma neppure affascinava nessuno, la sua difesa era un sorriso sarcastico stampato sul volto, spesso quel sorriso persisteva sulle sue labbra anche quando ormai era palesemente inopportuno. Aveva una cultura equilibrata, forse un po' troppo a compartimenti stagni, non era certo un trascinatore, ma neanche un uomo da cui si potesse essere tratti in errore. Aveva nettissimo il senso della misura e della praticità del comportamento. Dei tipi esaltati o precoci non aveva una grande opinione. Io lo sentivo agli antipodi di Eugen Müller, e la mia sensazione non era certo ingiustificata. Più tardi, quando Hunziker tornò da noi dopo un periodo di assenza, mi resi conto di quanto fossero vaste le sue letture, solo che alla sua erudizione faceva difetto l'entusiasmo e la capacità di scelta.

Gustav Billeter, l'insegnante di latino, aveva una personalità molto più spiccata. Penso ancora oggi con ammirazione al coraggio con cui si presentava ogni giorno in classe con quel suo enorme gozzo. In classe, gli piaceva mettersi nell'angolo sinistro, davanti a noi, e da lì ci volgeva la testa dalla parte meno gozzuta, il piede sinistro sollevato, poggiato su uno sgabello. Dopo di che cominciava a parlare speditamente, con dolcezza e a voce piuttosto bassa, senza superflua emozione; quando si adirava, e spesso gliene davamo motivo, non alzava mai la voce, parlava solo un po' più rapidamente. I primi fondamenti del latino che ci insegnava dovevano certamente annoiarlo, e forse anche per questo il suo modo di fare era così umano. Chi sapeva poco non doveva sentirsi oppresso né tanto meno umiliato, e quelli che in latino riuscivano bene non avevano motivo di credersi particolarmente importanti. Le sue reazioni non erano mai prevedibili, ma neanche era il caso di temerle. Il massimo che ci si potesse aspettare da lui era un'osservazione ironica breve e sommessa che non sempre veniva capita, era una specie di battuta di spirito a uso proprio. Divorava una quantità di libri, ma di quelli che lo interessavano più da vicino non avevo mai sentito parlare, e così non me ne è rimasto in mente un solo titolo. Ellenbogen, che gli era simpatico e con il quale si intratteneva volentieri, aveva – salvo l'ironia – lo stesso atteggiamento superiore e distaccato, e certo non sopravvalutava l'importanza del latino che imparavamo da lui. Billeter avvertiva l'ingiustizia del vantaggio che io avevo rispetto ai miei compagni, e una volta me lo disse con estrema chiarezza: «Tu sei più svelto degli altri, gli svizzeri hanno uno sviluppo più lento. Ma poi si rifanno. Vedrai in seguito come ti meraviglierai». Tuttavia non era affatto ostile agli stranieri, come potei constatare dalla sua amicizia per Ellenbogen. Capii che Billeter era particolarmente aperto agli uomini, la sua era la mentalità di un cosmopolita, e credo che abbia anche scritto qualcosa – non solo per sé.

La diversità degli insegnanti era sorprendente, è la prima forma di molteplicità di cui si prende coscienza nella vita. Il fatto che essi ci stiano davanti così a lungo, esposti in tutte le loro reazioni, osservati ininterrottamente per ore e ore, oggetto dell'unico vero interesse della classe, impossibilitati a muoversi e dunque presenti in essa sempre per lo stesso tempo, esattamente delimitato; la loro superiorità di cui non si vuole prendere atto una volta per tutte e che rende acuto, critico e maligno lo sguardo di chi li osserva; la necessità di accostarsi a loro senza rendersi le cose troppo difficili, dato che non ci si è ancora votati al lavoro in maniera esclusiva; e poi il segreto in cui rimane avvolto il resto della loro vita, in tutto il tempo durante il quale non stanno recitando la loro parte davanti a noi; e ancora, il loro susseguirsi uno dopo l'altro, nello stesso luogo, nello stesso ruolo, con le stesse intenzioni, esposti con tanta evidenza al confronto – come tutto questo agisce e si manifesta, è un'altra specie di scuola, del tutto diversa da quella dell'apprendimento, una scuola che insegna la molteplicità della natura umana, e purché la si prenda sul serio anche solo in parte, è questa la prima vera scuola di conoscenza dell'uomo.

Non sarebbe difficile, né forse privo di fascino, svolgere un'indagine su quali e quanti di questi insegnanti si sono nuovamente incontrati poi nella vita sotto altri nomi, quali persone si son prese in simpatia per questo, quali altre soltanto per una antica antipatia si sono lasciate in disparte, quali decisioni sono nate da queste remote esperienze, quali cose senza di esse probabilmente si sarebbero fatte in maniera diversa. Alla prima infantile tipologia basata sugli animali, la cui efficacia perdura, si sovrappone una tipologia nuova, quella basata sugli insegnanti. In ogni classe si trovano compagni che li imitano benissimo e che li mimano per gli altri, una classe senza qualcuno che imita gli insegnanti avrebbe un qualcosa di morto.

Ora che li passo nuovamente in rassegna, sono io stesso stupito dalla varietà, dalla singolarità e dalla ricchezza di sapere dei miei insegnanti zurighesi. Da molti di loro ho tratto degli insegnamenti conformi con le loro intenzioni, e per quanto ciò possa sembrare strano, la gratitudine che provo verso i miei insegnanti a mezzo secolo di distanza continua ad aumentare di anno in anno. Ma anche quelli da cui ho imparato meno mi si stagliano davanti con una tale evidenza come persone singole o come figure tipiche, che basta questo a farmi sentire in debito. Sono i primi rappresentanti di ciò in cui più tardi avrei riconosciuto la vera essenza del mondo, la sua popolazione. Sono inconfondibili, che è una delle qualità di rango più alto; e se al tempo stesso sono diventati anche delle figure tipiche, ciò non toglie nulla alla loro personalità. Quel continuo fluttuare fra individui e figure tipiche è una delle cose che più stanno a cuore ai poeti.

La testa enorme. Discussione con un ufficiale

Avevo dodici anni quando mi appassionavo alle guerre che i greci avevano combattuto per la loro libertà, e quello stesso 1917 fu l'anno della Rivoluzione russa. Già prima del suo famoso viaggio nel vagone piombato si diceva che Lenin vivesse a Zurigo. La mamma, che nutriva per la guerra un odio assoluto e implacabile, seguiva con trepidazione tutti gli avvenimenti che potessero in un modo o nell'altro metter fine al conflitto. Non aveva collegamenti politici, ma Zurigo si era trasformata in un centro nel quale si raccoglievano persone contrarie alla guerra, provenienti da diversi Paesi e con diverse impostazioni politiche. Un giorno, passando davanti a un caffè, mi mostrò la testa enorme di un uomo seduto accanto alla finestra, con un gran mucchio di giornali a portata di mano su un tavolino; uno lo aveva afferrato con gesto energico e se lo teneva sotto gli occhi. Improvvisamente gettò indietro la testa e volgendosi a un uomo che gli sedeva accanto si mise a parlargli con veemenza. La mamma mi disse: «Guarda bene quell'uomo, è Lenin. Di lui sentirai ancora parlare». Ci eravamo fermati, lei era un po' imbarazzata di starsene lì immobile a guardare (era una maleducazione che di solito mi rimproverava), ma il gesto subitaneo dell'uomo l'aveva colpita, l'energia dello scatto con cui si era volto al compagno pareva essersi trasmessa anche a lei. Mi meravigliai della folta capigliatura dell'altro, nera e crespa, il contrasto con la testa calva di Lenin, vicinissima alla sua, era veramente stridente; ma ancor più mi meravigliava l'immobilità e la fissità della mamma. Disse: «Vieni, non possiamo continuare a star qui in questo modo» e mi trascinò via.

Pochi mesi più tardi mi raccontò dell'arrivo di Lenin in Russia ed io cominciai a capire che doveva trattarsi di un avvenimento particolarmente importante. I russi ne avevano abbastanza del massacro, mi disse, ormai tutti ne avevano abbastanza del massacro, presto – con o senza l'appoggio dei vari governi – si sarebbe messo fine a tutto ciò. Lei chiamava la guerra «il massacro». Da quando eravamo a Zurigo mi parlava molto apertamente di queste cose, mentre a Vienna aveva dovuto controllarsi per non crearmi dei conflitti a scuola. «Tu non ucciderai mai un altro uomo, una persona che non ti ha fatto niente» mi disse, ed era come un giuramento; benché fosse così orgogliosa di avere tre figli maschi, io sentivo quanto le fosse penoso il solo pensiero che un giorno anche noi potessimo diventare degli «assassini». Il suo odio per la guerra aveva qualcosa di elementare: quando una volta mi raccontò il contenuto del *Faust*, che non voleva ancora lasciarmi leggere, condannò il patto di Faust col diavolo. *Una sola cosa* avrebbe potuto giustificare un simile patto: se grazie ad esso fosse stato possibile metter fine alla guerra. Per questo ci si poteva persino alleare col diavolo, per nessun altro motivo al mondo.

Talvolta la sera si radunavano in casa nostra alcuni conoscenti della mamma, «spagnoli» turchi e bulgari che a causa della guerra si erano rifugiati a Zurigo. Si trattava per lo più di coppie di mezza età, che a me però parevano più anziane; non mi piacevano un gran che, per il mio gusto erano troppo orientali e parlavano solo di cose poco interessanti. Ce n'era uno che veniva da solo, un vedovo, un certo signor Adjubel, e quello era diverso da tutti gli altri. Aveva un bel portamento eretto e opinioni che difendeva con energia; con calma e cavalleria si lasciava investire dai veementi discorsi della mamma, che lo attaccava duramente. Aveva combattuto nella guerra dei Balcani come ufficiale bulgaro, era stato gravemente ferito e gliene era rimasto un male inguaribile. Tutti sapevano che soffriva di dolori acutissimi, ma lui faceva in modo che nessuno se ne accorgesse. Quando diventavano insopportabili, si alzava e si scusava con gli astanti accampando un appuntamento urgente, poi faceva un inchino alla mamma e usciva con passo un po' rigido. Allora gli altri si mettevano a parlare di lui, commentavano ampiamente la natura del suo male, lo elogiavano e lo commiseravano, insomma facevano esattamente ciò che lui, orgoglioso com'era, aveva voluto evitare. Io vedevo che la mamma cercava in tutti i modi di mettere fine a questi discorsi. Fino all'ultimo minuto aveva litigato con lui, e poiché in discussioni di quel genere, quando c'era di mezzo la guerra, lei poteva diventare molto tagliente e aggressiva, si assumeva tutta la responsabilità della cosa e diceva: «Sciocchezze! I dolori non c'entrano affatto. Era semplicemente offeso con me. È convinto che una donna, non avendo esperienze dirette della guerra, non abbia alcun diritto di parlarne. E ha ragione. Ma siccome nessuno di voi è capace di dirgli quel che pensa, devo farlo io. Era offeso. Ma è un uomo orgoglioso e così si è congedato nella maniera più cortese». Allora poteva succedere che qualcuno si permettesse una battuta di cattivo gusto e dicesse: «Vedrà, Mathilde, si è innamorato di lei e chiederà la sua mano». «Che se ne guardi bene» esclamava lei con le narici frementi di collera. «Non glielo consiglierei. Io lo stimo perché è un *uomo*, ma questo è tutto». Era un fiero colpo per gli altri uomini presenti nella stanza insieme con le loro mogli. Ma intanto il penoso discorso sulle sofferenze del signor Adjubel si era concluso.

Io preferivo quando restava fino alla fine. Da quelle accese discussioni imparavo una quantità di cose che prima non sapevo. Il signor Adjubel si trovava in una posizione oltremodo difficile. Era legato all'esercito bulgaro forse ancor più che alla Bulgaria. Era forte in lui il sentimento tradizionale di amicizia per la Russia proprio dei bulgari, che alla Russia, appunto, dovevano la loro indipendenza dai turchi. Che ora i bulgari si fossero messi dalla parte dei nemici della Russia era una cosa che gli procurava una gran pena. Certo avrebbe combattuto anche in quelle circostanze, ma con quali tormenti di coscienza! Così dopotutto per lui era forse un bene non poter andare a combattere. Ma ora la situazione si era ulteriormente complicata per la nuova piega che gli avvenimenti avevano preso in Russia. Il ritiro dei russi dalla guerra avrebbe significato, a suo avviso, la rovina degli Imperi Centrali.

L'infezione, come lui la chiamava, avrebbe dilagato, prima i soldati austriaci e poi quelli tedeschi si sarebbero rifiutati di continuare a combattere. Ma che cosa ne sarebbe stato allora della Bulgaria? Non solo avrebbe dovuto portare per l'eternità il marchio dell'ingratitudine nei confronti dei suoi liberatori, un vero marchio di Caino, ma tutti si sarebbero scagliati su di lei come nella seconda guerra balcanica e si sarebbero spartiti le sue terre. *Finis Bulgariae!*

È facile immaginare come la mamma confutasse le sue argomentazioni smantellandole punto per punto. In definitiva li aveva contro tutti perché, se anche ognuno dei presenti non poteva che augurarsi una rapida fine della guerra, che a questo si giungesse grazie all'attività dei bolscevichi in Russia era sentito comunque come un pericolo e una minaccia. Erano tutti dei buoni borghesi, più o meno benestanti, e quelli fra loro che venivano dalla Bulgaria temevano che la Rivoluzione potesse estendersi anche laggiù, mentre gli altri, che venivano dalla Turchia, vedevano l'antico nemico russo, sia pure in un nuovo travestimento, già alle porte di Costantinopoli. Alla mamma tutto ciò non importava affatto. Una sola cosa contava per lei, chi veramente voleva la fine della guerra. Lei, che veniva da una delle più ricche famiglie della Bulgaria, difendeva Lenin. Non riusciva come gli altri a vedere in lui un demonio, e lo considerava piuttosto un benefattore dell'umanità.

Il signor Adjubel, che era poi quello con cui litigava, era l'unico che la comprendesse, perché anche lui aveva un suo atteggiamento fermo. Una volta le domandò, e fu il momento più drammatico di tutti quegli incontri: «E se io fossi un ufficiale russo, Madame, e insieme ai miei uomini continuassi risolutamente a combattere contro i tedeschi – lei mi farebbe fucilare?». La mamma non ebbe neppure un attimo di esitazione: «Farei fucilare chiunque si opponesse alla fine della guerra. Sarebbe un nemico dell'umanità».

Lo sgomento degli altri, tutti uomini d'affari pronti al compromesso, accompagnati dalle loro tenere consorti, non la confuse minimamente. Parlavano tutti insieme. «Cosa? Lei sarebbe capace di far questo? Avrebbe il coraggio di far fucilare il signor Adjubel?». «Non è un vigliacco. Sa come si muore, non è come tutti voi, non è vero, signor Adjubel?». Fu lui alla fine a darle ragione. «Sì, Madame, dal suo punto di vista, lei avrebbe perfettamente ragione. Lei ha la coerenza di un uomo. Ed è una vera Arditti!». Quest'ultima frase, che voleva essere un omaggio, mi piacque già meno – si riferiva alla famiglia di mia madre, che a me, contrariamente a quella di mio padre, non andava per niente a genio; devo ammettere tuttavia che malgrado la vivacità di questi scontri verbali, non fui mai geloso del signor Adjubel e, quando poco dopo egli morì soccombendo al suo male, ne fummo molto tristi sia io che la mamma, e lei disse: «Buon per lui che non ha fatto in tempo a vedere il crollo della Bulgaria».

Letture diurne e notturne
La vita dei regali

Forse era da ascriversi alle mutate circostanze della nostra vita familiare se non tornammo più all'antica abitudine delle letture serali. Fino a quando non eravamo a letto tutti e tre, alla mamma semplicemente mancava il tempo per leggere. Attendeva ai suoi nuovi doveri con truce risolutezza. Tutto ciò che faceva lo commentava a voce alta, senza commenti e riflessioni i lavori di quel genere l'avrebbero annoiata troppo. Si immaginava che tutto dovesse filare secondo le regole, sebbene ciò non le assomigliasse affatto, e così le regole le andava cercando e trovando appunto nei discorsi. «Organizzarsi, figlioli!» ci diceva, «Organizzarsi!» e ripeteva quella parola talmente spesso che noi finivamo per trovarla buffa e in coro le facevamo il verso. Lei però il problema dell'organizzazione della vita familiare lo prendeva molto sul serio e ci proibì ogni ironia in proposito. «Lo vedrete quando dovrete cavarvela da soli nella vita, senza organizzazione non si va avanti!». Con questo intendeva dire che bisognava fare tutto con precisione e metodicità, comprese le operazioni più banali, che non erano mai né semplici né facili. La parola comunque la spronava, aveva una parola per ogni cosa, e forse proprio quel parlare di tutto conferì alla nostra vita in famiglia di allora una sua trasparenza tutta particolare.

Ma in realtà lei viveva in attesa della sera: solo quando noi bambini eravamo a dormire finalmente poteva mettersi a leggere. Fu quello il periodo delle sue grandi letture di Strindberg. Io me ne stavo sveglio nel mio letto e vedevo da sotto la porta una lama di luce che proveniva dal soggiorno. Lei stava sulla sua seggiola, accovacciata sulle ginocchia, i gomiti puntati sul tavolo, la testa poggiata al pugno destro, davanti a sé la pila dei volumi gialli delle opere di Strindberg. A ogni Natale e a ogni compleanno si aggiungeva un volume, non potevamo farle regalo più gradito. Per me la cosa più emozionante era che quei libri non potevo leggerli. Non feci mai il tentativo di sbirciarvi dentro, quel divieto mi piaceva, da quei volumi gialli irradiava un fascino che mi potevo spiegare solo con quel divieto, e nulla mi rendeva più felice che poter offrire a mia madre un nuovo volume di cui conoscevo soltanto il titolo. Quando la sera avevamo cenato e sparecchiato la tavola, quando i piccoli erano già a letto, io andavo a prendere i volumi gialli e glieli mettevo sulla tavola, ben accatastati sulla destra. Poi parlavamo ancora un poco, ma io, memore della pila di libri, avvertivo la sua impazienza, la capivo, e me ne andavo a letto tranquillo, senza tormentarla. Mi chiudevo alle spalle la porta del soggiorno e, mentre mi spogliavo, la sentivo camminare su e giù ancora per un po'. Dopo essermi messo a letto stavo all'erta per cogliere lo scricchiolio della sedia quando lei ci saliva su, poi mi sembrava di sentirla mentre prendeva in mano il volume e, quando ero sicuro che lo aveva aperto, volgevo gli occhi verso la lama di luce che veniva da sotto la mia porta. A questo punto sapevo che per nulla al mondo la mamma si sarebbe alzata, e allora accendevo la mia minuscola lampadina tascabile e mi mettevo anch'io a leggere il mio libro sotto le coperte. Quello era il mio segreto che nessuno doveva conoscere e che controbilanciava il segreto dei suoi libri.

La mamma continuava a leggere fino a notte fonda, io dovevo usare con parsimonia la batteria della lampadina tascabile che mi concedevo con il mio modestissimo stipendio, di cui solo una minima parte era devoluta a questo, perché quasi tutto lo risparmiavo tenacemente per i regali da fare alla mamma. Così solo di rado riuscivo a leggere più di un quarto d'ora. Quando poi venni scoperto, ci fu un grande trambusto, la mamma non poteva assolutamente sopportare di essere imbrogliata. Alla fine riuscii a ricomprare la lampadina tascabile che mi era stata confiscata, ma per maggior sicurezza furono ingaggiati come guardiani anche i miei fratellini, i quali ardevano dalla voglia di strapparmi la coperta di dosso. Quando si svegliavano, era facilissimo vedere dal loro letto se io tenevo la testa sotto la coperta oppure no. Allora si avvicinavano senza far rumore, di preferenza insieme, mentre io sotto la coperta non sentivo niente né ero in grado di difendermi. Di colpo mi trovavo senza coperta. Non sapevo ancora bene che cosa mi fosse successo e già mi rintronavano nelle orecchie le loro urla di trionfo. La mamma, disturbata e irritata da quel baccano, si staccava dalla sua sedia e trovava subito una frase che mi feriva profondamente: «Dunque non ho proprio nessuno al mondo di cui potermi fidare!» e mi portava via il libro per una settimana.

La punizione era dura, perché si trattava di Dickens, l'autore che la mamma mi aveva dato da leggere in quel periodo, e mai prima d'allora io avevo letto uno scrittore con tanta passione. Cominciò con *Oliver Twist* e *Nicholas Nickleby*, e specialmente quest'ultimo, che trattava della situazione scolastica inglese del suo tempo, mi affascinava a tal segno che non riuscivo più a smettere di leggere. Quando lo ebbi finito, ricominciai subito daccapo e lo rilessi tutto, da cima a fondo. Questo accadde tre o quattro volte, probabilmente anche di più. «Ma lo conosci già,» mi diceva la mamma «non preferiresti leggere un altro libro?». E invece io, quanto più lo conoscevo a fondo, tanto più lo rileggevo con piacere. Lei considerava questo un mio vizio infantile, e lo ricollegava ai primi libri che mi aveva regalato mio padre: alcuni di questi, pur conoscendoli a memoria, li avevo letti e riletti fino a quaranta volte. Cercò di togliermi questa cattiva abitudine descrivendomi in maniera molto attraente il contenuto di nuovi libri, e di Dickens per fortuna ce n'erano moltissimi. Il *David Copperfield*, che era il suo prediletto e che riteneva anche letterariamente il migliore, lo avrei avuto in dono per ultimo. Così facendo ingigantiva enormemente la mia voglia di possederlo e con quest'esca sperava di togliermi l'abitudine di rileggere continuamente gli stessi libri. Io ero lacerato fra l'amore per le cose che già conoscevo e la curiosità che lei in quel modo accendeva. «Non parliamone più,» diceva lei infastidita e guardandomi con un'aria indicibilmente annoiata «ne abbiamo già discusso abbastanza. Vuoi che continui a ripeterti sempre le stesse cose? Io non sono come te. Ci rimetteremo a parlare al prossimo libro!». Le nostre conversazioni continuavano a essere per me la cosa più importante e l'idea di non poter discutere con lei tutti i particolari di un libro meraviglioso mi riusciva insopportabile; d'altra parte capivo che lei non voleva dire più niente e che la mia cocciutaggine cominciava davvero ad annoiarla: così piano piano cedetti e mi limitai a leggere solo due volte ognuno dei volumi di Dickens. Provavo un vero dolore a dover mettere da parte definitivamente un libro di Dickens e magari essere costretto a riportarlo io stesso alla biblioteca circolante dalla quale lo avevo avuto in prestito. (Le nostre cose le avevamo lasciate tutte a Vienna, mobili e biblioteca erano stati depositati in un magazzino laggiù, così per le mie letture dipendevo quasi sempre dal «Circolo di lettura di Hottingen»). Ma l'allettamento delle conversazioni con la mamma sul nuovo Dickens era più forte, e dunque fu proprio mia madre, alla quale ero debitore per tutte quelle meraviglie, a spezzare la mia cocciutaggine, la qualità migliore che ho in queste cose.

Talvolta la mamma aveva paura delle passioni che accendeva in me e tentava di stornarmi su altri autori. Il suo più vistoso insuccesso in questo senso lo ottenne con Walter Scott. Forse non ci aveva messo sufficiente calore quando me ne aveva parlato per la prima volta, o forse, invece, è davvero uno scrittore così arido e uggioso come mi parve allora. Non solo non lo rilessi, ma dopo due o tre dei suoi romanzi mi rifiutai addirittura di prenderlo nuovamente in mano; il mio rifiuto fu violentissimo, tanto che lei si rallegrò molto di vedermi così deciso nei miei gusti e mi disse una cosa bellissima, la più bella che potessi sperare di sentirmi dire da lei: «Sei davvero mio figlio. Anch'io non l'ho mai potuto soffrire. Pensavo soltanto che, poiché ti appassioni tanto di storia...». «Storia!» esclamai indignato. «Ma quella non è storia! Sono soltanto degli stupidi cavalieri con le loro stupide armature!». E con questo ebbe fine il breve intermezzo scottiano, con soddisfazione di entrambi.

Per tutto ciò che riguardava la mia formazione intellettuale, la mamma teneva in poco conto gli interventi estranei; c'è da supporre tuttavia che una volta o l'altra avesse sentito qualcosa che le fece impressione. Forse glielo dissero a scuola, dove andava di tanto in tanto come gli altri genitori, forse fu turbata da qualcosa che udì in una delle molte conferenze che frequentava regolarmente. Fatto sta che un bel giorno dichiarò che dovevo sapere anche le cose che leggevano gli altri ragazzi della mia età, altrimenti di lì a poco non mi sarei più inteso con i miei compagni di scuola. Così decise di abbonarmi a «Der Gute Kamerad», e per quanto la cosa mi possa oggi sembrare inconcepibile, devo dire che a quell'epoca – la stessa in cui mi appassionavo a Dickens – non lo leggevo affatto malvolentieri. Di storie emozionanti ce n'erano parecchie, *L'oro di Sacramento*, per esempio, sul cercatore d'oro svizzero Sutter che va in California, ma la cosa che più mi avvinse fu un racconto su Seiano, il favorito dell'imperatore Tiberio. Fu questo il primo vero incontro con la tarda storia romana, e l'imperatore Tiberio, che detestai come simbolo del potere, rimise in moto un processo che era iniziato in me cinque anni prima, quando in Inghilterra avevo letto la storia di Napoleone.

Le letture della mamma non si limitavano al solo Strindberg, sebbene quello fosse l'autore che a quell'epoca l'affascinava di più. Un gruppo a sé era formato dai libri contro la guerra, pubblicati dalla casa editrice Rascher. *Uomini in guerra* di Latzko, *L'uomo è buono* di Leonhard Frank e *Il fuoco* di Barbusse erano i tre di cui mi parlava più spesso. Anche questi, come Strindberg, li aveva desiderati da noi in regalo. Il nostro solo stipendio, che era modestissimo, non sarebbe bastato di sicuro, anche se a questo scopo risparmiavamo quasi tutto. A me però la mamma dava in più ogni giorno qualche monetina per comprarmi a scuola un Krapfen dal bidello e fare la merenda delle dieci del mattino. La fame non mi mancava, naturalmente, ma era molto più emozionante risparmiare quei soldi fino a quando ne avevo abbastanza per andare a comprare un nuovo libro per la mamma. Per prima cosa andavo da Rascher per sentire il prezzo, ed era già un piacere entrare nella libreria sempre animatissima sul Limmatquai, vedere la gente che spesso domandava proprio i libri che noi avevamo in programma come prossimi regali, e naturalmente gettare un'occhiata a tutti quei libri che un giorno, in seguito, avrei letto. Non era tanto il fatto di sentirmi più grande e più responsabile in mezzo a tutti quegli adulti, quanto piuttosto la promessa di tante future letture, un patrimonio che non si sarebbe mai esaurito. Perché, ammesso che allora nutrissi una qualche preoccupazione per l'avvenire, essa riguardava esclusivamente la quantità di libri che esistevano al mondo. Che cosa sarebbe successo una volta che li avessi letti tutti? Certo, non c'era per me gioia più grande che leggere e rileggere più e più volte le cose che mi piacevano, ma di questa mia gioia faceva parte anche la certezza che di libri ne sarebbero poi venuti altri, molti altri. Una volta saputo il prezzo del regalo in programma, cominciavo a fare i miei conti: a quante merende dovevo ancora rinunciare per ottenere il denaro necessario? Si trattava sempre di un paio di mesi circa; così, poco per volta, arrivavo a mettere insieme la somma per il libro. La tentazione di fare per una volta come molti dei miei compagni, e cioè di comprarmi davvero un Krapfen e mangiarmelo davanti a tutti, perdeva quasi ogni consistenza se la paragonavo alla meta che mi ero prefisso. Al contrario, mi piaceva stare a guardare un amico mentre divorava il suo Krapfen e provavo una sorta di voluttà, non saprei come altro definirla, immaginando la sorpresa della mamma quando le avremmo consegnato il libro in regalo.

Lei si meravigliava sempre, nonostante il ripetersi della cosa. D'altro canto non sapeva mai quale libro le avremmo regalato. Ma quando mi dava l'incarico di andare alla biblioteca circolante di Hottingen a prenderle un certo libro, dal momento che tutti ne parlavano ed era molto richiesto, e poi ripeteva quel desiderio e si faceva impaziente, allora io sapevo che quello doveva essere il nuovo regalo e me lo ponevo come prossimo obiettivo della mia 'politica'. Di ciò faceva parte anche una prolungata messa in scena. Andavo al «Circolo di lettura» a domandare il libro che la mamma desiderava, tornavo a casa con aria disillusa e dicevo: «Il Latzko è di nuovo fuori!». La delusione aumentava quanto più si avvicinava il giorno della sorpresa, e il giorno immediatamente precedente poteva capitare che io mi mettessi a pestare i piedi infuriato, proponendole di abbandonare il circolo di lettura di Hottingen in segno di protesta. «Non servirebbe a nulla,» rispondeva lei pensierosa «sarebbe davvero la volta che resteremmo del tutto senza libri». Il giorno dopo aveva in mano il suo Laztko nuovo fiammante; come dunque avrebbe potuto non essere sorpresa! Io per la verità dovevo promettere solennemente che mai più avrei fatto una cosa simile e che da quel giorno avrei mangiato il mio Krapfen tutte le mattine; tuttavia lei non minacciò mai di confiscare la sommetta destinata a quello scopo. Forse tutto ciò faceva parte della sua politica per la formazione del mio carattere e forse il libro le faceva particolarmente piacere proprio perché era il frutto di una piccola rinuncia quotidiana. Mia madre era una persona che mangiava con gran piacere e aveva sviluppatissimo il gusto per i cibi raffinati. Infatti non si peritava, durante i nostri pasti frugali, di parlare delle buone cose di cui sentiva la mancanza, e della sua decisione di abituarci a un cibo semplice e modesto era l'unica a soffrire veramente.

Furono certo libri di questo tipo che portarono a una specie di politicizzazione dei suoi interessi intellettuali. Fu perseguitata per un pezzo dal *Fuoco* di Barbusse. Me ne parlava più di quanto lei stessa ritenesse opportuno. Io l'assillavo continuamente con la richiesta di lasciarmelo leggere, ma lei fu irremovibile, in compenso però mi disse tutto, sia pure in forma un po' mitigata. Ma era una donna che andava per conto suo, così non si unì a nessun gruppo di pacifisti. Ascoltò una conferenza di Leonhard Ragaz e tornò a casa talmente emozionata che entrambi restammo alzati a discutere gran parte della notte che seguì. Tuttavia la sua timidezza per quanto riguardava la sua persona di fronte ad ogni manifestazione pubblica rimase invincibile. Era così, diceva, perché viveva solo per noi tre, e dato che in quel mondo di maschi che è la guerra non c'è mai nessuno che dia retta a una donna, le cose che pensava e desiderava non si sentiva di metterle in atto; in compenso però le avremmo fatte noi figli per lei, una volta adulti, ciascuno nella forma più adeguata al proprio temperamento e alla propria natura.

In quell'epoca a Zurigo si raccoglievano persone ed esperienze di vario genere, e mia madre seguiva con interesse ogni novità di cui veniva a conoscenza, non solo le iniziative contro la guerra. Non aveva nessuno che la consigliasse, intellettualmente era proprio sola, di tutti i conoscenti che venivano ogni tanto a trovarci lei era di gran lunga la più aperta e intelligente, e ancora oggi rimango stupefatto quando penso alle moltissime cose che fece di sua iniziativa. Anche quando qualcosa veniva incontro alla sua più forte convinzione, manteneva sempre un giudizio lucido e personale. Ricordo con quanto disprezzo liquidò il *Geremia* di Stefan Zweig: «Carta! Discorsi vuoti e insulsi! Si vede che non ha provato nulla di persona. Farebbe meglio a leggersi il Barbusse, invece di scrivere questa robaccia!». Aveva un'enorme considerazione per la vera *esperienza*. Non essendo mai stata in trincea, si sarebbe vergognata di aprir bocca davanti agli altri sulla realtà effettiva della guerra e arrivava a dire che meglio sarebbe stato che anche le donne fossero costrette a fare la guerra, perché poi avrebbero potuto seriamente lottare contro di essa. Io penso che questo stesso ritegno la trattenesse dal cercare persone che condividevano i suoi sentimenti quando si trattava di avvicinarsi alle cose concrete. Le chiacchiere, dette o scritte, le aborriva, e quando io osavo dire qualcosa in maniera imprecisa, mi tappava la bocca senza pietà.

In quel periodo, in cui io stesso cominciai a pensare per conto mio, ho ammirato mia madre incondizionatamente. La mettevo a confronto con i miei professori della scuola cantonale, di cui ve n'era più d'uno che stimavo molto, o veneravo addirittura. Solo Eugen Müller aveva il suo fuoco, unito alla sua serietà, solo lui quando parlava aveva come lei gli occhi spalancati e fissava l'oggetto che lo affascinava senza lasciarsi distrarre. Io le raccontavo tutto ciò che apprendevo dalle lezioni di Müller e lei ne era conquistata, perché i greci li conosceva soltanto dai drammi classici. Da me imparava la storia greca e non si vergognava di fare domande. Per una volta le parti si erano invertite, lei non leggeva per conto suo libri di storia perché trattavano tanto di guerra. Poteva succedere però che appena seduti a pranzo mi facesse qualche domanda su Solone o Temistocle. Solone le piaceva in modo speciale perché non si era mai messo dalla parte dei tiranni e si era ritratto di fronte al potere. Si meravigliava che non fosse mai stato scritto un dramma su di lui, non ne conosceva nessuno che gli fosse dedicato. Ma trovava ingiusto che nella storia greca non si parlasse mai delle madri di simili personaggi. E senza alcun pudore dichiarava che il suo modello era la madre dei Gracchi.

Mi riesce difficile non enumerare ora tutto ciò che a quell'epoca le occupava la mente. Perché tutte quelle cose si trasmisero in parte anche a me. Solo a me poteva raccontarle in tutti i particolari. Io soltanto prendevo sul serio i suoi severi giudizi, perché sapevo da quale slancio nascessero. Condannava molte cose, ma mai senza diffondersi in spiegazioni sul perché della propria contrarietà e senza motivare i suoi giudizi con passione, ma anche con argomenti convincenti. Il tempo delle letture a due era finito, i drammi e i grandi interpreti non erano più il nucleo essenziale del mondo, ad esso era subentrato ora un altro «dominio», diverso e non certo inferiore: le cose inaudite e tremende che succedevano intorno a noi, i loro effetti, le loro radici. La mamma era diffidente per natura, e in Strindberg, che considerava il più intelligente di tutti gli uomini, trovava una giustificazione alla propria diffidenza, una caratteristica che ormai le era diventata consueta e della quale non avrebbe più potuto fare a meno. Qualche volta andava oltre il segno e le cose che mi disse divennero la fonte della mia personale, se pur fresca diffidenza. Poi se ne spaventava e, per ristabilire l'equilibrio, mi raccontava qualche fatto che aveva suscitato la sua particolare ammirazione: il più delle volte si trattava di imprese collegate a difficoltà inverosimili, ma la generosità vi giocava comunque un ruolo rilevante. Quando faceva questi suoi tentativi di riequilibrare la situazione me la sentivo più vicina che mai. Lei pensava che io non capissi il motivo di quel mutamento di tono. Ma io già le assomigliavo un poco e mi esercitavo a capire. Con apparente ingenuità prendevo sul serio la sua 'nobile' storia, che mi piaceva sempre. Ma in verità sapevo benissimo le ragioni che l'avevano spinta a far cadere il discorso su quel tema proprio in quel momento, e tale consapevolezza la tenevo per me. Così entrambi nascondevamo qualcosa, e poiché in realtà si trattava della stessa cosa, ciascuno aveva di fronte all'altro lo stesso segreto. Non c'è da meravigliarsi che i momenti in cui l'amavo di più fossero quelli in cui, stando *zitto*, mi sentivo alla sua altezza. Lei era sicura di esser riuscita a non far trapelare davanti a me la sua diffidenza, e io percepivo l'una e l'altra cosa: la sua spietata lucidità e la sua magnanimità. Allora non sapevo ancora che cosa è la *vastità*, eppure lo *intuivo*: il poter contenere in sé moltissime cose, anche tra loro contraddittorie, sapere che tutto ciò che sembra inconciliabile sussiste tuttavia in un suo ambito, e questo sentirlo senza perdersi nella paura, e anzi sapendo che bisogna chiamarlo col suo nome e meditarci sopra: ecco la cosa che proprio da mia madre ho imparato, ed è la vera gloria della natura umana.

Ipnosi e gelosia
I feriti di guerra

Andava spesso ai concerti, la musica era rimasta per lei una cosa importante, anche se dalla morte di mio padre raramente toccava il pianoforte. Forse erano anche cresciute le sue esigenze da quando aveva più occasioni di ascoltare alcuni grandi pianisti che a quell'epoca vivevano a Zurigo. Non perdeva mai un concerto di Busoni, e il fatto ch'egli abitasse vicino a noi la turbava un poco. Non mi volle credere subito quando le raccontai dei miei incontri con lui e si persuase che erano veri soltanto quando ne ebbe conferma da altre persone, e allora mi proibì di chiamare Busoni «Dschoddo-vieni-dal-papà» come facevano gli altri ragazzini del quartiere. Mi promise che una volta mi avrebbe portato a uno dei suoi concerti, ma soltanto alla condizione che mai più io lo chiamassi in quel modo. Era il più grande maestro che lei avesse ascoltato in vita sua ed era uno scandalo che tutti gli altri si definissero «pianisti» come lui. Andava anche regolarmente alle serate del Quartetto Schaichet, che aveva preso il nome del suo primo violino, e ogni volta tornava a casa in uno stato di inspiegabile eccitazione, che compresi solo più tardi, quando una volta mi disse con voce irata: «Ecco, papà avrebbe voluto essere un violinista così, il suo sogno era di diventare bravo abbastanza per suonare in un quartetto». E perché non suonare come solista? gli aveva allora domandato lei. Ma lui, scuotendo la testa, aveva risposto che tanto bravo da suonare come solista non sarebbe diventato mai, conosceva i limiti del proprio talento, fino al quartetto ci sarebbe forse arrivato, o magari anche a primo violino di un'orchestra, se soltanto suo padre non gli avesse così presto impedito di studiare. «Il nonno è stato un vero tiranno, un despota, gli strappava il violino dalle mani e lo picchiava quando lo sentiva suonare. Una volta per punizione incaricò il fratello più grande di legarlo in cantina per tutta la notte». Si era lasciata andare e poi, per mitigare l'effetto che la sua ira poteva aver suscitato in me, aggiunse con tristezza: «E pensare che papà era così modesto». Alla fine si avvide della mia confusione – perché mai era modesto quando il nonno lo picchiava? – e anziché spiegarmi che la modestia di mio padre consisteva nel non osare neppure concepire di poter diventare qualcosa di più di primo violino in un'orchestra, esclamò con tono sfottente: «Ma tu, si vede, hai preso piuttosto da me!». Non mi piaceva sentirle dire queste cose, non potevo soffrire che parlasse della mancanza di ambizione di mio padre come se fosse stato un brav'uomo solo perché era privo di ambizione.

Dopo aver ascoltato la *Passione secondo Matteo* tornò a casa in uno stato che mi rimase profondamente impresso, non foss'altro perché per parecchi giorni non riuscì ad avere una normale conversazione con me. Per un'intera settimana non fu neppure in grado di leggere. Apriva il libro, ma non riusciva a fissare lo sguardo sulle frasi, invece delle parole udiva la voce di contralto di Ilona Durigo. Una notte venne in camera mia con gli occhi pieni di lacrime e mi disse: «Adesso è finita con i libri, non riuscirò più a leggere». Cercai di consolarla, le proposi di sedermi accanto a lei mentre leggeva, così non avrebbe più sentito quella voce. Questa cosa le succedeva soltanto perché era sola, se io mi sedevo dall'altra parte del tavolo potevo sempre dirle di tanto in tanto una parola e allora le voci si sarebbero dileguate. «Ma io *voglio* sentirla, non capisci, non voglio udire altro, mai più!». Pronunciò queste parole con tale slancio e passione che ne fui spaventato. Ma ero anche pieno di ammirazione e ammutolii. Durante i giorni che seguirono la guardavo talvolta con aria interrogativa, lei comprendeva le mie occhiate e diceva, con un misto di felicità e di disperazione: «La sento ancora».

Io vegliavo su di lei come lei su di me, e quando si è così vicini a una persona si acquista una sensibilità infallibile per tutte le emozioni che si accordano con il suo stato d'animo. Per quanto fossi soggiogato dall'intensità delle sue passioni, mai le avrei lasciato passare un tono falso. Non la presunzione, bensì la confidenza mi dava il diritto di vigilare, e senza farmi scrupoli le piombavo addosso quando sentivo nell'aria qualcosa di strano e inconsueto da cui si lasciava influenzare. Per un certo periodo andò alle conferenze di Rudolf Steiner. Ciò che ne raccontava non le rassomigliava per nulla, non era lei che parlava, era come se all'improvviso parlasse una lingua straniera. Io non sapevo chi la spingesse ad andare a quelle conferenze, non lo faceva certo di testa sua, e quando un giorno si lasciò sfuggire l'osservazione che Rudolf Steiner aveva in sé qualcosa di *ipnotico*, cominciai a tempestarla di domande. Dal momento che di lui non sapevo assolutamente nulla, potevo farmene un'idea soltanto da ciò che lei mi raccontava e ben presto compresi che Steiner l'aveva conquistata con le sue frequenti citazioni di Goethe.

Le domandai se questo le tornava nuovo, ero certo che per lei erano cose già note, diceva sempre di aver letto tutto di Goethe. «Sai, nessuno può dire di averlo letto *veramente* tutto,» ammise piuttosto imbarazzata «e io di quelle cose non ricordo più niente». Pareva molto esitante, io sapevo per esperienza che lei dei suoi poeti conosceva ogni sillaba, talvolta attaccava gli altri con violenza proprio perché non conoscevano abbastanza un certo autore, e li chiamava «chiacchieroni» e «confusionari» perché facevano dei grandi pasticci ed erano troppo pigri per andare veramente a fondo di qualcosa. Non mi considerai soddisfatto della sua risposta e domandai ancora se le avrebbe fatto piacere che anch'io credessi a quelle cose. Noi due non potevamo certo credere a cose *differenti*, e se lei dopo alcune conferenze di Steiner voleva aderire alle sue concezioni perché lui era così ipnotico, anch'io, in tal caso, per evitare che qualcosa ci dividesse, mi sarei visto costretto a credere a ogni cosa che lei mi avesse raccontato. Questa prospettiva deve esserle sembrata una minaccia, mentre forse era soltanto un trucco: ero io che volevo sapere fino a qual punto si era impossessata di lei questa nuova forza che mi era completamente sconosciuta, una forza della quale non avevo mai sentito né letto nulla e che ora ci piombava addosso all'improvviso: avevo la sensazione che avrebbe mutato ogni cosa nel rapporto tra noi. Ciò che temevo di più era che potesse esserle indifferente ch'io aderissi o meno a quelle idee, avrebbe significato che ormai non le importava più molto quello che poteva succedermi. Ma a tanto non eravamo arrivati, di una mia «partecipazione» non volle saperne, e anzi mi disse con una certa foga: «Sei troppo giovane per queste

cose. Non è roba per te. Non ci devi credere. Non ti racconterò mai più nulla di tutto questo». Io avevo giusto risparmiato un po' di denaro per comprarle un nuovo libro di Strindberg. Con subitanea decisione cambiai programma e le comprai un libro di Rudolf Steiner. Glielo
offrii con un gesto solenne e una frase ipocrita: «Tu ti interessi di queste cose ma non riesci a fissarti in mente
ogni parola. Dici che non è facile da capire, che bisogna
studiarlo a fondo. Ora puoi leggertelo in pace e così
quando andrai alle conferenze ti sentirai più preparata».

La cosa non le andò affatto a genio. Perché mai lo a-
vevo comprato, continuava a domandarmi. Non sapeva
neppure se quel libro lo voleva tenere. Forse non andava
bene per lei. Non aveva mai letto nulla di Steiner. Un libro lo si può comprare soltanto quando si è veramente sicuri di volerlo conservare. Temeva che ora io lo volessi
leggere e che da quelle letture potessi essere spinto troppo presto – così disse – in una determinata direzione.
Sentiva una profonda avversione per tutto ciò che non
nasceva da un'esperienza intima e personale, diffidava
delle conversioni troppo rapide e, ironizzando su coloro
che si lasciavano convertire troppo facilmente, diceva
spesso: «Anche quello è una banderuola, una foglia al
vento». La metteva in imbarazzo aver usato la parola
«ipnosi» e dichiarò di non aver inteso parlare di sé, l'aveva soltanto colpita che alle conferenze di Steiner gli altri
ascoltatori dessero l'impressione di essere sotto ipnosi.
Forse era meglio rimandare ogni discussione a più tardi,
quando anch'io fossi stato più maturo e più in grado di
comprendere quelle cose. In fondo anche per lei erano
più importanti gli argomenti di cui potevamo parlare insieme senza deformazioni e distorsioni, e senza fingere
qualcosa che non faceva veramente già parte di noi. Non
era la prima volta che lei si dimostrava conciliante di
fronte alla mia gelosia. Ora, comunque, non aveva più
tempo di andare a quelle conferenze, così disse, l'orario
era scomodo e per di più finiva per perdere altre cose che
comprendeva meglio. Fu così che per me la mamma sa-
crificò Rudolf Steiner e non lo nominò mai più. Io non
avvertii l'indegnità di questa vittoria su uno spirito di cui
non avevo confutato una sola frase, perché di frasi sue
non ne conoscevo nemmeno una. Avevo solo impedito al
pensiero di costui di prender piede nella mente di lei,

perché sentivo che non aveva nulla a che vedere con ciò che per noi era importante. Il mio unico scopo era spingerlo lontano da mia madre.

Ma che dire di questa gelosia? Non posso né apprezzarla né condannarla, posso solo constatarla. Essa divenne così presto parte della mia natura che non parlarne sarebbe una falsificazione. Sempre la gelosia si è manifestata, ogni volta che qualcuno è diventato importante per me, e solo pochi fra questi non ne hanno sofferto. Nel rapporto con mia madre la mia gelosia ha assunto forme ricche e molteplici, permettendomi di lottare per qualcosa che mi era superiore sotto ogni aspetto, che aveva più forza, più esperienza, più conoscenza, ed era anche più disinteressato. Non mi resi neppure conto di quanto egoistica fosse quella mia lotta, e se qualcuno allora mi avesse detto che in quel modo rendevo infelice mia madre, ne sarei rimasto grandemente stupito. Era lei che mi dava quel diritto, che mi includeva nell'intimo della sua solitudine, perché non aveva nessuno che fosse alla sua altezza. Se avesse frequentato un uomo come Busoni, per me sarebbe stata la fine. Io ero così legato a mia madre perché lei mi si presentava per intero, tutti i pensieri importanti che le occupavano la mente li divideva con me, e se per via della mia giovane età mi nascondeva alcune cose, solo in apparenza ciò era dovuto alla sua riservatezza. Mi teneva ostinatamente lontano da tutto ciò che era erotico, il tabù che aveva posto sull'argomento quel giorno, sul balcone del nostro appartamento viennese, continuava ad agire su di me con grandissima efficacia, come se a imporlo fosse stato Dio stesso sul monte Sinai. Io non facevo domande, erano cose a cui non pensavo mai, e mentre lei con fervore e intelligenza mi colmava di tutto ciò che anima e riempie il mondo, quell'unica cosa mi rimaneva negata, perché avrebbe potuto turbarmi. Poiché non sapevo che gli esseri umani hanno un grandissimo bisogno di questo tipo di amore, non potevo neppure intuire ciò che a lei mancava. Mia madre aveva allora trentadue anni e viveva sola, ma questo mi appariva naturale come la mia stessa vita. Certo, talvolta, quando era adirata con noi, quando la deludevamo e la irritavamo, diceva che sacrificava la sua esistenza per noi e se non avessimo meritato il suo sacrificio ci avrebbe messo nelle mani energiche di un uomo che ci avrebbe insegnato a rigar dritto. Ma io non capivo, non potevo capire che lei in quei momenti pensava alla sua solitudine di donna. Per me il suo sacrificio consisteva nel fatto che ci dedicava molte ore del suo tempo, mentre invece avrebbe preferito *leggere* in continuazione.

Per questo tabù, che nella vita di altre persone ha spesso provocato reazioni contrarie pericolosissime, le sono grato ancora oggi. Non posso dire che ciò mi abbia conservato l'innocenza, perché nella mia gelosia tutto ero fuorché innocente. Ma serbò in me freschezza e ingenuità per tutto ciò che desideravo conoscere. Imparai in tutte le forme e i modi possibili, senza mai sentire l'apprendimento come sforzo o imposizione, perché non c'era nulla al mondo che mi affascinasse di più o di cui più volentieri mi occupassi in segreto. Qualunque cosa mi venisse presentata metteva in me radici profonde, c'era posto per tutto, mai ebbi la sensazione che qualcosa mi fosse tenuto nascosto, al contrario, mi pareva che tutto mi venisse offerto in abbondanza, non avevo che da cogliere a piene mani. Non appena avevo assimilato una cosa, questa stabiliva nessi e alleanze con altre cose, e poi continuava a crescere, creando la propria atmosfera e reclamando nuovi elementi. In ciò consisteva appunto la freschezza, che tutte le cose assumevano una certa forma, non limitandosi mai a sommarsi le une alle altre. L'ingenuità era forse che tutto rimaneva presente, che il sonno era assente.

Un secondo atto di bontà e generosità di mia madre in quegli anni di vita in comune a Zurigo ebbe conseguenze ancora più importanti: mi risparmiò ogni *calcolo*. Mai la udii affermare che qualcosa si facesse o si dovesse fare per ragioni pratiche. Non si faceva nulla perché poteva tornare «utile» in seguito. Tutte le cose che riuscivo ad assimilare erano ugualmente legittime. Mi muovevo contemporaneamente su cento diversi itinerari, senza mai sentirmi dire che questo o quello poteva essere più comodo, più vantaggioso, più redditizio. L'importante erano le cose stesse, non la loro utilità. Bisognava essere precisi e scrupolosi e saper sostenere le proprie opinioni senza imbrogliare il prossimo, ma questo scrupolo riguardava la cosa stessa e non una qualsiasi utilità che la persona avrebbe potuto trarne. Non si parlava mai di ciò che si sarebbe fatto un giorno. La professione era talmente distaccata e lontana che tutte le strade, tutte le professioni restavano aperte. Il successo non significava farsi avanti per se stessi, il successo o era vantaggioso per tutti o non poteva dirsi tale. È ancora un mistero per me come una donna dell'estrazione sociale di mia madre, che mai rinnegò l'orgoglio per la sua famiglia e per il grande rispetto di cui essa godeva nel mondo commerciale, è un mistero come una donna così abbia potuto attingere a tanta libertà, apertura e sovrano disinteresse. Posso soltanto ascrivere alle emozioni profonde suscitate in lei dalla guerra, alla grande partecipazione e comprensione per tutti coloro che vi avevano perduto le persone più care, il fatto che mia madre d'un tratto si lasciò alle spalle i limiti e le angustie del suo mondo per diventare la magnanimità stessa in tutto ciò che pensava, sentiva e soffriva, una magnanimità che però non le impediva di ammirare sopra ogni altra cosa la trasparenza dei processi intellettuali di ogni individuo.

Una sola volta mi apparve costernata e incapace di controllarsi, è il ricordo più muto e segreto che ho di lei, l'unica volta in cui la vidi piangere per strada, di norma era talmente padrona di sé e delle sue emozioni che mai si lasciava andare in pubblico. Passeggiavamo lungo il Limmatquai, io volevo mostrarle qualcosa nelle vetrine di Rascher. In quel momento ci venne incontro un gruppo di ufficiali francesi nelle loro vistose uniformi. Alcuni di essi faticavano a camminare e gli altri si adeguavano al loro passo claudicante; noi ci fermammo per lasciarli lentamente passare. «Sono feriti di guerra,» disse la mamma «sono in Svizzera per la convalescenza. Vengono scambiati con prigionieri tedeschi». E già dalla parte opposta arrivava un gruppo di tedeschi, anche fra loro ce n'erano alcuni con le stampelle, e gli altri camminavano più lentamente per tenersi a quel passo. Ricordo ancora lo spavento che mi passò per le vene: che cosa accadrà adesso, si aggrediranno a vicenda? In quello smarrimento non ci scostammo tempestivamente e d'un tratto ci trovammo chiusi nel mezzo fra i due gruppi che volevano passare oltre. Eravamo sotto i portici, spazio ce n'era abbastanza, ma ora li vedevamo in volto proprio da vicino, mentre si incrociavano. Contrariamente a quel che mi aspettavo, nessuno di quei volti era contratto dall'odio o dalla collera. Si guardarono in faccia tranquilli e cortesi, come se

niente fosse, alcuni portarono la mano al berretto in segno di saluto. Camminavano molto più lentamente del-
l'altra gente ch'era per la strada e ci volle parecchio tempo – un'eternità, mi parve – prima che tutti fossero passati. Uno dei francesi si voltò indietro ancora una volta,
sollevò in aria la stampella e gridò «Salut!» ai tedeschi
che intanto erano passati oltre. Un tedesco lo sentì e subito lo imitò, anche lui aveva la stampella che agitò in aria
restituendo il saluto in francese: «Salut!». Si potrebbe
pensare che le stampelle si fossero levate in alto in un gesto di *minaccia*, ma non era affatto così, quei soldati si mostravano l'un l'altro, per un ultimo saluto, ciò che gli era
rimasto in comune: le stampelle. La mamma era salita sul
marciapiede e se ne stava dritta davanti alla vetrina vol-
gendomi le spalle. Vedendo che tremava, mi avvicinai e la
guardai cautamente di sbieco: piangeva. Ci mettemmo in
posa come se fossimo intenti a guardare la vetrina, io non
dissi niente, neanche una parola, e quando lei si fu ripre-
sa ci avviammo verso casa in assoluto silenzio; anche in seguito di questo incontro non parlammo mai.

Celebrazione di Gottfried Keller

Diventai amico di Walter Wreschner, un ragazzo di
una classe parallela alla mia, e la nostra fu un'amicizia letteraria. Walter era il figlio di un professore di psicologia
di Breslavia. Si esprimeva sempre in un linguaggio 'colto'
e non mi parlava mai in dialetto. La nostra amicizia si sviluppò con molta naturalezza, parlavamo di libri. Ma tra
noi c'era una differenza abissale, il suo interesse era rivolto all'autore più moderno, quello di cui allora tutti
parlavano: Frank Wedekind.

Wedekind veniva talvolta a Zurigo, dove presentava allo Schauspielhaus il suo *Spirito della terra*. Era un autore
violentemente discusso, si formarono addirittura due fa-
zioni, una pro e una contro di lui. Quelli che gli erano
contrari erano più numerosi, quelli favorevoli più interessanti. Io non sapevo nulla di lui per esperienza personale, e il racconto della mamma che lo aveva visto allo
Schauspielhaus era bensì colorito (mi aveva descritto nei
particolari il suo ingresso in scena con la frusta), ma il

giudizio che ne dava non era per niente sicuro. Lei aveva sperato di trovare in Wedekind qualcosa che assomigliasse a Strindberg e, pur senza negare del tutto la parentela tra i due, pensava che Wedekind avesse qualcosa del predicatore ma anche del giornalista scandalistico, era uno che voleva sempre far baccano e farsi notare, non gli importava in che modo, purché lo si notasse e si parlasse di lui. Strindberg invece rimane severo e superiore benché arrivi al fondo di tutto. *Lui*, Strindberg, aveva qualcosa del medico – ma non era un medico che voleva guarire gli uomini e neppure era interessato ai loro corpi. Ciò che lei intendeva lo avrei capito più tardi, quando fossi stato in età di leggerlo. Di Wedekind mi feci comunque un'immagine quanto mai inadeguata, e siccome non volevo precipitare le cose ed ero un ragazzo pazientissimo, purché ad ammonirmi fosse la persona giusta, non mi sentivo ancora attratto da lui.

Wreschner al contrario parlava continuamente di Wedekind, aveva persino scritto un dramma nel suo stile che mi diede da leggere. Sulla scena si sparacchiava di qua e di là, all'improvviso, senza motivo, io almeno non capivo perché. La cosa mi era lontanissima, più che se si fosse svolta sulla luna. In quel periodo cercavo in tutte le librerie il *David Copperfield* che avrei avuto in dono a coronamento di un anno e mezzo di entusiasmo per Dickens. Wreschner mi accompagnava mentre giravo per le librerie, ma il *David Copperfield* non lo trovavamo da nessuna parte. Wreschner, che non aveva il minimo interesse per una lettura così antiquata, mi prendeva in giro e diceva che era un cattivo segno che il «Davidl Copperfield», come lui lo chiamava in tono spregiativo, non si trovasse, significava che nessuno più lo voleva leggere. «Sei rimasto proprio l'unico» aggiungeva in tono ironico.

Finalmente trovai il libro, ma in tedesco, nell'edizione Reclam, e allora dissi a Wreschner quanto mi pareva stupido Wedekind (che conoscevo soltanto dalla sua imitazione).

Questa tensione tra noi non aveva però nulla di spiacevole, Wreschner mi ascoltava con attenzione quando parlavo dei miei libri, e anche della storia del Copperfield gli raccontai tutto; in compenso da lui venivo a sapere le cose più stravaganti che succedevano nei drammi di Wedekind. Non lo disturbava affatto che io gli repli-

cassi continuamente: «Ma non è vero, non è possibile!».
Al contrario, si divertiva a sbalordirmi. Oggi mi sembra
veramente strano, ma non ricordo più niente di quello
che allora egli mi disse suscitando in me tanto stupore.
Sono cose che mi scivolarono via, come se non fossero
mai esistite; non c'era nulla in me che trovasse in esse
una qualche rispondenza, per questo mi sono fatto l'idea
che fossero delle grandi sciocchezze.

Venne però un momento in cui ci coalizzammo insieme nella nostra boria, e noi, un partito di due, scendemmo in lotta contro una massa intera. Nel giugno 1919 si
tennero le celebrazioni per il centenario di Gottfried
Keller. Per l'occasione tutti gli alunni della nostra scuola
dovevano radunarsi nella Predigerkirche. Wreschner ed
io scendemmo insieme dalla Rämistrasse fino alla Predigerkirche. Non avevamo mai sentito nulla di Gottfried
Keller, tutto quello che sapevamo era che si trattava di un
poeta zurighese nato cent'anni addietro. Ci meravigliam-
mo che la cerimonia della celebrazione si tenesse in una
chiesa, era la prima volta che succedeva una cosa simile.
A casa avevo inutilmente domandato chi fosse costui: la
mamma non conosceva nemmeno il titolo di una sola delle sue opere. Anche Wreschner non era riuscito a sapere nulla di lui e disse soltanto: «È uno svizzero e basta».
Eravamo di buon umore perché ci sentivamo esclusi, a
noi, infatti, interessava soltanto la letteratura del grande
mondo, a me quella inglese, a lui quella tedesca più recente. Durante la guerra eravamo stati in un certo senso
nemici, io giuravo sui quattordici Punti di Wilson, e lui si
augurava una vittoria della Germania. Ma dopo la sconfitta degli Imperi Centrali mi allontanai dai vincitori, fin
d'allora provai una certa antipatia per i vincitori, e quando vidi che i tedeschi non venivano trattati come Wilson
aveva promesso, passai subito dalla loro parte.

Così ora a dividerci c'era in realtà soltanto Wedekind,
ed io, pur non capendo nulla di lui, non misi in dubbio
neppure per un attimo la sua fama. La Predigerkirche era
piena zeppa di gente, e l'atmosfera che vi regnava era
molto solenne. Ci fu prima la musica e poi un grande discorso. Ora non ricordo più chi tenesse quel discorso ce-
lebrativo, fu certamente uno dei professori della nostra
scuola, ma non uno della nostra classe. So soltanto che
sviluppando il suo tema insistette moltissimo sull'impor-

tanza di Gottfried Keller. Wreschner ed io ci scambiavamo furtivamente delle occhiate ironiche. Credevamo di sapere che cos'è un vero poeta ed eravamo sicuri che se di uno non sapevamo niente, costui non poteva certo esserlo. Ma quando l'oratore prese a collocare questo Keller sempre più in alto, e cominciò a parlare di lui come io ero abituato a sentir parlare di Shakespeare, Goethe, Victor Hugo, Dickens, Tolstoj o Strindberg, fui assalito da un senso di sgomento e di orrore che quasi non riesco più a descrivere, come se venisse dissacrata la cosa più alta che c'è nel mondo, la fama dei grandi poeti. Fui colto da una tale ira che avrei avuto voglia di gridare qualche parolaccia nel bel mezzo del discorso. Mi pareva di toccare con mano intorno a me la reverenza della folla, e pensai che forse era dovuta al fatto che la cerimonia si svolgeva in una chiesa; nel contempo, infatti, mi rendevo conto perfettamente che a questo Keller moltissimi miei compagni erano del tutto indifferenti; non foss'altro perché a loro gli autori, soprattutto quelli che si dovevano studiare a scuola, davano se mai un gran fastidio. La reverenza si esprimeva nel fatto che tutti se ne stavano lì impalati in silenzio a sorbirsi il discorso dell'oratore fino all'ultima sillaba, nessuno fiatava, io stesso ero troppo confuso o troppo beneducato per disturbare una cerimonia in chiesa; così mandai giù la mia rabbia, che si trasformò in un giuramento non meno solenne dell'occasione che l'aveva provocato. Eravamo appena usciti dalla chiesa quando, rivolgendomi a Wreschner, che avrebbe preferito continuare con le sue solite battute ironiche, gli dissi con tremenda serietà: «Dobbiamo giurare, dobbiamo giurare tutti e due che non accetteremo mai di diventare delle celebrità locali!». Lui capì che non stavo scherzando e giurò con me, ma non so se lo fece veramente con tutto il cuore, perché Dickens, ch'egli aveva letto tanto poco quanto io Keller, lui lo riteneva la *mia* celebrità locale.

Può darsi benissimo che quel discorso fosse davvero pieno di belle frasi pompose, poiché per esse avevo fin da piccolo un notevole fiuto, ma ciò che mi ferì profondamente nel mio ingenuo modo di pensare erano tutte quelle pretese di grandezza per uno scrittore che mia madre non aveva mai letto. Il mio resoconto di quella cerimonia la mise comunque in sospetto, tanto che alla fine mi disse: «Non so, bisognerà che mi decida a leggere qualcosa di lui». Quando andai la volta seguente al circolo di lettura di Hottingen, domandai, ancora con una certa ritrosia, *Die Leute von Seldwyla* [*La gente di Seldwyla*], ma storpiai il titolo in *Die Feldleute von Seldwyla* [*I campagnoli di Seldwyla*]. La signorina allo sportello sorrise, un signore che pure era venuto al circolo per prendere qualcosa in prestito mi corresse come se fossi un analfabeta, e poco ci mancò che mi chiedesse: «Sai già leggere?». Io mi vergognai moltissimo e, per quanto riguarda Keller, da quel giorno in poi mi comportai con maggiore cautela. Tuttavia non immaginavo ancora neppure lontanamente con quale delizia avrei letto un giorno *Enrico il Verde*, e quando poi, ritornato a Vienna a studiare, m'innamorai perdutamente di Gogol', mi parve che in tutta la letteratura tedesca, per quanto allora la conoscevo, ci fosse un'unica storia paragonabile alle sue: *I tre pettinai amanti della giustizia*.[1] Se avessi la fortuna di essere ancora in vita nel 2019 e mi fosse concesso l'onore di tenere nella Predigerkirche un discorso per la celebrazione del bicentenario di Gottfried Keller, troverei per lui ben altri elogi, tali da vincere persino la boria ignorante di un ragazzo quattordicenne.

Vienna in angustie
Lo schiavo di Milano

Per due anni la mamma resistette a fare quella vita insieme a noi e a me pareva felice perché io lo ero. Non immaginavo che quel tipo di esistenza le riuscisse difficile e che le mancasse qualcosa. E invece si ripeté ciò che era già accaduto a Vienna: dopo essersi dedicata completamente a noi per due anni le sue forze cominciarono a cedere. Qualcosa in lei prese a sgretolarsi senza che io me ne rendessi conto. L'infelicità si manifestò nuovamente sotto forma di malattia. Poiché si trattava della malattia che imperversò allora in tutto il mondo, la famosa epidemia di influenza dell'inverno 1918-1919, e poiché l'avevamo già presa tutti e tre, così come tutte le persone che co-

---

1. Racconto contenuto nella raccolta *Die Leute von Seldwyla* [*N.d.T.*].

noscevamo, compagni di scuola, insegnanti e amici, non trovammo niente di straordinario nel fatto che anche la mamma si ammalasse. Forse le mancarono le cure adatte, forse si alzò troppo presto: fatto sta che improvvisamente si manifestarono delle complicazioni e fu colpita da una trombosi. Fu necessario il ricovero in ospedale, dove rimase alcune settimane, e quando tornò a casa non era più quella di prima. Doveva stare molte ore in riposo ed evitare qualsiasi fatica, badare all'andamento della casa era troppo gravoso per lei e nel nostro piccolo appartamento si sentiva soffocare.

Di notte non si metteva più in ginocchio sulla sua sedia con la testa appoggiata sul pugno chiuso, non toccava neppure la pila dei libri dalla copertina gialla che io le preparavo come in passato. Strindberg era caduto in disgrazia. «Sono troppo inquieta,» diceva «mi deprime, in questo momento non posso leggerlo». Di notte, quando io ero già a letto nella stanza accanto, d'improvviso si metteva al pianoforte e suonava *Lieder* pieni di tristezza. Suonava piano, pensando di non svegliarmi, e accompagnava le note canticchiando sommessamente a bocca chiusa, e poi la sentivo piangere e parlare con mio padre, che ormai era morto da sei anni.

I mesi che seguirono furono un periodo di progressivo dissolvimento. La mamma ebbe vari e ripetuti collassi, per cui si convinse, e convinse anche me, che così non si poteva più andare avanti. Bisognava chiudere casa. Studiammo a lungo la situazione sotto ogni aspetto, meditando che cosa si potesse fare per i bambini e per me. I miei fratellini frequentavano ormai tutti e due la scuola di Oberstrass, ma poiché erano ancora alle elementari, potevano senza danni e difficoltà ritornare a Losanna, nel pensionato dove già erano stati per qualche mese nel 1916. Anzi, avrebbero avuto l'opportunità di migliorare il loro francese, che non era molto buono. Per me la cosa era diversa, io ero già al ginnasio della scuola cantonale, e lì mi trovavo bene e avevo simpatia per la maggior parte dei miei professori. Uno di loro lo amavo a tal segno che dichiarai alla mamma che mai e poi mai sarei andato in una scuola dove non ci fosse lui. Lei conosceva bene la veemenza di queste passioni, sia in positivo che in negativo, e sapeva che non erano da prendere alla leggera. Così per tutto il tempo delle nostre riflessioni, che durarono a lungo, fu dato per scontato che io sarei rimasto a Zurigo e sarei andato in pensione da qualche parte.

Quanto alla mamma, avrebbe fatto tutto il possibile per rimettere in sesto la sua salute, seriamente scossa. L'estate l'avremmo passata ancora insieme nell'Oberland bernese. Poi, quando tutti e tre fossimo stati sistemati nelle rispettive sedi, lei sarebbe andata a Vienna per farsi visitare a fondo da qualche ottimo specialista che laggiù c'era ancora. Le avrebbero consigliato le cure adatte e lei avrebbe seguito scrupolosamente tutte le loro indicazioni. Forse ci sarebbe voluto un anno, o magari anche più, prima che potessimo tornare a vivere tutti insieme. La guerra era finita, Vienna l'attirava. I nostri mobili, i libri, tutto era ancora a Vienna, chiuso in un magazzino, chissà in che stato avrebbe trovato la nostra roba dopo tre anni. Di motivi per andare a Vienna ce n'erano moltissimi, ma il più importante era la città, era Vienna stessa. Continuamente si sentiva raccontare che le cose a Vienna andavano molto male. A parte tutti i motivi personali, la mamma si sentiva in un certo senso obbligata ad andare a vedere di persona come stavano le cose. L'Austria era ormai rovinata, il Paese al quale aveva pensato con una specie di esasperazione fintanto che era in guerra, a questo punto per lei si riduceva in sostanza alla sola Vienna. Si era augurata la sconfitta degli Imperi Centrali, essendo convinta che fossero stati loro i promotori del conflitto. Ma ora si sentiva responsabile, addirittura si sentiva in colpa per Vienna, come se fossero stati i suoi sentimenti a precipitare la città nella tragedia. Una sera mi disse con tutta serietà che doveva vedere con i propri occhi come stavano le cose laggiù, il pensiero che Vienna potesse andare veramente in rovina le era insopportabile. Cominciai allora a capire, seppure in maniera ancora vaga e confusa, che lo sgretolarsi della sua salute, della vivacità e lucidità della sua mente, della sua fermezza di carattere e del suo attaccamento per noi era in qualche modo legato alla fine della guerra, che pure aveva così appassionatamente desiderato, nonché al crollo dell'Austria.

Ci eravamo ormai adattati all'idea di un'imminente separazione, quando ancora una volta ci mettemmo in viaggio tutti insieme alla volta di Kandersteg, per passarvi l'estate. Io ero abituato ad andare con la mamma nei grandi alberghi, sin dalla sua prima giovinezza non ne aveva frequentati altri. Le piaceva quell'atmosfera sommessa e ovattata, la cortesia con cui si era serviti, gli ospiti sempre nuovi che nella sala da pranzo si potevano osservare dalla propria tavola senza mostrare troppo vistosamente la propria curiosità. Le piaceva parlare con noi di tutte queste persone, lasciarsi andare a congetture sul loro conto, cercare di indovinarne l'origine, criticarli o ammirarli a bassa voce. La sua idea era che in questo modo io avrei imparato a capire qualcosa del gran mondo, pur senza accostarmici troppo, giacché per questo ero ancora giovane.

L'estate precedente eravamo stati a Seelisberg, su un'alta terrazza sopra l'Urnersee. Di lì spesso scendevamo attraverso i boschi fino alla Rütliwiese, da principio per rendere onore a Guglielmo Tell, ma poi, ben presto, per cogliere i ciclamini di cui la mamma amava tanto il profumo intensissimo. I fiori senza profumo non li guardava neppure, era come se non esistessero, tanto più forte era quindi la sua passione per i mughetti, i giacinti, i ciclamini e le rose. Parlava volentieri di questo suo amore per i fiori profumati, riconducendolo alle rose della sua infanzia nel giardino paterno. I quaderni di storia naturale che portavo da scuola e che a casa illustravo con zelo – una vera fatica per un pessimo disegnatore come me – li riponeva subito, mai riuscii a risvegliare il suo interesse per quei disegni. «Morto,» esclamava «tutto questo è morto! Non ha profumo, fa solo tristezza!». Ma della Rütliwiese era innamorata: «Non c'è da meravigliarsi che la Svizzera sia nata qui! Fra questi ciclamini avrei giurato anch'io qualunque cosa. Quelli sapevano benissimo che cosa difendevano. Per questo profumo sarei pronta a dare la vita». D'un tratto confessò che nel *Guglielmo Tell* le era sempre mancato qualcosa. Ora sapeva di che si trattava: il profumo. Io replicai che forse allora non c'erano tutti quei ciclamini di bosco. «Ma certo che c'erano. Non c'è Svizzera senza ciclamini. Credi che altrimenti avrebbero giurato? No, è stato qui, proprio qui, è questo profumo che ha dato loro la forza di giurare. Credi forse che non ci fossero anche altrove contadini oppressi dai loro padroni? Perché credi che sia accaduto proprio in Svizzera? Perché in questi Cantoni interni? La Svizzera è nata sulla Rütliwiese e adesso so da dove quegli uomini hanno tratto tutto quel coraggio». Manifestò allora per la prima volta i suoi dubbi su Schiller, me li aveva risparmiati per non confondermi le idee. Sotto l'effetto di quel profumo buttò a mare i suoi scrupoli e mi confidò qualcosa che l'aveva angustiata per molto tempo: le mele marce di Schiller. «Credo che fosse un uomo diverso quando scrisse *I masnadieri*, allora non aveva bisogno di mele marce». «E Don Carlos? E Wallenstein?». «Sì, sì,» rispose «va bene. È giusto che tu li conosca. Ma un giorno capirai che ci sono poeti che *la vita la prendono a prestito*. Altri invece la *posseggono*, come Shakespeare». Io rimasi talmente scandalizzato per quel tradimento delle nostre serate viennesi, durante le quali li avevamo letti entrambi, Shakespeare, *ma anche* Schiller, che con una certa mancanza di rispetto esclamai: «Credo che il profumo dei ciclamini ti abbia ubriacato. Per questo dici cose che normalmente non pensi».

Lei non insistette, probabilmente si accorse che nelle mie parole c'era qualcosa di giusto, le piaceva che io arrivassi a conclusioni personali e non mi lasciassi sopraffare. Anche nei confronti della vita d'albergo mantenni la mia lucidità e non mi lasciai per nulla incantare dagli ospiti raffinati, neppure da quelli che lo erano veramente.

Alloggiavamo al Grand Hôtel; ogni tanto, diceva la mamma, almeno durante le vacanze, dobbiamo vivere in modo adeguato a quel che siamo. Inoltre era importante che ci abituassimo per tempo a modi di vita differenti. Anche a scuola ero insieme a compagni delle più diverse estrazioni. Per questo mi trovavo bene. Sperava che non andassi a scuola volentieri soltanto perché apprendevo con maggiore facilità degli altri.

«Ma tu ci tieni che sia così! Mi disprezzeresti se andassi male a scuola!».

«Non si tratta di questo. Non ci penso neanche. Ma a te piace parlare con me e certo non vorresti mai che io mi annoiassi: per questo devi sapere una quantità di cose. Non posso certo parlare con una testa vuota. Devo poterti prendere sul serio».

Questo era vero, lo capivo. Ma che rapporto ciò avesse con la vita di un grande albergo non mi era del tutto chiaro. Mi rendevo conto, certo, che aveva a che fare con le origini della mamma, con ciò che lei chiamava venire «da una buona famiglia». Nella sua famiglia c'erano persone cattive, più d'una, di questo mi aveva sempre parlato molto apertamente. In mia presenza un suo cugino e cognato l'aveva insultata e chiamata «ladra», accusandola nella maniera più volgare. Non apparteneva forse anche lui alla stessa famiglia? E cosa c'era di tanto speciale in questo? Lui voleva soltanto più soldi di quanti ne avesse già, così almeno lei mi aveva spiegato. Eppure, quando si trattava della sua «buona famiglia», urtavo immancabilmente contro un muro. In questo era cocciuta e irremovibile, inaccessibile a qualsiasi obiezione. Talvolta questo suo atteggiamento mi faceva disperare a tal punto che l'afferravo con forza e gridavo: «Tu sei tu! Vali molto più tu di qualsiasi famiglia!».

«E tu sei uno sfacciato. Mi fai male. Lasciami stare!». Io la lasciavo andare, ma prima le dicevo ancora: «Tu vali più di qualsiasi altra persona al mondo. Lo so! Lo so!».

«Verrà il giorno che la penserai diversamente,» replicava lei «e allora te lo rammenterò».

Non posso dire però di essermi sentito infelice al Grand Hôtel, vi succedevano troppe cose. Sia pure a poco a poco, con gli ospiti dell'albergo si entrava in contatto e si parlava, ed era gente che aveva molto viaggiato, che veniva di lontano. A Seelisberg un anziano signore ci raccontò della Siberia, e pochi giorni dopo conoscemmo una coppia che tornava da un viaggio lungo il Rio delle Amazzoni. L'estate seguente, a Kandersteg, dove pure naturalmente alloggiavamo in un Grand Hôtel, alla tavola accanto alla nostra sedeva un inglese, Mr Newton, un signore silenziosissimo che leggeva sempre lo stesso volumetto stampato su carta sottile e in caratteri minutissimi. La mamma non ebbe pace fino a quando non scoprì che si trattava di un libro di Dickens, e precisamente del *David Copperfield*. Il mio cuore volò verso lo sconosciuto, ma ciò non gli fece la minima impressione. Continuò a tacere per settimane, poi un giorno condusse me e altri due ragazzini della mia stessa età a fare una gita. Camminammo per sei ore senza che lui dicesse altro che qualche sillaba di quando in quando. Poi, al ritorno in albergo, riconsegnandoci ai rispettivi genitori, osservò che il paesaggio dell'Oberland bernese in cui eravamo stati non era certo paragonabile con quello del Tibet. Io lo fissai con gli occhi sbarrati, come se fosse stato Sven Hedin in persona; ma di lui non mi riuscì di sapere altro.

Qui a Kandersteg la mamma ebbe una crisi che mi rivelò, più di tutti i collassi che l'avevano colpita a Zurigo, più di tutte le nostre discussioni, ch'era turbata nell'intimo in modo inquietante. In albergo arrivò una famiglia di Milano: la moglie era una bella e florida dama della società italiana, il marito un industriale svizzero, già da molto tempo residente a Milano. Avevano con sé il loro pittore personale, «un pittore famoso» di nome Micheletti, che dipingeva soltanto per la famiglia, dalla quale era guardato a vista; l'uomo era piccolo e si comportava come se il suo corpo fosse in catene, legato all'industriale per il suo denaro, e alla signora per la sua bellezza. Ammirava la mia mamma, e una sera, al momento di uscire dalla sala da pranzo, le fece un complimento. Non osò dirle che avrebbe desiderato dipingere il suo ritratto, ma lei, sicurissima che questa fosse la sua intenzione, mentre salivamo in ascensore mi disse: «Mi farà il ritratto! Diventerò immortale!». Poi andò nella sua camera, e camminando su e giù continuò a ripetere: «Mi farà il ritratto! Diventerò immortale!». Non riusciva a calmarsi, dopo che i 'bambini' furono andati a dormire io rimasi ancora a lungo alzato con lei, che non era in grado di mettersi tranquilla a sedere e continuava a passeggiare per la stanza come su un palcoscenico, declamando e cantando; ma in realtà non diceva niente, ripeteva solo ininterrottamente nei più diversi toni di voce: «Diventerò immortale!».

Io cercavo di calmarla, quell'eccitazione mi metteva a disagio e mi spaventava. «Ma se non te l'ha neanche detto che ti vuol fare il ritratto!». «Me lo ha detto con gli occhi, con gli occhi, non capisci! Non poteva dirlo a parole, la signora era lì presente, come avrebbe potuto! Loro lo sorvegliano, è il loro schiavo, per assicurarsi una rendita si è venduto, anima e corpo, tutto ciò che dipinge resta di loro proprietà, è costretto a dipingere quello che vogliono *loro*! È un grande artista, ma è debole, debolissimo! Eppure a me vuole fare il ritratto. Sono sicura che troverà il coraggio di farmelo e che glielo dirà! Minaccerà di non dipingere mai più, altrimenti! Vedrai, li costringerà ad accettare. Mi farà il ritratto e io diventerò immortale!». Poi ricominciò da capo a recitare quell'unica frase, a mo' di litania. Io mi vergognavo per lei e trovavo quella scena veramente pietosa; così, passato il primo spavento, mi arrabbiai e l'aggredii in mille modi, ma solo per cercare di riportarla alla ragione. La mamma non parlava mai di pittura, era un'arte che la interessava pochissimo e di cui non capiva niente. Tanto più umiliante era quindi vedere come ora le diventava d'un tratto importantissima. «Ma se non hai mai visto uno solo dei suoi quadri! Forse ciò che dipinge non ti piacerebbe neppure. Non lo hai mai sentito nominare. Come fai a sapere che è tanto famoso?». «Lo hanno detto loro, i suoi padroni, non si sono fatti scrupolo di dirlo a tutti: è un famoso ritrattista di Milano, e loro lo tengono prigioniero come uno schiavo! Mi guarda sempre. Dalla loro tavola guarda sempre verso di me. Si consuma gli occhi a forza di guardarmi, non può fare diversamente. È un vero pittore, è trascinato da una forza superiore, io l'ho ispirato e ora deve farmi il ritratto!».

A guardare mia madre erano in molti, e mai nessuno lo faceva in maniera sfacciata o volgare. Certamente questo non significava nulla per lei, perché non ne parlava mai, e io pensavo che non se ne accorgesse neppure, la sua mente era sempre occupata da qualche pensiero; io certo me ne accorgevo bene, non mi sfuggiva nessuno degli sguardi che la gente le rivolgeva e forse era la gelosia e non solo il rispetto a trattenermi dal parlarne. Ma ora lei recuperava il tempo perduto in maniera spaventosa, io mi vergognavo per lei, non tanto perché voleva diventare immortale (questo potevo capirlo, pur non avendo mai intuito la veemenza e l'imperiosità di questo suo desiderio), ma che lei riponesse tutte le sue speranze nelle mani di un altro, per di più di un uomo che si era venduto e di cui lei stessa riconosceva la natura indegna e servile, che tutto dovesse dipendere dalla viltà di quell'individuo e dagli umori dei suoi padroni, la ricca famiglia di Milano che teneva il pittore al guinzaglio come un cane e che davanti a tutti non si vergognava di richiamarlo all'ordine con un fischio quando costui cominciava a parlare con qualcun altro – tutto ciò lo trovavo orrendo, una degradazione di mia madre che non riuscivo a sopportare; così nella mia ira, che lei continuava ad attizzare, infransi le sue speranze dimostrandole senza misericordia che il pittore faceva complimenti a tutte le signore a cui capitava vicino quando usciva dalla sala da pranzo, e sempre per pochi istanti, fino a quando i suoi padroni lo prendevano per un braccio e lo trascinavano via.

Ma lei non cedette subito, lottò come una leonessa per i complimenti di Micheletti, e confutò i miei argomenti man mano che io glieli presentavo rinfacciandomi ogni singola occhiata che lui si era degnato di rivolgerle; tutte le ricordava, non gliene era sfuggita neanche una. Risultò anzi che in quei pochi giorni da quando erano arrivati i milanesi non aveva visto né notato altro, ed era rimasta continuamente in attesa dei complimenti del pittore, facendo in modo quella sera di uscire dalla sala da pranzo nello stesso momento in cui usciva lui; pur odiando come la peste la sua padrona, la bella signora del gran mondo, ammetteva però di comprenderne le ragioni, quella donna ci teneva a farsi ritrarre da lui tutte le volte che voleva, e il pittore, un uomo frivolo che conosceva bene la propria indole, aveva accettato spontaneamente quello stato di schiavitù per non finir male, per amore della propria arte, che per lui contava più di ogni altra cosa al mondo; e aveva fatto bene, la sua era stata persino una decisione saggia: che cosa sapevamo noi delle tentazioni di un genio, tutto ciò che potevamo fare in un caso come quello era starcene in disparte e aspettare con pazienza un segno del suo gradimento, per poter eventualmente contribuire al dispiegarsi della sua arte. Lei, del resto, era assolutamente certa che lui volesse farle il ritratto e renderla immortale.

Dal tempo di Vienna, e dalle visite del professore che veniva a prendere il tè da noi, non avevo più provato verso mia madre un odio simile a quello che provai allora. Inoltre tutto era accaduto così all'improvviso, era bastato che quello svizzero di Milano, la sera del suo arrivo, davanti a un gruppo di ospiti dell'albergo, lasciasse cadere un'osservazione casuale sul piccolo Micheletti. Accennando alle sue ghette bianche, aveva scosso la testa dicendo: «Non so proprio cos'abbia la gente con lui. A Milano tutti vogliono farsi fare il ritratto da lui, ma dopotutto ha solo due mani, non vi pare?».

Forse la mamma avvertì qualcosa del mio odio, lo aveva già conosciuto a Vienna durante quelle bruttissime settimane, e nonostante la follia che ora si era impossessata di lei sentì la mia avversione, prima soltanto come un disturbo, poi come un pericolo. Insistette accanitamente per il ritratto, al quale doveva assolutamente credere; anche quando avvertii che le sue forze stavano per cedere continuava a ripetere sempre le stesse parole. Di colpo però smise di camminare su e giù per la stanza e, arrestandosi con aria minacciosa davanti a me, disse in tono di scherno: «Non sarai per caso invidioso di me? Vuoi che gli dica di fare un ritratto a noi due insieme? Ci tieni tanto? Non vuoi piuttosto guadagnartelo da solo?».

Questa accusa era talmente falsa e meschina che non riuscii a replicare nulla. Mi tolse completamente la facoltà di parlare, ma non quella di pensare. E poiché dicendo quelle parole la mamma mi aveva finalmente guardato in faccia, poté leggere sul mio volto l'effetto che mi avevano fatto, e allora crollò e proruppe in acuti lamenti: «Tu mi credi pazza. Tu hai tutta la vita davanti a te. La mia vita invece è alla fine. Sei forse un vecchio, che non riesci a comprendermi? Ti è entrato tuo nonno nel sangue? Lui mi ha sempre odiata. Tuo padre no, invece, tuo padre no. Se lui fosse vivo, adesso mi difenderebbe da te».

Era talmente spossata che cominciò a piangere. L'abbracciai e la carezzai, e per compassione le concessi il ritratto tanto agognato. «Sarà bellissimo. Devi esserci da sola. Tu sola. Tutti ti ammireranno. Gli dirò che te lo deve regalare. Ma sarebbe ancora meglio se fosse donato a un museo». Questa proposta le piacque e piano piano si placò. Ma si sentiva debolissima e io l'aiutai a mettersi a letto. La testa si adagiò pallida e sfinita fra i cuscini. Disse: «Oggi sono io il bambino e tu la mamma». E si addormentò.

Il giorno seguente evitò con apprensione gli sguardi di Micheletti. Io la osservavo preoccupato. Il suo entusiasmo era andato completamente in fumo, non si aspettava più nulla. Il pittore faceva complimenti ad altre signore e fu trascinato via dai suoi guardiani. La mamma non si accorse di nulla. Passarono alcuni giorni e il gruppo dei milanesi lasciò l'albergo, la signora aveva trovato qualcosa che non era di suo gradimento. Quando furono partiti, il signor Loosli, il proprietario dell'albergo, venne al nostro tavolo e disse alla mamma che quel tipo di clienti non gli piaceva. Il pittore non era affatto così famoso, si era informato. Era chiaro che quei signori andavano alla ricerca di qualcuno che gli facesse dipingere dei quadri. L'albergo serio e rinomato che lui dirigeva non era un posto adatto per avventurieri di quel genere. Mr Newton, al tavolo accanto, alzò gli occhi dal suo eterno volumetto, e annuendo col capo tranguiò una frase. Per lui era già molto, e il signor Loosli e noi tutti la interpretammo come un segno di disapprovazione. La mamma disse al signor Loosli: «Non si è comportato correttamente». Il proprietario dell'albergo proseguì il suo giro e si scusò anche con gli altri clienti. Tutti parvero sollevati dalla partenza dei milanesi.

PARTE QUINTA

ZURIGO - TIEFENBRUNNEN

1919-1921

Le buone zitelle di villa Yalta
Il dottor Wedekind

L'origine del nome Yalta mi era sconosciuta, eppure mi suonava familiare perché aveva qualcosa di turco. La villa si trovava fuori città, a Tiefenbrunnen, molto vicino al lago, da cui la separavano soltanto la ferrovia e una strada; stava, in posizione un po' elevata, in mezzo a un giardino ricco d'alberi. Da un viale d'ingresso, leggermente in salita, si arrivava davanti al lato sinistro della villa, a ciascuno dei suoi quattro angoli sorgeva un alto pioppo, ed erano tutti così vicini alla casa che parevano quasi sorreggerla. Gli alberi toglievano alla costruzione quadrangolare un po' della sua pesantezza, e anche quando si era sul lago, piuttosto al largo, la villa era riconoscibile da quei pioppi.

Il giardino sul davanti della villa non era visibile dalla strada, perché protetto dall'edera e da altre piante sempreverdi: di posti per nascondersi ce n'erano in abbondanza. Accanto alla villa sorgeva un tasso enorme, con rami larghi che parevano messi lì apposta per arrampicarcisi, in un attimo si arrivava in cima.

Dietro la villa, alcuni gradini di pietra conducevano a un vecchio e ormai impraticabile campo da tennis, il cui terreno, scabro e irregolare, era adatto a qualunque cosa meno che a giocare a tennis, e in effetti veniva adibito alle più svariate attività all'aria aperta. Un melo accanto ai gradini era un miracolo di fecondità, quando io arrivai era talmente carico di frutti che lo si era dovuto puntellare in più parti. Bastava salire i gradini a balzi e già le mele cadevano a terra. A sinistra, una piccola casa annessa alla villa, le mura coperte di piante da frutta a spalliera, era affittata a un violoncellista che vi abitava con la moglie, dal campo da tennis lo si sentiva suonare.

Il vero e proprio frutteto cominciava solo dietro. Era molto ricco di ogni sorta di frutta, ma accanto a quell'unico melo, che per la sua posizione attirava fortemente lo sguardo, non aveva il dovuto risalto.

Dal viale di accesso si entrava nella villa attraverso un grande vestibolo, nudo come un'aula scolastica sgombra. Lì sedevano abitualmente a una lunga tavola alcune ragazze, che facevano i loro compiti di scuola o scrivevano lettere. La villa Yalta era stata per molto tempo un collegio femminile, e solo di recente era stata trasformata in una pensione. Continuava però ad ospitare ragazze giovani di varie nazionalità, che non seguivano più come prima corsi interni, ma frequentavano le scuole della città e qui invece mangiavano e vivevano insieme sotto la protezione delle signore.

La lunga sala da pranzo a pianterreno, dove c'era sempre odor di muffa, non era meno spoglia del salone d'ingresso. Per dormire avevo una piccola mansarda al secondo piano, stretta e scarsamente mobiliata, e attraverso gli alberi del giardino vedevo il lago.

La stazione di Tiefenbrunnen era vicinissima, dalla Seefeldstrasse, dove si trovava la casa, un cavalcavia attraversava la linea ferroviaria e subito si arrivava in stazione. In certe stagioni dell'anno il sole si levava proprio mentre io mi trovavo sul cavalcavia, e sebbene fosse tardi e io andassi di fretta, non mancavo mai di fermarmi un attimo per fargli la riverenza. Poi mi precipitavo giù per i gradini di legno fino alla stazione, saltavo sul treno e dopo una sola fermata, attraversato il tunnel, arrivavo a Stadelhofen. Infilata la Rämistrasse, correvo su verso la scuola cantonale, ma mi fermavo ovunque ci fosse qualcosa di interessante da guardare, e così arrivavo sempre a scuola con un certo ritardo.

La strada del ritorno invece la facevo a piedi, passando per la Zollikerstrasse, che corre in alto, per lo più insieme con un compagno di scuola che pure abitava a Tiefenbrunnen. Eravamo sempre immersi in discorsi importantissimi e a me dispiaceva quando arrivavamo a destinazione e ci dovevamo separare. Delle signore e delle ragazze di villa Yalta con lui non parlavo mai, temevo che potesse disprezzarmi per tutte quelle femmine in mezzo alle quali vivevo.

Trudi Gladosch, la brasiliana, viveva già da sei anni a villa Yalta, era una pianista che frequentava il conservatorio e faceva per così dire parte della casa. Quasi sempre, entrando, la sentivamo suonare. La sua stanza era al piano di sopra e studiava almeno sei ore al giorno, spesso anche di più. Ma eravamo talmente abituati a quelle note che quasi ne sentivamo la mancanza quando smetteva di esercitarsi. D'inverno era sempre coperta da parecchi maglioni, perché pativa terribilmente il freddo. Soffriva molto per il clima, al quale non era mai riuscita ad abituarsi. Le vacanze per lei erano escluse, Rio de Janeiro, dove vivevano i suoi genitori, era troppo lontana, in sei anni non era mai andata a casa, nemmeno una volta. Ne aveva una grande nostalgia, ma soltanto per via del sole. Dei genitori non parlava mai, li nominava tutt'al più quando riceveva una lettera, e questo accadeva molto raramente, una o due volte all'anno. Gladosch era un nome ceco, suo padre era emigrato dalla Boemia in Brasile neppure tanto tempo prima, lei però era già nata in Brasile. Trudi aveva una voce squillante, piuttosto chioccia; discutevamo volentieri, non c'era argomento di cui non si potesse discutere con lei, e il suo modo di infervorarsi mi affascinava. Avevamo in comune molte nobili opinioni, eravamo ad esempio un cuore e un'anima sola nel disprezzare gli aspetti venali dell'esistenza; io però ci tenevo moltissimo a sapere più cose di Trudi, che aveva pur sempre cinque anni più di me, e quando lei, che veniva per così dire da una terra selvaggia, difendeva la causa del sentimento contro quella della conoscenza, mentre io invece sostenevo che era necessario anche il sapere, da lei considerato dannoso e corruttore, le nostre discussioni sfociavano immancabilmente in violenti litigi. Per queste cose arrivavamo ad accapigliarci con veemenza e io cercavo di piegarla afferrandola per le mani, ma stavo attento a tenere sempre le braccia ben tese e a non farla avvicinare troppo, perché da lei emanava, specialmente durante le nostre liti, un forte sentore che mi era insopportabile. Forse lei non sapeva affatto quanto fosse sgradevole il suo odore e può darsi che quel modo incorporeo di azzuffarmi con lei lo attribuisse alla mia timidezza di fronte alla sua età più matura. D'estate indossava quello che chiamava il suo abito Merida, una veste bianca fatta a camicione, con uno scollo rotondo; e quando si chinava le si vedeva il seno; lo notai ma non mi fece nessuna impressione, e soltanto quando un giorno mi accorsi che aveva sul petto un enorme foruncolo, provai d'un tratto per lei un senso di calda pietà, come se fosse una lebbrosa tenuta alla larga da tutti. Tenuta alla larga in un certo senso lo era, perché da anni la sua famiglia non pagava più la pensione per lei, pur dando alla signorina Mina continue assicurazioni che avrebbe pagato l'anno seguente. Trudi si rendeva conto di vivere in un certo senso della carità altrui e per questa ragione aveva una particolare affezione per Cesare, il vecchio San Bernardo che passava il suo tempo a dormire e mandava un fetore disgustoso. Presto mi accorsi con un certo imbarazzo che Trudi e Cesare avevano lo stesso odore.

Però eravamo amici e io le volevo bene perché potevamo parlare insieme di qualsiasi argomento. In effetti eravamo noi due a dare il tono alla villa, lei per i suoi eterni esercizi di pianoforte e i sei anni di anzianità, io perché ero il beniamino della casa e l'unico ospite maschio. Lei era la più anziana delle pensionanti, io l'ultimo arrivato. Lei conosceva le signore della casa sotto ogni aspetto, io invece ne vedevo soltanto i lati migliori. Lei odiava l'ipocrisia e quando veniva a sapere qualcosa di sgradevole sul conto di una signora, lo diceva senza peli sulla lingua. Ma non era né maligna né cattiva né odiosa, era anzi una creatura di buon cuore ma dall'odore sgradevole, che pareva destinata a essere respinta e trattata male, un destino al quale evidentemente era stata abituata molto per tempo dai suoi genitori; inoltre, manco a dirlo, era vittima di un amore infelice (questa cosa, quando la seppi, mi ferì molto). Trudi aveva conosciuto al conservatorio Peter Speiser, pianista molto più bravo di lei, dai modi già di concertista, un vero virtuoso sicuro di sé. Poiché anche Peter andava alla scuola cantonale e frequentava una classe parallela alla mia, fu la prima persona di cui Trudi ed io parlammo insieme. Nella mia ingenuità, non capivo perché lei portasse tanto spesso il discorso su di lui e soltanto dopo quasi sei mesi, quando per caso trovai e lessi la minuta di una lettera che Trudi avrebbe voluto spedirgli, la benda mi cadde dagli occhi. Interrogata in proposito, lei confessò di amare Peter di un amore senza speranza.

Durante tutto quel periodo, con grande naturalezza, avevo considerato Trudi in certo modo come una mia proprietà, una proprietà per la quale non occorreva darsi molto da fare, perché era sempre disponibile e pronta ad appartenermi, anche se a questa espressione davo un significato assolutamente innocente. Soltanto dopo la sua confessione mi accorsi che non mi apparteneva affatto. Mi sentii come se l'avessi perduta, e allora, proprio per questo, divenne importante ai miei occhi. Mi dicevo che la disprezzavo, e in effetti il racconto dei suoi tentativi di attirare l'interesse di Peter era veramente pietoso. Si disponeva mentalmente a un'assoluta sottomissione, i suoi istinti erano quelli di una schiava. Da Peter si sarebbe lasciata volentieri calpestare, per lettera si era addirittura gettata ai suoi piedi. Ma per lui, ch'era orgoglioso e arrogante, era facile non prenderla in considerazione. Non la vedeva ai suoi piedi, e qualche volta magari la calpestava, ma per puro caso, senza neanche accorgersene. Lei pure era orgogliosa a suo modo, e custodiva gelosamente il suo sentimento come in genere vigilava con estrema serietà su tutti i sentimenti; Trudi difendeva strenuamente l'indipendenza dei sentimenti, era questo il suo patriottismo; il mio, per la Svizzera, per la scuola, per la villa in cui entrambi vivevamo, non lo condivideva, lo considerava un atteggiamento immaturo; per lei Peter era più importante della Svizzera intera. Di tutti i suoi colleghi del conservatorio – avevano gli stessi insegnanti – lui era il migliore, la sua carriera pareva assicurata, la sua famiglia pensava a tutto con grande sollecitudine, era viziato e sempre ben vestito, aveva una criniera d'artista e una bocca grande che le sparava grosse, ma non per questo appariva innaturale; al tempo stesso era gentile e cortese con tutti, veramente molto affabile per la sua età, e non trascurava mai nessuno, perché in ciascuno vedeva il potenziale donatore di un applauso, soltanto gli applausi densi di passione di Trudi non li poteva soffrire. Quando comprese ciò che lei provava per lui – dopo molte lettere d'amore non spedite e che nella sua sbadataggine dimenticava di distruggere, finalmente gliene mandò una, che aveva trascritto in bella grafia – Peter non le rivolse più la parola, limitandosi a salutarla con freddezza da lontano. In quel periodo – era estate, e parlandomi del suo dolore Trudi indossava il suo eterno vestito Merida – le accadde un giorno di chinarsi profondamente in avanti, quasi a mostrare fino a che punto era disposta a sottomettersi a Peter, e allora io vidi l'enorme foruncolo che aveva sul seno e mi infiammai di compassione per lei.

Fräulein Mina si scriveva con *una sola* «n», la signorina ci teneva a sottolineare di non avere niente da spartire con Minna von Barnhelm, il suo nome per esteso era Hermine Herder. Era lei a capo di quella sorta di quadrifoglio che dirigeva la pensione, ed era anche l'unica delle quattro a svolgere una vera professione, della quale menava non poco vanto: era pittrice. La testa, un po' troppo rotonda, si adagiava profondamente tra le spalle su un corpo basso, vi era poggiata direttamente sopra, come se quell'aggeggio superfluo che si chiama collo non fosse ancora stato inventato. La testa era molto grossa, troppo per il corpo, e il volto variegato da innumerevoli venuzze rosse che si addensavano specialmente sulle guance. Aveva sessantacinque anni, ma l'età non pareva averla consumata, e a chi le faceva un complimento per la freschezza del suo spirito lei rispondeva che era la pittura a mantenerla giovane. Parlava in modo lento e nitido, e così pure camminava, era sempre vestita di scuro e sotto la gonna, che arrivava fino ai piedi, i suoi passi si notavano soltanto quando saliva le scale fino al secondo piano, per andare nel 'nido del passero', il suo piccolo atelier dove si ritirava per dipingere. Lì non dipingeva altro che fiori e poi li chiamava i suoi figli. Aveva cominciato illustrando testi di botanica, si intendeva delle particolarità dei vari fiori e godeva della fiducia di alcuni botanici che si rivolgevano volentieri a lei per i loro libri. Parlava di costoro come se fossero suoi buoni amici, due nomi che citava spesso erano i professori Schröter e Schellenberg. Il volume di Schröter intitolato *Die Alpenflora* era la più conosciuta delle opere da lei illustrate. Il professor Schellenberg veniva in casa ancora ai miei tempi e portava ora un lichene interessante ora un muschio speciale, di cui parlava poi esaurientemente alla signorina Herder in purissimo tedesco, facendole insomma una specie di lezione.

È probabile che i modi tranquilli della signorina fossero strettamente legati alla sua pittura. Non appena mi ebbe preso a ben volere, venni invitato nel 'nido del passero', dove mi era permesso stare a guardarla mentre dipingeva. Io mi meravigliavo molto per il modo lento e i-spirato con cui lavorava. Già l'odore dell'atelier rendeva il luogo un po' speciale, non paragonabile a nessun altro, io annusavo l'aria appena entravo, ma anche il fiutare, come tutto là dentro, andava fatto con gran circospezione. Non appena prendeva il pennello in mano, cominciava a descrivere ogni proprio gesto. «E adesso prendo un po' di bianco, una piccolissima quantità di bianco. Già, prendo il bianco, perché qui non va bene nient'altro, dunque devo proprio prendere il bianco». Dipingendo ripeteva in continuazione il nome del colore, con la massima frequenza possibile, e tutto sommato non diceva altro. Fra un colore e l'altro, citava più volte i nomi dei fiori che stava dipingendo, usando la terminologia botanica. Poiché ogni fiore lo dipingeva per conto suo con grande precisione e puntiglio, e non amava mescolare insieme le diverse specie – era questo il sistema che aveva sempre seguito per illustrare i libri di botanica –, da lei si finivano per imparare, insieme ai colori, anche i nomi dei fiori in latino. Per il resto non diceva assolutamente nulla, né sul luogo dove quei fiori crescevano, né sulla struttura o le funzioni delle rispettive piante; di tutto ciò che noi imparavamo a scuola dai nostri insegnanti di storia naturale, cose per noi nuove e affascinanti che poi dovevamo riprodurre disegnandole sui nostri quaderni, lei non parlava mai, e così le visite al 'nido del passero' rassomigliavano a un rituale nel quale convergevano insieme tre elementi: l'odore dell'acquaragia, i colori non mescolati sulla tavolozza e i nomi latini dei vari fiori. Fräulein Mina vedeva in questo lavoro qualcosa di sacro e venerando, e una volta, in un momento di grande fervore, mi confidò di sentirsi una vestale, e per questo di non essersi sposata: chi dedica la propria vita all'arte – mi disse – deve rinunciare alla felicità dei comuni mortali.

Fräulein Mina era una creatura pacifica, incapace di far del male a chicchessia, se non altro per via dei fiori. Non aveva una cattiva opinione di sé, sulla sua pietra tombale desiderava la seguente epigrafe: «Era buona».

Abitavamo vicino al lago e andavamo a remare; Kilchberg era proprio di fronte, una volta ci andammo a remi per visitare la tomba di Conrad Ferdinand Meyer, che proprio a quell'epoca divenne il mio autore preferito. Fui colpito dalla semplicità dell'epigrafe sulla sua pietra tombale. Non c'era nulla che alludesse allo 'scrittore', non una parola di compianto per l'artista indimenticabile, ma soltanto: «Qui riposa Conrad Ferdinand Meyer. 1825-1898». Compresi che qualsiasi parola non avrebbe fatto altro che sminuire il nome, e mi resi conto qui per la prima volta che solo il nome contava e aveva significato, accanto ad esso tutto il resto impallidiva. Sulla via del ritorno – non ero ai remi perché non era il mio turno – tacqui per tutto il tempo, il laconico riserbo di quella epigrafe si era trasmesso anche a me; eppure all'improvviso si vide che non ero l'unico a pensare a quella tomba, perché Fräulein Mina disse: «Io vorrei una sola frase sulla mia tomba: "Era buona"». In quel momento non potei soffrire l'anziana signorina, perché mi accorsi che lo scrittore di cui avevamo appena visitato la tomba a lei non diceva proprio niente.

Fräulein Mina parlava molto spesso dell'Italia, che conosceva benissimo. In tempi lontani era stata istitutrice in casa del conte Rasponi, e la contessina, che allora era affidata alle sue cure, l'invitava ogni due anni a farle una visita alla Rocca di Sant'Arcangelo, nei pressi di Rimini. I Rasponi erano gente molto colta e la loro casa era frequentata da persone assai interessanti che nel corso di quegli anni Fräulein Mina aveva avuto occasione di conoscere personalmente; ma sulle persone veramente famose, invece, aveva sempre qualcosa da ridire. Fräulein Mina era piuttosto per gli artisti nascosti, la cui arte fioriva nell'ombra e nel silenzio, ignorata da tutti, forse nel dir questo pensava a se stessa. Era curioso che non soltanto lei, ma anche Fräulein Rosy e le altre signore della casa considerassero con rispetto qualsiasi autore, purché avesse pubblicato qualcosa. Quando, ad esempio, ci fu in città una serie di conferenze in cui venivano presentati al pubblico scrittori svizzeri della generazione di mezzo o di quella più giovane, Fräulein Rosy, almeno lei che aveva più interesse per la letteratura che non per la pittura, non se ne lasciò sfuggire una; e ogni volta il giorno dopo diede a tutti noi nel vestibolo un ampio resoconto delle qualità del personaggio in questione. Il tono di questi suoi racconti era mortalmente serio, e anche se le poesie non si capivano, c'era pur sempre qualcosa che lei aveva apprezzato nel modo di fare dell'artista, la sua timidezza quando si inchinava, o la sua confusione quando si impappinava nel parlare. Assai differente era l'atteggiamento verso le persone rinomate e sulla bocca di tutti. Venivano viste con occhi completamente diversi, più critici, e venivano commentate con disapprovazione soprattutto le loro qualità che più contrastavano con le proprie.

Quando la casa era ancora un collegio femminile, non molti anni addietro, le signore usavano di tanto in tanto invitare poeti e scrittori a recitare le loro opere davanti alle ragazze. Carl Spitteler era venuto espressamente da Lucerna e si era trovato bene tra quella gioventù. Gli piaceva giocare a scacchi e si scelse come avversaria la giocatrice migliore, una ragazza bulgara di nome Lalka. Si mise dunque a sedere nel vestibolo, e si vide quest'uomo di oltre settant'anni, la testa appoggiata sulla mano, che osservando la ragazza diceva lentamente, non proprio ad ogni sua mossa, ma spesso, più spesso di quanto non fosse conveniente e opportuno: «È bella, ed è anche intelligente». Alle signore non disse nulla, di loro non si curò affatto, si dimostrò anzi scortese e comunque estremamente laconico, mentre se ne stava lì con Lalka, guardandola a lungo e continuando a ripetere: «È bella, ed è anche intelligente». Questo le signore non glielo perdonarono mai, è un episodio che raccontavano spesso, e ogni volta la loro indignazione cresceva di tono.

Fra le quattro signore ce n'era una veramente *buona*, che però di sé non lo avrebbe mai detto. Non dipingeva né andava mai alle conferenze, e amava soprattutto lavorare in giardino. Lì ci capitava di incontrarla di solito, quando la stagione lo permetteva, e sempre aveva una parola gentile, ma era appunto una parola, non una lezione, non ricordo di aver mai udito da lei il nome latino di un fiore, benché per tutta la giornata si occupasse continuamente di fiori e piante. Frau Sigrist – così si chiamava – era la sorella maggiore di Fräulein Mina, e i suoi sessantotto anni li dimostrava tutti. Aveva una faccia molto segnata, fitta di rughe; era vedova e aveva una figlia, Fräulein Rosy appunto; Rosy aveva sempre fatto l'insegnante e contrariamente alla madre parlava in continuazione.

Mai si sarebbe detto che fossero madre e figlia, lo si sapeva ma non si riusciva a figurarselo nella realtà quotidiana. Le quattro signore costituivano un'unità che sembrava escludere qualsiasi legame con un uomo. Non veniva assolutamente in mente che dovevano aver avuto almeno un padre, parevano proprio venute al mondo senza padre. Frau Sigrist era la più materna delle quattro, anche la più tollerante, da lei non udii mai un pregiudizio né una condanna, ma neppure frasi che sottolineassero il suo essere madre. Non la udii mai dire «mia figlia», se non fossi venuto a sapere da Trudi il rapporto di parentela tra lei e Rosy, mai me ne sarei accorto. Così anche l'elemento materno nelle quattro persone era molto ristretto, come fosse una cosa un po' sconveniente, non del tutto per bene. Delle quattro, Frau Sigrist era la più tranquilla, non si metteva mai in mostra, non prescriveva né ordinava mai nulla, tutt'al più le si sentiva dire una parola di assenso, ma soltanto quando la si incontrava sola in giardino. Nel salotto dove le quattro signore sedevano insieme la sera, lei stava quasi sempre in silenzio. Seduta un po' in disparte, teneva la testa rotonda (non così grossa però come quella di Fräulein Mina) un po' piegata da un lato, sempre con la stessa inclinazione; le profonde rughe sul volto di Frau Sigrist la facevano sembrare una nonna, ma questo non lo diceva nessuno, e anche del fatto che lei e Fräulein Mina fossero sorelle nessuno parlava mai.

La terza era Fräulein Lotti, una cugina, forse una cugina povera, perché delle quattro era quella che aveva meno autorità. Era anche la più smilza e insignificante, piccola come le due sorelle e quasi loro coetanea; i suoi tratti taglienti, il modo di fare e l'espressione del volto erano inequivocabilmente quelli di una vecchia zitella. Veniva tenuta un po' in secondo piano perché non aveva pretese intellettuali. Non parlava mai né di libri né di quadri, erano temi che lasciava alle altre. La si vedeva sempre cucire, di cucito se ne intendeva, e quando stavo seduto vicino a lei in attesa di un bottone che mi stava attaccando, diceva un paio di frasi in tono risoluto e rivelava in queste sue piccole incombenze molta più energia di altri in cose più importanti. Era quella che aveva viaggiato di meno e conservava ancora qualche legame con l'ambiente dei dintorni della città. Una sua cugina più giovane abitava in una casa di contadini a Itschnach; qualche volta, quando decidevamo di fare una passeggiata più lunga del solito, andavamo a trovarla. Fräulein Lotti, avendo molte cose da sbrigare in casa (aiutava anche in cucina), non veniva con noi, non aveva tempo, e lo diceva in tono severo e senza farsi compatire: il senso del dovere era il tratto più spiccato della sua personalità. Era per lei un motivo di grande orgoglio proibirsi proprio le cose che più le avrebbero fatto piacere. Ogni volta che si progettava una nuova gita a Itschnach, in casa si cominciava a dire che chissà, forse questa volta sarebbe venuta anche lei, bisognava soltanto non insistere, quando ci avesse visti tutti raccolti in giardino e pronti a partire, magari all'ultimo momento si sarebbe unita anche lei al gruppo. E in effetti veniva davvero in giardino, ma soltanto per raccomandarci di portare i suoi speciali saluti alla cugina. Non voleva venire anche lei con noi? Macché, che cosa mai ci veniva in mente! In casa c'era ancora lavoro per tre giorni e l'indomani tutto doveva essere finito! Però quella visita, dalla quale non s'era lasciata sedurre, la prendeva terribilmente sul serio. Dava poi una grande importanza ai saluti che le riportavamo a casa da parte della cugina e ci teneva a un resoconto dettagliatissimo – in cui ciascuno di noi aveva la sua parte – di ciò che era accaduto laggiù. Quando qualcosa non le piaceva, continuava a far domande e scuoteva il capo. Quelli erano momenti importanti nella vita di Fräulein Lotti, erano in realtà le sole pretese che lei facesse valere, quando la si lasciava troppo a lungo senza raccontarle nulla di sua cugina diventava insopportabilmente stizzosa e bisbetica. Ma questo succedeva assai di rado, faceva parte della routine della casa pensare a questa sua esigenza, anche se nessuno ne parlava mai apertamente.

Resta la più giovane e la più alta delle quattro, che peraltro ho già menzionato, Fräulein Rosy. Nell'età migliore, non aveva ancora raggiunto i quaranta, robusta ed energica, una vera ginnasta, era lei che presiedeva ai nostri giochi nel vecchio campo da tennis. Era una maestra nata, aveva sempre insegnato, e parlare le piaceva tremendamente. Parlava moltissimo, con un ritmo uniforme, e qualunque cosa raccontasse, spiegava tutto con troppi particolari. Aveva molti interessi, specialmente per i giovani letterati svizzeri, essendo stata anche insegnante di tedesco. L'argomento delle sue spiegazioni non era importante, perché, dette da lei, tutte le cose sembravano uguali. Riteneva suo dovere occuparsi di tutto e difficilmente si trovava qualcosa su cui lei non avesse da dire la sua. Ma raramente si arrivava a farle delle domande, perché lei stessa era continuamente intenta a diffondersi in spiegazioni dettagliatissime su un argomento qualsiasi, ed era inesauribile nelle sue iniziative. Da lei si veniva a sapere ciò che era accaduto a villa Yalta dall'inizio dei tempi, si ottenevano informazioni su tutte le pensionanti provenienti dai più svariati Paesi del mondo, possibilmente anche sui loro genitori, che qualche volta, non sempre purtroppo, erano venuti in visita di presentazione quando le ragazze erano entrate in pensionato; di queste si apprendevano meriti e debolezze, la sorte ch'era loro toccata in seguito, la loro ingratitudine, la loro fedeltà. Poteva accadere che dopo un'ora non la si ascoltasse più, ma Fräulein Rosy non se ne accorgeva per niente, sicché, quando per un motivo qualsiasi era costretta a interrompersi, sapeva sempre con esattezza dove si era arrestata e più tardi riprendeva il discorso da quel punto con inesorabile imperturbabilità. Una volta al mese si ritirava per due giorni, restava nella sua camera e non scendeva neppure per i pasti, aveva «un ronzio in testa», questo era il suo modo un po' sbarazzino di definire l'emicrania. Si potrebbe pensare che quelli fossero per noi giorni di sollievo; e invece no, neanche per idea, tutti sentivamo la sua mancanza e inoltre ci faceva pena, perché se sentivamo *noi* la mancanza delle sue monotone chiacchiere, chissà che supplizio doveva essere per lei passare due intere giornate da sola, in silenzio nella sua stanza!

Non si considerava un'artista come Fräulein Mina, che era la sola a cui veniva attribuita quest'alta prerogativa, tanto che tutti consideravano naturalissimo che per la maggior parte della giornata lei si ritirasse nel 'nido del passero', mentre le altre tre erano continuamente occupate in lavori pratici. Fräulein Mina però scriveva i conti per gli ospiti della casa, conti che a intervalli regolari inviava ai rispettivi genitori. Acclusa spediva sempre una lettera piuttosto lunga in cui sottolineava quanto le fosse sgradevole occuparsi di questioni amministrative, essendo la sua mente tutta dedita ai fiori che dipingeva, e non certo al denaro. Poi si addentrava nella descrizione del comportamento e dei progressi delle fanciulle a lei affidate, lasciando chiaramente intendere il profondo interesse che nutriva per loro. Erano lettere nobilissime e disinteressate, piene di buoni sentimenti.

Tutte insieme le quattro signore venivano chiamate «le signorine Herder», benché due di loro portassero cognomi diversi. Ma stando alla discendenza di linea femminile, la denominazione era esatta. Come entità unica comparivano tutte insieme in salotto all'ora del caffè; quando il tempo era bello, nella veranda davanti alla casa; e la sera per un bicchiere di birra. In quei momenti stavano per conto loro, l'orario di lavoro era finito, non si poteva disturbarle con domande qualsiasi. Poter entrare nel loro salotto era considerato un mio particolare privilegio. C'era, in quella stanza, un odore di cuscini e di vecchi vestiti, quelli appunto che le signore indossavano, odore di mele quasi essiccate, e, secondo la stagione, odore di fiori. Questi ultimi naturalmente cambiavano, come le giovani pensionanti della villa; rimaneva invece sempre lo stesso, e comunque più intenso degli altri, l'odore di fondo, quello delle quattro signore. A me non dava fastidio perché ero trattato con benevolenza. Anch'io per la verità mi dicevo che in quel *ménage* c'era qualcosa di ridicolo, tutte quelle donne, anzi, ad eccezione di Frau Sigrist, tutte quelle vecchie zitelle, ma la mia era pura finzione; a me, essendo l'esemplare unico di sesso maschile fra tutte quelle femmine, le cose andavano benissimo, meglio di così non sarebbero potute andare. Per tutte, sia le vecchie che le giovani, io ero qualcosa di speciale, soprattutto perché, come si dice in svizzero, ero uno *Jüngling*, un ragazzo, e non pensavo che qualsiasi altro *Jüngling* al mio posto avrebbe goduto presso di loro della stessa speciale considerazione. In fondo in quel posto facevo tutto quello che volevo, leggevo e studiavo quel che mi pareva. Non solo, la sera potevo anche varcare la soglia del salotto delle signore dove c'era una libreria nella quale mi era permesso di curiosare a mio piacimento. I libri illustrati me li guardavo subito, lì sul posto, altri me li prendevo da leggere nella sala comune. C'erano Mörike, di cui lessi con grande delizia le poesie e i racconti, e poi i volumi rilegati in verde scuro di Theodor Storm e quelli rossi di Conrad Ferdinand Meyer. Quest'ultimo fu per un certo periodo il mio autore prediletto, mi univano a lui il lago in tutte le ore del giorno e della sera, i frequenti rintocchi delle campane, la raccolta abbondante di frutta, ma anche fatti storici, l'Italia in particolare, di cui ora finalmente imparavo a conoscere l'arte e di cui spesso sentivo parlare. In quella libreria incontrai per la prima volta Jacob Burckhardt e mi accostai al suo volume *La civiltà del Rinascimento*, di cui allora però non riuscii a capire gran che. Per un quattordicenne era un libro troppo sottile e sfaccettato, che dava per scontate una esperienza e una maturità di riflessione su aspetti della vita che in parte mi erano ancora preclusi. Eppure fin d'allora rappresentò per me una sorta di stimolo, uno stimolo ad ampliare e moltiplicare i miei orizzonti, e inoltre mi confermò e mi rafforzò nella mia diffidenza verso il potere. Mi accorsi con meraviglia di quanto fosse modesta, e anzi misera, la mia sete di sapere confrontata con quella di un uomo simile, e come in queste cose esistano gradi, sfumature e possibilità di ascesa assolutamente inaudite, di cui mai avrei sognato l'esistenza. Burckhardt stesso come personaggio non riuscivo a vederlo dietro le pagine di quel libro, poiché in esse si perdeva, si dissolveva, e rammento il senso di dispetto con cui ogni volta riponevo quel libro al suo posto nello scaffale, come se il suo autore mi si fosse sottratto parlandomi in una lingua straniera che ancora non conoscevo.

C'era un'opera che guardavo con vera invidia: era lussuosa, in tre volumi, e si chiamava *Le meraviglie della natura*. Il suo aspetto era talmente prezioso che non potevo sperare di possederla mai. Non osavo nemmeno chiedere il permesso di portare quei libri nel vestibolo, le ragazze non si interessavano a cose del genere e sarebbe stata una vera profanazione. Così li guardavo solo nel salotto delle signore. Talvolta sedevo per un'ora intera a contemplare in silenzio le immagini di radiolari, camaleonti e anemoni di mare. Poiché per le signore era l'ora del riposo, non mi permettevo di disturbarle facendo loro delle domande e non mostravo nulla delle scoperte emozionanti che facevo; preferivo tenermi tutto per me, vivendo da solo il mio stupore, ma la cosa non mi riusciva facile, volentieri mi sarei lasciato andare a qualche espressione di meraviglia e mi sarei divertito a vedere che loro non sapevano nulla di una cosa che avevano nello scaffale da tanti anni.

Però, troppo a lungo lì non potevo rimanere, perché le ragazze, costrette a star fuori nel vestibolo, avrebbero magari avuto l'impressione che io godessi di un trattamento speciale. E in effetti era così, solo che loro non se la prendevano con me fintanto che le signore mi dimostravano una particolare stima e simpatia. Solo su un punto si sarebbero risentite se io avessi avuto dei privilegi, e questo era il cibo; i nostri pasti, infatti, non erano né particolarmente buoni, né molto abbondanti. La sera, quando erano da sole, le signore mangiavano ancora un po' di pane insieme alla loro birra, e io non volevo che qualcuno potesse pensare che nel loro salotto io ricevessi qualcosa in più, il che peraltro non accadeva mai; di simili favoritismi mi sarei vergognato.

Molto ci sarebbe da raccontare delle ragazze, ma ora non intendo descriverle tutte. Trudi Gladosch, la brasiliana, l'ho già presentata. Lei era la più importante perché era sempre lì, e tutte, quand'erano arrivate, l'avevano trovata già a villa Yalta. Non era quindi, in realtà, tipica né sufficientemente rappresentativa delle altre, nessuna delle quali, del resto, veniva da lontano come lei. C'erano ragazze provenienti dall'Olanda, dalla Svezia, dall'Inghilterra, dalla Francia, dall'Italia, dalla Germania, e in più alcune dalla Svizzera francese e tedesca. Come ospite «da rimpinzare» arrivò da Vienna una studentessa (eravamo nel periodo post-bellico e a Vienna si soffriva la fame), e continuamente, alla spicciolata, arrivarono altre ragazzine viennesi. Queste pensionanti non erano però presenti tutte insieme contemporaneamente, la popolazione di villa Yalta si rinnovò in continuazione nel corso di quei due anni, soltanto Trudi era sempre lì, e poiché suo padre, come ho già raccontato, era perpetuamente in debito con la pensione, la situazione si era fatta per lei tremendamente imbarazzante.

Le ragazze studiavano tutte insieme, sedute alla grande tavola del vestibolo dove facevano i loro compiti o scrivevano lettere. Quando non volevo essere disturbato, avevo il permesso di appartarmi in una stanzetta, una piccola aula nella parte posteriore della casa.

Poco dopo il mio arrivo a villa Yalta udii fare dalle signore il nome di Wedekind; solo che qui questo nome era preceduto dal titolo di «dottore», il che mi confuse un po' le idee. Pareva che lo conoscessero bene, veniva spesso in casa, e dopo tutto quello che avevo sentito raccontare di lui da Wreschner, dalla mamma e da altri – era

un nome che ricorreva sovente a quell'epoca – non riuscivo a capire che cosa potesse avere a che fare uno così con
villa Yalta. Era morto da poco tempo, ma qui si parlava di
lui come di un uomo vivo; il suo nome era pronunciato
con fiducia, come quello di una persona su cui si può contare; in occasione della sua ultima visita, si raccontava, aveva detto questo o quello e la prossima volta bisognava ri-
cordarsi di domandargli una cosa particolarmente importante. Io ero esterrefatto, abbagliato dal nome, un nome
che ai miei occhi poteva essere attribuito a *una persona sola*, e non osavo neppure chiedere qualcosa di più preciso –
proprio io che di solito non temevo mai di esporre le mie
ragioni; decisi dunque che doveva trattarsi di un caso di
doppia vita. Le signore evidentemente non sapevano che
cosa Wedekind aveva scritto, anch'io del resto lo sapevo
soltanto per sentito dire; comunque non era affatto morto
ed evidentemente esercitava la professione di medico, ma
di ciò dovevano essere al corrente soltanto i suoi pazienti
di quella parte della Seefeldstrasse, nella quale per caso
abitavamo anche noi, che era più vicina alla città.

Poi una delle ragazze si ammalò e fu chiamato il dottor
Wedekind. Io stavo nel vestibolo ed ero molto curioso di
vederlo. Arrivò, aveva un'aria severa e assolutamente qualunque, assomigliava a uno dei miei insegnanti, uno dei
pochi che non mi erano simpatici. Andò di sopra dalla paziente, tornò giù dopo pochissimo tempo e con Fräulein
Rosy, che lo aspettava dabbasso, parlò in tono risoluto della malattia della ragazza. Sedette alla lunga tavola del vestibolo, scrisse una ricetta, e poi, alzatosi in piedi, si lasciò
coinvolgere in una lunga conversazione con Fräulein Rosy. Parlava il dialetto svizzero come uno svizzero, l'ingan-
no della doppia vita era perfetto, e benché non mi fosse
affatto simpatico cominciai ad ammirarlo per questo suo
straordinario talento nel recitare una parte. Poi lo udii affermare in tono estremamente deciso – non so come mai
fosse venuto su quel discorso – che suo fratello era sempre stato la pecora nera della famiglia, nessuno poteva
farsi un'idea di quanto lo avesse danneggiato nella sua
professione. Molti pazienti non erano più andati a farsi
visitare nel suo studio per paura di quel fratello. Altri gli
avevano domandato come era possibile che un uomo simile fosse suo fratello. E lui aveva sempre dovuto rispondere la stessa cosa: se non avevano mai sentito dire che in

una famiglia ci poteva essere un cattivo soggetto. Capitava spesso – come lui aveva potuto constatare nella sua pratica medica – che imbroglioni, falsari, filibustieri, ladri e altri simili furfanti provenissero da famiglie onorate e rispettabili. Per questo c'erano le prigioni, e lui era del parere che individui simili dovessero essere severamente puniti, senza alcun riguardo per la loro origine. Adesso suo fratello era morto, lui avrebbe potuto raccontarne di tutti i colori su quella canaglia, cose che non avrebbero certo migliorato la sua immagine agli occhi delle persone per bene. Ma preferiva tacere e pensava: è meglio così, è un bene che se ne sia andato. Meglio ancora sarebbe stato che non fosse mai venuto al mondo. Se ne stava lì, fermo e sicuro, e parlava con una tale cattiveria che io mi infuriai terribilmente e, dimentico di tutto, gli corsi vicino, mi piantai davanti a lui e gridai: «Ma era uno scrittore!». «Appunto!» mi rimbeccò lui. «Così si creano modelli sbagliati. Ricordati, figliolo, ci sono buoni e cattivi scrittori. Mio fratello era uno dei peggiori. È meglio non diventare affatto uno scrittore e imparare invece qualcosa di utile! – Ma che gli ha preso a questo ragazzo?» e volgendosi ancora a Fräulein Rosy: «Fa già anche lui cose del genere?». Lei mi difese, lui mi voltò le spalle e non mi diede la mano quando andò via. Molto tempo prima che io leggessi Wedekind era riuscito a destare in me grande simpatia e rispetto per lui, e durante i due anni che trascorsi a villa Yalta non mi ammalai una sola volta, per non dover ricorrere alle cure di quel fratello dalla mente così angusta.

Filogenesi degli spinaci. «Giunio Bruto»

Quei due anni la mamma li trascorse in gran parte ad Arosa, al Waldsanatorium; quando le scrivevo la vedevo librarsi a grande altezza sopra Zurigo, quando pensavo a lei involontariamente levavo lo sguardo verso l'alto. I miei fratelli erano a Losanna, sul lago Lemano, e così la nostra famiglia, dopo aver vissuto nel piccolo appartamento della Scheuchzerstrasse nella più stretta intimità, si era sparpagliata in varie direzioni formando un triangolo: Arosa, Zurigo, Losanna. È pur vero che ogni settimana ci scambiavamo delle lettere, e in queste lettere, io almeno, parlavo di tutto. Ma la maggior parte del tempo ero comunque indipendente dalla famiglia, al posto della quale, quindi, subentravano ora cose nuove. Per le regole della vita quotidiana il posto della mamma era preso dal comitato – si poteva davvero chiamarlo così – delle quattro signore. Mai mi sarebbe passato per la mente di attribuire alle signore il ruolo della mamma, ma in effetti era a loro che dovevo rivolgermi quando volevo ottenere un permesso per uscire o per qualsiasi altra cosa. Godevo, rispetto a prima, di una maggiore libertà, loro conoscevano la natura dei miei desideri e non mi negavano mai nulla. Solo quando le mie richieste diventavano eccessive, quando dopo essere uscito per tre giorni di seguito per andare a delle conferenze chiedevo di uscire ancora, solo allora Fräulein Mina si faceva pensierosa e con una certa titubanza mi diceva di no. Ma ciò accadeva raramente, di conferenze adatte a me non ce n'erano poi così tante, e il più delle volte io stesso preferivo passare a casa il mio tempo libero, perché dopo ogni conferenza, di qualsiasi argomento fosse, le cose da leggere erano sempre moltissime. Tutto ciò con cui venivo in contatto metteva in moto ondate di cose nuove che si espandevano in tutte le direzioni.

Sentivo ogni nuova esperienza come qualcosa di fisico, come una sensazione di dilatazione corporea. Ciò era dovuto al fatto che, pur sapendo già parecchie altre cose, il nuovo non aveva con queste il minimo legame. Una cosa nuova, separata da tutto il resto, veniva a collocarsi dove prima non c'era nulla. Era una porta che si apriva all'improvviso là dove neppure la si poteva immaginare, e di colpo ci si trovava in un paesaggio con luce propria, dove tutto aveva nomi nuovi, un paesaggio che si estendeva lontano, sempre più lontano, all'infinito. In esso ci si muoveva attoniti per ogni dove, seguendo le proprie brame e inclinazioni, ed era come se mai si fosse stati altrove. «Scientifico» divenne per me in quel periodo una parola magica. Non significava, come sarebbe stato più tardi, il doversi acconciare a una limitazione, un diritto a qualcosa che si paga rinunciando a tutto il resto, ma, al contrario, era un dilatarsi, un liberarsi da limitazioni e confini, la conquista di terre vergini nel vero senso della parola, diversamente popolate, non inventate come nelle fiabe e nei racconti, cose che, una volta chiamate con il loro nome, acquistavano una realtà incontestabile. Con le storie molto più remote, alle quali mi attenevo ancora saldamente, come se ne andasse della mia vita, cominciai ad avere qualche difficoltà. La gente le ascoltava sorridendo, davanti ai compagni, per esempio, non ne potevo più parlare, per molti ragazzi non contavano più niente, diventare adulti consisteva appunto nel fare osservazioni ironiche su di esse. Io le mie storie me le tenni tutte, le conservai gelosamente continuando a tesserle per me solo, e partendo da esse ne inventai addirittura di nuove; eppure, non meno di esse mi attiravano ora i campi del sapere scientifico. Immaginavo che a scuola ci fossero nuove materie che si aggiungevano alle precedenti, per alcune inventai dei nomi così strani che non osavo mai pronunciarli a voce alta, e anche in seguito non li rivelai a nessuno, rimasero un mio segreto. Ma qualcosa di queste mie storie non mi soddisfaceva, esse valevano soltanto per me, per nessun altro avevano significato, e certo sentivo anche, quando le dipanavo per me solo, che non vi potevo riversare nulla di cui già non fossi a conoscenza. Esse non appagavano fino in fondo il mio bisogno di nuovo, questo si doveva andarlo a cercare là dov'era, indipendentemente da ciascuno di noi, e questa funzione era allora assolta per me dalle «scienze».

Grazie alle mutate circostanze della mia vita si erano anche liberate delle forze ch'erano state inibite per molto tempo. Io non *sorvegliavo* più la mamma, come a Vienna e nella Scheuchzerstrasse. Forse era stato anche quello uno dei motivi delle sue periodiche malattie. Che lo volessimo accettare o no, fintanto che vivevamo insieme ciascuno di noi due doveva render conto all'altro del proprio operato. Ciascuno sapeva non solo quello che l'altro faceva, ma avvertiva anche quel che l'altro pensava, e questo nostro legame così intimo e profondo che ci rendeva tanto felici aveva in sé qualcosa di tirannico. Ora questa sorveglianza si era ridotta alle lettere che ci scambiavamo, nelle quali con un po' di abilità potevamo tenere nascoste molte cose di noi stessi. Lei in ogni modo non mi scriveva certo tutto di sé: le sue lettere contenevano soltanto notizie riguardanti la malattia alle quali credevo e che prendevo per buone. Di alcune delle persone che aveva conosciuto mi raccontava durante le sue visite, mentre nelle lettere ne parlava pochissimo. E faceva bene, perché ogni volta che mi scriveva qualcosa di una persona da lei conosciuta nell'ambiente del sanatorio, mi avventavo sulla lettera in questione con tutte le mie forze e la facevo a pezzi. Ora la mamma aveva intorno a sé molte persone nuove, alcune delle quali per lei intellettualmente significative, persone mature e malate, nella maggior parte dei casi più anziane di lei, ma, grazie appunto al genere particolare della loro inattività, sensibili e attraenti. Frequentando queste persone si sentiva veramente molto ammalata e si permetteva quella specie di acuta autosservazione che è tipica dei malati e che in passato, per amor nostro, si era sempre negata. Così anche lei era ora libera di noi, così come io lo ero di lei e dei fratelli, e le forze di entrambi evolvevano in maniera indipendente.

Delle meraviglie di cui mi ero appena impadronito non le volevo tuttavia nascondere nulla. Di ogni conferenza che ascoltavo e che aveva soddisfatto la mia sete di sapere le davo un resoconto oggettivo e dettagliato. La portai così a conoscenza di cose che non l'avevano mai interessata: i boscimani del Kalahari, per esempio, o la fauna dell'Africa orientale, o l'isola di Giamaica; ma anche la storia dell'architettura zurighese o il problema del libero arbitrio. L'arte rinascimentale in Italia la interessava ancora, e quando seppi del suo programma di andare a Firenze in primavera, le diedi alcune istruzioni precise su quello che doveva assolutamente vedere. Si sentiva un po' a disagio per la sua scarsa esperienza nel campo delle arti figurative e talvolta non le spiaceva lasciarsi erudire da me su queste cose. I miei racconti di popoli primitivi e di storia naturale li accoglieva invece con grande ironia. Poiché, certo saggiamente, mi teneva celate tante cose che la riguardavano, immaginava che io facessi altrettanto con lei. Era fermamente persuasa che io mi servissi dei miei numerosi e prolissi resoconti su cose che l'annoiavano profondamente per coprire i fatti personali che mi occupavano la mente. Chiedeva di continuo che le dessi notizie reali sulla mia vita, anziché parlarle della «filogenesi degli spinaci», come lei ironicamente chiamava tutto quello che aveva un vago sentore di scienza. Non prese affatto male l'idea che io mi volessi considerare un poeta, né si dimostrò contraria ai progetti che le sottoponevo di scrivere drammi e poesie, e neppure ebbe nulla da ridire sul dramma a lei dedicato che le inviai quand'era ormai composto.

I suoi dubbi circa il valore di queste opere se li tenne per sé; o forse il suo giudizio era incerto, dal momento che si trattava di me. Invece rifiutava implacabilmente tutto ciò che sapeva di scienza, di queste cose nelle mie lettere non voleva assolutamente sentir parlare, diceva che non avevano nulla a che vedere con me e che erano solo un tentativo di metterla fuori strada.

Furono posti allora i primi germi di quell'estraniazione che sarebbe sopravvenuta fra noi. Quando in me la sete di sapere, che lei aveva in ogni modo alimentato, prese una direzione che le era estranea, mia madre cominciò a dubitare della mia sincerità e del mio carattere e temette che io potessi diventare come il nonno, da lei considerato un incallito commediante: proprio il nonno, il suo nemico più irriducibile.

Fu comunque un processo lento, dovette passare del tempo e io di conferenze ne sentii parecchie prima che i miei resoconti, accumulandosi, potessero dispiegare su di lei i loro effetti. A Natale del 1919, tre mesi dopo il mio arrivo a villa Yalta, la mamma era ancora sotto l'impressione del dramma intitolato *Giunio Bruto* che le avevo dedicato. Vi avevo lavorato ogni sera fin dai primi di ottobre, nella piccola aula sul lato posteriore della casa che mi avevano concesso perché io potessi studiarvi in pace. Ogni sera dopo cena stavo alzato fino alle nove o anche oltre. I compiti di scuola li avevo finiti da un pezzo e le uniche persone che riuscii a ingannare veramente furono le «signorine Herder». Loro non avevano idea che io ogni sera lavorassi per due ore a scrivere un dramma per la mamma. Era un segreto di cui nessuno doveva sapere nulla.

Giunio Bruto, che aveva sconfitto i Tarquini, fu il primo console della repubblica romana. A tal segno Bruto prendeva sul serio le leggi della repubblica, che fece condannare a morte e giustiziare i suoi stessi figli, avendo essi preso parte a una congiura. Io avevo letto la storia in Livio e l'impressione che ne avevo ricevuto era stata fortissima, indelebile, perché ero sicuro che se mio padre fosse stato al posto di Bruto i suoi figli li avrebbe graziati. E dire che il *suo* stesso padre aveva avuto il coraggio di maledirlo per la sua disobbedienza. Negli anni seguenti avevo visto io stesso come mio padre non fosse riuscito a liberarsi di quella maledizione, ciò che la mamma gli rimproverava aspramente. In Livio di questo non c'era molto, solo un breve paragrafo. Io vi aggiunsi di mia invenzione una moglie di Bruto che lotta con il consorte per salvare la vita dei figli. Non ottiene nulla, i figli vengono giustiziati, e lei dalla disperazione sale su una rupe e si getta nel Tevere. Il dramma si conclude con un'apoteosi della madre. Ecco le ultime parole che Bruto pronuncia subito dopo che gli è stata annunciata la morte della moglie: «Maledetto quel padre che assassina i suoi figli!».

Era un omaggio alla mamma, un duplice omaggio: di un aspetto di esso ero perfettamente consapevole, anzi mi dominò profondamente durante i mesi della stesura, e pensai perfino che dalla gioia per quel dramma la mamma sarebbe guarita. La sua era una malattia misteriosa, non si sapeva bene che cosa avesse: non c'è quindi da meravigliarsi che io tentassi di venirle in aiuto con simili espedienti. Dell'altro omaggio nascosto io non avevo la minima idea: l'ultima frase conteneva una condanna del nonno. Ebbene, secondo la convinzione di una parte della famiglia, e specialmente della mamma, il nonno aveva ucciso il figlio con la sua maledizione. Così, nel conflitto fra il nonno e la mamma al quale avevo assistito a Vienna, io entravo in campo mettendomi decisamente dalla parte della mamma. Forse lei ha raccolto anche questo secondo messaggio segreto, non posso però dirlo con certezza perché non ne parlammo mai.

Può darsi che siano esistiti dei giovani scrittori che già a quattordici anni rivelarono il loro talento letterario. Decisamente io non sono fra questi. Il dramma era veramente pietoso, scritto in giambi di una bruttezza indescrivibile, maldestro e stentato, tronfio e ampolloso; non si può certo parlare di un influsso letterario di Schiller, ma soltanto di una sua piatta e pedissequa imitazione che rendeva il tutto sommamente ridicolo, grondante moralismo e nobiltà d'animo, un insulso chiacchiericcio totalmente privo di un nucleo originario riconoscibile, quasi fosse passato per sei mani diverse, una meno dotata dell'altra. Non è consigliabile per un bambino farsi avanti solennemente nei panni di un adulto, e io quest'opera abborracciata non mi sarei neanche sognato di citarla se essa, malgrado tutto, non tradisse al fondo qualcosa di autentico: il mio precoce orrore per una condanna a morte e per il comando con cui quella condanna era stata eseguita. Il nesso fra comando e condanna a morte, ovviamente di natura diversa da quello che allora potevo immaginare, mi ha in seguito occupato la mente per decenni e ancora oggi è un pensiero che mi accompagna.

Fra grandi uomini

Terminai rapidamente il mio dramma e nelle settimane che precedettero il Natale lo trascrissi in bella copia. L'esecuzione di un lavoro così lungo, che avevo iniziato l'8 ottobre e che conclusi il 23 dicembre, mi fece sentire molto importante e mi colmò di una soddisfazione che non avevo mai provato. Anche prima d'allora avevo passato settimane a inventare storie che poi man mano raccontavo ai miei fratelli, ma non avendo l'abitudine di metterle per iscritto, mai me le ero viste davanti. *Giunio Bruto*, tragedia in 5 atti, raccolta in un bel quaderno grigio chiaro, si estendeva per oltre 121 pagine e contava 2298 decasillabi sciolti. Per un periodo di ben dieci settimane riuscii a tenere nascosta questa mia attività poetica, peraltro importantissima, sia alle signore che alle ragazze di villa Yalta, sì, persino a Trudi, che era la mia confidente, e ciò naturalmente non fece che accrescerne ai miei occhi il significato e il valore. Mentre mi si facevano incontro tante altre cose nuove, che io assorbivo con appassionato interesse, mi pareva tuttavia che il senso vero della mia esistenza fosse tutto racchiuso nelle due ore quotidiane che dedicavo a quel lavoro destinato a glorificare mia madre. Le lettere che le scrivevo settimanalmente e in cui le raccontavo di tutto, culminavano nella firma ricca di orgogliosi svolazzi sotto la quale era scritto: «in spe poeta clarus». Lei a scuola non aveva studiato il latino, però grazie alla sua conoscenza delle lingue romanze lo capiva abbastanza. Tuttavia, temendo che lei confondesse «clarus» con «chiaro», le mettevo sotto la traduzione in tedesco della frase latina.

Deve essere stato piacevole vedermi davanti la 'cosa', sulla quale io allora non nutrivo alcun dubbio, scritta di mio pugno addirittura due volte, in latino e in tedesco, e in una lettera indirizzata alla mamma, la cui massima venerazione era rivolta ai poeti. Ma ciò che a quell'epoca alimentava la mia ambizione poetica non era più soltanto l'amore per lei. La vera colpa, se di colpa si vuol parlare, era del calendario scolastico Pestalozzi. Lo conoscevo alla perfezione già da tre anni e mentre leggevo tutto quello che vi trovavo scritto – vi si potevano apprendere una gran quantità di cose interessanti –, c'era qualcosa in esso che era diventato per me una sorta di tavola della legge: le immagini dei grandi uomini ai quali il calendario era dedicato. Ce n'erano centottantadue, uno ogni due giorni, ritratti con grande efficacia, e sotto l'illustrazione le date di nascita e di morte e poche, concise frasi che descrivevano la vita e l'opera. Già fin dal 1917, quando mi era capitato in mano per la prima volta, il calendario mi aveva estasiato: vi avevo trovato i più grandi esploratori del mondo, quelli che ammiravo di più: Colombo, Cook, Humboldt, Livingstone, Stanley, Amundsen. Poi c'erano i grandi scrittori, e il primo su cui per caso mi cadde lo sguardo non appena aprii il calendario fu Dickens; fu anche la prima immagine che vidi di lui, riprodotta sulla pagina del 6 febbraio in alto a sinistra e, subito sotto la data, la seguente frase: «Nell'umano tumulto, dona ai più miseri uno sguardo!». Questa frase mi è poi diventata talmente ovvia che quasi non riesco a immaginare che un giorno abbia potuto suonarmi nuova; ma c'erano anche Shakespeare e Defoe, il cui *Robinson Crusoe* era stato uno dei primi libri inglesi che mio padre mi aveva regalato; c'erano Dante e Cervantes; Schiller, naturalmente, Molière e Victor Hugo, di cui la mamma parlava spessissimo. Omero, che mi era familiare da quando avevo letto le *Leggende dell'antichità classica* e Goethe, il cui *Faust*, malgrado ne avessi sentito parlare più volte, a casa mi era stato sempre proibito; Hebel, il cui *Schatzkästlein* [*Il tesoretto dell'amico di casa renano*] ci serviva a scuola come libro di lettura per la stenografia, e molti altri autori di cui conoscevo alcune poesie perché le avevo lette nell'antologia della letteratura tedesca. Walter Scott, che non potevo soffrire, volevo eliminarlo e perciò presi dell'inchiostro e cominciai a imbrattare la sua immagine. Però nel far questo non mi sentivo molto a mio agio e così, appena cominciato, andai dalla mamma e con aria truce la misi al corrente delle mie intenzioni. «Questa è proprio una stupida ragazzata» esclamò la mamma. «Walter Scott non può difendersi, né tu puoi farlo scomparire in questo modo dalla faccia della terra. È uno scrittore famosissimo che ti ritroverai sempre tra i piedi. E poi, se qualcuno apre il tuo calendario, avrai di che vergognarti». Io mi vergognavo già, ancora prima di aver finito l'opera, e perciò cessai subito quel mio lavoro di annientamento.

La mia vita in compagnia di quei grandi uomini era davvero meravigliosa. Tutti i popoli e tutte le arti e i campi del sapere vi erano rappresentati. Dei musicisti sapevo già qualcosa, prendevo lezioni di pianoforte e frequentavo i concerti. C'erano Bach, Beethoven, Haydn, Mozart e Schubert. L'effetto della *Passione secondo Matteo* l'avevo visto sulla mamma. Degli altri ero già io stesso in grado di suonare qualche brano, e avevo comunque occasione di ascoltarli. I nomi dei pittori e degli scultori acquistarono contenuto e significato soltanto nel periodo di villa Yalta, per due o tre anni avevo guardato i loro ritratti con un certo timore e davanti a loro mi ero sentito in colpa. Poi c'erano Socrate, Platone, Aristotele e Kant. Non mancavano neppure alcuni insigni matematici, fisici, chimici e studiosi di scienze naturali che non avevo mai sentito nominare. La Scheuchzerstrasse, dove avevamo abitato, portava appunto il nome di uno di costoro, il mondo brulicava letteralmente di inventori. L'Olimpo dei grandi uomini era gremito fino all'inverosimile. Presentavo alla mamma tutti i medici che trovavo nel mio calendario e le facevo intendere quanto fossero più famosi del suo professore. La cosa più bella era che i conquistatori e i condottieri avevano in quel consesso una parte assolutamente trascurabile. Coloro che avevano concepito il calendario avevano seguito un ben preciso criterio: inserirvi i benefattori dell'umanità e non coloro che avevano contribuito a distruggerla. Alessandro Magno, Cesare e Napoleone vi erano sì ritratti, ma non riesco a ricordare altri condottieri, e anche quei tre li rammento soltanto perché nel 1920 furono eliminati dal calendario. «Una cosa così può succedere solo in Svizzera» disse la mamma. «Sono contenta di vivere in questo Paese».

Circa un quarto dei grandi uomini che figuravano nel calendario erano svizzeri. Della maggior parte di loro non avevo mai sentito parlare. Non mi diedi alcuna pena per ottenere informazioni più precise, li accettavo con una strana forma di neutralità, e Pestalozzi, che dava il nome al calendario, valeva per molti. E la stessa cosa accadeva probabilmente per altri nomi. Oppure, pensavo, quei personaggi si trovavano lì perché dopotutto il calendario era svizzero. Io avevo un timore reverenziale per la storia degli svizzeri, in quanto repubblicani mi erano cari quanto i greci antichi. Perciò mi guardai bene dal sollevare dei dubbi su qualcuno di quei personaggi e continuai a sperare che un giorno o l'altro i meriti di ciascuno mi sarebbero risultati chiari.

Non è un'esagerazione affermare che vivevo in compagnia di quei nomi. Non passava giorno che non sfogliassi le pagine del calendario e tutte le frasi che stavano sotto i ritratti le sapevo a memoria. Quanto più suonavano decise, tanto più mi piacevano. Il calendario brulicava di superlativi, mi sono rimasti impressi innumerevoli «il più grande», «il più illustre». In questo c'era anche un crescendo, così che spesso il personaggio diventava «il più grande di tutti i tempi». Böcklin era uno dei più grandi pittori di tutti i tempi, Holbein il più grande ritrattista mai esistito. Nel campo dei viaggi e delle esplorazioni ero ben preparato e non ero d'accordo che Stanley figurasse come il più grande esploratore dell'Africa, io gli preferivo di gran lunga Livingstone, perché era anche medico e aveva lottato contro la schiavitù. In tutti gli altri campi però mi bevevo letteralmente quel che trovavo scritto sul calendario. Mi colpì che nel caso di due grandi uomini l'appellativo «grande» fosse sostituito con «possente»: si trattava di Michelangelo e di Beethoven, che avevano la loro posizione particolare.

È difficile dire se questo stimolo sia stato proficuo, ma è certo che suscitò in me speranze di gloria assolutamente spropositate. Non mi sono mai chiesto se avevo il diritto di accodarmi a questi illustri personaggi. Sfogliavo il calendario, e chiunque vi trovassi raffigurato mi apparteneva, erano quelle le immagini dei miei santi. Tuttavia questa vicinanza non stimolava solo l'ambizione, che comunque avevo ereditata in grandissima parte da mia madre. Mi sentivo anche invaso da un senso di pura venerazione nei confronti di questi grandi uomini, con essi non osavo prender confidenza, me li sentivo lontanissimi, la distanza tra me e loro mi sembrava incommensurabile. La loro vita difficile era degna di ammirazione non meno delle loro opere. E benché ci si prendesse la strana libertà di voler imitare ora questo ora quel personaggio, restava pur sempre la grande folla di tutti gli altri, quelli che mai

si sarebbero potuti imitare perché avevano lavorato e creato in campi di cui non si sapeva nulla: di fronte al processo creativo di costoro non si poteva far altro che rimanere
stupiti e ammirati, e appunto per questa ragione erano loro il vero prodigio. La ricchezza e la versatilità delle menti, la multiformità delle imprese, quella sorta di parità di
diritti per cui essi figuravano qui tutti insieme, la diversità
della loro origine e provenienza, della loro lingua, delle
epoche storiche in cui erano vissuti, ma anche della durata della loro vita (alcuni di essi erano morti giovanissi-
mi): non saprei cos'altro avrebbe mai potuto darmi una
più forte sensazione della vastità, della ricchezza e delle
speranze dell'umanità se non questo consesso di centottantadue menti tra le più eccelse del mondo.

L'orco incatenato

Il 23 dicembre *Giunio Bruto* partì per Arosa accompagnato da una lunga lettera indirizzata alla mamma conte-
nente le istruzioni che ritenevo necessarie: prima doveva
leggere la tragedia tutta d'un fiato, per averne un'impressione generale, e poi una seconda volta pezzo per pezzo, a
piccole dosi, con una matita in mano per prendere nota di
eventuali osservazioni critiche sui singoli particolari: queste poi avrebbe dovuto comunicarmele. Fu per me un
grande momento, fremevo per l'attesa e la curiosità, e
quando oggi ripenso a quell'«opera» veramente pietosa,
e tale da non poter dare adito neppure alle più fievoli
speranze, e soprattutto quando penso alla rapidità con
cui io stesso mi resi conto di tutto ciò, non posso fare a
meno di datare da allora la diffidenza che in seguito ho
sempre nutrito per tutto ciò che ho scritto con sicurezza
e con orgoglio.

Il crollo venne già il giorno seguente, prima ancora
che la mamma avesse in mano il mio dramma. Avevo appuntamento con la nonna e la zia Ernestine, che vivevano
ancora a Zurigo, e che una volta alla settimana andavo a
trovare. I miei rapporti con le due donne erano cambiati
dopo quella tremenda scenata notturna in casa della signorina Vogler, dove io avevo combattuto e vinto una
strenua battaglia per ottenere in certo senso la mano di

mia madre. Ormai sapevano tutte e due che non aveva senso cercare di convincere la mamma a un nuovo matrimonio, sempre lei si sarebbe rifiutata di fare una cosa che mi avrebbe annientato. Alla fine nacque persino qualcosa di simile alla simpatia fra me e quella sorella della mamma, la quale cominciò a comprendere che io avevo cucita sulla pelle la stoffa degli Arditi ed ero ben deciso a non dedicarmi a guadagnar denaro, ma propendevo piuttosto per una professione «ideale».

Trovai la nonna sola, che mi accolse con una grande notizia: lo zio Salomon era arrivato da Manchester, la zia sarebbe tornata a casa di lì a poco con lui. Dunque era arrivato a Zurigo l'orco della mia infanzia inglese, l'uomo che non vedevo da sei anni e mezzo, da quando eravamo partiti da Manchester. Nel frattempo c'era stata Vienna e la guerra mondiale, che si era conclusa con le speranze riposte in Wilson e nei suoi quattordici Punti, e ora, da poco tempo, avevamo avuto la grande disillusione: Versailles. Durante quel periodo si era spesso parlato dello zio, l'ammirazione della mamma per lui non era diminuita. Ma era un'ammirazione che riguardava esclusivamente il suo successo commerciale; fra lei e me erano accadute nel frattempo tali e tante cose importanti, tante grandi figure erano affiorate nelle nostre letture serali e poi nel mondo degli eventi reali di cui io seguivo gli sviluppi con fervore, che ai miei occhi lo zio e il suo potere non apparivano più così imponenti. Certo, continuavo come prima a considerarlo un mostro, la personificazione di tutto ciò che bisognava ripudiare, c'era nella sua immagine, così come a me si presentava, qualcosa di brutale e di ripugnante che gli si addiceva benissimo, eppure, nonostante tutto, non lo consideravo più un essere pericoloso. Me la sarei cavata anche con lui. Quando zia Ernestine arrivò e disse che lo zio Salomon aspettava di sotto e voleva portarci fuori, provai una sensazione di trionfo e di sfida, io, drammaturgo quattordicenne – il dramma era già partito per posta –, volevo presentarmi a lui, confrontarmi con lui.

Non lo riconobbi, aveva un'aria assai più distinta di quanto mi aspettassi, al primo sguardo la sua faccia non era sgradevole, e in ogni caso non assomigliava a quella di un orco. Mi meravigliai che parlasse ancora correntemente il tedesco che, dopo tutti quegli anni passati in Inghilterra, era tra di noi una lingua nuova. Trovai quasi cortese da parte sua non costringermi a parlare in inglese, da qualche tempo ero un po' giù d'esercizio con l'inglese, e per il discorso serio che c'era da aspettarsi mi sentivo più sicuro a parlare in tedesco.

«Qual è la migliore pasticceria di Zurigo?» domandò lui subito «vi ci voglio portare». La zia Ernestine nominò Sprüngli, era parsimoniosa per natura e si vergognava di nominare Huguenin, che era considerata ancora più raffinata. Andammo a piedi per la Bahnhofstrasse fino da Sprüngli, la zia che doveva fare una commissione restò un poco indietro e noi ci buttammo subito, come si conviene fra uomini, a parlare di politica. Io attaccai gli Alleati e, dal momento che lui veniva di là, inveii contro l'Inghilterra con particolare veemenza. Dissi che Versailles era stata una grande ingiustizia e contraddiceva tutto ciò che Wilson aveva promesso. Lui mi fece notare questo e quello in tono piuttosto pacato, ed io sentii che la mia foga lo divertiva, voleva sapere che tipo di ragazzo ero, come la pensavo: perciò mi lasciava parlare. Ma sebbene dicesse così poco, mi resi conto che su Wilson non si voleva pronunciare. A proposito di Versailles dichiarò: «Lì sono in gioco questioni economiche. Di questo tu non capisci ancora nulla» e poi: «Nessun Paese fa una guerra per quattro anni senza contropartite». Ma ciò che soprattutto mi colpì fu la domanda: «Che cosa ne pensi di Brest-Litovsk? Credi che i tedeschi si sarebbero comportati diversamente se avessero vinto? Il vincitore è il vincitore». E per la prima volta, così dicendo, mi guardò bene in faccia: i suoi occhi erano azzurri e gelidi, li riconobbi immediatamente.

Quando fummo da Sprüngli zia Ernestine ci raggiunse. Col suo fare arrogante lo zio ordinò cioccolata e pasticcini per noi, ma non assaggiò nulla delle buone cose che aveva davanti, sembrava che neppure esistessero; disse che era in viaggio per affari e aveva poco tempo. Tuttavia nei giorni seguenti aveva intenzione di andare a trovare la mamma ad Arosa. «Ma che cos'è questa malattia?» domandò poi ancora, e subito si diede la risposta: «Io non mi ammalo mai, non ne ho il tempo». Ma siccome non ci aveva più visti da un pezzo, ora – disse – doveva recuperare il tempo perduto. «Non avete un uomo in famiglia, questo è il guaio». Il tono non era malevolo, anche se un po' rapido e perentorio. «E tu che *fai*?» disse d'un tratto rivolgendosi a me, come se fino a quel momento non avessimo scambiato neanche una parola. L'accento era sul «*fai*», *fare* era la cosa che contava, evidentemente per lui tutto il resto di cui avevamo discusso non erano altro che chiacchiere. Io avvertii che la cosa si faceva seria e rimasi un attimo titubante. La zia mi venne in aiuto, i suoi occhi parevano di velluto e all'occorrenza sapeva anche parlare con voce vellutata. «Sai,» disse allo zio «vuole studiare». «Non se ne parla neppure, deve entrare in commercio». Sebbene normalmente parlasse un ottimo tedesco, diede alla parola «commercio» un'intonazione particolare, un accento sbagliato, come se accentato così, e leggermente storpiato e contratto, il termine entrasse realmente nella sua sfera. Seguì una lunga predica sulla vocazione della famiglia per il commercio. Tutti erano stati commercianti e lui era una dimostrazione vivente di quanto questa strada portasse lontano. L'unico ad aver tentato un'altra via, suo cugino, il dottor Arditti, se n'era ben presto pentito. Un medico non guadagna niente, non è che un galoppino al servizio di persone ricche. Deve accorrere a ogni piccolezza e poi magari il cliente non è neppure malato. «Come tuo padre,» disse «e adesso tua madre». Per questo il dottor Arditti aveva presto abbandonato la professione medica ed era tornato a fare il commerciante. Quindici anni aveva perduto, quello sciocco, prima con l'università e poi con i malanni di gente di cui non gli importava nulla. Ma adesso finalmente aveva fatto carriera. Forse avrebbe fatto ancora in tempo a diventare ricco, malgrado i quindici anni perduti. «Domandaglielo! Te lo dirà lui stesso!». Questo dottor Arditti, la pecora nera della famiglia, mi capitava sempre tra i piedi. Io lo disprezzavo in maniera indicibile, questo traditore di una vera professione, e mi guardavo bene dal domandargli qualcosa, sebbene a quell'epoca vivesse anche lui a Zurigo.

La zia intuì quel che mi passava per la mente, forse era anche spaventata perché il fratello aveva nominato mio padre in quella maniera così brutale. «Sai,» gli disse «è così avido di sapere». «Bene, benissimo! Una buona cultura generale, una scuola di commercio, in seguito un periodo di apprendistato in ditta e poi potrà iniziare la carriera!». Guardava davanti a sé e vedeva ciò che voleva vedere, non mi degnava neppure di uno sguardo, ma poi, volgendosi verso sua sorella, le parlò e le sorrise come se la notizia che stava per darle fosse davvero tutta per lei: «Sai, voglio radunare tutti i miei nipoti nell'azienda. Nissim diventerà commerciante, George pure, e a suo tempo, quando sarà grande, il mio Frank diventerà il capo della ditta e insieme faranno ottimi affari!».

Frank il capo della ditta! Io commerciante! Avevo una gran voglia di saltargli addosso per picchiarlo. Mi dominai e mi congedai, sebbene avessi ancora tempo. Andai fuori con la testa in fiamme, e in quello stato, barcollante di furore, feci di corsa e a gran velocità tutta la strada fino a Tiefenbrunnen, come se quella maledetta ditta l'avessi alle calcagna. Il primo sentimento che prese forma concreta fu il mio orgoglio. «Frank capo della ditta e io semplice commesso, io, io» e poi seguiva il mio nome. In quel momento ritornavo al mio nome, come sempre quando mi sentivo in pericolo. Lo adoperavo di rado e non mi piaceva farmi chiamare per nome. Il nome che portavo era il serbatoio delle mie energie, forse lo era qualsiasi nome appartenente a un'unica persona, ma questo era qualcosa di più. Ripetevo continuamente quella frase piena di sdegno, per me solo. Alla fine però non rimase che il nome. Quando arrivai a destinazione, avevo ripetuto il mio nome centinaia di volte e ne avevo attinto una tale forza che nessuno si accorse di niente.

Era la sera del 24 dicembre e a villa Yalta ci si preparava a festeggiare il Natale. Da settimane non si parlava d'altro. I preparativi si facevano in segreto. Trudi mi disse che era l'avvenimento più importante di tutto l'anno. Lei, che lottava contro l'ipocrisia con tanta veemenza, mi promise che sarebbe stato meraviglioso. A casa ci eravamo sempre scambiati dei regali, ma questo era tutto. La mamma non era credente e non faceva differenza fra le varie religioni. A determinare per sempre il suo atteggiamento sull'argomento era stata una rappresentazione di *Nathan il Saggio* al Burgtheater. Ma il ricordo delle usanze di casa sua, e forse anche la sua naturale dignità le impedivano di accettare la festa del Natale con tutto il suo rituale. Così la cosa non andava oltre il compromesso, abbastanza pietoso, dei regali.

Villa Yalta, quel giorno, era addobbata a festa, il vestibolo dove ci radunavamo di solito, abitualmente uno stanzone nudo e freddo, splendeva ora di caldi colori e profumava di ramoscelli d'abete. La festa incominciò in un locale adiacente molto più piccolo, la cosiddetta 'saletta di ricevimento'. Lì c'era un pianoforte, che serviva per i concerti che si tenevano nella villa. Sulla parete dietro il pianoforte c'era un quadro che a causa delle modeste proporzioni della stanza mi era sempre sembrato enorme: il *Boschetto sacro* di Böcklin. Da principio l'avevo creduto un originale e l'avevo guardato con timidezza, come il primo quadro 'vero' in una casa privata sul quale mi soffermavo con interesse. Ma poi un giorno Fräulein Mina mi aveva rivelato che era opera sua, una copia di Böcklin eseguita da lei. Risaliva al primo periodo della sua attività di pittrice, quando ancora non si dedicava esclusivamente ai suoi diletti fiori, ed era talmente fedele che tutti i visitatori, se non erano informati della cosa, lo prendevano per l'originale. Ora dunque Fräulein Mina sedeva al pianoforte davanti alla sua opera e ci accompagnava nei canti natalizi. Non era certo la migliore pianista di cui la casa disponesse, ma il sentimento che lei infondeva in quei canti era davvero contagioso. Noi eravamo in piedi nella stanza, vicinissimi uno all'altro, di spazio non ce n'era molto, e cantavamo a squarciagola. Dopo «Stille Nacht, heilige Nacht» e «O du fröhliche, o du selige...» ciascuno di noi poteva proporre una canzone che gli pareva adatta alla circostanza o che amava particolarmente. Ci volle un bel po' prima che tutti i desideri fossero esauditi e mi piacque che la cosa andasse per le lunghe e nessuno dimostrasse di aver fretta. Non c'era uno che desse a vedere di aspettare i regali, i propri e anche le sorprese che ciascuno di noi aveva preparato per gli altri. Finalmente si formò la processione, in fila indiana ci avviammo verso l'ultima stanza sul retro della casa, subito allungando un po' il passo: il più piccolo di tutti, un ragazzino viennese che era lì soltanto per il periodo delle vacanze natalizie, guidava il corteo, ed io, che per una differenza di poche settimane ero il secondo in ordine di età, camminavo dietro di lui, e così via, fino al più grande. Finalmente ci trovammo davanti alla grande tavola, ogni regalo era confezionato in un bel pacchetto, e in sovrappiù tutti ricevettero un paio di versi scherzosi scritti da me: non c'era occasione di rimare che non cogliessi al volo. Io trovai la statuetta di un tuareg, alto su un cammello, in posa fiera, e sotto la dedica «all'esploratore africano» con i nomi dei donatori. Anche i libri venivano incontro alla mia immagine di un avvenire più felice: *La vita degli Esquimesi* di Nansen, *Vecchia Zurigo*, con vedute dei tempi passati, *Sisto e Sesto*, schizzi di viaggio dall'Umbria. Trovai così riunite in quei regali molte cose che in quel periodo mi attraevano e mi interessavano moltissimo, e lo zio Salomon, che di tutto questo non immaginava neppure l'esistenza, con le sue frasi gelide e cattive che mi erano rintronate ancora nelle orecchie mentre cantavamo gli inni natalizi, era finalmente esorcizzato e ridotto al silenzio.

Dopo il solenne pranzo natalizio andammo avanti a fare musica fino a tarda notte. Era ospite della casa per quel giorno una cantante, una ex pensionante di villa Yalta; il signor Gamper, il violoncellista nell'orchestra cittadina che abitava con la moglie in una casetta adiacente alla villa, si mise a suonare per noi, e come accompagnatrici si fecero avanti le nostre pianiste: Trudi e una ragazza olandese. Era talmente bello che io sognai la mia vendetta. Incatenavo lo zio a una sedia e lo costringevo a star lì seduto. La musica non l'aveva mai sopportata, fin dai tempi di Manchester. Non restava fermo a lungo, tentava continuamente di rizzarsi in piedi. Ma io lo avevo legato così bene alla sedia che non riusciva a liberarsi. Finalmente, dimenticando di essere un vero *gentleman*, si metteva a saltellare all'indietro insieme alla sedia fino a uscire dalla villa, uno spettacolo veramente ridicolo davanti a tutte quelle ragazze, al signor Gamper e alle signore. Avrei voluto che anche la mamma lo vedesse e mi ripromisi di scriverle ogni cosa l'indomani.

Come ci si fa odiare

In quel primo inverno di separazione dalla mamma e dai fratelli, a scuola attraversai una crisi. Nel corso dei mesi precedenti avevo avvertito in alcuni miei compagni un insolito riserbo, che in uno o due di loro, ma non di più, si manifestava in osservazioni ironiche. Non avevo idea di che cosa si trattasse, non mi venne neppure in mente che il mio comportamento potesse dar fastidio a qualcuno, nulla nel mio modo di fare era cambiato e i compagni, salvo poche eccezioni, erano sempre gli stessi che conoscevo da oltre due anni. Già nella primavera del 1919 la classe si era molto ridotta, i pochi che volevano imparare il greco erano andati al liceo classico. Gli altri, che avevano scelto il latino e le lingue moderne, furono assegnati a quattro classi parallele del liceo moderno.

In questa nuova suddivisione delle classi, al nostro gruppo si erano aggiunti alcuni ragazzi nuovi, e uno di loro, Hans Wehrli, abitava a Tiefenbrunnen e per andare a scuola facevamo la stessa strada; fu così che ci conoscemmo meglio. Aveva una faccia emaciata tutta pelle e ossa, incavata e segnata a tal punto da farlo apparire più vecchio degli altri. Ma non solo per questo mi pareva più adulto; era un tipo pensoso e molto critico e non faceva mai commenti sulle ragazze, mentre gli altri già cominciavano a farli. Sulla strada di casa parlavamo sempre di cose 'vere', e per vero io intendevo allora tutto ciò che aveva a che fare col sapere, le arti e i grandi problemi del più vasto mondo. Hans Wehrli sapeva ascoltare a lungo in silenzio, e poi reagiva all'improvviso esprimendo con molta vivacità le proprie opinioni, che erano sempre basate su argomenti intelligenti. Questo alternarsi di calma e di vivacità mi piaceva perché la calma non era il mio forte, io davanti alla gente ero sempre vivace. Quello che mi appariva come il suo tratto più personale era la rapidità, capiva subito quel che intendevo dire, con lui non c'era bisogno di diffondersi in spiegazioni, e subito era pronto con la risposta, una risposta che poteva esprimere un assenso ma anche un dissenso. La imprevedibilità delle sue risposte rendeva più vive le nostre conversazioni. Ma non meno di quel che si diceva in questi discorsi, mi interessava la sua sicurezza di sé, di cui ignoravo le radici. Della sua famiglia sapevo soltanto che si occupava di mandare avanti il grande mulino di Tiefenbrunnen, dove si macinava la farina per il pane degli zurighesi. Questa mi pareva un'attività molto utile, diversissima dal «commercio» che tanto temevo e odiavo da quando mio zio me lo aveva fatto balenare come una minaccia che incombeva sul mio futuro. Mi bastava entrare un po' in confidenza con qualcuno per dichiarare ben presto, senza alcuna reticenza, la mia avversione per tutto ciò che aveva a che fare con il commercio e l'interesse personale. Lui parve comprendere le mie ragioni, perché accettò la cosa con calma e mai mi criticò per questo; al tempo stesso però notai che non diceva mai nulla contro la sua famiglia. Un anno più tardi Hans Wehrli tenne a scuola una relazione sul seguente tema: «La Svizzera al Congresso di Vienna». Appresi in quell'occasione che uno dei suoi antenati aveva rappresentato gli interessi elvetici al Congresso di Vienna e cominciai a comprendere che era un uomo 'storico'. Allora non avrei saputo esprimere questo concetto in una forma precisa, eppure intuivo che Hans viveva in pace con le proprie origini.

Nel mio caso la cosa era un po' più complicata. Mio padre rimaneva come uno spirito del bene che aveva vigilato sugli esordi della mia esistenza, e incrollabile appariva ancora a quell'epoca il sentimento che nutrivo per la mamma, alla quale praticamente dovevo tutto. Ma subito dopo cominciava la cerchia di coloro – appartenenti soprattutto alla famiglia di mia madre – verso i quali provavo un sentimento di estrema diffidenza. La serie cominciava con suo fratello, l'uomo che aveva tanto successo a Manchester, ma non finiva lì. Nell'estate 1915, durante la visita a Rustschuk, vi si era aggiunto quel terribile cugino pazzo della mamma, che essendo persuaso che ogni singolo membro della sua famiglia lo derubasse, da allora fino alla fine dei suoi giorni non pensò e non visse che per i processi. Poi c'era il dottor Arditti, l'unico del clan che a mio avviso aveva scelto una 'bella' professione, un mestiere cioè che gli permetteva di vivere per gli altri; ma poi questa professione medica egli l'aveva tradita e ora s'era messo in affari, e così era diventato come tutti gli altri. Da parte paterna la situazione era un po' meno squallida e il nonno stesso, che aveva abbondantemente dimostrato la sua abilità e talora anche la sua durezza negli affari, possedeva però in sovrappiù altre qualità che rendevano la sua personalità assai più complessa e affascinante. E non avevo neppure l'impressione che il nonno volesse costringermi a entrare in commercio. Una disgrazia l'aveva già provocata, la morte di mio padre gli era entrata nelle ossa, e tutto ciò che aveva fatto di male a lui tornava ora a mio vantaggio. Ma per quanto fossi colpito dalla sua personalità, ammirarlo non potevo davvero, e di lì, cominciando da lui e risalendo indietro nel tempo, si dipanava una storia di antenati che nei Balcani avevano condotto una vita da orientali, diversa da quella dei *suoi* antenati – quelli della mamma, intendo – vissuti in Spagna quattrocento o cinquecento anni prima. Di costoro sì che si poteva essere fieri, perché erano stati medici, poeti, filosofi, ma purtroppo le notizie che se ne avevano erano vaghe e generiche, e non avevano nulla a che vedere con la famiglia in particolare.

In questo periodo di rapporti così delicati, precari e malcerti con le mie origini accadde un fatto, che certo dall'esterno può apparire del tutto insignificante e che invece ebbe conseguenze profonde per la mia ulteriore evoluzione. Sia pure molto a malincuore, non posso fare a meno di raccontarlo, perché fu l'unico evento penoso di quei cinque anni zurighesi ai quali ripenso altrimenti ancora oggi con un senso di traboccante gratitudine; e soltanto le vicende successive della storia del mondo hanno fatto sì che questo episodio non sia stato completamente dimenticato e sommerso dalle gioie che in quel periodo mi furono concesse a profusione.

Negli anni della mia infanzia non avevo mai sperimentato di persona l'animosità di qualcuno contro di me per il fatto che ero ebreo. Ritengo che in Bulgaria come in Inghilterra simili cose fossero allora del tutto sconosciute. A Vienna di qualcosa mi ero accorto, ma l'ostilità non si rivolgeva mai contro di me, e ogni volta che riferivo un episodio del genere alla mamma, sia che vi avessi assistito o che ne avessi sentito parlare, lei reagiva con la tipica imperturbabilità del suo orgoglio di casta e interpretava il tutto come diretto contro qualcun altro, e mai comunque contro gli «spagnoli». Ciò era tanto più sorprendente in quanto la nostra stessa storia, tutto sommato, si basava sul fatto che eravamo stati scacciati dalla Spagna, ma appunto spostando così indietro nel tempo e in modo così perentorio le persecuzioni, si credeva forse di tenerle lontane dal presente.

A Zurigo Billeter, il professore di latino, si era una volta lamentato con me perché alzavo la mano troppo in fretta quando c'era da rispondere a qualcosa; una volta anticipai con la mia risposta un ragazzo di Lucerna, un tale Erni che era un po' lento, e Billeter insistette perché fosse lui a farsi venire in mente la risposta completa e per incoraggiarlo gli disse: «Pensaci un momento, Erni, ci arrivi di sicuro. Non ci lasceremo certo portar via tutto da un ebreo viennese». La battuta era piuttosto pesante e al momento, com'è ovvio, rimasi mortificato. Ma sapevo che

Billeter era un brav'uomo, che in quel modo voleva solo proteggere un ragazzo un po' tardo da uno troppo svelto, e benché egli mi avesse attaccato direttamente, gli fui grato di quella lezione e cercai di moderare il mio zelo.

Ma che dire di questa smania di farmi avanti? Sicuramente era dovuta in parte alla mia grande vivacità, alla sveltezza della lingua spagnola parlata da bambino, che aveva lasciato un ritmo singolare anche nelle lingue più lente come il tedesco o persino l'inglese. Ma non può essere stato soltanto questo: la cosa più importante era un'altra, la volontà di affermarmi davanti a mia madre. Lei pretendeva sempre risposte immediate, quel che non si sapeva dire subito per lei non aveva valore. A Losanna era riuscita a insegnarmi il tedesco in pochissimo tempo, nel giro di alcune settimane, e i successi ottenuti le erano parsi sufficienti a legittimare il suo metodo. Fu così che in seguito ogni cosa assunse quel ritmo. In fondo le nostre conversazioni erano simili a quelle dei drammi che si recitano sul palcoscenico: uno parlava e l'altro rispondeva, di lunghe pause quasi non ce n'erano, e se c'erano avevano un significato tutto particolare. Fra noi simili eccezioni erano escluse, durante le nostre scene tutto filava liscio a botta e risposta, uno aveva a malapena finito la sua frase che già l'altro era pronto a intervenire. Grazie a questa prontezza avevo imparato a tener testa alle pretese della mamma.

Proprio per tener testa alle pretese della mamma fui dunque spinto ad accentuare la mia naturale vivacità. Nella ben diversa situazione della scuola, la mia condotta era simile a quella a cui ero avvezzo in casa. Mi comportavo come se l'insegnante fosse la mamma. L'unica differenza era che a scuola dovevo alzare la mano prima di sbottare con la risposta. Ma essa seguiva immediatamente, lasciando i compagni con un palmo di naso. Non mi era mai passato per la mente che questo mio modo di fare potesse irritarli o addirittura ferirli. Non tutti gli insegnanti avevano lo stesso atteggiamento di fronte a questa mia velocità nel rispondere. Alcuni sentivano la prontezza di certi scolari come qualcosa che gli facilitava l'insegnamento. Era a tutto vantaggio del loro lavoro, l'atmosfera non stagnava mai, succedeva sempre qualcosa, avevano l'impressione che la loro lezione fosse ben riuscita se suscitava immediatamente le opportune reazioni. Altri la trovavano una cosa ingiusta e temevano che alcuni ragazzi più lenti potessero reagire male, cioè si scoraggiassero di fronte a quelli che li anticipavano in tutto e perdessero la speranza di arrivare mai a fare qualcosa di buono. Questi insegnanti, che non erano del tutto dalla parte del torto, si comportavano piuttosto freddamente con me e mi consideravano una specie di flagello. Ma non mancavano i professori che vedevano con gioia che qualcuno rendeva onore al *sapere*, ed erano questi i primi a cogliere le vere ragioni della mia così palese alacrità.

Io credo infatti che faccia parte del sapere il volersi rendere manifesto e non contentarsi di un'esistenza nascosta. Il sapere muto mi pare pericoloso, perché, ammutolendo sempre più, finisce per diventare un sapere segreto che poi deve vendicarsi della propria segretezza. Il sapere che si fa avanti, in quanto si comunica agli altri, è un sapere buono, che cerca, certo, stima e considerazione, ma non si rivolge contro nessuno. Il contagio che emana dagli insegnanti e dai libri tende a diffondersi. In questa fase di innocenza il sapere non dubita di sé, prende piede e al tempo stesso si dilata, si irradia, e vuole che tutto si dilati con lui. Al sapere sono state attribuite le qualità della luce, la velocità con cui tende a diffondersi è la più grande che si possa immaginare ed è un modo di onorarlo attribuirgli le qualità dei lumi. In questa forma il sapere è stato conosciuto dai greci prima che Aristotele lo inscatolasse a forza. Non è credibile che il sapere fosse pericoloso prima di essere frantumato e poi custodito. Per me Erodoto rappresenta l'espressione più pura di un sapere che era innocente perché doveva assolutamente irradiarsi: le suddivisioni che usa Erodoto sono i popoli, i quali parlano e vivono in forme diverse. Quando racconta di loro, egli non rafforza queste suddivisioni, ma al contrario lascia che in lui stesso trovino spazio le cose più disparate e fa sì che negli altri, i quali apprendono per mezzo suo, si crei lo spazio per accoglierle. In ogni giovane che ascolta mille cose diverse si nasconde un piccolo Erodoto, ed è importante che nessuno tenti di distoglierlo da questo solo perché da lui ci si aspetta che si limiti a una professione.

Ora la parte principale di una vita che si apre al sapere si svolge nella scuola ed è questa la prima esperienza pubblica di un giovane. Può darsi che egli voglia distinguersi, ma assai più fortemente vuole irradiare il sapere di cui si è appena impadronito, affinché esso non diventi un suo possesso esclusivo. I compagni più lenti pensano per forza ch'egli voglia accattivarsi il favore degli insegnanti e lo considerano un secchione. Il giovane invece non ha un traguardo preciso che vuole raggiungere a tutti i costi, anzi i traguardi non li tollera, vuole sempre andare oltre, e in questo anelito di libertà tende a coinvolgere i suoi insegnanti. Non è coi compagni che egli si misura, ma con gli insegnanti. Sogna di strapparli all'utilitarismo, ch'egli vuole superare. Ama fra loro solo quelli che non si sono votati all'utilità, che lasciano fluire il loro sapere per amore del sapere stesso; ma quelli li ama di un amore smisurato, li onora rispondendo con prontezza alle loro sollecitazioni, e non si stanca mai di ringraziarli per il sapere che da essi si irradia ininterrottamente.

Ma rendendo omaggio agli insegnanti in questo modo egli si isola dagli altri compagni che vi assistono. Si mette in mostra davanti agli insegnanti e intanto dei compagni non si accorge nemmeno; non prova alcun rancore nei loro confronti, semplicemente li esclude dal gioco: è un gioco di cui essi non sono protagonisti, ma solo spettatori. Poiché non sono affascinati come lui dall'intima essenza dell'insegnante, non riescono a farsi una ragione che lui invece lo sia, e pensano perciò che sia impegnato in un gioco losco, per dei bassi scopi. Lo detestano per uno spettacolo nel quale non hanno alcuna parte, forse lo invidiano un po' per la sua perseveranza. Ma soprattutto lo sentono come un elemento di disturbo, che confonde il loro naturale rapporto di ostilità verso l'insegnante, un rapporto ch'egli, per sé solo, ma pur davanti ai loro occhi, trasforma in reverenza.

La petizione

Nell'autunno 1919, quando mi trasferii a Tiefenbrunnen, la classe era stata nuovamente suddivisa ed eravamo rimasti in sedici; Färber ed io eravamo gli unici ebrei della classe. La lezione di disegno geometrico si svolgeva in una sala apposita, nella quale a ciascuno di noi era assegnato un banco apribile su cui c'era un cartellino con il nostro nome. Un giorno d'ottobre, proprio nel periodo in cui ero immerso nella stesura del mio dramma e avevo l'animo gonfio di buoni e nobili sentimenti, trovai nella sala da disegno il mio cartellino tutto imbrattato e pieno di insulti: «Abramini, Isacchini, ebreucci, andatevene dal liceo, qui non vi vogliamo». Sul cartellino di Färber le espressioni erano simili ma gli scarabocchi un po' diversi, e può darsi che nel ricordo io confonda ora gli insulti diretti a lui con quelli diretti a me. Rimasi talmente sbalordito che all'inizio non credetti ai miei occhi. Fino a quel giorno mai nessuno mi aveva insultato o attaccato, e con la maggior parte dei compagni eravamo insieme ormai da più di due anni e mezzo. Allo stupore subentrò ben presto la collera e io sentii la cosa come una offesa gravissima; dell'onore, «honor», mi avevano riempito le orecchie sin da quand'ero piccolo e specialmente la mamma su questo punto era molto rigida: che si trattasse degli «spagnoli», della nostra famiglia, oppure di uno qualsiasi di noi, il concetto dell'onore non era mai messo abbastanza in risalto. Naturalmente non era stato nessuno di loro, anche altre classi avevano le loro lezioni di disegno geometrico in quella stessa aula, ma io mi accorsi che uno o due dei miei compagni, nel vedere quanto profondamente il colpo era andato a segno, provarono una specie di maligna soddisfazione.

Da quell'istante in poi tutto fu diverso. Anche prima potevano esserci state delle punzecchiature, alle quali io non avevo dato importanza, ma dopo quell'episodio le vissi tutte con una coscienza vigile e attentissima a cogliere ogni particolare, non mi sfuggiva più il minimo accenno contro gli ebrei, le punzecchiature aumentarono, e mentre prima erano venute da un'unica fonte, ora parevano arrivare da diverse parti contemporaneamente. I ragazzi intellettualmente più dotati del primo periodo non erano più in classe con noi: Ganzhorn, che aveva rivaleggiato con me e che in molte cose mi era superiore, aveva scelto il liceo classico, dove in verità sarei dovuto andare anch'io se avessi seguito le mie inclinazioni. Ellenbogen, intellettualmente il più maturo di tutti noi, era finito in un'altra sezione. Con Hans Wehrli ero stato un solo semestre, ora lui era passato in una classe parallela alla nostra; facevamo sempre la stessa strada per andare a casa, ma alla vita interna della classe non partecipava più. Richard Bleuler, un ragazzo un po' trasognato e pieno di fantasia con il quale mi sarebbe piaciuto molto fare amicizia, preferiva tenersi lontano da me. A mio avviso l'azione partiva da un altro, che nella classe era una specie di controintelligenza. Forse costui provava particolare avversione per le mie «frenetiche smancerie», secondo la formula che venne più tardi coniata. Lui aveva un suo particolare tipo di intelligenza, che allora non coincideva con l'intelligenza scolastica, era anche più maturo e cominciava già a occuparsi di cose di cui io non avevo ancora la minima idea, cose della vita, per così dire, che alla lunga a suo avviso si sarebbero rivelate più importanti di quelle che si insegnavano a scuola. Del gruppo dei compagni che in qualche modo mi assomigliavano e consideravano le cose del sapere più importanti, o almeno davano a intendere di pensarla così, mi sembrava ormai di esser rimasto l'unico, e non mi rendevo conto di quanto fastidio questo 'monopolio' potesse dare agli altri.

Così ora, per via di quegli attacchi, mi sentii sollecitato verso Färber, col quale peraltro non avevo nulla in comune. Lui conosceva ragazzi ebrei di altre classi e mi raccontò della loro situazione. Da tutti venivano notizie analoghe, ovunque l'avversione per gli ebrei pareva aumentare di giorno in giorno e manifestarsi sempre più apertamente. Forse i racconti di Färber erano esagerati, essendo lui un ragazzo impulsivo e assai emotivo. Inoltre si sentiva minacciato in più di una maniera: era pigro e andava male a scuola. Alto e piuttosto grosso, era l'unico della classe ad avere i capelli rossi. Non si poteva non notarlo, quando per una foto di gruppo si metteva in prima fila copriva quelli che gli stavano dietro. In una di queste fotografie alcuni compagni di classe avevano cancellato la sua faccia. Apparentemente perché non lo volevano lì davanti in prima fila, in realtà perché non lo volevano affatto. Ma lui era svizzero, suo padre era svizzero, la sua lingua madre era il dialetto svizzero-tedesco, e l'idea di poter vivere altrove gli era totalmente estranea. Temeva di non poter passare alla classe superiore, e poiché, per lo più, faceva davanti a loro brutta figura, sentiva lo scontento degli insegnanti come un'espressione di ostilità simile a quella dei compagni. Non c'è da meravigliarsi che la sua stessa inquietudine lo inducesse ad aggravare involontariamente le notizie che mi portava sugli ebrei dalle altre classi. Io non conoscevo gli altri scolari ebrei e non cercavo neppure di discutere personalmente con questo o con quello. Fin dall'inizio il compito di tenere i collegamenti era stato affidato a Färber ed egli lo assolveva con scrupolo e con panico crescenti. Soltanto quando mi disse di un ragazzo: «Dreyfus mi ha detto di essere così disperato che non vuole più continuare a vivere», fui preso dal panico anch'io. Gli domandai costernato: «Intendi dire che vuole uccidersi?». «Non ce la fa più, si ammazza». Io non gli credetti veramente, data la mia esperienza personale la situazione non mi pareva così grave, si trattava per lo più di punzecchiature, che tuttavia andavano aumentando di settimana in settimana. Ma l'idea che Dreyfus si potesse uccidere, la parola stessa «uccidersi», mi tolse quel po' di tranquillità che ancora mi era rimasta. Già «uccidere» era una parola spaventosa, che durante la guerra si era caricata di un tremendo orrore, ma ora la guerra era finita da un anno e io vivevo nella speranza della Pace Perpetua. Le storie sull'abolizione della guerra che io avevo continuato a inventare per me e i miei fratellini e che finivano tutte nello stesso modo edificante, con la resurrezione dei caduti, non mi parevano più storie inventate. In Wilson, il presidente americano, la Pace Perpetua aveva trovato uno strenuo difensore, e a questa prospettiva la maggior parte della gente guardava con fiducia. È impossibile oggi farsi un'idea adeguata dell'intensità di questa speranza che allora aveva invaso il mondo. Io stesso sono una testimonianza vivente che essa aveva contagiato anche i ragazzini, né io ero l'unico, e i discorsi con Hans Wehrli sulla strada di casa erano pieni di queste cose, di questa aspirazione che condividevamo in pieno, e la serietà e la dignità dei nostri discorsi erano in buona parte determinate proprio da questo.

Ma c'era qualcosa che mi colmava d'orrore ancor più della parola «uccidere», ed era che qualcuno potesse compiere una simile azione contro se stesso. Già non mi era mai stato chiaro che Socrate si fosse portato alle labbra, *tranquillo,* la coppa della cicuta. Non so che cosa mi inducesse allora a pensare che ogni suicidio può essere impedito, so soltanto che fin d'allora ne fui assolutamente convinto. Basterebbe venire a conoscenza per tempo dell'intenzione suicida e fare immediatamente qualcosa per contrastarla. Io cercavo di immaginarmi che cosa si sarebbe potuto dire all'aspirante suicida: che avrebbe provato dolore e rimpianto quando dopo un po' di tempo si fosse reso conto di quel che aveva fatto, ma ormai sarebbe stato troppo tardi. Era meglio che aspettasse, avrebbe sempre potuto ripensarci. Questo argomento mi pareva irresistibile, mi esercitavo a ripeterlo in lunghi monologhi, in attesa che si presentasse l'occasione di usarlo con qualcuno, ma l'occasione non si era ancora presentata. La faccenda di Dreyfus era diversa, forse anche altri covavano simili pensieri. Dalla storia greca e da quella ebraica sapevo di suicidi di massa, e benché in queste situazioni fosse di solito in gioco la libertà, i racconti dei suicidi avevano sempre suscitato in me sentimenti contrastanti. Mi venne in mente di promuovere un''azione pubblica', la prima e l'unica in quei miei giovani anni. Nelle cinque classi parallele del nostro corso c'erano in tutto diciassette ebrei. Proposi che un giorno ci riunissimo tutti insieme – in gran parte non ci si conosceva neppure – per metterci d'accordo su che cosa fosse opportuno fare; io avrei proposto di inoltrare una petizione alla direzione della scuola, che forse non sapeva proprio niente della nostra penosa situazione.

Ci incontrammo al ristorante Rigiblick sullo Zürichberg, proprio là dove sei anni addietro avevo contemplato per la prima volta il panorama della città. Vennero tutti e diciassette, la petizione fu decisa e immediatamente messa sulla carta. Con poche semplici frasi noi, gli scolari ebrei riuniti della terza classe, facevamo presente alla direzione il crescente antisemitismo che regnava nella nostra scuola e pregavamo le autorità scolastiche di prendere provvedimenti adeguati in merito. Firmammo tutti e subito ci sentimmo molto sollevati. Avevamo fiducia nel preside, che essendo severo era un po' temuto, ma al tempo stesso considerato da tutti un uomo giusto. La petizione l'avrei dovuta consegnare io in direzione. Da essa ci aspettavamo miracoli e Dreyfus dichiarò di voler rimanere in vita.

Così vennero le settimane dell'attesa. Io pensavo che saremmo stati convocati tutti insieme in direzione e riflettevo su ciò che avrei dovuto dire. Dovevano essere parole piene di dignità, non dovevamo assolutamente cedere in nulla, ma denunciare la situazione con la massima semplicità e chiarezza, in poche parole e soprattutto sen-

za toni piagnucolosi. Ma dell'onore sì, di quello dovevamo parlare, perché il nostro era appunto un problema
d'onore. Non accadde nulla e io temetti che la petizione
fosse finita nel cestino della carta straccia. Avrei preferito
a quel silenzio una reazione qualsiasi, anche un biasimo
per la nostra iniziativa. Le punzecchiature, per la verità, lì
per lì diminuirono, e ciò mi meravigliò ancora di più; se i
nostri compagni si fossero presi una lavata di capo a nostra insaputa, lo sarei certo venuto a sapere da qualcuno
di loro che mi era più vicino.

Dopo cinque o sei settimane, forse anche più, fui chiamato da solo in direzione. Non fui ricevuto da Amberg, il
nostro severo preside. Mi trovai invece di fronte al vicepreside Usteri, con la petizione in mano, come se l'avesse
ricevuta in quel momento e la leggesse allora per la prima volta. Era un ometto piccolo, con le sopracciglia sol-
levate all'insù che gli davano un'espressione buffa, come
se sorridesse sempre allegramente. Ma in quel momento
non era affatto allegro e mi domandò: «L'hai scritta tu?».
Risposi di sì, era la mia calligrafia, e in effetti non solo l'a-
vevo scritta, ma anche redatta. «Tu alzi troppo la mano»
mi disse lui, come se la cosa riguardasse solo me personalmente, e davanti ai miei occhi stracciò il foglio con
tutte le firme e gettò i pezzi nel cestino. Ero congedato.
Tutto si era svolto con tale rapidità che non ero stato capace di replicare nulla, neanche una parola. In risposta
alla sua domanda, «sì» era stato tutto quello che mi era
uscito di bocca. Mi ritrovai davanti alla porta della direzione, mi sembrava quasi di non aver ancora bussato, e se
a vedere la nostra petizione finita in mille pezzi nel cestino non fossi rimasto così impressionato, avrei davvero
creduto di sognare.

Ora la tregua in classe era finita. Le punzecchiature ri-
presero come prima, con la differenza che erano quasi in-
cessanti e più risolute. Ogni giorno arrivavano a segno varie battute taglienti e una cosa mi rendeva perplesso, che
ogni volta fossero dirette contro gli ebrei in generale o
personalmente contro Färber, mentre io ero tenuto fuori, come se non fossi uno di loro. Pensai che fosse una tattica adottata consapevolmente per dividerci, ma intanto
rimuginai molto a lungo su quello che il vicepreside poteva aver voluto dire con quella storia dell'alzar troppo la
mano. Fino a quando lui non aveva detto quella frase,

mai mi era venuto in mente di fare qualcosa di sbagliato alzando continuamente la mano. Era vero, io avevo sempre la risposta pronta, prima ancora che l'insegnante avesse finito di formulare la sua domanda. Hunziker si opponeva al mio eccesso di zelo ignorandomi completamente, tant'è che dopo un po' riabbassavo la mano. È probabile che non ci fosse tattica più intelligente di questa, eppure non servì a cambiare molto l'irruenza delle mie reazioni. Che mi si permettesse o meno di dare la risposta, il braccio mi scattava sempre in alto. Mai in tutti quegli anni, nemmeno *una sola volta*, mi era balenato il pensiero che il mio modo di fare potesse urtare i compagni. Invece di dirmelo chiaro e tondo, al secondo anno mi avevano soprannominato Socrate e facendomi quell'onore, così infatti io l'avevo inteso, mi avevano semplicemente incoraggiato. Solo ora – ce n'era voluto del tempo – le secche parole di Usteri: «Tu alzi troppo la mano» mi paralizzarono il braccio, e così finalmente feci il possibile per tenerlo abbassato. Ma cominciai anche a diventare svogliato, la scuola non mi dava più nessuna gioia. Invece di aspettare le domande dell'insegnante, rimanevo in attesa delle battute pungenti che ci sarebbero state indirizzate durante la ricreazione. Ogni osservazione sprezzante sugli ebrei stimolava in me idee opposte. Avrei volentieri confutato ogni cosa, ma a questo non si arrivò mai, non si trattava di una disputa politica, ma, come la chiamerei oggi, del formarsi di una muta. Nella mia mente cominciarono a prendere forma gli elementi di una nuova ideologia; il compito di salvare l'umanità dalle guerre se l'era assunto Wilson. Io questo privilegio glielo lasciavo volentieri, senza tuttavia perdere interesse all'argomento sul quale continuavano ad essere imperniati tutti i discorsi che facevo in pubblico. Ma i segreti pensieri che tenevo per me – e con chi avrei potuto confidarmi? –, quelli riguardavano il destino degli ebrei.

La situazione di Färber era molto più difficile della mia, perché lui negli studi riusciva male. Era un fannullone per natura, ma ora rinunciò del tutto a impegnarsi. Con la sua aria cupa aspettava la prossima umiliazione per poi scattare con estrema violenza. Allora montava su tutte le furie e ribatteva colpo su colpo, forse non accorgendosi fino a che punto le sue reazioni e la sua collera rallegrassero il cuore del nemico. Si trattava però di una faida interna, perché lui replicava alle offese con altrettanti insulti in robusto dialetto svizzero, in questo non era secondo a nessuno. Dopo qualche settimana si decise a un passo serio. Durante un intervallo andò da Hunziker e si lamentò del comportamento ostile della classe. Suo padre pregava formalmente Hunziker di inoltrare alla direzione queste sue lamentele. Se le cose non fossero mutate, si sarebbe presentato di persona al preside.

Così ci mettemmo di nuovo in attesa di una risposta, e di nuovo non accadde nulla. Discutemmo insieme quello che Färber avrebbe dovuto dire se fosse stato invitato a presentarsi in direzione. Io gli raccomandai vivamente di non perdere la pazienza. Doveva mantenere la calma e semplicemente raccontare i fatti. Mi pregò di aiutarlo a esercitarsi per il suo discorso e lo facemmo insieme più d'una volta. Persino con me, quando cominciava a parlare, diventava tutto rosso dall'ira, si impappinava e cominciava a insultare gli avversari. Qualche volta andavo a casa sua per aiutarlo a fare i compiti, e sempre queste ore di ripetizione si concludevano con il discorso davanti al preside. Passò tanto tempo che persino lui lo imparò e quando finalmente fui in grado di dirgli: adesso va bene, mi venne in mente Demostene, delle cui difficoltà parlai con Färber per consolarlo. A questo punto eravamo preparati e continuavamo ad aspettare. Non ci fu nessuna reazione, non solo la direzione tacque, ma anche Hunziker, che osservavamo attentamente mentre faceva lezione, spiando in lui anche il più piccolo segno di mutamento, rimase sempre lo stesso. Anzi, divenne ancora più asciutto, superò se stesso in quanto a freddezza e ci diede un tema che non gli perdonai: in una lettera a un amico dovevamo pregarlo di prenotare per noi una camera, una bicicletta o una macchina fotografica.

In compenso l'atmosfera nella classe cambiò radicalmente. In febbraio, a quattro mesi dall'inizio della campagna contro di noi, le punzecchiature cessarono di colpo. Io stentavo a crederci, ero convinto che la cosa sarebbe presto ricominciata, ma questa volta mi sbagliavo. Improvvisamente i compagni erano tornati ad essere quelli di una volta, come ai bei tempi. Non ci attaccavano più e neppure ci prendevano in giro, mi pareva quasi che evitassero con gran cura di pronunciare la parola che era la quintessenza di ogni umiliazione. Più di tutto mi meravigliavo del comportamento dei nostri dichiarati nemici, quelli dai quali era partita l'azione contro di noi. Quando si rivolgevano a me per dirmi qualcosa, udivo nella loro voce un tono nuovo di cordialità e io ero addirittura felicissimo quando qualcuno mi domandava qualcosa che non sapeva. Le alzate di mano le avevo ridotte al minimo e talvolta riuscivo persino – questo era proprio il colmo del sacrificio – a tenere per me cose che sapevo e a starmene zitto al mio posto, mentre mi sentivo formicolare tutto dalla voglia di parlare.

A Pasqua finì l'anno scolastico e ci furono alcuni mutamenti di rilievo, il più importante dei quali fu che ora gli insegnanti ci davano del «lei». Dall'edificio principale della scuola, una costruzione merlata che sorgeva, quadrata e austera, in una curva in salita della Rämistrasse e, data la sua posizione un po' sghemba rispetto alla strada, dominava il paesaggio del quartiere, la nostra classe fu trasferita nello Schanzenberg. La casa sorgeva lì di fianco, su una collinetta e, non essendo stata in origine progettata per ospitare una scuola, aveva piuttosto l'aspetto di una casa privata. La nostra classe aveva una veranda e si apriva sul giardino, durante le lezioni tenevamo le finestre aperte e sentivamo un gran profumo di alberi e di fiori, le frasi latine erano inframmezzate dal cinguettio degli uccelli. Era quasi come a Tiefenbrunnen, nel giardino di villa Yalta. Färber era stato bocciato, ciò che però, dato il suo rendimento scolastico, non poteva dirsi un'ingiustizia, e comunque non era l'unico. La classe si era fatta ora più compatta e l'atmosfera era diversa. Tutti partecipavano vivamente alle lezioni, ciascuno a modo suo, io mi guardavo bene dall'alzare troppo la mano e in compenso il rancore degli altri pareva svanito. Ammesso che in una classe scolastica si possa parlare di comunità, qui l'avevamo realizzata. Ciascuno aveva le sue qualità e il suo ruolo. Non sentendomi più minacciato, mi accorsi che i miei compagni erano persone interessanti, anche quelli che non si distinguevano per particolari cognizioni scolastiche. Ascoltando i loro discorsi, mi resi conto della mia totale ignoranza in molti campi estranei alla scuola e persi così un po' di quella boria che certamente aveva contribuito alla mia infelicità nell'inverno precedente. Presto fu chiaro che alcuni avevano avuto un'evoluzione più lenta e ora stavano recuperando terreno. In una specie di club degli scacchi che si formò allora, venni spesso visto-samente battuto. Finii per trovarmi nella posizione in cui gli altri si erano trovati prima con me, ammiravo i gioca-tori più bravi e cominciai a riflettere seriamente sul loro conto. Di fronte a un tema di Richard Bleuler, così ben fatto che fu letto ad alta voce in classe, rimasi estasiato: era privo di ogni pedanteria scolastica, inventivo, lieve, pieno di immaginazione e fantasia, insomma era proprio come se i libri non esistessero. Mi sentii fiero di Bleuler e durante un intervallo andai da lui e gli dissi: «Sei un vero scrittore», e con questo gli volevo dire, ma lui non poteva saperlo, che io invece non lo ero per niente, perché nel frattempo a proposito del mio dramma mi si erano aper-ti gli occhi. Lui a casa aveva certo avuto una educazione meravigliosa, perché si schermì con modestia e rispose: «Non è niente di speciale». E lo pensava davvero, la sua modestia era autentica. Infatti prima di lui era toccato a me leggere il mio tema, pieno di quella inspiegabile sicu-rezza che mi era peculiare, e quando ero tornato al mio posto e lui mi era passato vicino per andare a leggere il suo, mi aveva sussurrato in fretta: «Il mio è migliore». Dunque lo sapeva e ora io mi rendevo conto che aveva proprio ragione, e quando mi inchinai lealmente davanti a lui, con altrettanta lealtà egli mi disse: «Non è niente di speciale». Ero al corrente che Bleuler a casa viveva fra let-terati, sua madre per esempio, e così pure l'amica di lei Ricarda Huch, e immaginando che egli fosse presente mentre loro leggevano qualche nuova opera, mi doman-dai se dicessero anch'esse: «Non è niente di speciale». Fu una lezione: si poteva fare qualcosa di speciale e non montarsi per nulla la testa. Qualcosa della modestia ap-pena appresa si riversò nelle lettere alla mamma, non durò a lungo, ma ormai nella mia tronfia sicurezza c'era un tarlo che mi impedì di progettare altri drammi di quella specie. Quello era lo stesso Bleuler che l'inverno precedente, tenendomi a distanza, mi aveva profonda-mente mortificato, perché a me lui era sempre stato sim-patico, e ora compresi che aveva degli ottimi motivi per-ché io non gli piacessi sotto vari aspetti.

Tutto sommato era stato un inverno importante, che aveva lasciato un segno profondo: l'acclimatarsi alla vita di villa Yalta, dove in assenza di altri maschi io potevo fa-re tutto quello che volevo, sostenuto da un'affezione cieca, una specie addirittura di glorificazione da parte di tutte quelle donne di ogni età; il duro attacco dello zio, che voleva soffocarmi nel suo commercio; la campagna di ostilità che giorno dopo giorno avevo dovuto subire a scuola. Quando fu finita, in marzo, scrissi alla mamma che per un certo periodo avevo odiato tutto il genere umano e avevo perso la voglia di vivere. Ma ora tutto era cambiato, mi sentivo riconciliato con il mondo e non più assetato di vendetta. Nel susseguente periodo felice dello Schanzenberg, periodo di riconciliazione e di rinnovato amore per il prossimo, alcune cose per la verità restarono nel dubbio, ma i dubbi – e questa era una novità – riguardavano la mia persona.

Gli attacchi, peraltro, come appresi in seguito, erano stati stroncati dall'alto, in maniera intelligente, senza strepito e rumore. La petizione, di cui ero così orgoglioso, era sì finita nel cestino, ma molti compagni erano stati convocati ad uno ad uno in direzione per essere interrogati. L'osservazione che Usteri aveva fatto in tono casuale: «Tu alzi troppo la mano» era stata uno dei risultati dell'inchiesta. Mi aveva colpito a fondo proprio perché era rimasta misteriosamente isolata e, grazie ad essa, avevo modificato radicalmente il mio comportamento. Anche per gli avversari dovevano esserci state delle osservazioni utili ed efficaci, altrimenti non avrebbero smesso d'un tratto di manifestare la loro ostilità. Poiché tutto si era svolto in modo così discreto, nel periodo dell'umiliazione io avevo avuto l'impressione che nessuno si occupasse della faccenda, mentre in realtà era accaduto proprio il contrario.

La forza dei divieti

Il primo divieto della mia infanzia di cui ho conservato il ricordo era legato a un luogo, si riferiva cioè alla zona del cortile dove io giocavo e dalla quale non dovevo allontanarmi. Non mi era permesso uscire sulla strada davanti al nostro cancello. Non sono più in grado di precisare chi avesse pronunciato quel divieto, forse era stato il nonno, sempre armato di bastone: la sua casa era la più vicina al cancello. Sull'osservanza del divieto vegliavano le ragazzine bulgare e il servitore; può darsi che a farmelo rispettare abbia contribuito la storia degli zingari che per strada mettono semplicemente nel sacco i bambini che trovano soli e se li portano via (è una storia che mi fu raccontata spesso). Nella mia infanzia di divieti simili devono essercene stati molti altri, ma mi si sono smarriti nella memoria, nascosti dietro a quello che mi piombò addosso, tra tuoni e fulmini, nel momento terribile in cui, all'età di cinque anni, stavo per diventare un assassino. Allora, quando con la scure levata, il canto di guerra sulle labbra: «Adesso ucciderò Laurica! Adesso ucciderò Laurica!», mi ero gettato all'inseguimento della mia compagna di giochi che con grande mio tormento e dolore per l'ennesima volta mi aveva rifiutato la vista delle lettere dell'alfabeto nei suoi quaderni di scuola, allora, quando sicuramente l'avrei colpita se soltanto fossi riuscito ad avvicinarmi abbastanza, a precipitarsi su di me con veemenza era stato il nonno, che irato come Dio stesso aveva levato in alto il bastone e mi aveva tolto di mano la scure. L'orrore con cui fui guardato allora da tutti, la gravità dei consigli di famiglia convocati per discutere del bambino omicida, l'assenza del papà che nulla poteva alleviare – tanto che la mamma, cosa inconsueta, era segretamente intervenuta in sua vece e sfidando le più gravi punizioni aveva tentato di consolarmi per lo spavento subìto – tutto questo, ma in special modo il comportamento del nonno, il quale poi, anche più tardi, mi tenne sotto la crudele minaccia del suo bastone, aveva avuto su di me un effetto talmente duraturo che questo, il divieto di uccidere, posso definirlo il divieto fondamentale e originario della mia esistenza.

Mi fu proibito di toccare nuovamente quella scure, e mi fu anche ordinato di non mettere piede mai più nel cortile della cucina dove l'avevo presa. Il servo armeno, il mio amico, non cantava più per me, perché persino dal divano vicino alla finestra del salone, dove di solito mi mettevo per guardarlo, persino di lì ero stato scacciato; perché dimenticassi del tutto l'esistenza di quella scure, mi fu vietato di gettare anche un solo sguardo nel cortile della cucina, e quando una volta la nostalgia del mio amico armeno mi indusse ad avvicinarmi furtivamente alla finestra, la scure era scomparsa, la legna giaceva per terra non tagliata, e l'armeno, che se ne stava lì in ozio, mi gettò un'occhiata di rimprovero e con un cenno della mano mi fece intendere di sparire immediatamente.

Che io non avessi colpito fu per me un sollievo continuamente rinnovato, poiché il nonno mi rinfacciò l'impresa per settimane e settimane, dicendomi come sarebbe stato se io fossi riuscito nel mio intento di uccidere Laurica, come lei sarebbe stata lì, immersa nel suo sangue, il cervello schizzato fuori dal cranio spaccato, e mai più si sarebbe alzata, mai più avrebbe parlato, e io, per punizione, sarei stato rinchiuso nella cuccia di un cane, tutto solo, respinto da tutti, e lì avrei consumato il resto della mia vita, non sarei mai andato a scuola, mai avrei imparato a leggere e scrivere, e avrei pianto e supplicato invano che Laurica potesse tornare in vita e perdonarmi: per un assassino, infatti, non c'era perdono, giacché il morto non è più in grado di concederglielo.

Quello dunque fu il mio Sinai, quello il mio divieto, così la mia vera religione nacque da un evento ben preciso, personale e irreparabile, il quale, benché fallito, mi gravava addosso ogni volta che incontravo il nonno nel cortile. Nei mesi che seguirono, ogni volta che lo vedevo lui faceva roteare minaccioso il suo bastone e mi ricordava la bruttissima azione di cui sarei stato capace se lui non fosse intervenuto all'ultimo momento. Sono inoltre convinto, anche se non posso dimostrarlo, che la maledizione con cui egli colpì mio padre di lì a qualche mese, poco prima che ci trasferissimo in Inghilterra, avesse qualche rapporto con la condotta selvaggia del nipote, quasi fossi stato io a indurlo alle punizioni e alle minacce che alla fine fecero crollare il suo dominio su di noi.

Sono cresciuto sotto il dominio di questo divieto, e anche se nessun'altra proibizione poté in seguito raggiungere mai l'intensità e l'importanza del divieto di uccidere, tutte trassero da questo la loro forza. Purché qualcosa fosse chiaramente qualificato come divieto, non occorreva proferire davanti a me altre minacce, quella d'allora conservava in pieno il suo potere, la cosa più efficace erano le immagini atroci presentatemi come conseguenze di un omicidio riuscito: la testa spaccata in due e il cervello che ne schizzava fuori; e quando, in seguito, dopo la morte di mio padre, il nonno si trasformò ai miei occhi nel più mite di tutti i tiranni, ciò non valse a mitigare in alcun modo l'orrore che aveva evocato in me. Solo adesso, riflettendo un po' su queste cose, riesco a comprendere perché non sono mai stato capace di toccare le cervella o le altre interiora di un animale: questi divieti culinari mi si imposero da sé.

Un altro divieto culinario che traeva origine dalla mia primissima educazione religiosa a Manchester fu spezzato sul nascere da un intervento brutale della mamma. In casa dei signori Florentin, nella Barlowmore Road, alcuni ragazzi appartenenti a famiglie tra loro molto legate si radunavano per seguire insieme le lezioni di religione impartite da un certo Mr Duke, un giovanotto con barbetta a punta, di origine olandese. Fra tutti eravamo sei o sette, non di più, compreso Arthur, il mio migliore amico, che era il figlio del padrone di casa. Alle lezioni erano ammessi solo i maschi e quando Mirry, la sorella maggiore di Arthur, entrava nella stanza in cui eravamo riuniti, per curiosità forse, o per cercare qualcosa, Mr Duke ammutoliva e aspettava in silenzio che la ragazza fosse uscita prima di ricominciare. Quel che aveva da dirci doveva essere davvero molto misterioso. La storia che raccontava di Noè e dell'arca non mi era nuova. Però mi sorprese con la faccenda di Sodoma e Gomorra, forse il segreto era lì, perché proprio nel momento in cui la moglie di Lot stava per essere tramutata in una statua di sale, la cameriera inglese entrò nella stanza a prendere qualcosa dal cassetto del buffet, e questa volta Mr Duke ammutolì nel bel mezzo della frase. La moglie di Lot si era guardata in giro con leggerezza e noi ora aspettavamo la sua punizione con grande ansia. Mr Duke si fece cupo in volto, aggrottò la fronte e seguì i gesti della cameriera con visibile fastidio. La moglie di Lot ebbe una dilazione e quando la cameriera fu uscita dalla stanza lui ci venne più vicino e disse, quasi in un sussurro: «Non ci hanno in simpatia. È meglio che non sentano quello che sto per dirvi». Poi aspettò ancora un momento e infine annunciò in tono solenne: «Noi ebrei non mangiamo carne di maiale. Questo a loro non piace; amano fare la prima colazione con il bacon. A voi non è permesso mangiare carne di maiale». Spirava un'aria di congiura, e benché nel frattempo la moglie di Lot ancora non si fosse tramutata in statua di sale, quel divieto mi entrò dentro profondamente e decisi che per nulla al mondo, mai e poi mai avrei mangiato carne di maiale. Soltanto dopo di ciò Mr Duke si schiarì la voce,

tornò alla moglie di Lot e annunciò a noi tutti, che lo a-
scoltavamo col fiato sospeso, la salatissima punizione.

L'animo colmo di quel nuovo divieto, tornai a casa
nella Burton Road. Al papà non potevo più fare domande, ma alla mamma raccontai quel che era successo. Nella
mia mente la rovina di Sodoma si collegava alla carne di
maiale, lei sorrise quando le dichiarai che il bacon che la
governante mangiava per colazione a noi era vietato, fece
soltanto un cenno del capo, ma non mi contraddisse, e
perciò io immaginai che lei, benché donna, fosse, come
Mr Duke aveva detto, «dei nostri».

Non molto tempo dopo, un giorno in sala da pranzo ci
sedemmo a tavola in tre, la mamma, la governante ed io.
Fu servita una bella carne rosea che non avevo mai mangiato, era salata ma mi piacque molto. La mamma mi invitò a prenderne un'altra fetta, che mangiai di gusto. Poi,
con tono innocente, la mamma mi disse: «Ti è piaciuta,
vero?». «Oh, sì, è buonissima. Ne mangeremo presto ancora?». «Era carne di maiale» rispose lei. Io pensai che si
prendesse gioco di me, invece parlava seriamente. Capii
che stavo per sentirmi male, uscii dalla stanza e vomitai.
La mamma non ci badò molto. La faccenda di Mr Duke
non le andava a genio, era decisa a spezzare quel tabù e
in effetti ci riuscì; dopo di allora non osai presentarmi
mai più al cospetto di Mr Duke e fu così che si concluse
quel tipo di istruzione religiosa.

Forse la mamma ci teneva a diventare lei l'unica istanza degna di enunciare sia i divieti che i comandi. Dal momento che aveva deciso di dedicare a noi tutto il resto della sua vita e di assumersi interamente la responsabilità
della nostra esistenza, non tollerava influssi esterni che ri-
schiassero di andare in profondità. Dagli scrittori, che
leggeva come altri leggono la Bibbia, traeva la certezza
che ciò che conta non è una conoscenza approfondita
delle diverse religioni. Pensava che occorresse trovare gli
elementi che esse hanno in comune e in base a questi
orientarsi. Diffidava di tutto ciò che porta ad aspre e san-
guinose lotte fra le religioni e pensava che tutto questo
distrae da altre cose più importanti di cui l'uomo deve ancora impadronirsi. Era dell'opinione che gli uomini sono
capaci delle peggiori bassezze, e l'esistenza stessa delle
guerre la considerava una prova irrefutabile del fallimen-
to di tutte le religioni. Quando, non molto tempo dopo,

sacerdoti di varie confessioni si misero a benedire le armi con le quali uomini che non si erano mai visti prima d'allora avrebbero dovuto battersi l'uno contro l'altro, la sua avversione divenne tanto forte che – fin dal periodo di Vienna – non riuscì più a tenerla nascosta.

Voleva quindi, a qualsiasi prezzo, mettermi al riparo dalle influenze di tali autorità, non accorgendosi che in quel modo diventava lei stessa la fonte ultima di ogni principio e di ogni valore. Il potere dei massimi divieti era ora nelle sue mani. Poiché non si abbandonò mai alla follia di ritenersi qualcosa di divino, sarebbe rimasta sbalordita se qualcuno le avesse fatto notare l'enormità del compito che si era assunta. Dei segreti meschini di un Mr Duke era venuta a capo molto rapidamente. Molto più difficile le fu vincere la battaglia contro il nonno. L'autorità del nonno era stata scossa da quella maledizione ed egli aveva perso ogni sicurezza nei nostri riguardi da quando si era convinto che essa aveva veramente prodotto i suoi effetti. Quando, coprendomi di baci, mi commiserava come orfanello, si sentiva veramente in colpa. Già la parola «orfanello» mi colpiva ogni volta dolorosamente, perché faceva pensare che la mamma non esistesse neppure, ma il nonno la pronunciava, cosa che io allora non sapevo, contro se stesso, era quella la sua maniera di rinfacciare a se stesso la propria colpa. Con animo diviso conduceva quindi contro la mamma la sua battaglia per conquistarci, e se lei non avesse a sua volta avvertito il peso della propria colpa, facilmente avrebbe avuto la meglio su di lui. Erano entrambi in posizione di debolezza, ma poiché la colpa di lui era incomparabilmente più grande, era lui che in quella lotta aveva la peggio.

Tutta l'autorità si concentrava in lei. Io le credevo ciecamente, mi dava una sensazione di felicità credere a ciò che lei mi diceva, e ogni volta che si trattava di qualcosa di importante, di decisivo, io aspettavo la sua parola come altri quella di un dio o del suo profeta. Avevo dieci anni quando lei mi impose il secondo grande tabù, dopo il primo, quello dell'uccidere, che molto tempo addietro era stato decretato dal nonno. Questo secondo tabù comprendeva tutto ciò che ha a che fare con l'amore sessuale. Lei voleva tenermene lontano il più a lungo possibile e mi convinse che quelle cose non avevano per me il minimo interesse. Allora non mi importavano davvero, ma il tabù che lei mi impose mantenne la sua efficacia per tutto il periodo zurighese ed io, a sedici anni quasi compiuti, ancora mi rifiutavo di stare a sentire quando i miei compagni parlavano delle cose che in quel periodo occupavano la loro mente più di tutto il resto. Ciò da cui allora mi sentivo invaso non era tanto un senso di orrore o di ripugnanza – questo avveniva tutt'al più qualche rara volta, in situazioni particolarmente pesanti – quanto piuttosto da un senso di 'noia'. Io, che non avevo mai saputo che cosa fosse la noia, decisi che era noioso sentir parlare di cose che in realtà non esistevano affatto, e ancora a diciassette anni, a Francoforte, suscitai lo stupore di un amico affermando che l'amore era un'invenzione dei poeti, non esisteva, nella realtà le cose erano molto diverse. In quel tempo avevo maturato una grande diffidenza per i poeti giambici, i quali avevano dominato la mia fantasia per tanto tempo, e avevo in un certo senso ampliato il dominio del tabù materno, includendovi anche l'amore 'spirituale'.

Mentre questo tabù crollò ben presto da solo, in maniera naturale, quello dell'uccidere rimase fermo e incrollabile. È stato alimentato così profondamente dalle esperienze di tutta una vita consapevolmente vissuta che non riuscirei più comunque a dubitare della sua legittimità, anche se non l'avessi acquisito a soli cinque anni con il mio personale tentativo di omicidio.

La cura contro i topi

Davanti ai topi la mamma diventava debole e perdeva completamente il controllo. Le bastava veder guizzare qualcosa sul pavimento e subito con un grido interrompeva le sue occupazioni, quali che fossero – magari lasciando cadere l'oggetto che aveva in mano in quel momento –, e poi scappava via strillando, e nel far questo, certo per sfuggire al nemico, si muoveva a zig-zag per la stanza in maniera curiosissima. A ciò ero avvezzo da sempre; da quando avevo memoria, mi era capitato molte volte di assistere a simili scene, ma fintanto che c'era mio padre la cosa non mi aveva coinvolto più di tanto, lui era felice di proteggerla e sapeva come fare per calmarla. In men che non si dica mio padre riusciva a far sparire il topo e a prendere la mamma fra le braccia, sollevandola da terra e portandola in giro per la stanza come una bambina, e intanto le sussurrava qualcosa che riusciva a tranquillizzarla. In quei frangenti faceva, direi quasi, due facce diverse: una seria, con la quale dimostrava di riconoscere lo spavento di lei e di condividerlo, e una divertita, che prometteva una risoluzione e forse era anche destinata a noi bambini. Una nuova trappola per i topi veniva quindi collocata con grande circospezione e solennità, e lui prima di tutto la faceva vedere ben bene alla mamma vantandone l'efficacia e lodando quell'irresistibile pezzo di formaggio che c'era dentro, e poi le dava un paio di dimostrazioni pratiche di com'era sicura la molla che la chiudeva. Allora d'un tratto, così com'era venuto, lo spavento svaniva. La mamma, di nuovo in piedi, diceva ridendo: «Che cosa farei senza di te, Jacques!». E infine veniva un sospiro: «Uff, che sciocchezza!» e non appena aveva buttato fuori quell'«Uff!», noi la ritrovavamo e lei era di nuovo quella di prima.

A Vienna, quando mio padre non c'era più, tentai di assumermi io la sua parte, ma era difficile. Prima di tutto non potevo prenderla in braccio perché ero troppo piccolo, poi non avevo le sue parole, e infine sui topi non avevo lo stesso potere che aveva lui, la bestiola saettava su e giù per la stanza per un bel po' prima che io riuscissi a sbarazzarmene. Così da principio tentai di far scappare la mamma in un'altra stanza, ma non sempre ci riuscivo, dipendeva dall'intensità del suo panico, che cambiava di volta in volta. Ogni tanto perdeva talmente la testa che restava proprio nella stanza dove il topo si era fatto vedere, e allora mi toccava una bella fatica, perché i suoi spostamenti a zig-zag si incrociavano con quelli del topo, entrambi correvano di qua e di là, si rincorrevano, come se non potessero fare a meno di spaventarsi a vicenda, si sfuggivano e tornavano a incontrarsi, insomma un traffico insensato. Fanny, che ormai conosceva il motivo di quelle urla, veniva di sua iniziativa dalla cucina con una nuova trappola, quello era compito *suo*, e in effetti era poi lei a trovare le parole più efficaci, che peraltro erano sempre rivolte al topo: «Eccoti il lardo, sciocca bestiaccia! Adesso ti prendo!».

In luogo delle spiegazioni che io più tardi pretendevo, la mamma mi forniva soltanto lunghe storie riguardanti la sua adolescenza: come usasse saltare sulla tavola, da cui poi non voleva più ridiscendere; come con la sua paura contagiasse le due sorelle maggiori, che avevano anch'esse l'abitudine di mettersi a correre in lungo e in largo per la stanza, così che alla fine si rifugiavano tutte sulla stessa tavola e se ne stavano appollaiate lì sopra, una accanto all'altra, mentre uno dei fratelli diceva: «Devo per caso salire anch'io a farvi compagnia?». Di spiegazioni non ne dava e nemmeno cercava di trovarne, voleva semplicemente trasformarsi di nuovo nella ragazzina di un tempo e non c'era che la comparsa di un topo a offrirle questa opportunità.

Più tardi, in Svizzera, ogni volta che prendevamo possesso di una camera d'albergo, la sua prima domanda alla cameriera, che faceva appositamente arrivare con una scampanellata, era se in albergo c'erano dei topi. Non si contentava di risposte semplici, le domande, parecchie e piene di insidie, tendevano a cogliere in contraddizione chi doveva rispondere. Ci teneva in particolare a sapere quando in albergo era stato visto l'ultimo topo, a quale piano, in quale camera, a che distanza dalla nostra, perché voleva sperare che in quest'ultima di topi non se ne fossero mai visti. Era già strano che questo fuoco incrociato di domande avesse il potere di tranquillizzarla: appena finito l'interrogatorio si sentiva a suo agio e cominciava a disfare le valigie. Per un paio di volte andava su e giù per la stanza con l'aria di chi se ne intende, faceva le sue osservazioni sull'arredamento, usciva sul balcone e ammirava il panorama. Poi tornava ad essere sicura e padrona di se stessa come piaceva a me.

Quanto più diventavo grande, tanto più mi vergognavo della metamorfosi che si verificava in lei quando era assalita dalla paura dei topi. Nel periodo di villa Yalta studiai accuratamente un sistema per guarirla da quella paura. Due volte l'anno lei veniva a trovarmi e si tratteneva parecchi giorni alla villa. Le davano una bella camera grande, al primo piano, lei non mancava mai di fare le sue solite domande alle signore Herder, che su questo punto non avevano la coscienza proprio pulitissima; inoltre le signore non erano molto adatte a quegli interrogatori, scansavano l'argomento, si mettevano a ridere e prendevano la cosa talmente poco sul serio che la mamma, per poter dormire tranquilla, cominciava a far domande a me e passava magari un'ora buona a interrogarmi. Per me, che avevo tanto pregustato il piacere di ritrovarmi con lei e avevo in mente moltissime cose di cui volevo parlarle, era un inizio indegno di noi. Né erano di mio gusto le risposte bugiarde che sarebbero servite a tranquillizzarla. Quale antico ammiratore di Ulisse, mi piacevano naturalmente le storie inventate di sana pianta, in cui ci si trasformava in un'altra persona e in essa ci si occultava, ma non le bugie con le gambe corte, che non richiedevano un'attività poetica. Così una volta, lei era appena arrivata, affrontai la questione nello stile di Ulisse e, di punto in bianco, le dissi che mi era capitata una cosa straordinaria di cui volevo parlarle subito: su, nella mia piccola mansarda, c'era stato un raduno di topi. Si erano incontrati al chiarore del plenilunio, erano parecchi, sicuramente una buona dozzina, e muovendosi in circolo si erano messi a ballare. Dal mio letto avevo potuto seguire benissimo tutta la scena, osservando ogni particolare, la notte era chiara e limpida, sicuro, era proprio una danza, ballavano in tondo girando sempre nello stesso senso, non veloci però come al solito, ma anzi strascicando più che saettando, e fra loro c'era una mamma sorcia che si teneva il suo piccolo in bocca e partecipava anche lei alla danza. Bisognava vedere com'era grazioso quel topino che lei si teneva a metà fra i denti, ma io avevo avuto l'impressione che quel girotondo della madre insieme agli altri non piacesse tanto al topolino, che a un certo punto si era messo a squittire pietosamente e aveva continuato a squittire, sempre più forte, e poiché la madre, completamente assorta nella danza, non voleva interrompersi, aveva strillato ancora più forte, fino a quando lei, incerta, forse un po' di malavoglia, era uscita dal cerchio e si era messa in disparte, sempre però nel fascio della luce lunare, e lì aveva cominciato ad allattare il piccolo. Un vero peccato che non li avesse potuti vedere anche lei, dissi alla mamma, parevano proprio degli esseri umani, la madre che offriva il seno al piccino, io avevo completamente dimenticato che erano topi, tanto quella scena era stata quasi umana, e soltanto quando il mio sguardo era tornato a quelli che ballavano mi ero reso conto che anche la danza non aveva nulla di simile al solito muoversi dei topi, era troppo regolare, troppo controllata.

La mamma mi interruppe per domandarmi concitata se di questo episodio avessi parlato con qualcuno. No, na-

turalmente no, una cosa simile non la si poteva raccontare, nessuno mi avrebbe creduto, gli abitanti di villa Yalta
avrebbero pensato che ero diventato matto, me ne guardavo bene dal dir loro qualcosa in proposito. «Dunque lo
sai anche tu che la tua storia è veramente strana. Te la sei
sognata». Eppure, nonostante il dubbio che esprimeva,
compresi che avrebbe preferito prenderla sul serio. La
mamma sorcia che allattava il piccolo l'aveva profondamente colpita, cominciò a chiedermi particolari, e quanto più precisavo le mie risposte tanto più avevo la sensazione che la cosa fosse proprio vera, pur essendo perfettamente consapevole di averla inventata io da cima a fondo. Lei, che provava una sensazione molto simile alla mia,
mi raccomandò di non farne parola con gli altri della casa, e man mano che io protestavo di non aver affatto sognato e insistevo nella mia versione, offrendole prove su
prove, sempre più a lei pareva importante che non dicessi assolutamente nulla, meglio avrei fatto piuttosto ad
aspettare il prossimo plenilunio per vedere che cosa sarebbe successo. Io le avevo anche raccontato che la danza
era durata a lungo, fino a quando la luna si era allonta-
nata e i suoi raggi avevano smesso di illuminare la mia
stanza. Mamma sorcia però non era più ritornata nel cerchio della danza, era rimasta ancora a lungo occupata
con il piccolo e lo aveva lavato tutto, non con le zampet-
te, ma leccandolo con la lingua. E non appena il chiarore
del plenilunio era scomparso dalla stanza, i topi erano
svaniti tutti insieme. Io, allora, avevo acceso la luce, ed
esaminando attentamente il pavimento nel luogo in questione, vi avevo effettivamente trovato qualche traccia di
topi. Questo mi aveva molto deluso: quella danza era stata
così solenne, mai degli esseri umani in una simile circostanza si sarebbero lasciati andare in quel modo. «Sei ingiusto,» rispose mia madre «questo è proprio da te. Ti
aspetti sempre troppo. Il fatto è che non sono esseri u-
mani, anche se fanno una specie di danza». «Ma da come
allattava il piccino, pareva proprio un essere umano». «È
vero,» disse lei «è vero. Sono sicura che a lasciarsi andare
non è stata la madre che allattava». «No, non è stata lei, le
tracce erano in punti diversi». Con questi e altri simili dettagli rafforzai la sua convinzione. Ci accordammo di tenere la cosa per noi. E al prossimo plenilunio dovevo scriverle ad Arosa che cosa era accaduto.

In questo modo si dissolse il terrore che la mamma aveva dei topi. Anche negli anni che seguirono mi guardai bene dal confessarle che quella storia l'avevo inventata io di sana pianta. Lei cercò in vari modi di scardinare la mia storia, ora facendo dell'ironia sulla mia grande capacità immaginativa con la quale poi mi autoingannavo, ora mostrandosi preoccupata dell'aspetto bugiardo del mio carattere. Ma io restai irremovibile e continuai a sostenere che così e non diversamente avevo visto quella scena, quell'unica volta però. Nessun plenilunio riportò più i topi a danzare nella mia mansarda, forse quella volta si erano sentiti osservati e avevano pensato bene di trasferire i loro rituali in un angolo della casa meno esposto al pericolo.

L'uomo segnato

Dopo la cena, che consumavamo tutti insieme a una lunga tavola a pianterreno, io sguisciavo fuori nel frutteto. Era un po' appartato, diviso da una siepe dal giardino di villa Yalta, solitamente ci si andava solo all'epoca della raccolta della frutta, altrimenti era dimenticato. Un rialzo del terreno lo nascondeva agli sguardi degli abitanti della casa, a nessuno veniva in mente che qualcuno potesse essere lì e nessuno infatti andava fin lì a cercare, persino i richiami dalla casa arrivavano talmente attutiti che si poteva benissimo far finta di non sentirli. Non appena si riusciva a sgattaiolare inosservati attraverso la piccola apertura nella siepe, ci si trovava soli nella luce del crepuscolo, aperti a ogni silenzioso evento. Era bello sedersi su un piccolo rialzo erboso accanto al ciliegio. Di lì si godeva un'ampia vista del lago e si poteva seguire l'incessante mutare dei suoi colori.

Una sera d'estate comparve un battello illuminato, si muoveva così lentamente che a me sembrò fermo. Lo guardai come se non avessi mai visto un battello, era l'unica cosa esistente per me, non m'importava nient'altro: intorno ad esso la penombra del crepuscolo, l'avanzare lento dell'oscurità. Il battello era fortemente illuminato, le sue luci disegnavano una loro costellazione; che fosse sull'acqua lo si avvertiva soltanto dalla tranquillità indolore del suo scivolare. Il suo silenzio si allargava intorno come un'attesa. Restò illuminato a lungo, senza guizzi e tremolii, e prese possesso di me profondamente, come se nel frutteto fossi venuto apposta per lui. Non lo avevo mai visto prima, eppure lo riconobbi. Fulgido di luce com'era, d'un tratto scomparve. Io rientrai in casa e non parlai con nessuno; di cosa avrei potuto parlare?

Tornai là una sera dopo l'altra ad aspettarlo. Non osavo affidarlo al tempo, avevo un certo ritegno ad ancorarlo alle lancette di un orologio. Ero sicuro che sarebbe riapparso. Ma cambiò i suoi orari e non riapparve più, l'evento non si ripeté, rimase un miracolo inafferrabile.

Una figura inquietante fra i professori era Jules Vodier, che per un certo periodo fu il nostro insegnante di francese. Mi colpì prima ancora che venisse da noi; ovunque andasse, anche nei corridoi della scuola, portava sempre il cappello e un tetro, rigido sorriso. Mi domandavo chi fosse, ma non osavo chiedere nulla a nessuno. Il suo volto era incolore, sembrava un uomo precocemente invecchiato, non lo vidi mai parlare con un collega. Dava l'impressione che il suo essere sempre solo non fosse dovuto né a superbia né a disprezzo, ma piuttosto a una terribile astrazione, quasi che intorno a sé non udisse e non vedesse nulla, e fosse sempre altrove, in qualche luogo lontanissimo. Io lo avevo soprannominato «la maschera», ma tenni per me quella trovata fino a quando, un bel giorno, egli comparve nella nostra classe, il cappello in testa: era lui il nostro insegnante di francese. Sempre sorridendo, parlò rapidamente e a voce bassa con accento francese, non guardava in faccia nessuno di noi e a un certo punto sembrò stare in ascolto, come sforzandosi di udire qualcosa in lontananza. Camminava inquieto su e giù per la classe, con quel cappello in testa pareva sempre in procinto di andarsene. Infine passò dietro la cattedra e dopo aver deposto il cappello tornò verso di noi, e si piantò davanti alla classe. In cima alla fronte aveva un buco profondo, che il cappello aveva nascosto. Ora sapevamo perché lo portava sempre e se ne staccava malvolentieri.

Il buco nella fronte risvegliò l'interesse della classe e ben presto scoprimmo chi era Vodier e di che cosa si trattava. Delle nostre indagini lui non sapeva nulla, ma era un uomo segnato, e poiché il buco nella fronte non poteva più nasconderlo, certo immaginò che conoscessimo la sua storia. Molti anni prima aveva accompagnato una scolaresca a fare una gita in montagna insieme a un collega. Una slavina, precipitando, li aveva travolti. Nove scolari e un insegnante erano morti, gli altri erano stati dissepolti ancora in vita, Vodier con una grave ferita alla testa che aveva messo seriamente in pericolo la sua sopravvivenza. Non è escluso che nel ricordo i numeri si siano alterati, ma non v'è dubbio che mai la scuola era stata colpita da una disgrazia più tremenda di quella.

Vodier viveva ora con quel marchio di Caino addosso, continuando a insegnare nella stessa scuola. Come avrebbe potuto mai venire a capo del problema della sua responsabilità? Il cappello poteva proteggerlo dagli sguardi curiosi degli altri, ma non lo proteggeva da se stesso. Non se lo toglieva mai per molto, spesso andava a prenderlo dalla cattedra e cacciandoselo in testa riprendeva quel suo andirivieni da perseguitato. Le frasi che adoperava durante le lezioni restavano staccate da lui, come pronunciate da un'altra persona, nel suo sorriso c'era tutto il suo spavento, ecco com'era. Io pensavo a lui, lui compariva nei miei sogni, anch'io come lui stavo ascoltando l'avvicinarsi della slavina. Non rimase a lungo come nostro insegnante e quando ci lasciò provai una sensazione di sollievo. Cambiava classe molto spesso, credo. Forse non sopportava di stare per molto tempo con gli stessi ragazzi, forse dopo un po' tutti per lui si trasformavano in vittime. Lo vidi ancora ogni tanto in corridoio e lo salutavo guardingo, lui non se ne accorgeva, non si accorgeva di nessuno. In classe non si parlava mai di lui, era l'unico insegnante che nessuno di noi cercava di imitare. Poi lo dimenticai e mai più pensai a lui, soltanto con il battello illuminato la sua immagine mi è ritornata alla mente.

Arrivo degli animali

Un insegnante come meglio non si potrebbe desiderare, energico e cristallino, era Karl Beck. Entrava in classe come una folata di vento, senza perdere tempo si metteva a parlare davanti a noi e in men che non si dica entrava nel merito delle questioni. Era alto e magro, con un bel portamento eretto, ma niente affatto rigido. Che fosse la materia a rendere il suo insegnamento del tutto esente da implicazioni personali? La sua matematica era limpida e chiara, e rivolta a ciascuno. Non faceva alcuna differenza fra i suoi allievi, ognuno di loro godeva per lui degli stessi diritti. Eppure non faceva mistero della sua contentezza quando lo seguivamo bene, e aveva un suo modo di dimostrarla che non veniva mai interpretato come un favoritismo, così come la sua delusione non veniva mai sentita da nessuno come un torto. Per la sua età non aveva molti capelli, ma quei pochi erano gialli e serici, e a me, guardandolo, davano una gioiosa sensazione di luminosità. Non ci soggiogava però con il suo calore, ma piuttosto eliminando ogni specie di apprensione. Non si sforzava in alcun modo di accattivarsi la nostra simpatia, così come non faceva nulla per opprimerci. Sul viso aveva una vaga espressione di burla, senza mai però una traccia di ironia, ostentare superiorità non era nel suo stile, piuttosto sembrava che avesse conservato un certo tono canzonatorio dai tempi in cui era scolaro, e che ora non riuscisse facilmente a liberarsene, pur essendo ormai un insegnante. Era certamente un uomo dotato di senso critico, questo mi è chiaro dal ricordo che ho di lui: la distanza che manteneva rispetto a noi era una distanza intellettuale. Non si imponeva, come molti insegnanti, facendoci sentire il peso della sua autorità, ma per la sua equilibrata vitalità e la sua chiarezza. La classe non aveva di fronte a lui il minimo timore, tanto che all'inizio ci fu un tentativo di sopraffazione nei suoi confronti. Un giorno fu accolto con un gran baccano, pur essendo lui già sulla porta la classe non smetteva di urlare. Lui osservò un momento la scena e poi disse adirato: «Non faccio lezione!» e scomparve sbattendosi la porta dietro le spalle. Non ci furono punizioni, processi, indagini, semplicemente se ne andò. La classe restò sola con il suo baccano, e se all'inizio ci fu la sensazione di aver ottenuto una vittoria, alla fine il tutto si sgonfiò e rimase un senso di ridicolo.

Il testo di geografia che usavamo era di Emil Letsch e il suo autore era anche il nostro insegnante. Io conoscevo il suo libro ancor prima che lui venisse a insegnare da noi e quasi lo sapevo a memoria, trattandosi di un testo pieno zeppo di numeri. L'altezza delle montagne, la lunghezza dei fiumi, i dati numerici delle popolazioni dei diversi Paesi, cantoni, città, tutto quello che si poteva esprimere in cifre mi si era profondamente impresso nella memoria e ancor oggi mi tocca soffrire di quelle cifre, ormai per lo più invecchiate, che mi sono rimaste in mente. Dall'autore di tanta ricchezza mi aspettavo moltissimo: un uomo che aveva scritto un libro simile era per me una specie di divinità. Scoprii poi che di un dio questo autore aveva l'iracondia, nient'altro. Letsch comandava più di quanto insegnasse, e di ogni oggetto che citava precisava anche il prezzo. Era così arcigno da non ridere o sorridere neppure una volta. Presto cominciò ad annoiarmi, perché non diceva mai nulla che già non fosse scritto nel suo libro. Era conciso fino al parossismo e pretendeva anche da noi la stessa concisione. I brutti voti cominciarono a fioccare sulla classe come bastonate, era veramente odiato da tutti, e addirittura per molti suoi scolari quest'odio è rimasto l'unico ricordo di lui. Mai in vita mia avevo visto in una persona un tale concentrato di bile; altri, pure inclini al cattivo umore, si esprimevano almeno in modo più esauriente. Forse era la sua abitudine al comando, forse era più asciuttezza di linguaggio che cattiveria. Ma la freddezza che emanava da lui aveva un effetto paralizzante. Aveva una barbetta a punta ed era piccolo di statura; può darsi che questo contribuisse a dargli quell'aria così risoluta.

Io non abbandonai mai la speranza di ottenere qualche informazione sul suo conto che potesse giustificare la sua passione per la geografia (aveva persino preso parte ad alcune spedizioni). E invece ebbi occasione di constatare in lui una metamorfosi di tutt'altra natura. Un giorno la signorina Herder mi portò con sé a una conferenza sulle Isole Caroline e Marianne che aveva luogo nella sede di una corporazione artigiana; era presente fra il pubblico anche il professor Letsch. Il conferenziere era un certo generale Haushofer di Monaco, studioso di geopolitica, un uomo molto superiore al nostro Letsch, non solo per la posizione sociale. Fu una conferenza piena di notizie interessanti, chiara e precisa, che mi spinse in seguito a occuparmi delle isole dei mari del Sud. L'impostazione del discorso non mi piaceva molto, pensavo che fosse l'*habitus* militare del conferenziere a darmi fastidio, altre cose di lui le appresi in seguito. Ma in quella breve ora imparai una quantità di nozioni e – come accade in questi casi – mi trovavo in uno stato d'animo particolarmente lieto ed espansivo quando, d'un tratto, il professor Letsch salutò la signorina Herder. Erano vecchi conoscenti, da quando avevano fatto insieme un viaggio a Creta e, abitando lui a Zollikon, per tornare a casa dovevamo fare la stessa strada. Quando lo sentii conversare con la signorina Herder non credetti alle mie orecchie. Le disse tre, quattro, cinque frasi addirittura, una dietro l'altra, sorrideva, si mise perfino a ridere. Espresse il suo stupore quando seppe che abitavo a villa Yalta, ch'egli ricordava ancora come un collegio femminile. Disse: «Ecco da dove viene la geografia del nostro giovanotto. L'ha appresa da lei, signorina Herder!». Ma questo era ancora il meno: si informò anche delle altre signore, chiamandole tutte per nome. Domandò alla signorina se andava ancora spesso in Italia. L'anno precedente aveva incontrato la contessa Rasponi a Djerba. E così seguitò a conversare di questo e di quello per tutta la strada, un uomo disinvolto, affabile quasi, che alla fine si accomiatò con calore, addirittura con cordialità, seppure con la voce un po' roca.

Durante quel viaggio, mi raccontò Fräulein Mina, lui sapeva i prezzi di ogni cosa e non ammetteva imbrogli di nessun genere. Lei non riusciva a capacitarsi ancora oggi come quell'uomo potesse tenere a mente tutti quei prezzi.

Le lezioni di Letsch non hanno mai significato nulla per me e il suo libro avrebbe potuto benissimo scriverlo un altro. Gli devo però l'esperienza di quella subitanea metamorfosi, certamente l'ultima cosa che mi sarei aspettata da lui.

Meglio sarebbe raccontare di Karl Fenner, il nostro insegnante di storia naturale. Qui per me l'uomo si dissolve nel paesaggio immenso che mi ha dischiuso. Fenner non proseguì un'opera di cui già a casa erano state gettate le basi, ma mi iniziò a qualcosa di completamente nuovo. Mia madre aveva sulla natura idee di tipo convenzionale. I suoi entusiasmi per i tramonti non erano molto convincenti, e quando doveva scegliere un appartamento preferiva che le stanze in cui avremmo passato la maggior parte del nostro tempo fossero esposte a ponente. Amava i frutteti della sua infanzia, perché amava la frutta e il profumo delle rose. La Bulgaria era per lei il paese dei meloni, delle pesche e dell'uva, una questione di gusto e di olfatto, sensi che aveva entrambi sviluppatissimi. Ma in casa non avevamo animali e degli animali non mi parlò mai seriamente, se non sotto l'aspetto di succulente vivande. Raccontava di come usavano ingrassare le oche quando lei era bambina, e poi, mentre io quasi svenivo per l'indignazione e la pietà, osservava che la carne di quelle oche così grasse era veramente squisita. Era certo consapevole della crudeltà di quel sistema di ingrassamento, e quell'inesorabile pollice della serva che continua a cacciar giù pastone di granturco nel becco della povera bestia (un'immagine che conobbi solo dai suoi racconti) divenne uno dei miei incubi notturni: sognavo che io stesso, trasformato in oca, venivo rimpinzato e ingozzato, e alla fine mi svegliavo urlando. Parlando di queste cose, la mamma aveva il coraggio di sorridere ed io sapevo che in quel momento pensava al sapore dell'oca. Di una sola specie di animali mi parlò seriamente: dei famosi lupi sul Danubio gelato, di quelli aveva rispetto perché le avevano fatto una gran paura. A Manchester mio padre mi aveva portato al giardino zoologico. Non tanto spesso, perché di tempo per queste cose ne aveva poco, ma la mamma – forse perché si annoiava – non veniva mai insieme con noi, lei era votata anima e corpo agli esseri umani. Fu dunque grazie a mio padre che cominciarono per me quelle esperienze con gli animali senza le quali un'infanzia non merita di essere vissuta. Con mio grande diletto il papà li imitava per me, era capace di trasformarsi persino nella piccola tartaruga che noi – come tutti i bambini inglesi – tenevamo in giardino. Poi tutto crollò di colpo. Per sei o sette anni vissi nel mondo della mamma, dove gli animali non esistevano. Era un mondo gremito di grandi personaggi, nessuno dei quali però aveva i tratti di un animale. La mamma conosceva gli eroi e gli dèi dell'antica Grecia, benché anche a questi preferisse gli esseri umani, e le divinità egizie bimorfe le ho conosciute soltanto da adulto.

Dal balcone di cucina dell'appartamento della Scheuchzerstrasse guardavamo su un terreno non ancora edificato. Lì gli abitanti delle case circostanti avevano piantato i loro orticelli. Uno di questi apparteneva a un poliziotto che vi teneva un maialino, ingrassandolo con amore e ogni sorta di astuzie. D'estate la scuola cominciava la mattina alle sette, ed io, alzandomi alle sei, spesso sorprendevo il poliziotto che a quell'ora saltava la staccionata dell'orto del vicino e in gran fretta arraffava del cibo per nutrire il

suo maialino. Prima guardava con circospezione le finestre delle case vicine, per assicurarsi che nessuno lo os-
servasse – non mi vide mai, forse perché ero troppo piccolo, poi strappava in gran fretta quel che trovava e con
un altro salto tornava da Sugie, così noi chiamavamo il
suo maialino. Aveva già indosso i calzoni dell'uniforme,
con le bande ai lati, ma pareva che ciò non lo disturbasse
affatto nella sua impresa, saltava da un solco all'altro come un grillo, era un buon saltatore, prendeva dagli altri
quel che gli serviva e così lasciava intatte le piante del suo
orticello. Sugie era insaziabile, a noi piaceva sentirlo grufolare, e quando quel ghiottone di Georg, il mio fratello
più piccolo, aveva di nuovo rubato un pezzo di cioccolata,
noi lo prendevamo in giro grufolando instancabilmente
come Sugie. Allora Georg si metteva a piangere e prometteva di non farlo mai più, ma l'esempio del poliziotto agiva su di lui con un fascino irresistibile e già il giorno seguente spariva un'altra tavoletta di cioccolata.

Al mattino ero io che svegliavo i miei fratellini, andavamo tutti e tre a nasconderci sul balcone di cucina e aspettavamo, trattenendo il respiro, che comparisse il poliziotto; poi, senza fiatare, stavamo a guardarlo mentre saltava
da un solco all'altro, e solo quando se n'era andato ci mettevamo a grufolare senza ritegno. Sugie era insomma diventato il nostro animale domestico. Purtroppo non visse
a lungo e quando scomparve ci sentimmo molto soli, pur
senza saperlo eravamo affamati di compagnia animale. In
tutto quel tempo la mamma non aveva mostrato alcun interesse per Sugie, la sola cosa che le dava pensiero era la
disonestà del poliziotto e su di essa ci fece delle grandi prediche. Dilungandosi con voluttà a parlare dell'ipocrisia, si
elevava fino a Tartufo, e ci giurava solennemente che l'i-
pocrita non sarebbe sfuggito al castigo che meritava.

Tanto misero era a quell'epoca il nostro rapporto con
gli animali! Soltanto con le lezioni di storia naturale di
Fenner le cose cambiarono, e fu un cambiamento radica-
le. Fenner ci spiegava con infinita pazienza la struttura delle piante e degli animali, ci faceva osservare un gran numero di disegni a colori, che poi noi a casa dovevamo riprodurre in ogni particolare. Non era facile accontentar-
lo, si soffermava su ogni minimo difetto dei nostri disegni,
insistendo con dolcezza ma anche con ostinazione perché
vi apportassimo le dovute modifiche; a me poi consigliava
sovente di strappare il foglio e ricominciare da capo. Qua-

si tutto il tempo dei compiti a casa finivo per consumarlo su quei quaderni di storia naturale. Mi costavano una gran fatica, così mi ci ero veramente affezionato. Ammiravo i disegni dei miei compagni, alcuni mi parevano stupendi, in verità di bei quaderni illustrati con mano abile e leggera ce n'erano parecchi! Non provavo invidia, ma piuttosto stupore quando me ne mostravano uno; e non c'è nulla di più salutare per un bambino che ha molta facilità a imparare quanto il non riuscire almeno in una materia. Io in disegno ero sempre il peggiore, e addirittura mi rendevo conto che Fenner, da uomo dolce e affettuoso qual era, provava compassione per me. Piccolo e un po' grasso, aveva una voce bassa e morbida, ma le sue lezioni erano di una tale concretezza e precisione, così solide e accurate che era un piacere starle a sentire; si andava avanti piuttosto lentamente, ma ciò che si era imparato con lui non lo si dimenticava mai più, restava disegnato dentro per sempre.

Con noi faceva delle escursioni alle quali andavamo tutti volentieri. Anche se l'atmosfera era allegra e rilassata, faceva in modo che nulla passasse inosservato, una volta al Rumensee raccogliemmo una quantità di minuscoli animali acquatici che poi riportammo a scuola. Quindi, al microscopio, Fenner ci illustrò la vita fantastica che si svolgeva in quello spazio piccolissimo, e tutto ciò che osservammo fu poi disegnato. Mi costa fatica non addentrarmi adesso in una vera e propria lezione di storia naturale, ma ben difficilmente potrei imporla ai miei lettori, che certo queste cose le sanno già. Devo però ricordare che Fenner non condivideva la delicata suscettibilità che io allora cominciai a manifestare verso tutto ciò che concerne il mangiare e l'essere mangiati. Tutte le cose che accadono in natura egli le assumeva come dati di fatto, senza lasciarsi influenzare dai nostri giudizi morali. Era troppo sobrio, forse anche troppo modesto per interferire con una sua opinione personale su questi processi di inesauribile crudeltà. Durante le nostre escursioni, quando ci mettevamo a parlare ed io mi lasciavo sfuggire qualche accenno sentimentale in questo senso, lui se ne stava zitto, non rispondeva, cosa che altrimenti non era nel suo stile. Voleva abituarci a un atteggiamento stoico e virile su queste cose, ma senza chiacchiere o infingimenti, semplicemente con l'esempio del suo comportamento. Così non mi restò che considerare il suo silenzio come un segno di disapprovazione e mi mostrai perciò più riservato.

Prima di portarci al mattatoio, com'era nei suoi programmi, volle prepararci a quella visita. Affrontò prima l'argomento nel corso di parecchie lezioni, spiegandoci e rispiegandoci che gli animali non dovevano più soffrire, i tempi erano cambiati e non si agiva più come una volta, ora si faceva in modo che le bestie andassero incontro a una morte rapida e indolore. Arrivò al punto di usare in proposito il termine «umano», e ci diede indicazioni molto precise su come tutti noi, ciascuno nel proprio ambito, dovevamo comportarci con gli animali. Io avevo di lui una tale stima e gli ero così affezionato che accettai anche questi preparativi un po' troppo circospetti per la visita al mattatoio, senza concepire nei suoi riguardi la minima avversione. Sentivo che voleva abituarci a qualcosa di inevitabile e in fondo mi piacque che si desse tanta pena e ci preparasse con tale anticipo a quella visita. Immaginavo come Letsch, al suo posto, ci avrebbe condotti al mattatoio a passo di marcia e come avrebbe tentato di risolvere quel problema così delicato nella maniera più brutale, senza il minimo riguardo per nessuno. Pensavo tuttavia con grande angoscia al giorno della visita, che si faceva sempre più prossimo. Fenner, che era un buon osservatore anche delle reazioni degli esseri umani, di questo si accorse benissimo, sebbene io mi rinchiudessi cocciutamente in me stesso e non dicessi assolutamente nulla di fronte ai miei compagni, dei quali temevo le battute di spirito.

Quando venne il momento, e attraversammo il mattatoio, Fenner mi tenne accanto a sé. Illustrò tutte le attrezzature come se fossero state appositamente studiate per compiacere gli animali. Le sue parole si posavano come una coltre protettiva fra me e tutte le cose che vedevo, così che ora non sarei più in grado di descriverle con esattezza. Ripensandoci oggi, ho l'impressione che si comportasse come un prete che si sforza di distogliere qualcuno dal pensiero della morte. Fu l'unica volta che il suo modo di esprimersi mi parve untuoso, sebbene servisse appunto a proteggermi dall'orrore. E in effetti riuscì nel suo intento, io presi tutto con calma e senza esplosioni emotive, Fenner poteva dirsi soddisfatto. Tuttavia a un certo punto fu travolto dal suo amore per la scienza e ci mostrò qualcosa che distrusse tutto. Passammo accanto a una pecora appena macellata, che giaceva squarciata davanti a noi. Nella placenta nuotava un minuscolo agnellino, poteva esser lungo mezzo pollice, nemmeno, testa e zampe erano chiaramente riconoscibili, ma tutto pareva ancora trasparente. Forse non lo avremmo notato, ma lui ci fece fermare e con la sua voce morbida ma imperturbabile ci spiegò quello che avevamo davanti. Noi gli stavamo tutti raccolti intorno e lui mi aveva perso di vista. Ma in quel momento fui io che levai lo sguardo su di lui e dissi piano: «Assassinio». La parola, dettata dalla recente esperienza della guerra, mi salì spontanea alle labbra, ma credo che la pronunciai in una specie di trance. Lui certamente la udì, perché interruppe la spiegazione e disse: «Bene, ora abbiamo visto tutto» e ci accompagnò fuori dal mattatoio, senza più fermarsi neppure una volta. Forse avevamo visto davvero tutto quello che lui aveva in mente di mostrarci, comunque camminava più in fretta, come se avesse premura di farci uscire.

La mia fiducia in Fenner era scossa. I quaderni con i disegni di storia naturale rimasero chiusi, io non vi disegnai più nulla. Lui lo sapeva, durante le lezioni non me li chiese più. Quando passava accanto a noi per criticare o correggere i disegni, il mio quaderno restava chiuso. Lui non mi degnava neppure di uno sguardo, durante le sue lezioni rimasi sempre muto, alla gita successiva mi diedi malato e portai una giustificazione. Nessuno all'infuori di noi due si accorse dell'accaduto, ma sono convinto che lui mi comprese.

Oggi so benissimo che mi voleva aiutare a superare qualcosa che non mi era dato di superare. A modo suo aveva preso posizione anche lui contro il mattatoio. Se non gliene fosse importato nulla, come alla maggior parte degli altri, non ci avrebbe condotto fuori così in fretta. Nel caso dovesse essere ancora in vita – sarebbe quasi centenario – sappia che mi inchino di fronte a lui.

'Kannitverstan'. Il canarino

Già in seconda avevamo come materia facoltativa la stenografia. Ci tenevo a impararla, ma mi riusciva molto difficile, me ne rendevo conto vedendo i progressi di

Ganzhorn, il mio compagno di banco. Mi dava un gran fastidio mettere altri segni in luogo delle lettere dell'alfabeto, che conoscevo così bene e che adoperavo ormai da tanto tempo. Inoltre le abbreviazioni mi portavano via qualche cosa. Scrivere più in fretta mi sarebbe piaciuto molto, ma avrei desiderato non dover modificare in nulla le lettere, e questo era impossibile. Cercavo di cacciarmi in testa i vari segni, ma non appena ne avevo imparato uno, subito lo dimenticavo, come se provassi il bisogno di espellerlo da me il più presto possibile. Ganzhorn era sbalordito, per lui i segni erano facili come le lettere dell'alfabeto latino o tedesco e persino greco, quello che usava per le sue composizioni poetiche. Non avvertiva la minima resistenza di fronte ad *altri* segni per le medesime parole. Io, invece, sentivo ogni parola come se fosse stata fatta per l'eternità e la forma visibile in cui essa si presentava era per me qualcosa di intoccabile.

All'esistenza di tante lingue diverse ero abituato fin da piccolo, ma non ai diversi tipi di alfabeto. Era già un gran fastidio che oltre all'alfabeto latino esistesse quello gotico, ma almeno le lettere in entrambi gli alfabeti designavano le stesse cose e venivano usate nello stesso modo, oltre ad essere piuttosto simili. Le sillabe della stenografia stabilivano invece un nuovo principio, e il fatto che riducessero così considerevolmente lo scritto me le rendeva sospette. Nei dettati non riuscivo a star dietro al maestro e facevo errori spaventosi. Ganzhorn guardava quelle mie porcherie e correggeva gli errori aggrottando le sopracciglia. Forse la cosa sarebbe continuata così e alla fine mi sarei deciso ad abbandonare la stenografia come una cosa per me contro natura. Ma un bel giorno Schoch, che ci insegnava anche calligrafia, ci portò un libro di lettura scritto in caratteri stenografici, lo *Schatzkästlein* di Hebel.[1] Io ne lessi alcune storie e poi andai avanti senza nemmeno sapere di quale libro speciale e famoso si trattasse. In pochissimo tempo lo lessi tutto, era soltanto una scelta antologica. Quando arrivai alla fine mi sentii così triste che ricominciai subito daccapo. La cosa si ripeté parec-

1. La raccolta di storielle *Schatzkästlein des rheinischen Hausfreundes* (*Il tesoretto dell'amico di casa renano*) fu pubblicata da J.P. Hebel (1760-1826) nel 1811; si veda anche p. 264 [*N.d.T.*].

chie volte e la stenografia, alla quale mentre leggevo non pensavo affatto – quei racconti li avrei letti in qualsiasi scrittura –, la stenografia, dicevo, mi era nel frattempo entrata in testa da sola, senza che me ne accorgessi. Lessi quei racconti così spesso che alla fine il fascicolo andò in pezzi, e anche quando in seguito ebbi il libro intero, in caratteri normali, e in tutte le possibili edizioni allora esistenti, ritornavo sempre di preferenza a quelle pagine ormai malconce, fino a quando, un giorno, mi si disfecero letteralmente tra le mani.

Il primo racconto, *Denkwürdigkeiten aus dem Morgenland* [*Fatti memorabili d'Oriente*], cominciava con queste parole: «In Turchia, dove pare che talvolta le cose vadano storte...». Io avevo sempre l'impressione di venire dalla Turchia, il nonno era cresciuto laggiù, mio padre vi era nato. Nella mia città natale di turchi ce n'erano molti, tutti in casa mia capivano e parlavano la loro lingua. Se anche da bambino non l'avevo veramente imparata, l'avevo pur sempre sentita parlare moltissimo, e parecchie parole che erano state assorbite nel nostro spagnolo le conoscevo, e comunque, nella maggior parte dei casi, sapevo da dove venivano. A questo si aggiungevano i racconti di tempi più lontani: l'invito del sultano turco, quando noi ebrei fummo costretti a lasciare la Spagna, e la bontà con cui da allora i turchi ci avevano trattati. Alle prime parole che lessi nello *Schatzkästlein* subito mi sentii scaldare il cuore, quelle che per altri lettori potevano essere notizie esotiche erano cose a me familiari, mi venivano da una specie di patria. Forse anche per questo fui doppiamente sensibile alla morale della storia: «Non si deve mai serbare rancore al proprio nemico, tenendo una pietra in tasca e una vendetta in cuore». Allora non ero certo in grado di applicare quella morale a me stesso. Continuavo infatti a perseguitare in cuor mio con odio implacabile le due persone che avevo eletto a principali nemici della mia giovane esistenza: il barbuto professore di Vienna e lo zio orco di Manchester. Ma una 'morale', per poter emergere, deve appunto essere in contrasto con ciò che si prova e con il modo in cui solitamente si agisce, ed è giusto che rimanga a lungo relegata in fondo all'animo prima di farsi coraggio e trovare l'occasione di prendere il sopravvento.

Di simili insegnamenti, che poi rimangono impressi in maniera indelebile, Hebel era pieno, e ciascuno era lega-

to a una storia indimenticabile. La mia vita era cominciata con un'esperienza di '*Kannitverstan*',[1] al tempo in cui i
miei genitori parlavano tra loro in una lingua a me sconosciuta, e ciò che si esaltava nell'incomprensione di singole
particolarità – la splendida casa con le finestre piene di tulipani, stellarie e violacciocche; le ricchezze che dalla nave
il mare portava sulla riva; il grande corteo funebre con i
cavalli incappucciati di nero –, tutto questo, dicevo, mi fece l'effetto di qualcosa nel quale si esaltava il senso di una
lingua intera. Non credo esista un altro libro che mi si sia
impresso nella mente in modo così completo e in ogni suo
particolare; mi piacerebbe molto poter seguire tutte le
tracce che ha lasciato in me e dimostrare a Hebel la mia ri-
conoscenza con un atto di omaggio a lui espressamente
dedicato. Quando la tronfia morale giambica da cui in
quegli anni ero stato superficialmente dominato rovinò e
andò in frantumi, ogni singola frase che mi veniva da Hebel rimase intatta dentro di me. Non ho scritto un solo libro senza averlo segretamente misurato sulla sua lingua, e
tutti, nessuno escluso, sono stati scritti per la prima volta
in quella stenografia che solo grazie a lui ho imparato.

Karl Schoch, l'insegnante che ci portò lo *Schatzkästlein*,
non si sentiva a suo agio né con se stesso né con gli scolari. Aveva una piccola testa rossiccia a forma di uovo ed era
di pelo giallo canarino, particolarmente vistoso nei baffi –
era davvero tanto giallo o era solo una nostra impressione? Forse anche i suoi movimenti, che avevano un che di
secco e saltellante, contribuirono a quel nomignolo: poco
dopo averlo conosciuto cominciammo a chiamarlo «il canarino» e quel soprannome gli rimase fino alla fine. Era
un uomo ancora giovane, con una certa difficoltà di linguaggio, come se facesse fatica a muovere la lingua. Prima
di tirar fuori quello che aveva da dire, pareva dovesse
prender la rincorsa. Poi le frasi arrivavano, sempre poche
però, con un suono asciutto e uniforme. Aveva una voce cavernosa che si spegneva subito. Dapprima ci diede
lezioni di calligrafia, una materia dalla quale non trassi
mai alcun profitto, può darsi a causa della sua pedanteria.

1. «Non capisco» in olandese. *Kannitverstan* dà il titolo alla storia di
Hebel di cui qui si parla [*N.d.T.*].

Prendeva il 'bello scrivere' terribilmente sul serio, come uno scolaretto che lo avesse appena imparato. Poiché parlava tanto poco, ogni sua parola acquistava ovviamente un'importanza esagerata. Si ripeteva, anche quando non era necessario; quel che voleva inculcarci ben bene in testa, se lo doveva prima conquistare lui. Il tono della voce era sempre lo stesso, a chiunque si rivolgesse, e veniva il sospetto che prima della lezione avesse bisogno di esercitarsi a ripetere ciò che ci avrebbe detto. Ma poi, spesso, restava inspiegabilmente a metà strada e tutto quell'esercizio era stato inutile. Dava l'impressione non tanto di essere un debole, quanto una persona fuori posto. Poiché sapeva di essere mal combinato, non poteva fare a meno di pensarci in continuazione.

Fintanto che si trattava di calligrafia, riusciva a superare l'esame impietoso degli scolari con la sufficienza. Ve n'erano alcuni che lavorando alacremente impararono da lui a scrivere in bella grafia. Non dovevano far altro che imitare con cura e precisione le lettere che Schoch scriveva sulla lavagna. Era davvero la materia che richiedeva il minimo di sforzo mentale e anche gli scolari meno dotati avevano la possibilità di fare bella figura. Lui intanto, scrivendo alla lavagna, guadagnava tempo per il suo silenzio. Infine parlava, rivolgendosi alle lettere, non a scolari in carne ed ossa, scriveva a caratteri grandi, disegnati con precisione, per tutti quanti, non per i singoli, e certamente era per lui un sollievo poter ogni tanto voltare le spalle ai nostri sguardi che gli facevano paura.

Fu una vera iattura che in seguito prendesse il posto di Letsch per le lezioni di geografia. Non era padrone della materia e la classe fu felicissima di avere l'opportunità di vendicarsi su Schoch di tutte le vessazioni che aveva patito con Letsch. Dopo quel colonnello di Letsch, Schoch faceva l'effetto di una piccola recluta, e ora per di più era costretto a parlare continuamente. Quando entrava in classe veniva accolto con un cinguettio basso, che naturalmente si riferiva al canarino, e alla fine della lezione ci congedavamo da lui con un cinguettio più forte. Non aveva ancora finito di chiudersi la porta alle spalle, che il cinguettio si faceva fortissimo. Lui finse sempre di non accorgersene, non disse mai nulla in proposito, e non è facile immaginare se sapesse il significato di quel verso.

In geografia eravamo arrivati all'America del Sud, la cui grande carta geografica era affissa alla parete proprio dietro la sua cattedra; ad uno ad uno venivamo chiamati fuori per indicare i fiumi sulla carta e dare ad essi un nome. Una volta, quando toccò a me, tra i fiumi che dovevo nominare c'era un Río Desaguadero. Io pronunciai il nome in modo corretto, il che da parte mia non era certo un pezzo di bravura, essendo «agua» una delle parole che più comunemente avevo usato e udito da bambino. Lui mi corresse, affermando che il nome andava pronunciato «Desagadero», la «u» non si doveva sentire. Io insistetti e dissi che derivava da «agua», l'acqua, e lui domandò come facevo a saperlo. Non mi lasciai intimidire e gli spiegai che lo dovevo sapere per forza, essendo lo spagnolo la mia madre lingua. Restammo l'uno di fronte all'altro davanti alla classe intera, nessuno di noi due voleva cedere, io ero furioso che non volesse riconoscermi il diritto di sapere lo spagnolo. Rigido e inespressivo, ma più risoluto di quanto lo avessi mai visto, Schoch insistette: il fiume si chiamava Río Desagadero. Ci gettammo addosso a vicenda per un paio di volte le due diverse pronunce, la faccia gli si faceva sempre più tesa, se avesse avuto in mano la bacchetta con cui di solito indicava i fiumi sulla carta, sicuramente mi avrebbe picchiato. Poi trovò il modo di cavarsela e mi licenziò con le parole: «In Sudamerica si pronuncia diversamente».

Non credo che con un altro insegnante avrei fatto il braccio di ferro in quel modo per sostenere le mie ragioni. Non provavo per lui la minima compassione, eppure la sua situazione era talmente penosa che un po' di pietà se la sarebbe meritata. Venne ancora per un paio di lezioni, poi un bel giorno, mentre lo aspettavamo, il cinguettio in classe era già cominciato, comparve un altro insegnante e annunciò: «Il signor Schoch non verrà più». Pensammo che fosse malato, ma ben presto venimmo a sapere la verità. Schoch era morto. Si era tagliato le vene ed era morto dissanguato.

L'entusiasta

L'anno di scuola allo Schanzenberg, l'anno della riconciliazione, ci portò alcuni nuovi insegnanti. Ci davano del «lei», era una regola che tutti erano tenuti a seguire, ma per questi 'nuovi' era assai più facile che non per quelli che ormai ci conoscevano da anni. Fra gli insegnanti che incontrammo per la prima volta ce n'era uno molto vecchio e uno molto giovane. Emil Walder, il vecchio, aveva scritto la grammatica su cui studiavamo il latino, a parte Letsch fu l'unico autore di un libro di testo che mi sia capitato come insegnante alla scuola cantonale. Io lo aspettavo con la curiosità e il rispetto che nutrivo per chiunque fosse un 'autore'. Aveva un'enorme verruca, che mi vedo ancora davanti quando penso a lui, però non sono in grado di localizzarla. Era a destra *oppure* a sinistra, vicino a un occhio, credo proprio che si trattasse del sinistro, ma nel mio ricordo la verruca ha la misteriosa proprietà di spostarsi in base al lato in cui mi trovavo io quando parlavo con lui. Parlava un tedesco molto gutturale e l'intonazione dialettale svizzera era assai pronunciata, più che negli altri professori. Ciò dava al suo linguaggio, a dispetto dell'età, qualcosa di enfatico. Era straordinariamente tollerante e mi lasciava leggere durante le lezioni. Poiché il latino mi riusciva facile, mi abituai con lui a una sorta di doppia esistenza. Con le orecchie seguivo le sue lezioni, così che, se mi chiamava, ero sempre in grado di rispondere a tono. Con gli occhi invece leggevo un volumetto che tenevo aperto sotto il banco. Lui però, essendo curioso, quando passava accanto a me mi prendeva il libro e se lo teneva sotto gli occhi fino a quando non aveva capito di che si trattava; poi me lo ridava, aperto. Se non diceva niente, interpretavo il suo silenzio come un segno di approvazione. Era certamente un lettore appassionato, una volta ebbi con lui un breve colloquio a proposito di un autore che non gli diceva niente. Io ero immerso nella *Passeggiata* di Robert Walser, una lettura molto sconcertante da cui non riuscivo a staccarmi, del tutto diversa dalle letture alle quali ero avvezzo. Mi pareva che non avesse un vero contenuto e consistesse solo in frasi eleganti e retoriche, ma intanto mio malgrado ne ero conquistato e non avevo nessuna voglia di smettere. Walder mi si avvicinò da sinistra, io avvertii la presenza della verruca, non alzai gli occhi però, tanto mi avvincevano quelle frasi fiorite che credevo di disprezzare. La sua mano si posò sul libro, costringendomi, con mio grande dispetto, a interrompere la lettura proprio nel bel mezzo di un lungo periodo. Poi, sollevando il libro fin sotto gli occhi, riconobbe il nome dell'autore. La verruca, questa volta a sinistra, si gonfiò come una vena colma di rabbia, e lui mi domandò, come se fosse una domanda d'esame ma al tempo stesso con un tono molto intimo: «Come lo trova?». Io avvertii il suo fastidio, e tuttavia non volevo dargli ragione del tutto perché il libro a suo modo mi affascinava molto. Così in tono conciliante risposi: «È troppo leggiadro». «Leggiadro?» ribatté lui. «È brutto! Non vale niente. Questa roba non val la pena di leggerla!» – una condanna che veniva dal profondo. Io cedetti e con rammarico chiusi il mio libro; ripresi a leggerlo solo più tardi, a questo punto veramente con grande curiosità. Fu così, con questa titubanza, che nacque in me la passione per Robert Walser; forse a quell'epoca lo avrei dimenticato se non ci fosse stato il professor Walder.

L'esatto contrario di quest'uomo, che tutto sommato mi piaceva proprio per la sua ruvidezza, era il giovane Friedrich Witz. Poteva avere ventitré anni, eravamo la sua prima classe, arrivava fresco dall'università ed ebbe proprio da noi il suo primo incarico come insegnante di storia. Io rimpiangevo ancora Eugen Müller, il «Müller dei greci», come lo chiamavo in cuor mio. Da oltre un anno lo avevo perso come insegnante e dopo di lui nulla era accaduto che potesse essere paragonato alle sue lezioni. Non saprei neppure dire chi venne dopo di lui in classe nostra come professore di storia – una protesta della memoria contro una perdita tanto grave. E ora arrivò Friedrich Witz, il secondo grande amore dei miei anni di scuola, un uomo che non ho mai più dimenticato e che ho poi ritrovato, pressoché identico, molti anni più tardi.

Che scuola era mai quella, che atmosfera ricca e variegata! C'erano professori che non concepivano la disciplina come una costrizione e proprio per questo sapevano imporla nella classe senza che nessuno pensasse di ribellarsi, come per esempio Karl Beck. Ce n'erano altri che cercavano di educare i loro allievi a uno stile di vita che potesse servire loro per il futuro, e quindi alla sobrietà, alla ponderazione, alla prudenza. Il prototipo di questi professori era Franz Hunziker, che cercava di infondere anche in me la sua fredda sobrietà e con il quale proprio per questo condussi una lotta tenace. C'erano infine uomini dotati di fervida immaginazione, che con le loro parole ci incantavano e davano ali alla nostra fantasia, come Eugen Müller e Friedrich Witz.

Quest'ultimo non attribuiva alcun valore all'insegnamento dall'alto della sua cattedra. Talvolta parlava dalla cattedra, ma con tale fervore e potenza evocatrice che tutti noi dimenticavamo dov'era e ci sentivamo con lui in assoluta libertà. Poi si metteva a sedere in un banco in mezzo a noi, ed era come se fossimo tutti insieme a fare una passeggiata. Non faceva distinzioni fra noi, si rivolgeva indifferentemente ora all'uno ora all'altro, parlava in continuazione, e tutto ciò che diceva mi appariva nuovo. Ogni possibile barriera sembrava abolita, invece della paura egli infondeva puro amore, nessuno era superiore a un altro, nessuno era stupido, scansava ogni forma di autorità, ci rinunciava spontaneamente, senza mai considerarla un problema, pur avendo otto anni più di noi ci trattava come se fossimo suoi coetanei. Il suo non era un insegnamento molto ortodosso, ma piuttosto un dono, l'elargizione di una ricchezza che aveva in sé. In storia eravamo arrivati agli Hohenstaufen, e anziché date ci offriva personaggi. Non era solo per la sua giovane età che il potere significava poco per lui; era invece molto interessato agli effetti che esso produce nell'intimo di coloro che lo detengono. In fondo gli importavano veramente soltanto i poeti, con i quali non perdeva occasione di metterci a confronto. Parlava molto bene, con vivacità e passione, ma senza toni enfatici e profetici. Io avvertivo come in lui si compisse quel processo di espansione a cui allora non sarei stato in grado di dare un nome, e tuttavia era lo stesso processo che percepivo in me in uno stadio ancora aurorale. Non c'è perciò da meravigliarsi se Witz divenne di colpo il mio modello, un modello diverso rispetto a Eugen Müller, dai contorni meno precisi, ma più vicino, accessibile come un amico.

Invece di elencare le gesta di un imperatore e di collegarle alle rispettive date, lui ci dava una rappresentazione vivente di quel personaggio, usando di preferenza le parole di qualche scrittore recente. Fu lui che mi convinse che esisteva anche una letteratura moderna. Ad essa io mi sentivo completamente refrattario, accecato com'ero dalla ricchezza della letteratura che mi era stata trasmessa, tutta legata alle passate esperienze teatrali di mia madre; come avrei mai potuto esaurire il patrimonio di tutte le civiltà letterarie a cui lei mi aveva avvicinato? Io seguivo le sue reminiscenze, ero soggiogato dai suoi giudizi. Ciò che scoprivo per conto mio crollava miseramente se ai suoi occhi non aveva valore; e ora venivo a sapere che Wedekind non era soltanto uno spauracchio per i borghesi e neppure un inventore di truculente sparatorie alla Wreschner. Quando arrivammo a Enrico VI, Witz rinunciò a parlare con parole sue. Non si sentiva all'altezza di affrontare un personaggio dotato di una tale *hybris*, che era totalmente estranea alla sua natura. Aprì un volume di Liliencron e ci lesse *Heinrich auf Trifels*. Seduto in mezzo a noi, lesse la lirica dal principio alla fine, il piede destro sul mio banco, il gomito appoggiato su un ginocchio, il libro a una certa altezza. Quando arrivò al punto della appassionata dichiarazione di Heinrich: «Irene di Grecia, io t'amo!», il ricciolo che aveva sulla fronte gli cadde sul libro – un segno tipico della sua eccitazione – ed io che di un tale amore ero del tutto ignaro, mi sentii correre un brivido giù per la schiena. Leggeva in tono patetico, oggi direi che era il pathos dell'espressionismo, ben diverso dal pathos dei viennesi degli anni Ottanta o Novanta al quale ero stato abituato in casa; eppure la sua enfasi non me lo rese estraneo, ma anzi più familiare ancora. Guardandolo mentre con gesto impaziente si scostava dalla fronte il ricciolo che lo disturbava nella lettura, io, che mi ero sempre sentito un primogenito, ebbi d'un tratto l'impressione di avere un fratello maggiore.

Com'è facile immaginare, la posizione di Witz non era del tutto indiscussa. Poiché non si preoccupava minimamente di tenere le distanze e non considerava l'autorità esteriore come un valore eterno e universale, alcuni lo ritenevano un cattivo insegnante. Facendo il confronto con ciò che succedeva durante tutte le altre lezioni, con lui in classe regnava una sorta di intenzionale disordine. In sua presenza si viveva sempre al centro di un campo di forze passionali. Forse le stesse cose che mi davano respiro e mettevano ali alla mia fantasia rappresentavano per altri una sorta di caos. Si creava qualche volta in classe una gran confusione, come se a nessuno importasse più nulla della presenza di Witz, il quale non riusciva poi a ristabilire il consueto ordine senza vita con generiche espressioni di comando. Si rifiutava categoricamente di farsi temere, forse esistono persone che hanno veramente questo dono, il dono di non ispirare mai timore. Ogni tanto, nei momenti meno opportuni, piombava in classe per una visita d'ispezione qualche membro più anziano del corpo insegnante. Non senza disagio pensavamo ai rapporti che costui avrebbe fatto alle superiori autorità scolastiche.

Ma quella stagione meravigliosa – tale fu per me – non durò a lungo. Witz venne da noi in primavera e in ottobre se ne andò. Fra noi, anche fra coloro che non avevano stabilito con lui un particolare rapporto, corse voce che fosse stato licenziato dalla scuola, sebbene non sapessimo nulla di concreto al riguardo.

Witz era talmente giovane che non poteva fare altro che questo: tentare di contagiarci con la sua giovinezza. In realtà non è affatto vero che l'itinerario attraverso gli anni abbia per tutti lo stesso carattere. Alcuni arrivano a scuola già vecchi, forse lo erano fin da prima, forse erano vecchi fin dalla nascita, e qualunque cosa possa loro accadere nella scuola, non riescono comunque a ringiovanire. Altri, invece, si liberano gradualmente del senso di vecchiaia che si portano addosso e recuperano la giovinezza perduta. Per questi Witz sarebbe stato l'insegnante ideale, ma per legge di natura le persone cosiffatte sono una minoranza. Poi ci sono quelli per i quali la scuola è una fatica enorme, sicché proprio lì cominciano a invecchiare, e tanto è il peso da cui si sentono gravati e così lenti i loro progressi che si aggrappano con tutte le loro forze alla nuova maturità che hanno acquisito e ad essa non sono più disposti a rinunciare nemmeno in minima parte. Ma ci sono anche quelli che sono al tempo stesso giovani e vecchi, vecchi per la tenacia con cui si tengono stretti a tutto ciò che hanno afferrato e compreso, giovani per l'ingordigia e la curiosità con cui si volgono indistintamente a tutto ciò che è nuovo. È probabile che io appartenessi allora a quest'ultima categoria e che per questo fossi così ricettivo all'influsso di insegnanti tra loro diversissimi, addirittura agli antipodi. Karl Beck mi dava un senso di sicurezza per il suo modo di insegnare puntiglioso e disciplinato. La matematica che imparai da lui divenne una componente molto profonda della mia natura, elemento di coerenza e quindi, in un certo senso, di coraggio intellettuale. Partendo da un ambito magari molto piccolo, ma sottratto a qualsiasi dubbio, si prosegue senza posa in un'unica direzione, che rimane sempre la stessa, senza domandarsi dove possa portare, evitando di guardare a destra o a sinistra, continuando a procedere verso una meta che pur non si conosce; fino a quando non si fanno passi falsi e i passi che si fanno rimangono tra loro coordinati, non può succedere niente, si avanza nell'ignoto, ed è questa l'unica maniera per conquistare *gradualmente* l'ignoto.

Esattamente il contrario mi accadde con Witz. Egli toccò contemporaneamente molti punti in me ancora oscuri e li portò alla luce, senza un intento preciso. Con lui non si andava avanti, si era piuttosto ora qua ora là, totalmente sprovvisti di meta, quand'anche ignota; certo, si imparavano molte cose, ma più che apprendere nozioni si acquistava sensibilità per ciò che era stato tralasciato o che ancora era nell'ombra. Era soprattutto il piacere della metamorfosi che Witz rafforzava: quante cose insospettate e insospettabili venivano fuori, bastava sentirne parlare per *trasformarsi* in esse! Era lo stesso effetto che un tempo avevano avuto su di me le fiabe, solo che ora si trattava di oggetti d'altro genere, meno semplici, sempre di personaggi, che però questa volta erano poeti.

Ho già detto che Witz mi aprì gli occhi alla letteratura moderna. Un nome da lui citato una volta non lo dimenticavo più, divenne un'atmosfera molto speciale quella in cui lui mi portava con sé, e le ali che egli mi diede per questi viaggi senza che io me ne accorgessi mi restarono attaccate anche quando lui mi ebbe lasciato; così volai io stesso in quel mondo e mi ci aggirai stupefatto.

Non ho voglia di citare uno per uno i nomi che incontrai per la prima volta grazie a Witz. Alcuni di essi, come ad esempio Spitteler, li avevo già sentiti senza che mi toccassero, altri, come Wedekind, avevano suscitato in me soltanto una curiosità passiva, come se bastasse tenerli in caldo per i tempi a venire. Questi autori, per la maggior parte, sono stati da tempo accolti nella storia della letteratura, sicché ha un'aria ridicola insisterci tanto. Eppure, la maggior parte degli autori di cui ora non faccio il nome si ponevano in un grande contrasto con tutto quello che avevo appreso a casa mia, e anche se allora mi impadronii di pochissime opere della letteratura contemporanea, il pregiudizio contro coloro che erano morti da poco o erano ancora in vita fu infranto, una volta per sempre.

Nei pochi mesi – quattro o cinque, non di più – in cui fu nostro insegnante, Witz venne in gita con noi due vol-

te. La prima fu all'epoca del mosto, al mulino di Trichten-
hauser, l'altra, d'interesse storico, al castello di Kyburg.
Della gita all'epoca del mosto si parlò in classe con notevole anticipo e Witz azzardò un progetto addirittura rivoluzionario: ci promise che avrebbe portato con sé una cugina, una violinista che avrebbe suonato per noi.

Ciò lo rese veramente popolare nella classe. La prospettiva di una presenza di sesso femminile, una vera cugina in carne ed ossa, conquistò subito tutti, anche quelli
che non capivano nulla del suo fervore per la letteratura
e un po' lo disprezzavano perché non sapeva tenere la disciplina né faceva uso di punizioni. Ora in classe si parlava sempre più delle ragazze, essendosi nel frattempo in-
trecciati alcuni rapporti con le allieve della scuola superiore femminile, rapporti che peraltro consistevano essenzialmente in pii desideri e dichiarazioni millantatorie.
Una parte dei compagni era già molto in fermento, c'erano fra noi ragazzi grandi e grossi, fisicamente maturi, che
ormai quasi non parlavano d'altro. Comunque la cosa
finiva immancabilmente in un gorgoglio di risatine e allu-
sioni equivoche, e restar fuori da discorsi del genere era
veramente difficile. In tutte queste faccende io ero rimasto
molto indietro, quel tabù del balcone impostomi a Vienna
da mia madre aveva mantenuto intatta la sua efficacia, e
ancora molto tempo dopo aver sofferto con grandissima
intensità la passione della gelosia, persino dopo essere
uscito 'vincitore' dalle battaglie in cui essa mi aveva coinvolto, continuavo a non avere la più pallida idea di che cosa succede in realtà fra un uomo e una donna. Dalle lezioni di storia naturale di Fenner avevo imparato molte cose
sugli animali, avevo disegnato personalmente sul mio quaderno i rispettivi apparati sessuali, ma mai mi era venuto
in mente di riferire nulla di tutto ciò agli 'esseri umani';
per questi ultimi l'amore si svolgeva in alte sfere ed era
esprimibile soltanto in scene in versi, tutti i momenti del-
l'amore erano una questione di giambi. Dei discorsi allusi-
vi dei compagni non capivo niente, e nessuno sarebbe riuscito a cavarmi fuori niente, neanche coi sorrisi più inco-
raggianti. Io restavo sempre ugualmente serio, anche fra il
chiocciare di risatine e smargiassate, così che poteva apparire riprovazione ciò che era soprattutto ignoranza.

In fondo era una situazione veramente grottesca perché, mentre altri avrebbero dato l'anima pur di scambia-

re quattro parole con una ragazza in carne ed ossa, io tornavo a casa ogni giorno a villa Yalta, dove vivevano una dozzina di ragazze, tutte maggiori di me e tutte segretamente interessate allo stesso problema che assillava tanto i miei compagni, e alcune di loro erano addirittura più belle di tutte le ragazze della scuola femminile per cui i miei compagni spasimavano. Hettie e Gulli, due svedesi che oggi troverei irresistibili, parlottavano ininterrottamente fra loro in svedese con molte risatine, e che i loro discorsi trattassero principalmente di giovanotti arrivavo a immaginarlo persino io; altre, come ad esempio Angèle, che veniva da Nyon sul lago di Ginevra ed era molto bella ma altrettanto riservata, si trovavano probabilmente nella mia stessa situazione, con la differenza che Angèle aveva due anni più di me; Nita, una ginevrina, intellettualmente la più matura di tutte, provetta danzatrice, allieva di Dalcroze, che organizzava serate per noi a villa Yalta; Pia, di Lugano, una bruna prosperosa che sprigionava qualcosa che solo ora, nel ricordo, riconosco come sensualità, e tutte quelle ragazze, anche le meno attraenti, ma pur sempre giovani donne con cui mi trattenevo per ore nel vestibolo o con cui ci trovavamo nel campo da tennis per i giochi all'aria aperta, durante i quali, tra corse e risse selvagge, venivamo anche in contatto fisico; tutte quelle ragazze – dicevo – facevano a gara per conquistarsi il mio interesse e la mia attenzione, perché nei loro compiti c'era sempre qualche domanda alla quale io, trattandosi per lo più di regole della lingua tedesca, ero in grado di rispondere; alcune, non dico tutte, si consultavano con me anche su faccende personali, come per esempio sui rimproveri che ricevevano per lettera dai loro genitori. Io, invece, che navigavo sulla cresta di questa generale benevolenza, viziato da simili creature come nessun altro ragazzo della mia età, vigilavo ansiosamente affinché i miei compagni non venissero a sapere nulla della mia vita privata, essendo persuaso che mi avrebbero disprezzato per quell'atmosfera esclusivamente femminea; e pensare che invece mi avrebbero soltanto rabbiosamente invidiato. Con mille stratagemmi li tenevo lontani da villa Yalta, non credo di aver mai permesso a nessuno dei miei compagni di venirmi a far visita lì. Hans Wehrli, che abitava anche lui a Tiefenbrunnen, era forse l'unico di tutti loro che avesse un'idea dell'ambiente nel quale vivevo, ma era anche l'unico che nelle nostre discussioni non faceva mai cadere il discorso sulle ragazze; Hans era sempre molto serio e anche su questo punto conservava la sua dignità; forse, ma non potrei affermarlo con sicurezza, era soggetto a un tabù simile al mio, o forse, invece, non era angustiato da quei problemi con lo stesso assillo degli altri.

E ora Witz gettò nella conversazione della classe la cugina violinista, e da quel momento in poi si parlò molto più di lei che di lui; i ragazzi lo tempestavano di domande e lui sosteneva pazientemente i loro interrogatori. Ma la gita intanto veniva rimandata di settimana in settimana, dipendeva dalla cugina, che Witz si preoccupava di avere con noi; forse il suo intento era di infonderle coraggio come artista deponendo ai suoi piedi, anziché dei fiori, un pubblico che certamente le avrebbe riservato un'accoglienza trionfale. Dapprima lei non era libera, poi si ammalò, insomma l'aspettativa della classe divenne febbrile. «Irene di Grecia» perse ogni interesse ed io stesso fui contagiato dallo stato d'animo generale: a villa Yalta non avevamo nessuna violinista e il violino, essendo stato lo strumento di mio padre, era per me qualcosa di sacro; mi misi dunque anch'io, come gli altri, a tempestare Witz di domande e avvertii che lui diventava sempre più riservato e anzi alla fine si sentiva chiaramente a disagio. Non era più sicuro che la cugina potesse venire, aveva gli esami, e quando nel giorno stabilito ci trovammo tutti insieme per la gita del mosto, lui comparve senza di lei, la ragazza aveva disdetto l'impegno all'ultimo momento e pregava tutti noi di scusarla. Con l'istinto incomprensibile che spesso si ha per questo genere di cose, delle quali io però non sapevo assolutamente nulla, intuii che a Witz qualcosa era andato male. Mi pareva deluso, depresso, e non fu allegro e loquace come durante le normali lezioni. Ma poi, memore forse di quel che aveva perso, cominciò a parlare diffusamente di musica. La cugina si era cimentata con il Concerto per violino di Beethoven ed io mi rallegrai che questa volta si infervorasse per lui anziché per un poeta, e quando per Beethoven venne fuori l'aggettivo di rito «possente», che fu reiterato nel discorso più e più volte, io ne fui felice.

Mi sono domandato che cosa sarebbe accaduto se quella volta la famosa cugina fosse realmente comparsa. Delle sue capacità di violinista non ho mai dubitato. Ma avrebbe dovuto davvero suonare molto bene e sempre i pezzi giusti per tenere a freno il bruciante interesse che la classe nutriva per lei. Forse non avrebbe più osato metter da parte lo strumento e ci avrebbe riaccompagnati fino in città, attraverso il bosco, sempre continuando a suonare. Witz sarebbe ammutolito e per creare un certo spazio fra lei e noi avrebbe guidato la processione come un sacerdote, camminandole subito dietro. Ma alla fine il nostro entusiasmo sarebbe stato tale che l'avremmo sollevata di peso sulle nostre spalle, e così, sempre suonando, lei avrebbe fatto il suo regale ingresso nella città.

In realtà, senza di lei, la gita fu una delusione, che venne poi ripagata con l'escursione al castello di Kyburg; di lei, in questa circostanza, non si parlò più, ma in compenso si fece un gran parlare di storia che Witz, davanti a quel castello così ben conservato, ci illustrò nel suo solito modo colorito e vivo. Il culmine di quella giornata fu il ritorno in treno, io mi trovavo nello stesso scompartimento di Witz e, sedendogli di fronte, leggevo una guida che avevo comprato su al castello. Lui mi sfiorò leggermente il braccio con un dito e disse: «Questo è davvero un giovane storico». Io avevo sempre desiderato dal profondo del cuore che egli notasse quel che facevo, che si rivolgesse a me personalmente, ma ora che il mio desiderio si realizzava fui amaramente mortificato nel constatare come Witz vedesse in me un futuro storico e non uno scrittore. Tra l'altro, come poteva sapere una cosa del genere dal momento che non gliene avevo mai parlato! Il fatto che lui vedesse in me uno storico – e certamente a quell'epoca non aveva una grande opinione degli storici – era la giusta punizione per la saccenteria che sempre ostentavo anche durante le sue lezioni. Mi sentii profondamente colpito e, per distoglierlo dal pensiero della storia, gli domandai di uno scrittore di cui allora si faceva un gran parlare e del quale non avevo ancora letto nulla: Franz Werfel.

Witz si mise a parlare delle poesie di Werfel, diceva che erano nutrite di un grande amore per l'umanità. Non c'era nessuno in cui il poeta non fosse in grado di immedesimarsi. Non c'era creatura – non una domestica, non un bambino, ma neppure un animale – che gli apparisse troppo umile o modesta, era una specie di Francesco d'Assisi, quasi che il nome Franz gli avesse segnato la strada. Non poteva dirsi un predicatore, ma piuttosto un uomo che aveva la facoltà di trasformarsi in ogni creatura vivente per insegnarci ad amarla attraverso il suo esempio.

Come tutto ciò che mi veniva da Witz, assunsi anche questo con fede cieca (a un'opinione molto diversa e autonoma sull'argomento arrivai soltanto più tardi). Comunque non fu questo il vero avvenimento di quel viaggio in treno. Toccato dalle mie domande esitanti, incerte e piene di devozione, Witz cominciò a parlarmi di sé: si aprì con grande sincerità e senza preoccupazione alcuna di proteggersi dall'opinione altrui, tanto che io, non senza sconcerto, ne ricavai l'impressione di un uomo ancora nel suo *farsi*, niente affatto sicuro della propria strada, veramente aperto e disponibile, del tutto incapace di quei giudizi sprezzanti e di quelle severe condanne che io invece conoscevo così bene da casa mia. Le sue parole, che forse allora neppure compresi nel loro esatto significato, le ho conservate dentro di me come l'enunciazione di una misteriosa religione: mi sembrava che egli oscillasse continuamente da un ardente impulso all'azione alla disperazione più cupa. Cercava, cercava senza posa e non trovava mai nulla che lo appagasse. Non aveva chiaro in mente né quel che voleva fare né come voleva vivere. Quest'uomo che mi sedeva davanti, che mi infiammava di un tale amore che ovunque lo avrei seguito con cieca fiducia, non conosceva la propria strada, si volgeva ora a una cosa ora a un'altra, voler essere insicuro era la sua unica sicurezza, e per quanto ciò mi affascinasse moltissimo – giacché egli si esprimeva con parole che avevano il potere di turbarmi e confondermi meravigliosamente – pure, dove, verso quale traguardo avrei dovuto seguirlo?

Storia e malinconia

«Libertà» era diventata a quel tempo una parola importante. Il seme dei greci dava ora i suoi frutti, da quando avevo perduto il maestro che ci aveva regalato i greci prendeva forza l'immagine peculiare che Grecia e Svizzera avevano creato in me. In questo un ruolo particolare spettava alle montagne. Non pensavo mai ai greci senza vedermi davanti le montagne, e queste erano – ecco la stranezza – le stesse montagne che avevo quotidianamente sotto gli occhi. Parevano ora vicine ora lontane, a seconda che l'atmosfera fosse più o meno limpida, si era contenti quando non erano coperte, di esse si parlava e si cantava, insomma erano l'oggetto di un vero e proprio culto. Il momento più bello era quando appariva il mare di nebbia. Allora, a partire dal vicino Ütliberg le montagne diventavano isole scintillanti, sembrava di poterle toccare, e ogni cima si offriva alla venerazione. Avevano ciascuna un nome, quando li pronunciavamo alcuni suonavano lapidari e non avevano altri significati, come per esempio il Tödi, altri invece, come la Jungfrau, la vergine, e il Mönch, il monaco, dicevano fin troppe cose; io avrei voluto avere per ogni montagna una parola nuova e speciale, che non potesse essere usata per nessun'altra cosa. Non esistevano due montagne della medesima altezza. Erano fatte di dura pietra, sarebbe stato impensabile che mutassero. Di questa immutabilità io avevo un'idea molto forte. Per me erano intoccabili, quando si parlava della loro conquista mi sentivo a disagio, e quando io stesso mi accingevo a una scalata, avevo sempre la sensazione di compiere qualcosa di proibito.

A maggior ragione gran parte della vita si svolgeva vicino ai laghi, proprio lì erano successe le cose più esaltanti; questi laghi io li sognavo e li desideravo come il mare greco, e da quando cominciai ad abitare sulle sponde del lago di Zurigo essi si fusero per me in un unico lago. Non che qualcosa fosse mutato nella loro configurazione: ogni località aveva la sua importanza e la sua fisionomia, conservava le proprie caratteristiche, insenature, pendii, alberi, case, ma nel sogno tutto era sempre e soltanto 'il lago', ciò che era accaduto in riva a un lago apparteneva anche agli altri, la Confederazione nella quale si erano uniti gli svizzeri con sacro giuramento era per me un vincolo tra laghi. Quando udii parlare delle costruzioni su palafitte che erano state scoperte in varie località, mi colpì il pensiero che i loro abitanti non dovevano aver saputo nulla gli uni degli altri. A quella distanza dai loro simili, senza collegamenti fra loro, non era importante il luogo in cui vivevano, a loro bastava un piccolo specchio d'acqua che poteva trovarsi dovunque, chi fossero non lo si sarebbe saputo mai, e per quanti cocci, punte di frecce e ossa fossero stati trovati, svizzeri non erano di certo.

Questa dunque era per me la storia: la federazione dei laghi, prima della quale non si dava storia; e quest'ultima era giunta fino a me solo perché conoscevo la sua preistoria, che era poi la storia greca. Di mezzo c'erano state ben poche cose importanti: dei romani non mi fidavo, e dei cavalieri di Walter Scott, che mi si presentavano come i loro discendenti, stupide marionette armate dalla testa ai piedi, devo dire che mi annoiavano; cominciarono a interessarmi soltanto quando furono sconfitti dai contadini.

In quel periodo, in cui vivevo nell'incantesimo dei laghi, mi capitò di leggere *Gli ultimi giorni di Hutten* e non mi meraviglio che quell'opera, una delle prime di Carl Ferdinand Meyer, mi abbia colpito allora con tanta forza. Hutten, pur essendo un cavaliere, era anche un poeta e veniva presentato come un personaggio che si era battuto contro le forze del male. Malato e proscritto, viveva in solitudine abbandonato da tutti sull'isoletta di Ufenau, dov'era stato accolto per intercessione di Zwingli. Le gesta con cui aveva dimostrato la sua ostinata volontà di rivolta andavano ingigantendosi nella sua memoria, e per quanto si avvertisse il loro fuoco, non si riusciva mai a dimenticare in quali tristi condizioni era costretto a vivere ora nell'isola di Ufenau. Lo scrittore aveva fatto in modo che Hutten fosse sempre presentato mentre lottava contro una forza superiore; veniva in tal modo a cadere l'elemento che più disturbava nei cavalieri, il fatto che anche i più valorosi tra loro finivano comunque per sentirsi più forti in grazia dell'armatura di cui erano provvisti.

La visita di Loyola nell'isola mi aveva entusiasmato, quello era un Loyola che nessuno conosceva ancora, neppure Hutten: un pellegrino che Hutten stesso durante un temporale accoglie nella propria capanna e sul quale stende il proprio mantello e la propria coperta perché possa dormire. Di notte un tuono sveglia il cavaliere, il quale, nel bagliore di un lampo, vede il pellegrino che si fustiga a sangue la schiena e sente le parole della preghiera con cui egli si vota al servizio della Vergine Maria. Al mattino il posto del pellegrino è vuoto e Hutten comprende che proprio adesso, quando la sua ora è venuta, gli si è mostrato il suo peggiore nemico. In questo accostarsi al proprio opposto, alla fine di una vita, in questo spiarlo, senza che l'altro sappia da chi viene spiato, in questa percezione della vanità della propria lotta, poiché solo ora è apparso il vero nemico, nell'impulso tardivo, quando ormai non c'è più nulla da fare: «Avessi ucciso lo spagnolo!», in tutto questo, ed erano tutti fatti inventati, io sentii di essermi avvicinato alla 'realtà', e cos'altro avrei dovuto sentire?

Il lago che lambiva le coste di Ufenau arrivava giù fino a me, il poeta aveva vissuto sulla sponda opposta, a Kilchberg. Io mi sentivo incluso in quella creazione poetica, il mio paesaggio ne era illuminato, una frase di essa esprimeva nella forma più semplice il grado di comprensione delle cose umane di cui allora ero capace: «Io non sono un libro assennato, sono un essere umano con la sua contraddizione». Il contrasto fra libro e uomo, fra ciò che possiamo fare con la conoscenza e ciò che ci è dato dalla natura, fra la intelligibilità del libro e la incomprensibilità dell'uomo, già cominciava a tormentarmi. Avevo conosciuto l'ostilità dove non me la sarei aspettata, una ostilità imposta dall'esterno, che traeva origine da impulsi che non mi appartenevano e le cui radici non riuscivo a comprendere: su questa ostilità riflettei a lungo. Poiché non sapevo che soluzione trovare, mi si offrì come spiegazione provvisoria la concezione dell'uomo come contraddizione. Ad essa mi aggrappai avidamente e citai quella frase innumerevoli volte, fino a quando mia madre la calpestò e la fece a pezzi in un attacco di furia distruttiva.

Ma prima che questo accadesse, ebbi ancora più di un anno di tempo, un anno in cui lei mi lasciò fare. Seguii Meyer nella Notte di San Bartolomeo e nella guerra dei Trent'anni. Incontrai nelle sue opere Dante in persona, e l'immagine del poeta che parla dal suo esilio mi rimase profondamente impressa. Durante le mie lunghe passeggiate, per due estati consecutive, le prime che avevo passato in Svizzera, avevo conosciuto le valli dei Grigioni: ero stato sullo Heinzenberg nel Domleschg, quella che il duca di Rohan aveva chiamato «la più bella montagna d'Europa». Nel vicino castello di Rietberg avevo visto una macchia di sangue che veniva messa in rapporto con Jürg Jenatsch, e la cosa allora non mi aveva fatto un grande effetto. Ma ora che leggevo di lui, mi sembrava di essere sulle tracce di un personaggio che conoscevo bene. Come moglie del marchese di Pescara incontrai Vittoria Colonna, santificata da Michelangelo; arrivai fino a Ferrara, e questa Italia, di cui a voce non facevo che sentire racconti idilliaci, mi apparve quanto mai terribile e sinistra. Erano tutti eventi emozionanti, che grazie al loro 'significato' prendevano risalto sullo sfondo del mio ambiente quotidiano. Vedevo la ricchezza e la varietà dei tempi e degli scenari. Non mi accorgevo affatto delle lusinghe del travestimento, e poiché si trattava di storie tenebrose, le prendevo per la verità.

Nella selvaggia e insaziabile brama di sapere che avevo in quegli anni, pensavo che l'elemento di maggior fascino in Meyer consistesse appunto nella sua capacità di far vivere la storia, in tutta la varietà delle sue vicende. Ero pienamente convinto, in tutta serietà, di imparare qualcosa di preciso attraverso le sue opere. Non avevo dubbi, mi abbandonavo docilmente alla sua arte di rappresentare, non intuivo che cosa essa celasse, tutto appariva alla luce, succedevano tante cose: che altro mai, dunque, poteva esser rimasto dietro le quinte che, paragonato a tale ricchezza, non fosse irrilevante, e assolutamente indegno di essere menzionato?

Oggi che non sopporto più la storia romanzata e m'interessano soltanto le fonti stesse, si tratti di resoconti ingenui o di qualche asciutta riflessione su di essi, penso che fosse qualcos'altro in Meyer ad agire così profondamente su di me: il suo sentimento per le messi e per gli alberi carichi di frutti, «l'abbastanza non basta», e la malinconia profonda delle sue poesie lacustri. Una di esse comincia con i versi:

> *Trüb verglommen der schwüle Sommertag,*
> *Dumpf und traurig tönt mein Ruderschlag.*
> . . . .
> *Fern der Himmel und die Tiefe nah –*
> *Sterne, warum seid ihr noch nicht da?*
> *Eine liebe, liebe Stimme ruft*
> *Mich beständig aus der Wassergruft –*
> . . . .

> [Fosco si è spento l'afoso giorno estivo,
> Triste è il rintocco sordo del mio remo.
> . . . .
> Lontano il cielo, l'abisso vicino –
> Stelle, perché tardate, perché tardate ancora?
> Una cara, amata voce mi invoca
> Senza posa dall'umido sepolcro –]

Non sapevo di chi fosse quella voce, ma sentivo che il morto era una persona cara e i richiami che venivano dall'acqua mi commuovevano come se a invocarmi fosse stato mio padre. Negli ultimi anni zurighesi non mi era capitato spesso di pensare a lui, e quindi il suo ritorno attraverso quella poesia mi appariva ora più che mai inatteso e denso di mistero. Era come se mio padre si fosse nascosto dentro il lago, perché io quel lago lo amavo così tanto.

Non sapevo ancora nulla, allora, della vita del poeta, del suicidio di sua madre che era annegata nel lago. Se lo avessi saputo non mi sarebbe certo venuto in mente di udire la voce di mio padre quando, verso sera, remavo sul lago. Le rare volte che andavo da solo a remare recitavo fra me e me quei pochi versi e poi, interrompendomi, stavo in ascolto: per amore di quei versi desideravo rimanere solo sul lago, nessuno seppe mai di questa poesia e di quanto essa significasse per me. La sua malinconia mi soggiogava, un sentimento nuovo per me, legato al lago; ma la sentivo – la malinconia – stillare da quei versi anche quando il lago non era né fosco né afoso. Sentivo che il poeta era sospinto da essa verso il lago e, sebbene la mia malinconia fosse solo presa in prestito da lui, avvertivo anch'io la sua stessa attrazione e aspettavo con impazienza le prime stelle. Le salutavo, come era giusto per la mia età, non con sollievo, bensì con esultanza. L'impulso di rivolgermi alle stelle, così irraggiungibili e intoccabili, cominciò, credo, proprio allora, e crebbe negli anni successivi fino a trasformarsi in una religione, la religione delle stelle. Io le ritenevo troppo in alto per attribuire ad esse un influsso qualsivoglia sulla mia vita, mi rivolgevo alle stelle per il puro piacere di contemplarle, diventavo ansioso quando si sottraevano al mio sguardo e mi sentivo forte quando riapparivano in cielo là dove speravo. Non mi aspettavo nulla dalle stelle, all'infuori della regola del perpetuo ritorno nello stesso luogo, in un rapporto immutato e immutabile con altre stelle con le quali formavano costellazioni dai nomi meravigliosi.

La colletta

Della città allora conoscevo i quartieri intorno al lago e la strada che facevo per andare e tornare da scuola. Ero stato in pochissimi edifici pubblici, nella Tonhalle, al

Kunsthaus, a teatro, e, molto raramente, all'Università, per ascoltare qualche conferenza. Le conferenze etnologiche avevano luogo in una delle sedi delle antiche corporazioni artigiane che si trovavano lungo la Limmat. Altrimenti per me la città vecchia era costituita soltanto dalle librerie dove andavo a guardare quali libri 'scientifici' erano annunciati per i mesi seguenti. Poi c'erano gli alberghi nella zona della stazione, dove scendevano i miei parenti che venivano in visita a Zurigo. La Scheuchzerstrasse nell'Oberstrass, cioè nella parte alta della città, dove avevamo abitato per tre anni, fu quasi sommersa dall'oblio, aveva così poco da offrire ed era piuttosto lontana dal lago; se pure qualche volta mi capitava di pensarci, era come se allora avessi vissuto in un'altra città.

Di molti quartieri conoscevo soltanto il nome e mi abbandonavo quindi senza opporre resistenza ai pregiudizi correnti che li riguardavano: non sapevo assolutamente che aspetto avessero, come fossero le persone che vi abitavano, come si muovessero e quali rapporti stabilissero fra loro. Tutto ciò che era lontano mi interessava, mentre ciò che era soltanto a mezz'ora di distanza, ma nella direzione non desiderata, era per me come sull'altra faccia della luna, invisibile, inesistente. Si crede di aprirsi al mondo e si paga questa persuasione con la cecità per le cose più vicine. È incredibile l'arroganza con cui decidiamo che cosa ci riguarda o non ci riguarda. Tutte le direttrici dell'esperienza sono prestabilite, anche se non lo sappiamo, ciò che ancora non comprendiamo a chiare lettere non lo guardiamo neppure, e quella fame lupina che si definisce «brama di sapere» non si avvede di quel che le sfugge.

Una sola volta mi resi conto di quel che perdevo; fu quando finii in un quartiere della città che fino ad allora avevo conosciuto solo per sentito dire. L'occasione fu una colletta di beneficenza, per la quale ci avevano chiesto di metterci a disposizione. Ogni ragazzo che si presentava veniva affiancato a una ragazza della scuola superiore femminile. La mia compagna era più alta e maggiore di me, ma evidentemente la cosa non la disturbava. Il barattolo di latta per il denaro lo portava lei, io portavo invece la merce che dovevamo vendere, cioè delle grandi tavolette di cioccolata. La mia compagna abbassava gli occhi su di me con aria benevola e parlava in tono comprensivo. Indossava una gonna bianca *plissée* molto elegante, io non ne avevo mai vista una così da vicino, e mi accorsi che anche gli altri la osservavano con ammirazione.

La cosa cominciò piuttosto male, la città brulicava di coppie di ragazzi che facevano la colletta. La gente chiedeva il prezzo e, indignata, si voltava dall'altra parte. La nostra cioccolata per la verità non era a buon mercato, in un'ora riuscimmo a venderne soltanto una tavoletta; la mia compagna si sentiva offesa, eppure non si diede per vinta. Disse che avremmo dovuto andare nelle case e nelle osterie, meglio di tutto era provare nell'Aussersihl. Quello era un quartiere operaio, io non c'ero mai stato, mi pareva insensato che si aspettasse dalla povera gente ciò che i ricchi finora ci avevano negato. Ma lei aveva un'opinione diversa, che mi spiegò senza sfoggio di sentimentalismi: «Quelli non risparmiano,» disse «spendono subito tutto quello che guadagnano. La cosa migliore è provare nelle osterie, lì si bevono tutto fino all'ultimo centesimo».

Ci dirigemmo così verso il quartiere in questione. Qua e là entravamo in qualche casa e bussavamo alla porta dei vari appartamenti, setacciandoli uno per uno. Le persone che vi abitavano erano ancora dei borghesi, lo si capiva dalla professione che esercitavano. Sulla porta di un appartamento al secondo piano, sotto il nome del proprietario, vedemmo scritto «Direttore di banca». Suonammo, venne ad aprirci un signore con una faccia rossa e turgida e grandi baffoni. Aveva un'aria fra il diffidente e il gioviale, e per prima cosa domandò se eravamo svizzeri. Io tacqui, e la ragazza fu tanto gentile da rispondere lei, coinvolgendo così anche me nella risposta, senza però dire niente di assolutamente falso. L'uomo provava un evidente piacere nell'esaminare la mia compagna, le domandò qual era la professione di suo padre, e il fatto che questi facesse il medico si addiceva ottimamente agli scopi filantropici della nostra colletta. Della professione di mio padre non si interessò affatto, si concentrò principalmente sulla ragazza, che aveva un modo di fare e di parlare intelligente; tenendo il barattolo all'altezza giusta, evitava di metterglielo sotto il naso con gesto troppo invadente e naturalmente si guardava bene dal farlo tintinnare, dato che era quasi vuoto. La cosa durò piuttosto a lungo, ma il sorriso sul volto del signore si trasformò a un certo punto in una smorfia di soddisfazione; presa la tavoletta di cioccolata, la soppesò nella mano per sentire se non era per caso troppo leggera, e infine gettò la moneta nel barattolo, non senza aver aggiunto: «È perché approvo lo scopo della colletta. Di cioccolata ne abbiamo abbastanza». La tavoletta però se la tenne e ci licenziò con l'assoluta certezza di aver compiuto una buona azione; quando richiuse la porta dell'appartamento restammo come storditi da tanta generosità, e barcollando scendemmo al primo piano, dove senza neppure guardare il nome sulla porta, suonammo il campanello. Quando la porta si aprì, ci trovammo di fronte, il volto paonazzo di collera, il signore del piano di sopra: «Cosa? Ancora voi? Ma questa è una vergogna!». E con un dito grasso il doppio del normale ci additò il nome sulla porta, che effettivamente era lo stesso del piano di sopra. «Non sapete neppure leggere! Sparite immediatamente, altrimenti chiamo la polizia. O devo forse confiscare il barattolo?». Ci sbatté la porta sul naso e noi, mortificati, ce la demmo a gambe. Senza dubbio i due appartamenti erano collegati tra loro da una scala interna. Ma chi poteva immaginarlo, nel felice smarrimento del successo non avevamo fatto caso al nome scritto sulla porta del primo piano.

La mia compagna a questo punto ne aveva abbastanza di appartamenti e disse: «Adesso proviamo nelle osterie». Camminammo di cattivo umore ancora per un po', fino a quando ci trovammo veramente nel cuore dell'Aussersihl. All'angolo di una strada vedemmo un grande locale pubblico, lei non mi pregò nemmeno di precederla ed entrò tranquilla. Fummo investiti da una soffocante zaffata di tabacco, il locale era pieno, i tavoli tutti occupati, operai di ogni età, riconoscibili dal berretto, stavano seduti davanti ai loro bicchieri, e molti parlavano in italiano. La ragazza prese ad aggirarsi senza il minimo timore fra i tavoli, non c'era lì dentro una sola donna alla quale potesse rivolgersi, ma questo parve soltanto accrescere la sua disinvoltura, metteva il barattolo sotto il naso degli uomini e ciò le riusciva facile, dal momento che erano tutti seduti. Io mi affrettavo a starle dietro, pronto con le tavolette, ma mi accorsi subito che queste avevano ben poca importanza. Importante era la ragazza, e ancor più importante la sua gonna *plissée*, che in quell'ambiente buio splendeva luminosa. Tutti guardavano la gonna con occhi stupefatti; un ragazzino, che in verità aveva un'aria piuttosto timida, ne afferrò una delle pieghe e poi lasciò scorrere lentamente il tessuto fra le dita in segno di ammirazione. Era come se la mano allungata in quel gesto si riferisse non alla ragazza, ma alla stoffa fine della gonna. Il giovane non sorrideva e guardava la ragazza con aria seria e solenne, lei gli si fermò davanti e, quando lui esclamò: «Bellissima»,[1] accettò l'omaggio come rivolto alla sottana; il giovane aveva già la moneta in mano, la gettò nel barattolo come se niente fosse e non chiese la cioccolata. Io gliela porsi con un attimo di ritardo e lui con noncuranza la posò accanto a sé sul tavolo, chiaramente si vergognava di prendere qualcosa in cambio della propria offerta. La ragazza intanto era già passata oltre, il cliente successivo era un uomo dai capelli grigi che le sorrise con molta gentilezza, tirò fuori il denaro senza fare domande, mise sul tavolo tutte le monete che aveva in tasca, vi cercò un pezzo da due franchi e lo gettò rapidamente nel barattolo, coprendolo un poco con le dita quasi a nasconderlo prima di lasciarlo cadere. Poi mi chiamò a sé con un cenno imperioso, mi tolse la tavoletta di mano e la offrì alla ragazza con gesto galante. Quella cioccolata era per lei, doveva tenerla per sé, e aggiunse ancora che quella tavoletta non era più in vendita.

Così com'era cominciata, la cosa andò avanti, quelli che avevano del denaro davano qualcosa, ora però si tenevano la tavoletta. Chi non aveva denaro si scusava, regnava un'atmosfera calda e cordiale, a ogni tavolo il baccano diminuiva non appena la ragazza si avvicinava, io avevo temuto parole insolenti e invece c'erano solo sguardi ammirativi e, di tanto in tanto, un'esclamazione di stupore. Mi resi conto di essere del tutto superfluo, ma questo non mi importava affatto, anzi, contagiato dai sentimenti di ossequio di quegli uomini, dissi a me stesso che la mia compagna era veramente bella. Quando uscimmo dal locale la ragazza scosse il barattolo e lo soppesò; le monete ormai erano più che a metà. Ancora un paio di quelle osterie e non ci sarebbe entrato più nulla. Lei, pur essendo perfettamente consapevole dell'omaggio che le era stato tributato, aveva il suo buon senso pratico e non dimenticò neppure per un istante il nostro scopo.

1. In italiano nel testo [*N.d.T.*].

Mi resi conto di com'ero cambiato durante la visita che mi fece il nonno. Arrivò a Zurigo soltanto quando ebbe la certezza di trovarmi solo. La tensione fra lui e la mamma era cresciuta; anche se avevano continuato a scriversi regolarmente, per alcuni anni lui l'aveva sfuggita. Durante la guerra gli erano stati comunicati per cartolina i nostri nuovi indirizzi e più tardi lui e la mamma si erano scambiati lettere formali e impersonali.

Non appena seppe che io mi trovavo a villa Yalta, fece la sua comparsa a Zurigo. Scese all'albergo Central e mi mandò a chiamare. Le sue camere d'albergo, fossero a Vienna o a Zurigo, si somigliavano tutte, vi dominava lo stesso odore. Quando io arrivai, lui si era legato intorno al braccio e al capo i filatteri per la preghiera serale, e mentre mi baciava e mi inondava di lacrime, continuava a pregare. Mi indicò un cassetto che dovevo aprire in vece sua, dentro il quale c'era una grossa busta piena di francobolli: li aveva collezionati per me. Io vuotai la busta sul basso cassettone ed esaminai i francobolli uno ad uno, alcuni li avevo già, altri no, e intanto lui seguiva con occhi di Argo il mutare delle espressioni sul mio volto che gli rivelavano, in rapida successione, gioia o delusione. Siccome non volevo interromperlo nella sua preghiera, non dissi niente, ma lui non resistette alla curiosità e interruppe la solenne cantilena delle parole ebraiche con un interrogativo: «E allora?». Io emisi qualche suono inarticolato di entusiasmo e lui, soddisfatto, si rimise a pregare. Durò piuttosto a lungo, nel rituale tutto era stabilito con precisione, il nonno non tralasciava e non abbreviava nulla, ma poiché recitava con la massima velocità possibile, la durata della preghiera non avrebbe certo potuto essere accorciata. Poi, quando ebbe finito, mi fece qualche domanda per vedere se conoscevo i Paesi da cui venivano quei francobolli, e ad ogni risposta giusta che gli davo mi colmava di elogi. Era come se fossi ancora a Vienna e avessi dieci anni, e questo mi dava tremendamente fastidio, non meno delle lacrime di gioia che già tornavano a sgorgargli copiose dagli occhi. Mentre mi parlava continuava a piangere, sopraffatto com'era dalla gioia che io, il suo nipote omonimo, fossi ancora in vita, cresciuto ancora di un bel pezzo; ma forse era anche sopraffatto dalla gioia di essere lui stesso ancora in vita e di poter godere quel momento.

Non appena ebbe finito di esaminarmi e di piangere mi portò fuori, in un caffè dove non venivano servite bevande alcoliche e dove il servizio era svolto da cameriere anziché da uomini. Lui aveva un occhio molto attento per le ragazze che si aggiravano nella sala, non riusciva a dare un'ordinazione senza prima aver fatto un complicato discorso. Cominciò indicando me e dicendo: «Mein Enkeli!», il mio nipotino. Poi, al solito, si mise a enumerare tutte le lingue che conosceva, erano sempre diciassette. La cameriera aveva da fare, ma restò ad ascoltare, sia pure con una certa impazienza, quel lungo elenco nel quale il dialetto svizzero non figurava; a un certo punto tentò di allontanarsi, ma lui, come per rabbonirla, le posò la mano su un fianco e ce la lasciò. Io mi vergognavo per lui, ma la ragazza non si mosse; quando rialzai la testa, che avevo abbassato, lui aveva finito il suo discorso, ma la mano era ancora lì. La tirò via soltanto quando si trattò di ordinare, per farlo doveva consigliarsi con la cameriera e aveva bisogno di entrambe le mani; finalmente, dopo una lunga procedura, ordinò quello che ordinava sempre, uno yogurt per sé e per me un caffè. Quando la ragazza se ne andò, tentai di spiegargli che qui non eravamo a Vienna, in Svizzera le usanze erano diverse, non ci si poteva comportare in quel modo, gli sarebbe anche potuto capitare che una cameriera gli rispondesse con un ceffone. Lui non replicò, convinto com'era di saperla più lunga di me. La ragazza ritornò con lo yogurt e il caffè e gli sorrise gentilmente, e lui, dopo averla ringraziata con enfasi, le mise di nuovo la mano sul fianco e promise di ritornare in quel locale alla sua prossima visita a Zurigo. Io mi affrettai a bere il mio caffè per potermene andare via alla svelta, convinto, contro ogni evidenza, che lui l'avesse offesa.

Fui tanto imprudente da raccontargli di Yalta e lui insistette per venirmi a trovare e così si presentò alla villa. Fräulein Mina non era in casa, lo ricevette Fräulein Rosy, che lo guidò attraverso la casa e il giardino. Il nonno si interessava di ogni cosa e non la smetteva più di far domande. A ogni albero da frutta domandava quanti frutti producesse. Chiese delle ragazze che abitavano lì, nomi, età, provenienza. Le contò, allora erano nove, e affermò che la casa avrebbe potuto ospitarne anche di più. Fräulein Rosy disse che quasi tutte avevano una camera singola, e allora lui volle vedere le camere. Lei, accattivata dalla sua allegria e dalle sue domande, lo condusse ignara in quasi tutte le stanze. Le ragazze erano in città oppure nel salone, e Fräulein Rosy non ci trovò niente di male a mostrargli le stanze vuote, che io non avevo mai visto. Lui ammirò il bel panorama e provò i letti. Calcolò la grandezza di ogni stanza e affermò che sarebbe stato facile farci entrare un secondo letto. Si era annotato i Paesi di provenienza delle ragazze e volle sapere dove stava la francese, dove l'olandese e la brasiliana, e specialmente dove dormivano le due svedesi. Finalmente domandò di vedere il 'nido del passero', l'atelier di Fräulein Mina. Lo avevo preavvertito che doveva guardare bene tutti i quadri e qualcuno anche lodarlo. Lui lo fece, alla sua maniera: restò lì a fissarli con aria da intenditore, prima da una certa distanza, poi avvicinandosi ben bene per esaminarne attentamente la tecnica pittorica. Scosse la testa davanti a tanta bravura e proruppe in superlativi entusiastici, avendo peraltro l'accortezza di non usare espressioni spagnole, ma italiane, che Fräulein Rosy capiva. Alcuni fiori li conosceva dal suo giardino di casa, tulipani, garofani, rose, e pregò di trasmettere le sue felicitazioni alla pittrice per la sua grande maestria; davvero, non aveva mai visto niente di simile (la cosa rispondeva peraltro a verità), e domandò se per caso Fräulein Mina non dipingesse anche alberi da frutta e frutti. Deplorando che non ci fossero quadri di quel genere da ammirare, consigliò con insistenza che Fräulein Mina ampliasse la gamma dei suoi soggetti. Le sue parole ci sbalordirono, né Fräulein Rosy, né io avevamo mai pensato a questa possibilità. Quando cominciò a chiedere il valore dei quadri io lo guardai severamente, ma invano. Lui infatti non si lasciò confondere, e così Fräulein Rosy andò a prendere una lista dell'ultima esposizione e lo informò sui vari prezzi. Alcuni quadri erano stati venduti per parecchie centinaia di franchi, i più piccoli costavano un po' meno, lui si fece dire tutti i prezzi seguendo la lista, e subito li mise in fila e fece la somma a mente sorprendendoci poi con un totale più che cospicuo, che né lei né io avevamo mai saputo. Poi aggiunse ancora grandiosamente che non era quello l'importante, ma piuttosto la bellezza, «la hermosura» dei quadri, e quando Fräulein Rosy scosse il capo in segno di perplessità perché non capiva quella parola, prima che io avessi il tempo di tradurre, lui mi tolse la parola di bocca con la rapidità del lampo ed esclamò in italiano: «La bellezza, la bellezza, la bellezza!».

Poi volle vedere ancora una volta il giardino, questa volta più attentamente. Quando fummo al campo da tennis domandò quanto era grande il terreno che apparteneva alla casa. Fräulein Rosy rimase imbarazzata perché non sapeva rispondere: e già lui misurava a lunghi passi lunghezza e larghezza del campo da tennis, già aveva fatto i suoi calcoli in metri quadrati, e dopo aver buttato fuori la cifra, rimase un attimo a riflettere. Confrontò le misure del campo da tennis con il resto del giardino, compreso il prato lì accanto, e poi, con un'espressione scaltra dipinta sul volto, disse quali erano secondo lui le dimensioni della proprietà nel suo insieme. Fräulein Rosy era soggiogata, la visita che io avevo tanto temuto era un vero trionfo. Per quella sera il nonno mi portò con sé a una rappresentazione teatrale all'aperto che davano sul Dolder. Quando ritornai a casa, le signore mi aspettavano nel loro salotto. Fräulein Mina non poteva perdonarsi di essere stata assente, per un'ora sentii le signore cantare le lodi di mio nonno. Persino le dimensioni del terreno della proprietà le aveva calcolate esattamente, era proprio un mago, un vero mago.

«Il ragno nero»

La valle delle valli era per me il Vallese, un po' dipendeva anche dal nome Wallis, l'espressione latina per valle era diventata l'idea stessa del Cantone, il quale consisteva appunto nella valle del Rodano e in quelle dei suoi affluenti. Sulla carta nessun Cantone era altrettanto compatto, non c'era niente che non gli appartenesse naturalmente. Tutto ciò che leggevo su quel Cantone mi colpiva: il fatto che fosse bilingue, c'erano infatti zone francesi e zone tedesche, e che entrambe queste lingue fossero parlate ancora nelle loro forme primordiali, un antichissimo francese nella Val d'Anniviers, un tedesco arcaico nella Lötschental.

L'estate del 1920 la mamma la trascorse con noi tre di nuovo a Kandersteg. Lì io passavo molto tempo a studiare la carta: tutti i miei desideri si concentravano ora sulla Lötschental, era in assoluto la cosa più interessante che ci fosse da visitare, e inoltre la si poteva raggiungere con facilità. Con il treno si percorreva la galleria del Lötschenberg – per grandezza la terza del mondo – e si arrivava a Goppenstein, la prima stazione dall'altra parte. Di lì si proseguiva a piedi lungo la Lötschental, fino all'ultima località, Blatten. Studiai il progetto con entusiasmo, raccolsi la compagnia che si sarebbe unita a me e insistetti perché questa volta i fratellini rimanessero a casa. «Sai quello che vuoi» commentò la mamma: la mancanza di riguardo con cui volevo liberarmi dei miei fratellini non la disturbava, anzi le piaceva. Viveva nel timore che, fra libri e discorsi, io diventassi un individuo irresoluto, poco virile. I riguardi e gli scrupoli per i più piccoli e i più deboli in teoria li approvava, ma nella pratica la irritavano, specialmente se a causa di questi si veniva distolti da una meta che si stava perseguendo. Mi appoggiò studiando per i fratellini un altro programma per la giornata, e così fu fissato il giorno della gita e stabilito che avremmo attraversato la galleria con il primo treno del mattino.

A Goppenstein regnava un'atmosfera di grande abbandono e inospitalità, più di quanto mi sarei aspettato. Risalimmo la Lötschental seguendo la mulattiera, unica via di comunicazione della valle con il mondo esterno. Mi dissero che fino a poco tempo prima il sentiero era talmente stretto che i muli riuscivano a percorrerlo solo in fila indiana, con il loro carico sulla groppa. Poco meno di cento anni prima, in quella zona c'erano ancora gli orsi, peccato che ormai non se ne incontrassero più. Stavo ancora rammaricandomi fra me e me per la scomparsa degli orsi, quando, d'un tratto, la valle mi si aprì davanti, inondata di sole, sfolgorante di luce: s'innalzava lassù, verso le candide montagne e sfociava in un ghiacciaio. In un tempo relativamente breve si poteva percorrerla fino in fondo, ma prima il sentiero si snodava, da Ferden fino a Blatten, attraverso quattro minuscoli villaggi. Qui ogni cosa era diversa, immagine di un mondo arcaico. Tutte le donne portavano in testa neri cappelli di paglia, ma non solo le donne, anche le ragazzine. Persino le bimbe di tre o quattro anni acquistavano in questo modo un aspetto solenne, come se fin dalla nascita fossero consapevoli della particolarità della loro valle e dovessero dimostrare a noi, gli intrusi, di far parte di un mondo diverso. I bambini si tenevano stretti alle vecchie dai volti rugosi e disfatti che li accompagnavano. La prima frase che udii pronunciare aveva un suono vecchio di mille anni. Un bambino molto piccolo e intraprendente fece qualche passo verso di noi, ma la vecchia, che voleva tenerlo lontano dagli estranei, lo chiamò a sé, e le due parole che usò avevano un suono talmente bello che io non osai credere alle mie orecchie. «*Chuom, Buobilu!*» disse, che meraviglia di vocali! Invece di *Büebli*, che ero abituato a sentire in dialetto al posto di *Büblein*, piccino, diceva *Buobilu*, in un rapporto più ricco e occulto di «u» e «o» e «i», che mi richiamò alla mente i versi in tedesco antico che avevamo letto a scuola. Sapevo già che il dialetto svizzero tedesco è strettamente imparentato con il medio-alto tedesco, ma che esistessero ancora suoni di puro tedesco antico non me lo aspettavo proprio, e lo ritenni una mia personale scoperta. Quelle parole mi si impressero tanto più fortemente nella memoria in quanto furono anche le uniche che udii. I valligiani erano gente taciturna e parevano volerci evitare. Durante tutta l'escursione non riuscimmo a parlare con nessuno di loro. Vedemmo le antiche baite di legno, le contadine vestite di nero, i vasi di fiori sui davanzali delle finestre, i pascoli. Io tendevo le orecchie nella speranza di udire altre frasi, ma tutti tacevano; forse fu soltanto un caso, ma «*Chuom Buobilu*» fu l'unico suono della lingua di quella valle che mi rimase nell'orecchio.

Eravamo una compagnia molto eterogenea, fra noi c'erano inglesi, olandesi, francesi e tedeschi, si udivano allegri richiami in tutte le lingue, persino gli inglesi parevano gente ciarliera nel silenzio di quella valle; tutti erano colpiti, esterrefatti, e per una volta non mi vergognai degli ospiti del nostro albergo, di cui mettevo spesso in rilievo, con commenti mordaci, gli atteggiamenti di boriosa superiorità: l'unità della vita com'era quassù, dove ogni cosa si inseriva armoniosamente nell'altra, il silenzio, la pacatezza, il riserbo, sopraffecero ogni loro pretesa di mostrarsi disincantati e a questa unità inafferrabile, alla quale non potevano opporre superiorità alcuna, essi reagirono con ammirazione e con invidia. Passammo attraverso i quattro villaggi come se venissimo da un altro pianeta, senza riuscire a entrare in contatto con gli abitanti, senza che nessuno si aspettasse alcunché da noi, senza che trapelasse mai neppure un moto di curiosità nei nostri riguardi, e tutto ciò che accadde durante l'intera gita fu il gesto di una vecchia che richiamò a sé un minuscolo bimbetto; e pensare che il piccolo non era neanche riuscito a venirci veramente vicino.

Non sono più tornato in quella valle, e nello spazio di mezzo secolo, specialmente di questo ultimo mezzo secolo, tutto certamente sarà molto cambiato. Mi sono ben guardato dall'intaccare l'immagine che conservo di quei luoghi. A essa devo, proprio per la sua stranezza, un senso di familiarità con modi di vita arcaici. Quante persone vivessero allora nella valle non saprei dire, potevano essere forse cinquecento. Io le vidi sole, o in gruppi di non più di due o tre per volta. Che facessero una vita dura era evidente. A quel tempo non pensai che parecchi di loro andavano certamente lontano per guadagnarsi il pane, mi pareva che mai e poi mai si sarebbero sognati di abbandonare la loro valle, quand'anche soltanto per un breve periodo. Se avessi appreso di più sul loro conto, l'immagine si sarebbe dissolta, sarebbero diventati per me persone come tutte le altre, gente del nostro tempo come ne conoscevo dappertutto. Per fortuna esistono esperienze che traggono la loro forza dalla situazione di unicità e di isolamento nella quale si compiono. Quando più tardi mi trovai a leggere di tribù e di popoli che vivono in piccoli gruppi isolati da tutti gli altri, sempre affiorava in me il ricordo della Lötschental, e tutte le cose che leggevo sul loro conto, per stravaganti che fossero, ero disposto a crederle e ad accettarle.

L'ammirazione per il monosillabo o anzi per le quattro sillabe, così come le avevo conosciute in quella valle, era comunque a quell'epoca qualcosa di insolito. Circa in quello stesso periodo fui soggiogato dall'eloquenza di Gotthelf. Lessi *Il ragno nero* e me ne sentii perseguitato, era come se fosse penetrato nel mio proprio viso. Nella mia mansarda non sopportavo gli specchi, ma ora, vergognandomi un po', chiesi a Trudi che me ne prestasse uno, e me lo portai in camera, chiusi la porta a chiave – cosa che in quella casa nessuno faceva mai – e su entrambe le guance mi misi a cercare le tracce del ragno nero. Naturalmente non ne trovai, e come avrei potuto? Non ero stato baciato dal diavolo, eppure mi sentivo addosso il pizzicorio delle zampe del ragno nero e mi lavavo parecchie volte al giorno, più sovente del solito, per essere sicuro di non averlo addosso. Lo vedevo dove meno ce lo si poteva aspettare, una volta mi parve di scorgerlo sul cavalcavia della strada ferrata, nel punto dove il sole si levava all'orizzonte. Mi precipitai sul treno e vidi che il ragno nero aveva preso posto proprio di fronte a me, accanto a una vecchietta che non se n'era accorta. «È cieca, devo avvertirla» pensai, ma poi non ne feci nulla; quando a Stadelhofen mi alzai per scendere, il ragno se n'era andato e la vecchia era sola, avevo fatto bene a non avvertirla, sarebbe morta di spavento.

Il ragno poteva sparire per giorni interi, determinati luoghi li evitava, infatti non si fece vedere a scuola e neppure le ragazze di villa Yalta ne furono mai molestate. Per quanto riguarda le signore Herder, invece, erano talmente semplici e innocenti da non essere neppure degne di lui. Così il ragno nero restò accanto a me, benché io non fossi consapevole di alcuna cattiva azione commessa, e mi seguì dovunque andassi quand'ero solo.

Mi ero riproposto di non dir nulla alla mamma poiché il pensiero dell'effetto che il ragno avrebbe potuto avere su di lei mi rendeva inquieto, come se quella bestiaccia fosse particolarmente pericolosa per le persone ammalate; e forse molte cose sarebbero andate diversamente se avessi avuto la forza di tener fede al mio proposito. Invece, già quando venne a trovarmi la prima volta, non seppi trattenermi e subito le raccontai la storia minutamente, con tutti i suoi raccapriccianti dettagli; tralasciai soltanto il bel battesimo e i discorsi consolatori e moraleggianti con i quali Gotthelf tentava di mitigare l'effetto del suo racconto. La mamma mi ascoltò senza interrompermi una sola volta, mai prima d'allora ero riuscito ad affascinarla così completamente raccontandole qualcosa. Come se i ruoli si fossero ora invertiti, quando ebbi finito cominciò a interrogarmi su questo Gotthelf, chi era mai costui e com'era possibile che lei non avesse ancora udito parlare di una storia tanto inaudita. Mentre raccontavo avevo una gran paura, e nel tentativo di nasconderla dirottavo il discorso su una vecchia controversia fra lei e me riguardante il valore del dialetto. Si trattava di uno scrittore bernese, la sua lingua era il dialetto dell'Emmental, certe parole quasi non si capivano, all'infuori del dialetto Gotthelf era assolutamente impensabile, la sua forza la traeva tutta di lì. E lasciai intendere che *Il ragno nero* mi sarebbe sfuggito, mai sarei arrivato a conoscerlo se non avessi da sempre mostrato una notevole disponibilità per il dialetto.

Eravamo entrambi in uno stato di grande eccitazione che traeva origine dall'argomento che stavamo dibattendo, e benché l'ostilità che provavamo l'uno verso l'altro fosse in qualche modo collegata con la storia di Gotthelf, tutto ciò che *dicevamo* si muoveva in una sfera di superficiale caparbietà. Lei non voleva sentir parlare dell'Emmental, questa era una storia biblica, veniva direttamente dalla Bibbia. Il ragno nero era un'undicesima piaga d'Egitto, ed era proprio colpa del dialetto se nel mondo era così poco conosciuta. Sarebbe stato opportuno tradurre quella storia in corretto tedesco per renderla universalmente accessibile.

Non appena tornata in sanatorio, la mamma si rivolse ai suoi abituali compagni di conversazione, provenienti quasi tutti dalla Germania settentrionale, per avere notizie di questo Gotthelf, e venne a sapere che costui aveva scritto soltanto dei lunghi e indigesti romanzi di argomento paesano, tutti costellati di prediche. *Il ragno nero* era l'unica eccezione, ma anch'esso era goffo e pieno di inutili lungaggini; nessuno che capisse qualcosa di letteratura, al giorno d'oggi, prendeva ancora sul serio Gotthelf. La lettera in cui mi dava queste notizie conteneva alla fine una domanda sarcastica: che cosa avevo in mente di diventare nella vita, predicatore o contadino? perché non addirittura le due cose insieme? era ora che mi decidessi.

Io però restai della mia opinione e quando la mamma venne in visita la volta successiva mi scagliai contro i signori esteti dai quali lei si era lasciata influenzare. «Esteta» sulle labbra di mia madre era sempre stato un insulto, l'ultima feccia dell'umanità erano per lei gli «esteti viennesi». La parola la colpì in pieno, l'avevo scelta bene, e lei nel difendersi tradì una preoccupazione così seria per la vita dei suoi amici che a me sembrò derivare direttamente dal *Ragno nero*. Individui minacciati dalla morte non si possono insultare chiamandoli «esteti». Essi stessi non sapevano quanto avevano ancora da vivere. Credevo forse che persone in quello stato non riflettessero a fondo su ciò che leggevano? Alcune storie scivolano via come l'acqua, di altre invece ci si ricorda ogni giorno di più. Questo però dice qualcosa sul *nostro* stato d'animo, non sul valore dello scrittore. Lei era sicura che, a dispetto del *Ragno nero*, non avrebbe mai letto una riga di Gotthelf. Era ben decisa ad aver ragione di questo autore, per lei scrivere in dialetto era una colpa, e si richiamava all'autorità di persone illustri. Parlò di Theodor Däubler, che era andato a tenere una lettura in sanatorio, vari scrittori erano andati lassù a leggere qualche brano delle loro opere; in quell'occasione lei aveva avuto modo di fare un po' di amicizia con lui, benché egli avesse letto dei versi, cosa che in effetti non la interessava; ma ora affermò che persino lui non aveva una grande opinione di Gotthelf. «Non è possibile!» esclamai, ero talmente indignato che dubitai persino della verità delle sue parole. Lei restò titubante e mitigò la sua affermazione: altri comunque si erano espressi in questi termini in presenza di Däubler, e siccome lui non li aveva contraddetti, evidentemente era d'accordo con loro. Il nostro colloquio stava degenerando in un puro sfoggio di prepotenza verbale, quasi con odio ci ostinavamo entrambi a sostenere il nostro punto di vista. Io sentivo che la mamma cominciava a vedere come un pericolo la mia passione per tutto ciò che era svizzero. «Stai diventando una persona limitata,» disse «non c'è da meravigliarsene, ci vediamo troppo poco. Credi di essere chissà chi, ti dai troppe arie. È evidente, vivi solo fra vecchie zitelle e ragazzine che non fanno altro che incensarti. E tu le lasci fare. Un ragazzo presuntuoso e di mente ristretta: non è per questo che ho sacrificato la mia esistenza».

Michelangelo

Un anno e mezzo dopo che lo avevamo perso come professore di storia, nel settembre 1920, Eugen Müller annunciò una serie di conferenze sull'arte fiorentina. Le conferenze ebbero luogo in un'aula dell'Università e io le seguii tutte, non ne persi neanche una. Io ero molto più giovane degli altri studenti e già la dignità del luogo creava un certo distacco tra me e il conferenziere. Sedevo, è pur vero, in prima fila, e lui mi aveva notato, ma lì gli ascoltatori erano assai più numerosi che non a scuola, giovani di tutti i corsi e anche persone adulte, ciò che io attribuii alla popolarità di Müller, che era stato per me il più importante dei professori. Parlava ancora con lo stesso strascicato fervore che per tanto tempo mi era mancato, qui interrotto di tanto in tanto dalla proiezione di immagini che egli mostrava e illustrava. Il suo rispetto per le opere d'arte era tale che subito dopo ammutoliva. Non appena si illuminava un'immagine diceva solo due o tre frasi di commento, le più sobrie possibili, e poi taceva, per non turbare la concentrazione che si aspettava dal pubblico. A me questo non piaceva tanto, mi dolevo per ogni minuto in cui si interrompeva, solo ed esclusivamente dalle sue parole dipendeva ciò che mi entrava dentro e che amavo.

Fin dalla prima conferenza ci illustrò le porte del Battistero di Firenze, e il fatto che il Ghiberti vi avesse lavorato ventuno e ventotto anni mi commosse profondamente, più profondamente delle immagini che vidi scolpite sulle porte stesse. Ora sapevo che si può anche dedicare un'intera esistenza a una o due opere, e la pazienza, che avevo sempre ammirato, divenne per me qualcosa di monumentale. Di lì a neppure cinque anni trovai anch'io l'opera alla quale decisi di dedicare la *mia* esistenza. Che fossi subito in grado di dirlo, non solo a me stesso, che in seguito non mi vergognassi di dichiarare il mio proposito alle persone a cui tenevo, sono tutte cose che devo a Eugen Müller, per bocca del quale avevo avuto quell'informazione sul Ghiberti.

Con la terza conferenza arrivammo alla Cappella Medicea, alla quale fu dedicata tutta l'ora. Fui colpito dalla malinconia delle figure femminili, una che giaceva in un sonno cupo, l'altra immersa nella dolorosa fatica del risveglio. La bellezza che era soltanto bellezza mi pareva vuota, Raffaello mi diceva poco, ma la bellezza che portava un fardello, gravata da una passione, da un'infelicità, da tetri presentimenti, mi attraeva e mi incantava. Era come se la bellezza non fosse qualcosa di distaccato e separato, indipendente dagli umori e dalle contingenze del tempo, ma al contrario dovesse confrontarsi con l'infelicità, quasi sopportare il peso di una grande angoscia, e solo se in ciò non si consumava, ma anzi manteneva intatta e indomita la propria forza, solo allora avesse il diritto di chiamarsi bellezza.

Ma non furono soltanto queste due figure femminili che mi commossero, fu anche ciò che Eugen Müller ci disse a proposito dello stesso Michelangelo. Certamente si era riletto le biografie del Condivi e del Vasari poco prima di quelle conferenze, perché di lui mise in rilievo certi tratti precisi che io, alcuni anni più tardi, avrei ritrovato appunto in quelle biografie. Nella sua memoria essi vivevano con una tale freschezza e immediatezza di immagini che si sarebbe potuto pensare li avesse appena appresi dalla viva voce di qualcuno. Nulla in quelle sue conferenze appariva diminuito perché lontano nel tempo o a causa della fredda ricerca storica. Già il naso rotto in età giovanile mi piacque, come se da quell'episodio Michelangelo fosse stato trascinato a diventare scultore. Poi il suo amore per Savonarola, di cui ancora da vecchio leggeva le prediche, sebbene costui si fosse scagliato con grande veemenza contro l'idolatria dell'arte e sebbene fosse nemico dei Medici. Lorenzo aveva scoperto il ragazzo Michelangelo, lo aveva accolto nella sua casa e alla sua mensa, e quando il Magnifico morì, il giovane artista non ancora ventenne rimase sconvolto. Ciò non gli impedì tuttavia di rendersi conto delle nefandezze del successore di Lorenzo, e il sogno del suo amico, che lo indusse ad abbandonare Firenze, fu il primo di una lunga serie di sogni di cui sentii raccontare e che raccolsi per meditarci sopra. Me lo annotai subito, durante la conferenza, e lo rilessi spesso; ricordo il momento, dieci anni più tardi, quando ritrovai quel sogno nel Condivi, mentre stavo scrivendo *Die Blendung* [*Auto da fé*].

Amavo l'orgoglio di Michelangelo, la lotta ch'egli aveva ingaggiato contro Giulio II, quando, profondamente offeso, se n'era andato da Roma. Da vero repubblicano, si era ribellato anche contro il Papa, in determinati momenti aveva osato affrontarlo da pari a pari. Non dimenticai mai più gli otto mesi che passò in solitudine nelle vicinanze di Carrara, quando fece tagliare i blocchi per il mausoleo del Papa, e l'improvvisa tentazione che allora lo colse di scolpire statue immense lì sul posto, facendole scaturire da quel paesaggio, in modo che potessero essere viste di lontano, dalle navi in alto mare. Poi l'affresco sulla volta della Cappella Sistina, l'opera di cui i suoi nemici, che non lo consideravano un pittore, volevano servirsi per distruggerlo: quattro anni vi lavorò, e quale opera immensa ne nacque! E poi il Papa, che nella sua impazienza minacciò di farlo buttar giù dall'impalcatura. Il suo rifiuto di ingentilire gli affreschi aggiungendovi dell'oro. Anche qui mi impressionarono gli anni, ma in questo caso l'opera stessa mi penetrò dentro profondamente e mai qualcosa ha avuto per me un'importanza tanto determinante quanto la volta della Cappella Sistina. Da essa appresi fino a qual punto l'ostinazione può diventare creativa quando si allea con la pazienza. Otto anni durò il lavoro al *Giudizio universale,* e sebbene solo più tardi riuscissi a comprendere appieno la grandezza di quell'opera, già allora mi sentii bruciare per l'affronto che l'ottantenne Michelangelo dovette subire quando gli ritoccarono le sue figure per coprirne le nudità.

Così nacque in me la leggenda dell'uomo che per le cose grandi che crea e scopre patisce e supera ogni sorta di tormenti. Prometeo, che amavo, si trasferì nel mondo degli uomini. Ciò che il semidio aveva fatto, lo aveva fatto *senza timore*; divenne il dominatore della sofferenza solo quando la sua impresa era ormai compiuta. Michelangelo invece aveva lavorato in preda al timore, le figure della Cappella Medicea erano nate quando egli era già considerato un nemico del Medici allora regnante. La paura che aveva di quest'ultimo era ben fondata, la situazione avrebbe potuto volgersi al peggio per lui, l'angoscia che gravava sulle sue figure era la sua stessa angoscia. Ma non sarebbe giusto affermare che questo sentimento fu decisivo per l'impressione che suscitarono in me le altre sue creazioni che d'allora in poi mi accompagnarono per anni: le figure della Cappella Sistina.

Non è soltanto come immagine che Michelangelo campeggiò allora in me. Lo ammiravo, come dal tempo del mio amore per i grandi esploratori non avevo più ammirato nessuno. Per primo egli mi diede il senso per il dolore che non si esaurisce in se stesso, che diventa qualcosa di diverso, che poi esiste per gli altri e dura nel tempo. È un tipo speciale di dolore, non il dolore fisico che tutti accettano e riconoscono. Quando, mentre lavorava al *Giudizio universale,* Michelangelo cadde dall'impalcatura e si ferì gravemente, si chiuse in casa e non lasciò entrare nessuno, né infermieri né medici, e giacque in solitudine. Quel dolore lui non lo accettava, ne escluse tutti e certamente in conseguenza di esso sarebbe morto. Un suo amico medico trovò a fatica la scaletta retrostante che conduceva alla camera dove egli giaceva e soffriva, e con lui rimase giorno e notte, fino a quando il pericolo fu debellato. Era una sofferenza tutt'affatto diversa quella che penetrava nella sua opera e determinava l'immensità delle sue figure. La sua suscettibilità alle umiliazioni lo portò ad affrontare solo le imprese più difficili. Per me non poteva essere un modello, perché era di più: il dio dell'orgoglio.

Michelangelo mi condusse ai profeti: Ezechiele, Geremia, Isaia. Teso alla ricerca di tutto ciò che non mi era vicino, l'unico libro che allora non leggevo mai ed evitavo con cura era la Bibbia. Le preghiere del nonno, legate a scadenze e orari prestabiliti, mi riempivano di ripugnanza. Lui le biascicava in una lingua a me incomprensibile ed io non avevo nessuna voglia di conoscerne il significato. Non potevano certo significare gran che se lui le interrompeva per farmi dei buffi cenni e additarmi i francobolli che mi aveva portato! Non come ebreo ho incontrato i profeti, non nelle loro parole. Essi mi vennero incontro nelle figure di Michelangelo. Pochi mesi dopo le conferenze di cui ho detto, ricevetti in dono ciò che più desideravo: una mappa con grandi riproduzioni degli affreschi della Cappella Sistina. Così non potei più sottrarmi ai profeti e alle sibille.

Con i profeti ho vissuto in grande familiarità per dieci anni, e si sa come sono lunghi questi anni della giovinezza. Imparai a conoscerli meglio degli esseri umani. Subito li appesi al muro, li avevo sempre davanti agli occhi, ma ciò che mi legava a loro non era una semplice consuetudine: davanti alla bocca semiaperta di Isaia restavo immobile, come se avessi messo radici, e almanaccavo sulle amare parole da lui rivolte al Signore e sentivo il rimprovero del suo dito alzato. Ho cercato di immaginarmi le parole di Isaia prima di conoscerle, il suo nuovo creatore mi aveva preparato ad esse.

Forse fu presunzione da parte mia cercare di immaginarmi quelle parole, esse si sprigionavano per me dal suo gesto, non sentivo alcun bisogno di apprenderle in una forma precisa, non ne cercavo l'esatto enunciato, che pure avrei potuto trovare così facilmente; l'immagine e il gesto le contenevano con una tale forza espressiva che mi sentivo continuamente costretto a volgermi verso Isaia, quella era la costrizione, il senso vero, inesauribile della

Sistina. Anche l'angoscia di Geremia, l'intensità e il fuoco di Ezechiele mi attiravano, non guardavo mai Isaia senza cercare anche loro. Erano i profeti *vecchi* che mi tenevano avvinto, e Isaia, che pure nella rappresentazione michelangiolesca non era veramente vecchio, io lo annoveravo tra loro. I profeti giovani mi dicevano poco, e così pure le sibille. Avevo sentito parlare dei drammatici scorci che si ammirano in alcune di queste figure, della bellezza delle sibille, quella delfica, quella libica, ma tutto ciò lo assunsi in me come qualcosa che avevo letto nei libri, lo sapevo attraverso le parole che erano state usate per dirlo; esse rimanevano per me immagini dipinte, non mi stavano davanti come creature sovrumane, non riuscivo a udire la loro voce come udivo quella dei vecchi profeti, per me i profeti avevano una vita di cui fino ad allora non avevo mai sentito nulla, posso definirla – sia pure molto approssimativamente – la vita di chi si sente posseduto e invasato da qualcosa la cui forza resiste ad ogni confronto. È importante notare che mai i profeti divennero per me delle divinità. Mai li sentii come esseri la cui potenza mi sovrastava, quando mi parlavano o addirittura ero io che provavo a interpellarli, quando mi confrontavo con loro, non avevo alcun timore, ma anzi li ammiravo e osavo interrogarli. Forse ero preparato a incontrarli grazie all'antica abitudine – risalente ancora al periodo viennese – a confrontarmi con figure drammatiche. Ciò che in quell'epoca lontana avevo avvertito come una corrente trascinante nella quale mi immergevo in una sorta di confuso stordimento – pur fra molte cose che ancora non ero in grado di discernere – tutto ciò veniva ora articolandosi in me in figure nitidamente distinte, soggioganti, eppure limpide e chiare.

La cacciata dal paradiso

Nel maggio 1921 la mamma venne a trovarmi. La portai in giardino e le mostrai come tutto era fiorito. Sentivo che era di pessimo umore e cercavo di lenire il suo scontento con il profumo dei fiori. Ma lei non li annusava nemmeno, continuava ostinatamente a tacere, e il vedere le sue narici così immobili mi rese inquieto. All'estremità del campo da tennis, dove nessuno ci poteva più udire, mi ordinò: «Siediti!» e lei stessa si mise a sedere. «Adesso questa storia è finita!» esclamò di punto in bianco, ed io seppi che era scoccata l'ora. «Devi andartene di qui. Ti istupidisci!».

«Ma io non voglio andar via da Zurigo. Restiamo qui, qui so perché sono al mondo».

«Perché sei al mondo! Masaccio e Michelangelo! Tu credi che il mondo sia questo! Fiorellini da dipingere, il 'nido del passero' di Fräulein Mina. Le ragazzine, e tutte le moine che ti fanno; una più rispettosa e più devota dell'altra. I quaderni zeppi della filogenesi degli spinaci. Il calendario Pestalozzi, ecco qual è il tuo mondo! I personaggi famosi che trovi sfogliando il calendario. Ti sei mai chiesto se hai il diritto di farlo? Tu ne vedi gli aspetti gradevoli, la gloria che li circonda, ma ti sei chiesto mai come hanno vissuto? Credi che siano stati seduti in un bel giardino, come fai tu ora, in mezzo ad alberi e fiori? Credi che la loro vita sia stata un profumo di fiori? I libri che leggi! Il tuo Conrad Ferdinand Meyer! Quei racconti storici! Che cosa hanno da spartire con la vita di oggigiorno? Hai letto qualcosa sulla Notte di San Bartolomeo o sulla guerra dei Trent'anni e credi di sapere cos'è la vita! Niente sai! Niente! La vita è tutta un'altra cosa. È terribile!».

Ora veniva fuori tutto. La sua avversione per le scienze naturali: nel mio grande entusiasmo per com'era fatto il mondo, per come la vita si presentava nella struttura degli animali e delle piante, le avevo scritto che era bello poter riconoscere un'intenzione dietro a tutte queste cose, e a quell'epoca ero sicuro, anzi sicurissimo che l'intenzione fosse buona.

Lei invece non credeva che il mondo fosse ben regolato. Non era mai stata credente e non era il tipo da rassegnarsi alle cose come stavano. Non superò mai lo shock della guerra, che si prolungò nel periodo della sua vita nel sanatorio, dove aveva conosciuto gente che, per così dire, le moriva sotto gli occhi. Di queste cose non parlò mai con me, era una parte della sua esperienza che mi rimase nascosta e che però era presente in lei e aveva il suo effetto.

Meno ancora le piaceva il mio amore per gli animali. La sua antipatia per le bestie era tale che sull'argomento si permetteva con me gli scherzi più atroci. A Kandersteg, sulla strada che portava al nostro albergo, vidi un giorno un vitellino che veniva trascinato avanti a forza. L'animale si impuntava ad ogni passo, il macellaio, che conoscevo di vista, aveva il suo da fare con lui, e io non capivo che cosa stesse succedendo; la mamma mi era accanto e con calma angelica mi spiegò che lo portavano al macello. Subito dopo venne l'ora del pranzo e quando ci sedemmo a tavola io rifiutai di mangiare la carne. Non la mangiai per alcuni giorni e lei si arrabbiò; una volta presi della senape per condire la verdura e lei sorridendo mi disse: «Sai come si fa la senape? Con il sangue di gallina». Il mio sgomento era grande, non riuscivo a vedere la sua ironia; quando capii, lei aveva già spezzato la mia resistenza e disse: «Così è la vita. Tu sei come il vitello, anche lui alla fine deve arrendersi». Sceglieva i suoi mezzi con mano piuttosto pesante. A ciò contribuiva anche la sua convinzione che gli impulsi del cuore devono essere rivolti soltanto agli esseri umani, se si volessero estendere a tutte le creature viventi perderebbero la loro intensità, diventerebbero incerti e inefficaci.

L'altra cosa di cui diffidava era la lirica. L'unico interesse che avesse mai dimostrato per la lirica si riferiva alle *Fleurs du Mal* di Baudelaire, ma ciò era connesso alla particolare costellazione emotiva che aveva dominato i suoi rapporti con il professore. Ciò che la disturbava nella composizione poetica era l'angustia di quella forma espressiva, per lei le poesie finivano troppo in fretta. Una volta disse che le poesie servivano a cullare, in definitiva non erano altro che nenie per addormentarsi. Gli adulti dovevano guardarsi da simili nenie, non si poteva che provare disprezzo per chi vi restava legato. Credo che per lei, nella lirica, la passione avesse un'intensità troppo bassa. La passione, come lei la intendeva, voleva dire moltissimo e solo nei grandi drammi la trovava degna di fede. Shakespeare era per lei l'espressione della vera natura dell'uomo, in lui non c'era nulla che fosse rimpicciolito o mitigato.

Bisogna pensare che lo shock della morte si era abbattuto con la stessa forza su di lei come su di me. Aveva ventisette anni quando mio padre morì improvvisamente. Quell'evento le occupò lo spirito per il resto della sua esistenza, e cioè per altri venticinque anni, e subì molte metamorfosi, che avevano però sempre la stessa radice. In questo, senza che me ne rendessi conto, mia madre fu il modello per i miei sentimenti. La guerra fu l'amplificazione estrema di quella morte, l'assurdo elevato a dimensioni di massa.

Negli ultimi tempi a tutto questo si era aggiunto per lei il timore che l'ambiente dominato dalle donne nel quale vivevo potesse influenzarmi negativamente. Come sarei potuto diventare un uomo solo attraverso il sapere, per il quale la mia attrazione cresceva ogni giorno di più? Lei disprezzava il suo sesso. Il suo eroe non era certo una donna, era Coriolano.

«È stato un errore venir via da Vienna» disse. «Ti ho reso la vita troppo facile. Io ho visto Vienna dopo la guerra, e *so* che aspetto aveva».

Fu una di quelle scene in cui lei tentò di distruggere tutto ciò che in lunghi anni di cure pazienti aveva costruito in me. A modo suo era uno spirito rivoluzionario. Credeva agli eventi subitanei che prorompendo all'improvviso trasformano spietatamente tutte le costellazioni, anche nell'essere umano.

Una collera del tutto particolare aveva suscitato in lei il mio racconto sui due idrovolanti precipitati nel lago di Zurigo, proprio vicino a casa nostra. Le due tragedie erano avvenute a otto giorni di distanza l'una dall'altra, nell'autunno del 1920, e io gliene avevo scritto, spaventato e commosso. Il legame con il lago, che per me significava molto, la scandalizzava. Secondo lei quelle morti dovevano essere state per me qualcosa di lirico. Mi domandò con sarcasmo se per caso non ci avessi scritto sopra qualche poesia. «Se l'avessi fatto, te l'avrei mostrata» risposi, il rimprovero era ingiusto, perché le parlavo di tutto. «Pensavo» continuò lei poi «che il tuo Mörike ti avesse ispirato» e mi rammentò la poesia *Pensaci, o anima!* che una volta le avevo letto. «Sei immerso fino al collo nell'idillio del lago di Zurigo. Voglio portarti via di qui. Tutto qui ti piace troppo. Sei diventato tenero e sentimentale come le tue vecchie zitelle. Non è che alla fine vuoi diventare anche tu un pittore di fiorellini?».

«No, a me piacciono soltanto i profeti di Michelangelo».

«Già, Isaia, lo so. Me lo hai detto. Come credi che fosse, questo Isaia?».

«Ha disputato con Dio» risposi.

«E sai anche che cosa vuol dire? Ti fai un'idea del significato di tutto questo?».

No, non lo sapevo. Improvvisamente mi vergognai molto.

«Tu pensi che consista nel tenere la bocca semiaperta e nell'inalberare uno sguardo truce e corrucciato. Questo è il pericolo dei quadri. Immobilizzano in pose irrigidite qualcosa che invece avviene incessantemente, dura a lungo, non finisce mai».

«Anche Geremia è una posa?».

«No, non lo è, non lo sono nessuno dei due, né Isaia né Geremia. Ma per te si trasformano in pose. A te basta poterli contemplare. Così ti risparmi tutto quello che altrimenti dovresti vivere tu stesso. Questo è il pericolo dell'arte. Tolstoj lo sapeva. Tu non sei ancora nessuno e già ti metti in mente di essere tutto quello che sai dai libri e dai quadri. Non avrei mai dovuto trasmetterti l'amore per i libri. E ora, con villa Yalta, si è aggiunta anche la pittura. Ti mancava solo quella. Sei diventato un divoratore di libri e metti tutte le cose sullo stesso piano. La filogenesi degli spinaci e Michelangelo. Non un solo giorno della tua vita te lo sei ancora guadagnato da solo. Per te tutto ciò che riguarda questi aspetti dell'esistenza si riassume in una sola cosa, in una sola parola: il commercio. Disprezzi il denaro. Disprezzi il lavoro con il quale si guadagna il denaro. Ma lo sai che sei tu il parassita e non quelli che tanto disprezzi?».

Forse quel terribile colloquio segnò l'inizio della nostra rottura, ma quando si svolse non me ne accorsi affatto. Avevo un solo pensiero, quello di giustificarmi ai suoi occhi. Da Zurigo non me ne volevo andare. Sentivo che durante quel colloquio lei aveva preso la decisione di portarmi via di lì, di portarmi in un ambiente «più duro», sul quale potesse avere anche lei un controllo.

«Ti dimostrerò che non sono un parassita. Sono troppo orgoglioso per esserlo. Voglio essere un uomo».

«Un uomo con la sua contraddizione! Questa frase te la sei scelta proprio bene! Dovresti sentirti mentre la pronunci! Neanche avessi inventato la polvere da sparo! Come se avessi fatto Dio sa che cosa di cui ora ti dovessi pentire. Niente hai fatto. Non una sola notte nella tua mansarda te la sei guadagnata. I libri che leggi li hanno scritti gli altri per te. Tu scegli quello che ti fa piacere e disprezzi tutto il resto. Credi davvero di essere un uomo?

Uomo è chi è costretto a lottare per vivere. Ti sei mai trovato una sola volta in pericolo? Sei mai stato minacciato? A te nessuno ha rotto il naso. Senti che c'è qualcosa che ti piace, e te lo prendi, semplicemente, anche se non ti spetta. Un uomo con la sua contraddizione! Tu non sei ancora un uomo. Non sei proprio niente. Un chiacchierone non è un uomo».

«Non sono un chiacchierone. Quando dico una cosa è perché ne sono convinto».

«Ma come puoi essere convinto di qualcosa? Tu non sai ancora niente. Hai soltanto letto. Parli del 'commercio' e non sai nemmeno che cosa sia. Tu credi che il commercio consista nel raccogliere il denaro con la paletta. Ma prima di arrivare a questo, bisogna avere delle idee, farsi venire in mente cose di cui tu non hai il più vago sentore. Bisogna conoscere gli uomini e riuscire a convincerli di qualcosa. Per niente nessuno ti dà niente. Credi forse che basti abbindolare la gente? Allora sì che sarebbe facile arrivare lontano!».

«Non mi hai mai detto di ammirare queste cose».

«Forse non le ammiro, forse ci sono cose che ammiro di più. Ma adesso sto parlando di te. Tu non hai assolutamente il diritto di disprezzare o ammirare qualcosa. Prima devi sapere come stanno le cose in realtà. Devi provarle sulla tua pelle. Venir malmenato e dimostrare che sei capace di difenderti».

«Ma è quel che sto facendo. Con te per esempio».

«Sì, ma con me è facile. Io sono una donna. Fra uomini è ben diverso. Non è così semplice. Quelli non ti regalano niente».

«E gli insegnanti? Non sono forse uomini?».

«Già, già, ma quella è una situazione artificiosa. A scuola sei protetto. Non ti prendono sul serio come persona. Per loro sei un ragazzo, che va ancora aiutato. La scuola non conta».

«Ma contro lo zio mi sono ben difeso. Non è riuscito a persuadermi».

«Quello è stato solo un breve colloquio. Quanto tempo sei stato con lui? Dovresti prima stare con lui, nella sua ditta, giorno per giorno, ora per ora, solo dopo si potrebbe capire se sei capace di difenderti. Da Sprüngli hai bevuto la sua cioccolata e poi sei scappato via: ecco la tua grande impresa».

«Nella sua ditta il più forte sarebbe lui. Potrebbe comandarmi e sbattermi di qua e di là a suo piacimento. La sua villania l'avrei sotto gli occhi in ogni istante. Men che mai riuscirebbe a conquistarmi nella sua ditta, questo te lo assicuro».

«Può darsi. Ma sono ancora discorsi. Coi fatti non hai ancora dimostrato niente».

«Ma che cosa ci posso fare se non ho ancora avuto occasione di dimostrare qualcosa? Che cosa potrei aver dimostrato a sedici anni?».

«Non molto, è vero. Ma altri alla tua età vengono già mandati a lavorare. Saresti già apprendista da due anni, se le cose fossero andate diversamente. Io ti ho preservato da questa sorte, ma non mi pare che tu mi sia grato per questo. Sei semplicemente arrogante e ogni mese che passa lo diventi di più. Devo dirti la verità: la tua arroganza mi irrita, la tua arroganza mi dà sui nervi».

«Sei stata tu che hai sempre voluto che prendessi tutto sul serio. È arroganza questa?».

«Sì, perché se gli altri non la pensano come te tu li guardi dall'alto in basso. Sei anche furbo e sai come fare a renderti la vita comoda. La tua sola e unica preoccupazione è che ti restino abbastanza libri da leggere!».

«Questo succedeva una volta, quando eravamo nella Scheuchzerstrasse. Adesso non è più così, non ci penso più. Adesso voglio imparare tutto».

«Imparare tutto! Imparare tutto! Ma questo non è possibile. Bisogna smettere di studiare e mettersi a fare qualcosa. Per questo devi andar via di qui».

«Ma che cosa posso fare, prima di aver terminato le scuole?».

«Tu non farai mai nulla! Finirai le scuole e poi ti iscriverai all'università. E sai perché vuoi andare all'università? Soltanto per poter andare avanti a studiare. Così si diventa mostri, non uomini. Studiare non è una cosa fine a se stessa. Si impara per potersi poi far valere in mezzo agli altri».

«Io studierò sempre. Se poi saprò farmi valere o no si vedrà, ma in quanto a studiare, studierò sempre. Io voglio studiare».

«Ma come? Come? Chi ti darà il denaro per farlo?».

«Me lo guadagnerò».

«E che cosa te ne farai di tutte le cose che avrai imparato? Ne morirai soffocato. Non c'è nulla di più terribile della cultura morta».

«La mia cultura non sarà morta. Non è morta neanche adesso».

«Perché non l'hai ancora. Solo quando la si ha, diventa qualcosa di morto».

«Ma io ne farò qualcosa, non per me».

«Sì, sì, lo so. Tu la regalerai, perché non l'hai ancora. Fintanto che non si ha niente, si fa in fretta a dirlo. Soltanto quando hai veramente qualcosa, si vede se sei capace di regalarlo. Tutto il resto sono chiacchiere. Adesso, per esempio, regaleresti i tuoi libri?».

«No, adesso ne ho bisogno. Io non ho detto "regalare", ho detto che ne farò qualcosa, non per me».

«Ma non sai ancora che cosa. Questi sono atteggiamenti, frasi vuote, e mentre le dici ti piaci molto perché suonano nobili. Tutto dipende invece da che cosa si fa *realmente,* il resto non conta. D'altra parte ti resterà ben poco ancora da fare, sei talmente soddisfatto di tutto quel che ti circonda. Un uomo soddisfatto non fa nulla, impigrisce, si è messo a riposo prima ancora di aver cominciato a fare qualcosa. Un uomo soddisfatto continua a fare le stesse cose, come un povero impiegato. Sei talmente soddisfatto che vorresti restare in Svizzera per sempre. Non conosci niente del mondo e a sedici anni già vorresti metterti a riposo. Per questo devi andar via di qui».

Pensai che qualcosa dovesse averla particolarmente esasperata. Era ancora per via del *Ragno nero?* Mi colpiva con tanta violenza che non osai replicare subito. Le avevo raccontato della generosità degli operai italiani quando ero andato con quella ragazza per la colletta e il mio racconto le era piaciuto. «Quelli devono lavorare duramente,» aveva detto «eppure il loro animo non si è indurito».

«Perché non andiamo in Italia?». Non lo pensavo veramente, era solo un tentativo di distrarla.

«No, tu non faresti che passeggiare per i musei e leggere vecchie cronache di ogni città. Per questo non c'è fretta. Lo potrai fare più tardi. Ora non sto parlando di viaggi di piacere. Devi andare dove per te non ci sia da divertirsi. Ti porterò in Germania. Là la gente fa ancora una vita molto difficile. Devi vedere come si vive quando si è perduta una guerra».

«Ma tu volevi che perdessero la guerra. Hai sempre detto che erano stati loro a cominciarla. E chi comincia una guerra si merita di perderla, questo l'ho imparato da te».

«Non hai imparato niente! Altrimenti sapresti anche che a questo non si pensa più quando c'è una sciagura che coinvolge tutti. Io l'ho visto a Vienna e non posso dimenticarlo, l'ho sempre davanti agli occhi».

«E perché vuoi che lo veda anch'io? Me lo posso benissimo immaginare».

«Come se l'avessi letto in un libro, vero? Tu pensi che basti *leggere* una cosa per sapere com'è nella realtà. E invece non è così. La realtà è una cosa a sé. La realtà è tutto. Chi si ritrae dalla realtà non merita di vivere».

«Ma io non voglio ritrarmi. Ti ho raccontato del *Ragno nero*».

«Hai proprio scelto l'esempio peggiore. È stato questo che mi ha aperto gli occhi su di te. Quella storia ti ha tanto interessato perché è ambientata nell'Emmental. Non fai che pensare a quelle valli. Da quando sei stato nella Lötschental ti sei rincretinito. Lì hai udito un paio di parole, e che significavano mai? Vieni piccino, o qualcosa di simile che si usa nel dialetto di laggiù. Da quelle parti hanno la bocca sigillata, non parlano. Che cosa dovrebbero dire, tagliati fuori dal mondo come sono, senza sapere nulla di nulla! Là non parleranno mai, non diranno mai niente; in compenso hai parlato tu di loro in abbondanza. Si sarebbero stupiti se ti avessero sentito! Sei tornato da quella gita e per giorni e giorni hai cianciato del tedesco antico. Tedesco antico! Al giorno d'oggi! Quelli probabilmente non hanno neppure abbastanza da mangiare, ma questo naturalmente a te non interessa. Tu senti due parole, e le prendi per tedesco antico perché ti rammentano qualcosa che hai letto. Ti senti più eccitato da questo che dalle cose che vedi con i tuoi occhi. Quella vecchia avrà avuto i suoi motivi per essere così diffidente; avrà già fatto le sue esperienze con gente come voi. Ma voi siete passati per la valle starnazzando, felici ed esaltati della *sua* povertà, che vi siete lasciati dietro le spalle; loro hanno continuato ad arrabattarsi nella loro miseria, mentre voi ritornavate in albergo con l'aria dei conquistatori. La sera si ballava, ma a te non importava niente, perché eri tornato a casa con qualcosa di più prezioso, avevi imparato qualcosa. E che cosa? Probabilmente due parole di tedesco antico, ma non ne eri neppure sicuro. E a me tocca stare a vedere come ti stai riducendo a una nullità! Ti porterò nella Germania dell'inflazione, così ti leverai dalla testa il tuo "Buobilu" del tedesco antico».

Non aveva dimenticato nulla delle cose che le avevo raccontato. Tutto tornava a galla. Mi ritorceva contro ogni parola che le avevo detto, ed io non ne trovavo di nuove che la facessero vacillare. Mai si era scagliata contro di me con tale veemenza. Era in gioco la vita, eppure l'ammiravo molto, se soltanto avesse saputo come la prendevo sul serio sono sicuro che avrebbe smesso immediatamente, ogni sua parola mi colpiva come una frustata, sentivo che mi faceva un torto e al tempo stesso sentivo quanto aveva ragione.

Tornava continuamente sul *Ragno nero*, la storia l'aveva presa in maniera del tutto diversa da come l'avevo presa io, il nostro precedente colloquio sull'argomento era stato insincero, il suo intento non era di smentire il mio racconto, ma piuttosto di allontanarmene. Ciò che aveva detto su Gotthelf era stato solo una scaramuccia, lo scrittore non le interessava affatto. Soltanto non voleva cedere a lui ciò che sentiva come la *propria* verità, quella era una storia che apparteneva a lei, non a Gotthelf, il paese del ragno non era l'Emmental, bensì il suo sanatorio di montagna. Due delle persone con le quali a suo tempo aveva parlato del libro di Gotthelf nel frattempo erano morte. Inizialmente mi aveva risparmiato le notizie di quei decessi, che lassù non erano poi così rari, e quando ci ritrovavamo non lasciava trapelare nulla di quel che era accaduto. Sapevo che cosa significava quando lei non nominava più una persona, ma mi guardavo bene dal fare domande. La sua antipatia per le «valli» si riferiva solo in apparenza alla loro angustia. Ciò che mi rimproverava come tendenza all'idilliaco, come insipienza e autocompiacimento, si nutriva della *sua* angoscia; il pericolo dal quale mi voleva preservare era assai più grande, era il pericolo dal quale la nostra vita era segnata da sempre, e la parola «inflazione» che tirò fuori parlando della Germania, una parola che in bocca a lei mi suonò estranea, era una specie di espiazione. Io allora non avrei saputo esprimerlo con tanta chiarezza, ma mai prima d'allora la mamma aveva parlato così a lungo della povertà, questo mi fece un'enorme impressione; e benché dovessi raccogliere tutte le mie forze per difendere la mia pelle, mi piacque che lei fondasse il suo attacco contro di me sulla cattiva sorte degli altri.

Ma questo non era che una parte del tutto, e la minaccia di portarmi via da Zurigo la avvertii come la cosa più grave. Da oltre un anno a scuola regnava la pace. Avevo cominciato a comprendere meglio i miei compagni e a riflettere sul loro conto. Ero legato ai compagni e a molti dei nostri professori. Ora mi rendevo conto che la posizione di cui godevo a Tiefenbrunnen era usurpata. Che io, in quanto unico maschio, godessi del privilegio di un dominio incontrastato, era un po' ridicolo, pur essendo assai piacevole sentirsi sicuri e protetti e non messi continuamente in discussione. In circostanze così propizie anche il processo di apprendimento s'era fatto sempre più rigoglioso, non passava giorno che non si arricchisse di qualche nuovo elemento, era come se non dovesse finire mai, pensavo in effetti che sarebbe potuto andare avanti così per una vita intera, e nessun attacco avrebbe potuto distogliermene. Era una stagione *senza paure*, ciò dipendeva dall'espandersi, dal dilatarsi in ogni direzione, ma senza sentirsi affatto in colpa: le stesse esperienze erano a disposizione di tutti; e ora veniva mia madre e mi lasciava stupefatto e confuso rinfacciandomi la mia infatuazione per la Lötschental e facendomi sentire in colpa nei confronti dei suoi abitanti.

Questa volta il suo sarcasmo non esplose all'improvviso, ma andò crescendo ad ogni frase. Mai prima d'allora mi aveva trattato da parassita, mai prima d'allora s'era detto che dovessi cominciare a guadagnarmi da vivere. La parola «apprendista» che mi gettò addosso si collegava nella mia fantasia a qualche attività pratica o meccanica, l'ultima cosa al mondo che lei mi avesse mai prospettato. Io ero stato soggiogato dal fascino delle lettere dell'alfabeto e delle parole, e se questa era arroganza, era stata proprio la mamma a educarmici con tenacia. Ora d'improvviso parlava della «realtà», alludendo con ciò a tutto quello che io non avevo ancora conosciuto e di cui non potevo ancora sapere nulla. Era come se volesse stritolarmi rovesciandomi addosso un enorme peso. Quando diceva «tu non sei niente», era come se io realmente fossi ridotto a niente.

Non mi erano nuovi questi sbalzi, queste folli contraddizioni nella natura di mia madre: li avevo constatati spesso con stupore e ammirazione insieme, essi rappresentavano appunto la «realtà» di cui lei mi negava la conoscenza. Forse mi ero adagiato troppo. Anche nei periodi delle nostre separazioni avevo sempre fatto troppo affidamento su di lei. Non ero mai sicuro di come avrebbe reagito a ciò che le raccontavo, tutte le iniziative restavano a lei, io per parte mia desideravo le sue obiezioni ed ero contento quando le esprimeva con veemenza; solo quando manifestava le sue ben note debolezze, io cercavo di ingannarla con delle frottole, per esempio con la storia della danza dei topi al chiaro di luna. Ma anche allora avevo sempre la sensazione che dipendesse da lei, che fosse lei a volersi far ingannare. Lei era un'ultima istanza meravigliosamente viva, i suoi verdetti erano così inaspettati, così fantastici, e al tempo stesso così dettagliati ed esaurienti, da suscitare inevitabilmente reazioni opposte, che davano la forza di ricorrere a un appello ulteriore. Lei era un'ultima istanza che ogni volta si poneva a un livello più alto, e benché paresse pretenderlo come un diritto, non era mai davvero l'ultima delle istanze.

Questa volta, comunque, ebbi la sensazione che mi volesse veramente distruggere. Diceva cose alle quali non c'era nulla da controbattere. Molte di esse mi apparvero chiare fin dal primo istante e paralizzarono ogni mia capacità di difesa. E se pure trovavo qualcosa da obiettare, subito lei passava a un altro argomento. Inveì sulla mia vita degli ultimi due anni come se appena allora fosse venuta a conoscenza di eventi dei quali a suo tempo era apparsa soddisfatta, almeno in apparenza, o sui quali aveva taciuto con aria annoiata: tutto questo, di colpo, diventava un delitto. Non aveva dimenticato nulla, aveva una maniera tutta sua di ricordare, sembrava quasi che senza dirmi nulla si fosse tenuta in serbo tutte quelle cose che ora le servivano per pronunciare la sua condanna.

Durò molto a lungo. Io ero invaso dal terrore. Cominciai ad avere paura di lei. Non mi chiedevo più perché dicesse tutte quelle cose. Fintanto che cercai le sue presunte motivazioni e ad esse mi sforzai di replicare, mi sentii meno coinvolto, meno confuso, come se stessimo di fronte da pari a pari, ciascuno con le proprie ragioni e la propria intelligenza, due esseri liberi insomma. Ma piano piano questa sicurezza si sgretolò, non trovai dentro di me più nulla da poterle obiettare con sufficiente energia, ormai ero un cumulo di macerie e mi diedi per vinto.

Dopo questo colloquio lei non era affatto sfinita ed esausta, come accadeva di solito dopo i discorsi che riguardavano le sue malattie, le sue debolezze e le sue disperazioni fisiche. Al contrario, pareva forte, indomita, inesorabile, proprio come in altre occasioni a me piaceva di più. Da quel momento in poi non si lasciò più andare. Si occupò del trasferimento in Germania, un Paese, come diceva, segnato a fuoco dalla guerra. Si era fatta l'idea che mi sarei trovato a una scuola più dura, fra uomini che erano stati in guerra e conoscevano il peggio.

Io cercai di oppormi con ogni mezzo al trasferimento, ma lei non volle sentir ragioni e mi portò via. Il paradiso zurighese era finito, finiti gli unici anni di perfetta felicità. Forse se lei non mi avesse strappato da lì avrei continuato a essere felice. Ma è anche vero che venni a conoscenza di altre cose, diverse da quelle che sapevo in paradiso. È vero che io, come il primo uomo, nacqui veramente alla vita con la cacciata dal paradiso.

GLI ADELPHI

STAMPATO DA ELCOGRAF STABILIMENTO DI CLES

GLI ADELPHI
Periodico mensile: N. 25/1991
Registr. Trib. di Milano N. 284 del 17.4.1989
Direttore responsabile: Roberto Calasso